비뢰도

飛雷刀

비뢰도 27

검류혼 장편 新무협 판타지 소설

초판 1쇄 찍은 날 § 2009년 5월 20일
초판 4쇄 펴낸 날 § 2009년 6월 13일

지은이 § 검류혼
펴낸이 § 서경석

편집장 § 문혜영
편집 § 서지현

펴낸곳 § 도서출판 청어람
등록번호 § 제1081-1-89호
등록일자 § 1999. 5. 31
어람번호 § 제2-1749호

주소 § 경기도 부천시 원미구 심곡2동 163-2 서경B/D 3F (우) 420-822
전화 § 032-656-4452 팩스 § 032-656-4453
http://www.chungeoram.com
E-mail § eoram99@chollian.net

ⓒ 검류혼, 2005

ISBN 978-89-251-1820-8 04810
ISBN 89-5831-855-4 (세트)

※ 파본은 구입하신 서점에서 교환하여 드립니다.
※ 저자와 협의하여 인지를 붙이지 않습니다.
※ 이 책은 도서출판 청어람과 저작자의 계약에 의해 출판된 것이므로,
무단 전재 및 유포·공유를 금합니다.

飛雷刀

FANTASTIC ORIENTAL HEROES

검류혼 장편 신무협 판타지 소설

서풍(西風)의 광연(狂宴)

목차

바다와 바다 사이 _7
쇄혼독비(碎魂毒匕) _34
타 들어가는 생명 _51
용(龍)과 싸우다 _93
봉황을 묶은 금제(禁制) _129
경국지색(傾國之色) _141
생사무허가 불락구척 _171

비류연, 무명과 만나다 _ 199

승부는 지금부터 _ 213

삼초지적(三招之敵) _ 229

오의(奧義) 파해(破解)! _ 238

남매 _ 253

탈출하는 자 _ 275

남궁상, 절망하다 _ 291

광란(狂亂)하는 서풍(西風) _ 305

무명, 깨어나다 _ 330

바람을 부리는 자 _ 341

한밤의 방문자 _ 350

비류연과 그 일당들의 좌담회 _ 372

바닥과 바닥 사이
―비류연, 피 토하다

 동이 트기 직전의 새벽녘.
 잿빛의 어둠이 깔린 호수는 자욱한 안개로 둘러싸여 있었다. 사람들이 왕래하기에는 이른 시각인지라, 인기척은 조금도 느껴지지 않았다. 그런 호숫가의 텅 빈 선착장으로 물살을 가르며 배 한 척이 들어왔다. 사람을 오십여 명 정도 태울 수 있는 중형 배였다.
 덜컥덜컥, 배에서 가교가 내려지더니 십여 명의 사람이 어슬렁거리며 그 위를 지나갔다. 뭍으로 내려온 이들은 저마다 졸린 눈을 비비거나 늘어지게 하품을 하며 안개 속으로 흩어졌다. 모두들 밤을 배에서 보낸 이들이었다. 타고 있던 선원들도 망꾼 한 명만을 남겨놓은 채 술과 음식, 잠자리가 기다리고 있는 주막을 찾아 떠났다.
 "흐아아아아아암! 씨앙! 지랄 맞게! 왜 내가 또 당직이야!"
 닻 발이나 튀어나온 전칠의 입에서, 늘어지는 하품과 함께 불평불만이 터져 나왔다. 이제 갓 들어온 신참이라고 궂고 귀찮은 일은 죄다 그에게 떨어지는 것 같았다. 지금쯤 고참들은 따뜻한 주점에서 따뜻한 음식을 먹으며 팔자 좋게 늘어져 있으리라. 이쯤이면 불만이 차곡차곡 쌓여 산을 이루지 않는 게 오히려 이상한 일이었다.

"나도 그냥 확 처자버려?"

번을 서야 되는 처지라고 해서 간밤에 제대로 쉬게 해준 것도 아니었다. 천근만근 무거워진 눈꺼풀이 언제 아래로 떨어져도 이상하지 않았다. 잠의 유혹은 때때로 여자의 유혹보다 무서운 법이다. 그러나 그는 고개를 곧 가로저었다.

"아니야, 아니야. 그래도 일을 맡았으니 제대로 번을 서고 있어야지. 만일 자고 있다가 성깔 나쁜 선주한테 걸리기라도 하는 날엔……."

그 뒤는 상상만 해도 끔찍했다. 해고라니……. 백수라니……! 내가 백수라니…….

고자 다음으로 무서운 게 바로 백수 아닌가!

결국 그는 요즘 젊은이답지 않게 자신이 맡은 일에 충실하기로 결정했다.

'오오, 혹시 난 십 년에 한 번 나올까 말까 한 의지의 선원인 게 아닐까?'

그렇게 자화자찬하고 있을 때, 어디선가 '끼이이익!' 하는 기괴한 소리가 들렸다. 녹슨 경첩이 비명을 지르고 있었다. 그 비명의 출처는 분명 배 안이었다. 전칠은 갑자기 간담이 서늘해졌다.

'배, 배 안에는 아무도 없는데? 서, 설마 귀, 귀신?'

당황한 채 주위를 둘러본다. 여전히 주위에는 안개가 자욱하게 깔려 있어 십 보 앞을 제대로 분간하기도 힘들었다. 마치 이 배만 세상으로부터 격리되어 있는 듯했다. 전칠은 점점 더 무서워졌다. 그때였다.

저벅저벅저벅!

사람이 남아 있을 리 없는 선실 안쪽에서 발자국 소리가 들렸다. 발자국 소리는 점점 더 가까워졌다. 무언가가 문으로 다가오고 있었다.

주먹질에 자신있다고 큰소리 땅땅 치며 맨손으로 번을 서고 있던 전칠은 무기가 될 것이 없나 급히 주위를 둘러보았다. 마침 옆에 뒹굴고 있던 망치 하나가 눈에 들어왔다. 망치를 주워 들자 조금 안심이 되었다. 귀신을 쫓는 데 도움이 될지 안 될지는 아직까지 알 수 없지만, 어쨌든 조금 마음의 위안은 되었다.

'이, 이럴 때는 선제공격이야!'

꿀꺽!

마른침을 삼키며 전칠은 선실의 문고리를 잡았다. 그리고는 마음속으로 하나, 둘, 셋까지 센 다음 문을 벌컥 열었다. 그리고는 높이 치켜든 망치를······.

"얼레? 아무것도 없네?"

문 뒤는 텅 비어 있었다. 혹시나 하는 마음에 객실로 내려가는 계단을 확인해 보았다. 역시 아무것도 없었다. 삐걱거리는 마찰음도, 저벅거리는 발소리도 더 이상 들려오지 않았다. 안심이 된 전칠은 마음이 조금 누그러졌다.

"에이, 역시 기분 탓이었나?"

혼자 남아 있다 보니 신경이 날카로워졌던 모양이다. 그렇게 생각하고 몸을 돌리는 순간, 그의 앞에는 하얀 옷을 입은 사내가 한 사람 서 있었다.

"헉! 누구······!"

백의인의 손이 잠깐 움직이는 듯하더니, 전칠은 그 사람의 얼굴을 확인하기도 전에 그대로 정신을 잃고 말았다.

툭!
뎅그렁!

느슨해진 손에서 미끄러진 망치가 바닥에 떨어지며 데구루루 옆으로 굴렀다.

"미안하네. 잠깐 자두도록 하게. 다른 사람의 눈에 띄면 아니 되어서 말일세."

바닥에 쓰러진 전칠을 내려다보며 백의인이 중얼거렸다. 머리카락은 새치 하나 없이 까맣고, 두 눈에는 부리부리한 정광이 가득한 사내였다. 검고 윤기 나는 검은 수염이 가슴께까지 흘러내려 있어 마치 삼국지의 관운장을 연상케 했다. 사십대 중반으로 보이는 이 중년인의 온몸에서는 자연스럽게 위엄이 흘러나오고 있었다.

"이럴 줄 알았으면 삿갓이라도 하나 구입해서 올걸 그랬나. 경황이 없긴 했지만 검 한 자루밖에 못 챙겼으니, 원."

그는 품 안에서 서찰 한 장을 꺼내더니 눈살을 찌푸리며 읽기 시작했다.

"……린아의 목숨을 그런 말뼈다귀 같은 녀석한테 맡기지 않으면 안 된다니!'

주변에 자욱한 안개처럼 고심과 한탄이 뿌옇게 뒤섞여 있는 얼굴이었다. 중년인은 잔뜩 찌푸린 얼굴로 입맛을 다시더니, 고개를 들어 주변을 노려보듯 한 번 쓸어보았다. 마치 자신을 주시하는 적들이 안개 속에 숨어 있기라도 한 듯이.

"안개가 걷히기 전에 서둘러야겠군."

갑판을 가볍게 박차자, 그의 몸이 비조처럼 하늘을 향해 부웅 떠올랐다. 놀라운 경공이 아닐 수 없었다. 검은 수염을 휘날리며 중년인의 신형은 곧 짙은 안개 속으로 사라졌다.

*　　　*　　　*

"따라오게."

서해왕 락비오는 자신의 패배를 인정했는지, 의외로 군말없이 비류연들을 목관이 보관되어 있는 장소로 안내해 주었다. 정말로 흑도인답지 않게 정정당당한 걸 좋아하는 모양이었다. 아니, 이렇게까지 깨끗한 인정은 백도에서도 쉽사리 찾아볼 수 없는 자세였다.

"자기 자신을 찾아, 류연! 정신 차리란 말이야!"

서해왕 락비오와 싸우던 중 효룡의 한마디에 퍼뜩 정신을 차린 비류연은 다시 본래의 냉정함을 되찾았다. 마치 뜨거운 증기에 쪄진 것처럼 뜨겁게 달구어져 있던 머리가 일순간 차갑게 식은 느낌이었다. 그러자 좀 더 자신의 상황을 냉정하게 바라볼 수 있게 되었다. 그리하여 마침내 서해왕 락비오와의 내기에서 이길 수 있었다.

원래 비류연은 항상 자기 자신을 한 발짝 떨어져서 관찰하는 경향이 있었다. 순간적인 충동에 욱해서 자신의 감정대로만 움직이는 것은 그의 성향에 맞지 않았고, 그러기도 싫었다. 그런 행동은 항상 손해를 불러일으키게 마련인데, 그는 손해를 입는 게 무엇보다 싫었다. 하지만 잠시 동안 객관적인 시각을 잊고 있었던 모양이다. 언제나 뇌 한쪽 구석에서 자동으로 돌아가던 계산이 멈추어 있었던 것이다. 그만큼 나예린의 존재가 그에게 중요하다는 반증이기도 했다.

어쨌든 계속 그대로 나갈 수는 없었다. 그러다가 정작 중요한 나예린을 구출하기도 전에 죽는다면 개죽음도 그런 개죽음이 없었다. 개죽음도 등급으로 따지자면, 사냥개[獵犬] 등급보다 한참 아래인 지나가던 똥개 등급쯤 된다 할 수 있겠다. 그런 질 낮은 개죽음은 사양이었다. 지금은 분노의 힘을 아끼고 다스려야 할 때다. 우선은 꾹꾹 눌러 담고 전진하다 보면 곧 한꺼번에 터뜨릴 때가 반드시 올 것이었다.

'우선 몸부터 회복해야 해.'

이 상태로는 평소 실력의 반의반조차 제대로 내기 힘들었다. 지금은 몸의 회복을 최우선으로 해야 했다.

'일단 목관부터 열고.'

그다음 운기요상으로 몸을 회복시켜야겠다고 비류연은 결심했다.

락비오는 그들을 대청 뒤쪽에 위치한 별실로 인도했다. 문지방을 넘은 비류연의 눈이 번쩍 날카로운 빛을 발했다.

"바로 저것일세. 나도 아직 한 번도 열어본 적이 없네."

목관은 별실 한가운데 덩그러니 놓여 있었다.

"틀림없군."

예리한 시선으로 목관을 살펴본 비류연이 조용히 중얼거렸다.

"내 눈에도 그렇게 보이네, 친구."

분명 강호란도에서 그들이 보았던, 나백천에게 전해졌던 목관과 똑같은 재질, 똑같은 기술을 사용해 만든 목관이었다. 그 재수없는 서찰이 들어 있던 그것과도 의심할 여지없이 똑같았다.

"자, 어서 확인해 보게."

락비오는 자신은 이제부터 관여하지 않겠다는 듯 벽 한쪽으로 물러섰다. 따로 부하들을 데려오지도 않았을뿐더러, 뒤에서 암습을 하거나 할 기미도 전혀 없었다.

"……."

목관을 본 이후 비류연의 말수는 극히 줄어들어 있었다. 이 별실에 들어온 순간부터는 시선마저 목관에서 한시도 떨어지지 않고 있었다.

"류연, 어떻게 하겠나?"

친구의 침묵을 참다못한 효룡이 먼저 입을 열었다.

"그걸 물어서 뭐 해? 물론 열어봐야지."

저 관을 열어보기 위해서 여기까지 그 고생을 해가며 온 것이 아닌가.

"자, 그럼 빨리 꾸물거리지 말고 어서 열어보게."

락비오가 다시 한 번 재촉했지만, 비류연은 목관을 이리저리 뜯어보기만 할 뿐 그 자리에서 꿈쩍도 하지 않았다. 목관, 목관, 노래를 부르기에 누구보다 빨리 달려갈 줄 알았던 비류연이 그 자리에 못 박힌 듯 미동도 하지 않으니 자연스레 의문이 들 수밖에 없었다.

"대체 왜 그러나?"

락비오는 평소에도 성격이 화급했기 때문에 우물쭈물하는 것은 딱 질색이었다.

"음, 역시 곰곰이 생각해 봤는데, 저 관 뚜껑은 락 대장이 여는 게 좋을 것 같네요."

팔짱을 낀 채 고개를 주억거리는 비류연의 말에 락비오가 어리둥절해하며 반문했다.

"아니, 내가 왜?"

그는 너무 단순해서 비류연의 속뜻까지는 읽지 못한 모양이었다. 비류연은 나직이 한숨을 하아, 내쉬며 말했다.

"그야 당연히 저 관 안에 내가 원하는 것 대신 뭔가 못된 장치가 되어 있을지도 모르니까 그렇죠."

"날 뭐로 보고 그러나! 나 사나이 락비오는 그런 비겁한 짓 하지 않는다!"

락비오가 버럭 성을 냈다. 비류연은 아무렇지도 않게 고개를 끄덕였다.

"아, 나도 그렇게 믿어요. 그러니까 스스로 열어서 증명해 주면 되겠네요."

눈썹 하나 까딱하지 않고 말한다.

'저래야 비류연이지.'

원래 돌다리도 세 번쯤 두드린 다음에, 희생양 하나를 먼저 시험적으로 보내보는 거야말로 전적으로 비류연다운 행동이었다.

효룡은 원래대로 돌아온 친구를 보며 만족스러운 듯 고개를 끄덕였다. 그러나 락비오는 전혀 만족스럽지 않은 모양이었다.

"세, 세, 세상에, 그런 믿음도 있나?"

어이없어하는 락비오를 보며 비류연은 단박에 고개를 끄덕였다.

"시력이 많이 안 좋은가 봐요? 어디 있긴요? 여기 있잖아요, 여기."

아무런 망설임도 없이 비류연은 자기 자신을 가리켜 보였다.

'저 망설임없는 뻔뻔함 역시 비류연다운 거지.'

물론 당하는 쪽은 어디 하소연할 데도 없는 비분에 가득 차올라 속이 터질 것 같아진다는 것을 잘 알고 있었다. 지금 락비오가 딱 그런 상황이었다. 그러나 이미 비류연의 말은 락비오가 도망칠 만한 퇴로를 교묘하게 차례차례 봉쇄해 나갔기 때문에, 종국에 가서는 비류연 말대로 할 수밖에 없게 된다.

"아니면 뭔가 마음에 걸리는 일이라도 있나요? 마음에 거리낄 게 없으면 그렇게 뺄 필요도 없을 텐데요?"

마지막 남은 길목까지 봉쇄되자 락비오의 선택권은 이제 오직 하나밖에 남지 않게 되었다.

"좋다, 이 몸이 직접 결백을 증명해 보여주지. 하면 될 것 아니냐, 하면!"

씩씩 화를 내며 성큼성큼 목관으로 다가간 락비오는 아무런 망설임도 없이 목관의 뚜껑을 열어젖혔다.

끼이이이익!

마침내 목관이 활짝 열렸다.

"응? 이건……."

락비오는 잠시 말을 잃었다.

"제길……."

목관 뚜껑을 열고 안을 들여다본 비류연의 입에서 망연자실한 목소리가 흘러나왔다.

터—엉!

목관 안은 허탈할 정도로 텅 비어 있었다.

"……."

짐작은 하고 있었다. 각오도 하고 있었다. 하지만 비류연의 실망은 이루 말할 수 없는 것이었다.

이 안에 나예린이 갇혀 있으리라고는 물론 믿지 않았지만, 마지막 남은 일말의 희망까지 버리는 데는 실패했던 것일까. 정작 현실로 닥치고 보니 실망이 밀물처럼 밀려왔다. 그때 락비오가 손가락으로 목관 밑바닥을 가리키며 한마디 내뱉었다.

"이보게, 여기 서찰 하나가 놓여 있는데?"

목관 안은 엄밀히 말해 완전히 비어 있는 것은 아니었다. 강호란도의 선착장에서 그랬던 것처럼 그 바닥에는 서찰 한 통이 놓여 있었던 것이다.

'혹시……?'

범인은 정말 변태 중의 변태인지, 자기 과시를 위해서라도 뭔가 단서를 남겨둔 모양이었다. 그 빌어먹을 자식은 어딘가에서 지금 자신들을 농락하며 그걸 즐기고 있는 것이다.

'그러니 나백천에게 흑천맹주 암살 같은 말도 안 되는 일을 지시한 것일 테지. 제발 딱 한 번만 실수해라. 그럼 당장 끝장을 내주마, 이 변태야!'

지금 의지할 만한 것이라곤 적의 자존광대에 의한 사소한 실수 같은 애매한 것들뿐이라는 사실이 씁쓸할 따름이었다. 하지만 그렇기 때문에 어느 것 하나라도 단서를 소홀히 할 수 없었다.

휘익!

텅! 하고 돌멩이 하나가 관 바닥에 떨어졌다. 정확히 서찰이 있는 그 장소였다.

"흠, 별 반응은 없군."

어느새 주워 들었는지 비류연의 손에는 작은 돌멩이 몇 개가 쥐어져 있었다.

휘익! 텅! 휘익! 텅!

한 번으로는 성이 안 차는지 비류연은 두 번 더 돌멩이를 던지고 나서 아무런 이상이 없다는 것을 확인하고 나서야 목관 쪽으로 걸어갔다.

"음?!"

한 발짝 뒤에서 그것을 지켜보던 효룡의 표정은 딱딱하게 굳어 있었다.

'뭐지, 뭐가 걸리는 거지?'

뭔가 이상했다.

'대체 뭐냔 말이다, 이 마음속 깊은 곳에서 용솟음치는 이 불안은?'

효룡은 심신을 뒤흔드는 불안을 도저히 주체할 수가 없었다. 관이 열리기 전에도 불안했는데, 관이 열린 후에도, 그 관 안이 텅 빈 것을 확인한 후에도 그 불안은 가시기는커녕 더욱 증폭되고 있었다. 뚜껑을 여는 것과 동시에 폭발하는 그런 비밀 기관장치는 전혀 장착되어 있지 않은 텅 빈 관인데, 여전히 불안한 마음이 가시지 않는 것은 어째서일까?

'어째서…… 어째서 계속 가슴이 이렇게 쿵쾅거리는 거지?'

그때 효룡의 뇌리에 할아버지께 들었던 말이 섬광처럼 스치고 지나갔다.

"사람의 뇌는 생각보다 많은 것을 보고, 많은 것을 기억하고, 많은 것을 추론한단다. 다만 보통은 그 사실을 자각하지 못할 때가 많지. 대부분이 무의식 속에 묻혀 버리고 마는 게야. 하지만 어느 땐가 '순간의 번뜩임'이 느껴진다면, 그건 결코 틀리는 법이 없는 진실이란다. 그럴 때마저 자신의 직관과 무의식을 무시하는 자들은, 결국 많은 것을 잃게 되는 법이지."

'그래, 나의 무의식은 무언가를 보았어. 다만 아직은 그게 뭔지를 자각하지 못한 것뿐이야!'

그렇지 않고서야 마음이 이리도 미칠 듯이 불안할 이유가 없지 않은가?

자신이 보고도 자각하지 못한 것, 무의식중에 놓친 것은 무엇일까?

순간 효룡의 머릿속이 엄청나게 빠른 속도로 회전하며, 방금 이 방에 들어와 자신이 봤던 것들을 점검해 나갔다.

관, 목관, 텅 빈 관, 텅 빈 바닥, 바닥, 바닥, 깊이!

"알았다! 흡!"

효룡은 마침내 뭐가 계속 마음에 걸렸는지를 깨달았다. 목관의 바닥이 선착장에서 봤던 것에 비해 이상할 정도로 얕았던 것이다. '그게 뭐?' 하고 반문할 사람도 있겠지만.

깨달음과 동시에 효룡은 지체없이 땅을 박찼다.

이때 비류연은 막 관에서 집어 든 서찰을 펼쳐 보고 있는 중이었다. 그의 온 신경이 이 한 장의 서찰에 집중되어 있었다. 그리고 그 서찰 안에는 다음과 같이 적혀 있었다.

죽어라!

슈욱!

그 순간 아무것도 없던 관 밑바닥에서 꼬챙이처럼 날카로운 검이 불쑥 솟아오르더니 비류연의 심장을 향해 무정하게 찔러 들어왔다.

"피해!"

나예린에 대한 생각으로 서찰에 정신이 팔려 있던 비류연보다 먼저 도약한 효룡 쪽이 더 빨랐다.

챙!

암습자의 쇠꼬챙이처럼 뾰족한 검은, 비류연의 가슴에 다다르기도 전에 효룡에 검에 의해 저지되었다. 효룡의 빠른 대응이 아니었다면, 목숨까진 아니어도 비류연의 가슴에 적잖은 상처를 안겨줬을지도 모를 암습이었다.

"정체를 드러내라!"

효룡은 암격을 막아낸 자세 그대로 발로 목관을 힘껏 걷어찼다. 엄청난 기세로 찬 탓이라 그런지 무거운 목관이 허공중에 부웅 떠오르며 산산조각이 났다.

"아니, 이럴 수가!"

벽 쪽에 서 있던 락비오의 눈이 부릅떠졌다.

산산이 분쇄되는 나뭇조각 틈 사이에 아주 몸집이 작은 검은 옷의 암살자가 섞여 있는 것이 똑똑히 보였던 것이다. 그자는 난쟁이처럼 키가 작고 비정상적으로 비쩍 마른 자였는데, 암습자답게 얼굴에는 복면을 쓰고 있었다.

'역시 바닥 밑이 비어 있었어!'

목관 바닥 밑은 이중 바닥으로 되어 있어, 그 밑에 누군가가 잠복해 있었던 것이다. 편지는 표적을 더 가까이 끌어들이기 위한, 시선을 빼앗기 위한 미끼였던 것이다.

효룡의 입에서 조소가 터져 나왔다.

"흥, 그 정도는 되어야 자리를 덜 차지하겠지."

첫 일격에 표적을 죽이지 못한 암습자는 이미 실패한 암습자였다.

"잘됐군. 몸집이 아담하니 무덤 자리도 덜 차지하겠어."

효룡이 쌍검을 휘두르며 암습자를 향해 달려들었다. 백색 광망이 번뜩이며 허공에 비산하는 나뭇조각들을 분쇄해 나갔다.

그러나 자신이 이미 실패했음을 깨달은 난쟁이 암습자는 정면으로 싸우기보다 곧바로 도주를 선택했다.

파바바바밧!

허공에서 땅으로 떨어지기도 전에 난쟁이 암습자는 손을 바람처럼 움직여 일장을 내질렀다. 주변의 파편들이 일제히 효룡을 향해 화살처럼 날아갔다. 난쟁이 암습자는 그 반동을 이용해 몸을 뒤로 뺐다. 그대로 도주할 심산인 게 뻔했다.

"룡룡! 저 난쟁이 똥자루, 반드시 생포해!"

서찰을 구겨 든 비류연의 목소리였다. 서찰에 아무런 단서도 없는 이상, 이제 남은 단서는 저 왜소하고 깡마른 난쟁이밖에 없었다.

"물론이지."

효룡이 을진무쌍검법을 펼치며 암살자를 향해 쇄도해 갔다. 효룡이 펼친 검풍에 목관의 파편들이 사방으로 튕겨 나갔다. 어차피 여기에서 나갈 만한 곳은 대청으로 이어진 정문뿐이었다. 그리고 그곳은 이미 비류연에 의해 막혀 있었다.

그러나 전문적인 도주 훈련을 받은 난쟁이 암습자의 도주 솜씨는 보통이 아니었다. 몸집이 작은 탓에 더 재빠른 것인지 순식간에 효룡의 검권(劍圈)에서 몸이 빼냈다. 난쟁이는 별실 벽 높다란 곳에 달린 조그만 채광창을 향해 몸을 날렸다. 보통은 몸이 빠져나가기는커녕 머리나 안 끼이면 다행일 정도로 작은 구멍이었다. 상식적으로는 절대 도주로가 될 수 없는 곳, 그러나 이 난쟁이 암습자에게는 저 조그만 채광창도

훌륭한 출입구나 다름없었다.

"어딜 감히!"

쫓아가도 이미 늦었다고 판단한 효룡이 쌍검을 휘둘러 검기를 날렸다.

"무쌍십자검(無雙十字劍)!"

십자 모양의 검기가 벽을 갈랐다. 그러나 아슬아슬한 순간에 난쟁이 암습자는 이미 채광창으로 미꾸라지처럼 몸을 빼내고 있었다.

"이런, 놓쳤나!"

잠자코 지켜보고 있던 락비오가 인상을 찌푸리며 외쳤다. 그러나 효룡의 눈에서는 아직 의지의 불꽃이 꺼지지 않은 채 활활 타오르고 있었다. 아까는 실수로 친구를 부담스럽게 만들었다. 그런데 여기서 또다시 암습자를 놓치는 실수를 범할 수는 없었다. 그 스스로가 그것을 용납할 수 없었다.

"하압!"

효룡이 두 자루의 검을 허공을 향해 집어 던졌다. 그러나 자포자기해서 그런 것은 아니었다. 괜한 화풀이도 아니었다.

"날아라아아아아!"

효룡의 입에서 일갈이 터져 나왔다.

그러자 두 자루의 검이 채광창을 빠져나가 아직도 도주하고 있는 적을 향해 화살처럼 날아갔다. 이 화살은 의지를 가진 화살이었다.

오의(奧義) 비조쌍월인(飛鳥雙月刃)

섬광처럼 날아간 두 자루의 검은 저 멀리 도주하고 있던 난쟁이 암습자의 양 허벅지를 관통하더니 그대로 땅에 꽂혔다. 암습자가 바닥에 쓰러졌다. 상당히 과격한 방식이었지만, 몰래 숨어서 암습하는 암습자한테 인정사정 봐줄 의리는 없었다. 남에게 칼침을 먹이려면 자기도 칼침 먹을 각오가 되어 있어야 하는 법이다.

"거기 가만있어라!"

펑!

돌아갈 시간 따위 없었다. 독한 훈련을 받은 놈이라면 저 상태에서도 또다시 도망가려 할지도 몰랐다. 효룡은 양손에 기를 모은 다음 그대로 벽을 후려쳤다.

쾅쾅쾅쾅쾅!

강력한 내공이 실린 일격에 벽이 그대로 날아가자 구멍이 뻥 하고 뚫렸다.

"내 건물이! 내 건물이!"

자신의 부대 건물에 커다란 바람구멍이 난 것을 본 락비오는 비명을 질렀다. 비류연은 말없이 엄지손가락을 치켜세워 주었다. 잘했다는 뜻이었다.

사람 두 명이 충분히 지나갈 만한 구멍이 뚫리자 효룡은 망설임없이 몸을 날려 땅에 쓰러진 암습자를 향해 달려갔다.

"잡았다! 이제부터 천천히 즐거운 이야기를 시작해 보실까?"

파바바밧!

재빨리 몸이 움직이지 못하도록 점혈을 한 다음 쓰러진 암습자를 돌려 눕혔다.

"자, 이제 그만 부끄러워하고 얼굴 좀 보여주시지."

효룡은 재빨리 암습자의 복면을 벗기고 얼굴을 확인했다. 그 순간 효룡의 눈이 부릅떠졌다.

"이, 이런 짓을……."

놀랍고도 끔찍하게도 난쟁이 암습자의 입은 철사로 꿰매져 있었다. 변색된 철사는 주위의 살들 속에 파묻혀 있어서 어디서부터 철사이고, 어디서부터 살인지 구분하기도 애매했다. 오래전부터 이런 상태였다는 뜻이었다.

"우읍!"

효룡은 순간 구역질이 치밀어 오르려 했다.

아무것도 발설하지 못하게 하기 위한 입막음 조치 중에서도 가장 악질적인 조치였다.

"이, 이런! 안 돼!"

갑자기 효룡의 입에서 비명이 터져 나왔다.

철사로 묶여진 입술 사이로 한줄기 피가 흘러나왔던 것이다.

피의 색깔은 검은색, 중독이라는 뜻이었다.

"이런! 자결할 셈인가!"

난쟁이 암습자가 망설임없이 입 안의 독단을 깨문 것이다. 철사로 입을 꿰매는 것으로도 모자라서, 입을 봉하기 전에 독단까지 심어놓은 모양이었다. 효룡은 독이 더 이상 번지지 않게 혈도를 제압하고 독혈을 토해내게 하려 했지만, 입이 철사로 막혀 있어 불가능했다.

"제기랄! 제기랄! 제기랄! 살아나! 살아나! 살아나!"

효룡이 미친 듯이 외치며 암습자의 몸에 내공을 불어넣었다.

어떻게 잡은 단서인데, 여기서 이렇게 허무하게 잃을 수는 없었다.

이렇게 허무하게…….

"이미 늦었어, 룡룡. 벌써 숨이 끊어졌거든. 그러니 그만 해."

거의 발광하다시피 하는 효룡을 말린 것은 의외로 비류연이었다. 말리는 그의 표정 역시 딱딱하게 굳어 있었다. 사실 이 암습자에게 들어야 할 용건이 있는 사람은 바로 그였던 것이다. 그러나 이미 마지막 남은 단서는 제멋대로 끊어져 버리고 말았다.

"다시 처음으로 되돌아갔군."

아무런 단서도 없던 그 순간으로.

효룡은 친구를 볼 면목이 없었다.

"미안하네, 류연. 내가 좀 더 정신을 차렸더라면……."

자신이 좀 더 신속하게 대처했다면……. 그놈들이 이보다 더 혹독한 수법을 쓸 수도 있다는 것을 머리로는 알고 있었으면서도, 미처 대비하지 못한 것은 다른 누구도 아닌 자신의 실책이었다.

이 암습자만 해도 효룡의 생각으로는 방금 전의 싸움 때문에 필요 이상으로 힘을 소모한 비류연 대신 자신이 포획하는 게 마땅했다. 서해왕과의 싸움에서 도움이 되지 못했던 만큼, 다른 부분에서 도움이 됐어야 했는데도 또다시 도움이 되지 못한 것이다. 때문에 다른 누군가를 원망하는 대신 효룡은 자신을 탓했다.

효룡은 자괴감 때문에 침울해졌다. 그러나 정신은 놓고 있었던 건 비류연도 마찬가지였다. 평소의 그답지 않게 철저한 준비 없이 접근한 것도 그, 텅빈 관 안에서 조심성없게 서찰을 집어 든 것도 바로 그였다. 그러나 굳이 그 사실을 굳이 말하지는 않았다. 자신에게 빚진 상태로 만들어두는 것도 나쁘지 않다는 계산을 그 밑바닥에 깔면서. 비류연은 어찌 되었든 비류연이었던 것이다.

"그렇게 침울해 있지 마. 아직 해야 할 일이 있으니까. 우리에겐 아직 여기서 할 일이 남아 있잖아."

"그게 뭔가?"

관은 산산조각 났고, 유일한 단서인 암습자도 죽은 마당에 더 이상 무슨 할 일이 있단 말인가?

그러자 비류연의 시선이 락비오를 향했다.

거구의 사내가 순간 움찔했다.

길게 자란 앞머리에 가려져 있었어도 그 날카로운 기세만큼은 충분히 전해지고도 남았다.

"왜 없겠어? 우릴 비겁한 함정에 빠뜨린 저 비겁한 대장님한테 입이 있으면 변명이라도 해보라고 해야지. 물론 입이 백 개라도 할 말은 없겠지만 말이야. 그나마도 최후의 양심이 있다면, 이라는 전제하에서 하는 말이니까 실제론 어떨지 모르겠네."

팔짱을 낀 채 도발적인 자세로 락비오를 쏘아본다.

"무, 무슨 말이냐? 난 저 암습자랑 아무런 관계도 없다! 절대로 없다!"

락비오가 억울하다는 듯 소리쳤다. 비류연은 실망스럽다는 표정으로 고개를 가로저었다.

"이제 보니 양심도 없었군."

송곳으로 찌르는 듯한 한마디가 락비오의 가슴에 가서 푹 하고 박혔다.

"그러게 말이야. 좀 전까지는 그렇게 정정당당을 찾더니, 다 거짓말이었군. 비겁하게시리."

효룡이 옆에서 거들자, 비류연이 '맞아, 엄청 비겁하지'라며 그 의견에 수긍했다.

푹푹! 다시 비난의 말이 비수가 되어 락비오의 심장에 날아가 꽂했다.

"아니야, 아니라니까! 제발 내 말 좀 들어보게."

물론 비류연과 효룡은 그의 말을 전혀 들으려 하지 않았다.

"그럴 거면 애초에 정정당당을 찾지 말던가."

"난 정말 몰랐어! 몰랐단 말이야! 난 억울하네! 정말로 억울해!"

"정말 몰랐어요?"

"정말 몰랐네. 하늘과 땅과 우리 아버지의 이름에 걸고 맹세해도 좋네."

저렇게까지 말하는데 거짓은 없을 터였다.

아마도.

그러나 거짓이 없으면 또 어떤가. 흐흐흐, 이런 좋은 기회를 그냥 두고 넘어갈 비류연이 아니었다.

"그럼 그렇다 치죠. 그런데 그냥 몰랐다고 하면 끝날 문제인가요?"

그 말에 락비오는 다시 움찔하며 본능적으로 몸을 뒤로 젖혔다.

"무, 무슨 뜻인가?"

대답 대신 비류연은 양팔을 벌리고 주변을 돌아보더니, 도리어 락비오에게 반문했다.

"여긴 어디죠?"

"그야 물론 서해도일세."

몰라서 묻는 건 아닐 것이었다.

"그렇다면 이곳 서해도는 누구의 영역이죠?"

비류연이 조용한 목소리로 하나씩 하나씩 짚어나가기 시작했다.

"그야 우리 십번대 영역이지."

"그 십번대의 책임자는 과연 누구일까요?"

"무, 물론 날세."

서해왕 락비오 말고 책임자가 누가 또 있겠는가. 락비오의 목소리는 좀 전과 비교도 할 수 없을 정도로 작아져 있었다.

"당신 말고 다른 사람이 더 위에 있는 것은 아니라 그 말이죠?"

"그거야 그렇지만……."

"호오, 그럼 역시 댁의 책임이 맞네요. 자기 영역 안에서 벌어지는 일도 제대로 파악하지 못한데다가 암습자의 존재도 간파하지 못하다니, 설마 그런 큰 실책을 범하고도 책임이 없다고 말하려는 건 아니겠죠? 아니면 혹시 그건가요? 책임자란 희희낙락 권리만 누릴 대로 다 누리고 책임은 있는 대로 방기해도 되는 자리란 '책임감' 없는 생각을 갖고 있다거나 하는? 에이, 설마. 천하의 사천왕 중 한 사람이 설마 그러진 않겠죠?"

"그, 그건…… 물론 아니네만……."

그렇게 대답하는 것 말고는 다른 수가 없었다. 이 단순한 남자는 죽어도 스스로를 비하할 수는 없었던 것이다. 말발에서 락비오가 비류연의 상대가 될 리 없었다.

"책임, 있지요? 남자답게 인정하는 게 어때요? 남자답게?"

일부러 '남자답게'를 두 번씩이나 강조하는 비류연이었다. 락비오는 그 말에 너무나 취약했던 것이다. 여기서 부정하면 남자답지 못하다는 이야기가 된다. 그것은 락비오가 도저히 용납할 수 없는 사태였다.

"조, 좋네. 책임이 있네. 남자답게 인정을 하지. 인정하면 될 것 아닌가!"

될 대로 되라는 식으로 락비오가 외쳤다.

"과연 남자다운 십번대의 대장답군요. 다시 봤어요."

실로 감탄했다는 듯 비류연이 팔짱을 낀 채 연신 고개를 끄덕였다.

"그, 그런가? 하하하, 뭘 이 정도 가지고. 어흠, 그래도 내가 좀 남자답긴 하지."

칭찬을 받자 락비오는 조금 우쭐해졌다. 역시 남자답게 인정하길 잘했다는 생각이 들었다. 누가 뭐래도 자신은 싸나이 아닌가. 자신이 비류연에게 완전히 농락당하고 있다는 사실도 깨닫지 못할 만큼 그는 '남자답게' 단순했던 것이다. 여기까지가 단지 서론에 불과하다는 것 역시 눈치채지 못할 만큼 말이다.

"자, 그럼 책임이 있다고 했으니, 어떻게 책임지실 건가요?"

의기양양해하는 락비오를 향해 비류연이 대뜸 질문해 왔다.

"어떻게라니?"

"뭔가 구체적으로 책임을 지는 방법이 있어야 할 것 아니에요? 아니, 그럼 설마 말만으로 때울 생각이었던 건 아니겠지요?"

설마 그런 파렴치한 짓을 저지를 생각은 아니었겠지요, 하는 시선으로 비류연이 락비오를 쳐다보았다. 옆에 있던 효룡도 락비오에게 미묘한 시선을 보내며 침묵으로 비류연을 거들었다.

"무, 물론 입바른 말만 하고 끝낼 생각은 없었네. 무, 물론이고말고. 오해야, 오해. 내가 어떻게 해줬으면 좋겠나?"

"딱 한 가지. 적절하게 책임을 지는 방법이 있지요."

"그게 뭔가?"

그러자 비류연은 일말의 망설임 없이 락비오 앞으로 손을 불쑥 내밀었다.

"이 손은 뭔가?"

얼떨떨한 표정으로 락비오가 반문했다.
"이곳에서 가장 운기요상하기 좋은 '명약' 급의 단약 두 알을 주세요. 그럼 이번 일을 없었던 일로 하지요."
"뭐, 뭐라고?"
"소양단 같은 싸구려 약 말고 괜찮은 걸로 부탁하도록 하지요. 설마 이곳 서해도를 책임지고 있는 서해왕씩이나 되는 분이 효과 좋은 요상단 같은 것도 한두 알 없단 말은 아니겠지요?"
살짝 자존심을 긁는 말에 락비오는 금세 발끈해서 소리쳤다.
"없을 리가 있나! 난 스승님한테 받은 비장의 비약도 두 알이나 가지고 있다고… 흡!"
'아차!'
락비오는 황급히 손으로 입을 막았지만 이미 때는 늦어 있었다.
"호오, 비장의 비약이라? 그것참 흥미로운 이야기로군요."
비류연의 눈은 이미 먹이를 포착한 매의 눈빛이었다.
"아니, 그렇게 대단한 건 아니고 하산할 때 스승님한테서 받은 거라네. 별거 아니지만 가장 긴급한 상황에서 먹으라고 주신 '소생단(甦生丹)'이라는 이름의 구명요상단 두 알일 뿐이네. 물론 난 강했기 때문에 아직까지 한 번도 그 약을 쓴 적이 없지."
소림 대환단 같은 천하의 이름을 떨치는 명약은 아니지만 락비오에게 있어서는 나름 소중한 물건이었다.
"딱 좋군요. 그걸 줘요."
락비오의 얼굴에 망설임이 떠올랐다.
"그, 그걸 말인가? 물론 사부님이 대단한 비약은 아니라고 하셨지만……."

"호오, 방금 책임감있는 자세를 보이겠다고 한 건 다 거짓말이었나요?"

"그것과 이건 전혀 다른 문제 아닌가? 그건 사부님이 마지막으로 챙겨주신 건데……. 사부님은 별거 아니라고는 했지만…… 위급할 때만 먹으라고 하신 거고."

"지금이 바로 위급한 상황이에요. 지금보다 더 위급한 상황이 있을 것 같아요? 지금 당신은 '신용의 위기'에 빠진 거예요! 힘과 정의로 세상에 부딪쳐 보겠다던 락비오라는 한 당당한 사내대장부가, 책임감없는 거짓말쟁이에 암습이나 일삼는 천하의 비겁자가 될 판이라고요. 그런데도 이게 위기가 아니고 무엇이 위기겠어요?"

"난 거짓말쟁이도 비겁자도 아니네!"

락비오가 분노에 찬 목소리로 외쳤다. 거짓말에 암습이라니, 그런 것은 그의 정체성 전체를 위협하는 행위였다.

"맞아요. 아니죠. 그러니까 단약을 줘요. 그럼 인정해 드리죠."

결론이 어째 그렇게 나버리고 말았다.

"두 알 다…… 말인가?"

아까운 기색이 역력한 투로 되묻는다. 하지만 이미 절대 안 돼, 라는 단계는 벗어나 있었다.

"일단 가져와 봐요."

"아, 알았네. 잠깐만 기다리고 있게."

얼렁뚱땅 비류연의 말발에 넘어간 락비오는 자기가 무슨 짓을 하는지도 모른 채 소생단을 가지러 갔다. 잠시 후 돌아온 그의 손에는 손아귀에 들어갈 작은 상자 두 개가 들려 있었고, 각각의 상자에는 상당히 굵기가 굵은 금색의 단약 두 개가 들어 있었다.

'어라, 별거 아니라는 것치고는 너무 그럴듯하게 생겼는데?'

비류연은 좀 더 조그만 단약을 생각하고 있었는데, 직접 보니 너무 그럴듯하게 생겨 있었다.

'물론 약은 겉보기로 알 수 있는 게 아니지만······.'

약은 옷과 달라 겉보기로는 그 효능을 판단할 수가 없는 물건이긴 하다. 하지만 상자를 열었을 때부터 풍겨져 나오는 그윽한 향기는 범상한 것이 아니었다.

"나도 양심이 있으니 딱 한 알만 받도록 하죠. 잠깐 그 단약 두 알 이리로 주시겠어요?"

"아, 여기 있네."

락비오는 순순히 비류연에게 단약을 건네주었다.

비류연이 상자를 살짝 흔들자 단약 두 개가 허공으로 툭 튀어 올랐다.

슥슥!

가느다란 백선 두 개가 번쩍이더니 두 개의 금색 단약이 네 조각으로 나뉘어졌다. 분노한 락비오가 버럭 소리쳤다.

"이게 무슨 짓인가!"

비류연은 락비오의 말에는 대답하지 않은 채 반쪽짜리로 나뉜 금색 단약 각각을 따로 합쳐서 단약을 하나 만들고는 락비오에게 건네주었다.

"자, 먹어요."

"아니, 왜 이걸 나한테 주는 건가? 자네가 다 먹는 것 아니었나?"

락비오가 의심을 품는 것은 당연했다.

"먹어보면 알아요."

비류연은 금단을 락비오의 입속으로 던져 넣었다.
"어……억!"
얼떨결에 락비오는 그것을 받아먹었다. 금단은 그대로 락비오의 뱃속으로 사라졌다.
"흐읍."
잠시 후 락비오의 안색이 대춧빛처럼 불그스름해지기 시작했다. 약효가 그의 전신을 돌기 시작한 것이다.
"대체 이 단약은……."
락비오는 좀 전의 싸움으로 소모됐던 내공이 급속도로 회복되는 것을 느끼곤 깜짝 놀랐다. 그제야 비로소 비류연은 만족스러운 듯 고개를 끄덕이며 한마디 내뱉었다.
"흠, 독(毒)은 아닌가 보네."
락비오의 미간이 와락 구겨졌다. 소중히 아끼며 간직해 두었던 비장의 비약을 꺼내주었는데, 고작 한다는 소리가 독은 아닌가 보네라니!
"다, 당연하지! 이 몸을 뭘로 보고! 내가 단약을 독이라고 속여서 줄 사람 같으냐?"
사람을 모욕해도 유분수라는 표정으로 락비오가 항의했다.
"여긴 적진 한가운데잖아요. 무슨 일이 일어나도 이상하지 않죠. 이런 걸 유비무환(有備無患)이라고 하는 거예요. 댁한테는 좀 어려운 개념일지 모르지만요."
그런 당연한 상식도 모르는 걸 보니, 머리통 안에 돌만 든 게 분명하다는 말투였다.
"나, 나도 유비무환 정도는 알아!"
락비오가 버럭 소리쳤다. 자신을 무시하지 말라는 뜻이었겠지만, 그런 외침에 눈썹 한 올 까딱할 비류연이 아니었다.

"알지만 한 번도 그걸 실천해 본 적은 없잖아요? 안 그래요?"

"그, 그걸 어떻게?"

락비오가 뜨끔해하는 걸 보니 본인도 찔리는 구석이 없지는 않은 모양이었다.

"척 보면 착이죠."

뭘 그런 당연한 걸 묻느냐는 얼굴로 비류연이 대답했다.

조금 더 락비오의 상태를 지켜본 후, 그의 몸이 좋아지면 좋아졌지 나빠지지 않는다는 걸 확인한 비류연은 반쪽씩 합쳐 하나로 만든 금단을 망설임없이 꿀꺽 삼켰다.

한시라도 빨리 내상을 회복해서 나예린을 구출하기 위해.

그리고 단약을 삼킨 후.

채 반 각이 지나기도 전에 비류연은 왈칵, 피를 토해냈다.

쇄혼독비(碎魂毒匕)
―나백천, 독검(毒劍)을 받다

영업 준비 중!

"여긴가?"

닫힌 주루의 정문 위에 걸린 간판을 올려다보며 중년인 한 명이 눈살을 찌푸렸다. 새벽녘에 배에서 내려, 안개 속으로 섞여들었던 바로 그 검은 수염의 중년인이었다.

그가 바라보고 있는 간판에는 검은 글씨로 '흑상루(黑霜樓)'라는 글자가 적혀 있었다. 얼핏 보기에는 번화한 마을의 대로(大路) 한복판에 위치한 멀쩡하고 번듯하게 생긴 주루였다. 아직 준비 중이라고 걸려 있는 탓에 손님은 보이지 않았다. 중년인은 망설이지 않고 발걸음을 안으로 옮겼다.

'열하나.'

오감의 감각을 확장해 주위를 탐색하자 여기저기 숨어 있는 자들의 기척이 느껴졌다. 이곳이 어디에나 있는 평범한 주루라면 있을 리 없는 기척, 전문적으로 훈련을 받은 자들이 사냥을 앞둔 맹수처럼 자신의 기세를 죽이는 그런 기척이었다. 경계의 기미는 여실했지만 살기는 느껴지지 않았다.

'아쉽군. 차라리 살기를 내비치면 몰살시킬 수 있을 것을……'

중년인은 차라리 이 자리가 자신을 잡기 위한 함정이길 바랐다. 그편이 습격해 오는 적들을 정당방위로 몰살시킬 수 있고, 터무니없는 일을 더 이상 맡지 않아도 되기 때문이다. 하지만 주변에서 느껴지는 기세로 보아 그를 함정을 빠뜨려 죽이기에는 한참이나 부족한 포진이었다. 그럴 작정이었다면 지금보다 열 배는 더 많은 인원을 준비해야 하기 때문이다. 그걸 모를 정도로 '그놈'이 어리석다고는 생각할 수 없었다. 그놈은 아주 제대로 미쳤지만, 불행하게도 어리석지는 않았다.

"손님, 팻말 안 보셨습니까? 아직 영업 전입니다. 나가주시지요."

계산대에 서 있던 점소이 하나가 인상을 숨김없이 찌푸리며 투덜거렸다. 손님을 대하는 태도가 상당히 제대로 글러먹어 있었다.

"이 주루는 손님을 맞는 태도가 형편없군. 그래서 어디 장사를 하겠나?"

손님을 끌고 와야 할 점소이가 도리어 쫓아내다니, 그것도 이렇게나 불친절하게! 말도 안 되는 얘기였다.

"그건 손님이 상관할 바가 아니니 나가주시지요."

명백한 축객령이었다. 검은 수염을 기른 중년인의 입에 고소가 떠올랐다.

"내가 바로 자네들이 기다리는 손님이라네. 그러니 가서 루주(樓主)

라는 놈을 불러와."

 그 말에 점원은 눈에 띄게 당황한 기색이 역력했다.

 "그, 그럴 리가 없소이다. 우리가 기다리는 사람은 나이가 백 살은……."

 그러나 점원의 말은 중간에 뚝 하고 멈추었다. 중년인의 품에서 나온 한 통의 서찰을 본 탓이었다.

 "이제 믿겠나? 아니면 내 검으로 증명을 더 해야겠나?"

 못 믿겠으면 검술 실력도 보여줄 수 있다는 뜻이었다. 물론 대가는 그의 목숨이었다.

 "더, 더 증명하실 필요 없습니다."

 그제야 흑염의 중년인은 만족스러운 듯 고개를 끄덕였다.

 "자, 그럼 이제 이곳의 루주라는 놈을 불러오겠나? 아니, 불러올 필요도 없겠군."

 점원이 등지고 있는 벽 쪽을 노려보며 중년인이 날카로운 목소리로 한마디 했다.

 "수풀에 머리만 처박는다고 꿩 꼬리가 숨겨지겠나? 숨어 있으나 숨어 있지 않으나 똑같으니 그만 나오는 게 어떤가?"

 그 말에 점원의 얼굴이 사색이 되었다.

 "이런, 이런. 설마 백 세가 넘은 정천맹주 나백천 대협께서 설마 이렇게 팔팔하게 젊으실 줄은 꿈에도 몰랐군요. 저희들이 가진 용모파기랑 격차가 심해서 좀 당황했습니다."

 벽 뒤에서 비단옷을 걸친 뚱뚱한 사내 하나가 걸어나오며 호들갑을 떨었다. 그는 복면을 뒤집어쓰고 있었는데 어떻게 된 게 그 복면까지도 비싼 고급 비단으로 만들어져 있었다.

"그냥 인피면구를 착용한 것뿐일세. 사람의 눈과 귀가 있는데 정천맹주씩이나 되는 자가 흑천맹의 거점 주위를 어슬렁거리는 것도 문제이지 않겠나?"

그것은 양측에 맺은 협정 서른 가지 정도를 한꺼번에 위반하는 짓이었다.

원래 사람이 많은 곳에는 첩자가 있게 마련이다. 더구나 이곳부터는 이제 흑천맹의 앞마당, 곳곳에 그들의 눈과 귀가 있다고 그는 확신했다. 왜냐면 정천맹도 마찬가지였으니까.

"인피면구라…… 그것치고는 너무 자연스럽군요."

비만 복면의 뚱보사내는 매우 미심쩍다는 시선이었지만 나백천은 깨끗이 무시했다.

"요즘은 역용술도 기술이 많이 발달했지. 자네 견문이 짧은 걸 어쩌겠나?"

아무리 봐도 사십대로 보이는 검은 머리에 윤기가 좌르륵 흐르는 검은 수염. 하지만 이 사내의 정체는 바로 정천맹주 나백천 본인이었다.

"그런데 이런 쓸데없는 이야기를 하기 위해 여기 온 것은 아니네만?"

언제까지 송사리만 상대하고 있을 수는 없는 노릇이었다.

"그럼 명령을 전달하겠소."

비단복면인의 말투가 변했다. 나백천의 눈썹이 일순간 꿈틀했다. 겨우 천 쪼가리 한 장으로 얼굴을 가렸다고 용기가 넘쳐흐르다 못해 분출하는 모양이었다. 겨우 저런 부실한 익명성에 취해 간이 배 밖으로 나오다니.

"호오, 명령이라? 자넨 지금 누구한테 대고 그딴 말을 지껄이고 있는지 혹시 알고나 있나?"

나백천은 일부러 느긋한 목소리로 반문했다. 그러자 익명의 복면사내는 어깨를 으쓱하며,

"물론 알고 있소. 정천맹주 나백천한테 아니오?"

그의 태도에는 조금의 거리낌도, 일말의 조심성도 없었다. 지까짓 게 감히 날 어쩌겠어, 인질도 있는데? 그렇게 생각하고 있는 게 복면을 벗겨볼 필요도 없이 뻔히 보였다.

나백천은 피식 웃었다.

"아니, 자네는 전혀 모르고 있군. 그 머리엔 꿩 대가리 정도의 지혜밖에 들어 있지 않은 듯하네."

"그게 무슨……."

비단복면뚱보의 말이 끝나기도 전에 나백천의 몸이 질풍처럼 움직였다. 순식간에 복면사내의 목을 움켜쥔 다음 거칠게 벽에 밀어붙였다. 거의 벽에다 내동댕이칠 듯한 기세였다.

"커헉!"

고통을 참지 못하고 복면사내의 입에서 신음성이 피와 함께 터져 나왔다. 순간 복면뚱보의 호위로 보이는 열하나의 살기가 요동쳤다.

"갈(喝)! 모두 움직이지 마라! 개죽음당하기 싫으면!"

나백천의 일갈이 터지자 막 움직임을 취하려던 열한 가닥의 살기가 모두 멈추었다. 단 한 사람이 내뿜는 기세에 열한 명이 동시에 제압당한 것이다. 지금 나백천에게 고상한 무림맹주로서의 모습은 어디에도 없었다. 어느새 그는 사나운 맹수로 변해 있었다.

"자, 이제 좀 자각이 되나? 자신이 지금 누구와 이야기를 나누는지?"

부릅뜬 두 눈이 무시무시한 광채를 발한다. 그 두 눈동자는 분노에 의해 불타고 있어, 맹수조차도 단숨에 제압할 듯한 기세가 쏟아져 나오

고 있었다. 어지간한 내력이 없는 이상 그 눈빛을 정면으로 받는다는 것은 불가능했다. 절정의 검객이 뿜어내는 그 안광은 칼날과도 같이 상대의 정신을 제압한다.

"그, 그렇소."

꾸우우욱!

목울대를 움켜쥔 손에 더욱 힘이 들어간다.

"아니, 자네는 아직 완전히 이해하지 못한 것 같군. 다시 잘 생각해 보게. 좀 더 잘. 아마 이번이 마지막 기회일 테니까."

담담하지만 심신을 짓누르는 힘이 담긴 목소리였다. 은근하지만 웅혼한 내력마저 실려 있어서 사자의 포효를 들은 듯 머릿속이 울릴 지경이었다. 복면뚱보는 고통을 참지 못하며 대답했다.

"그, 그렇습니다."

그제야 나백천은 손아귀의 힘을 조금 뺐다.

"좋아, 이제야 겨우 대화를 나눌 준비가 된 듯하군. 자, 이제 이야기를 들어볼까? 네 주인이 지금 어디에 있는지, 내 딸을 어디에다 감금해 두고 있는지."

"저…… 전 모릅니다."

우둑!

"끄아아아아아아악!"

복면뚱보의 입에서 거친 비명이 터져 나왔다. 나백천이 그의 손가락 하나를 비틀어서 부러뜨렸던 것이다. 그러나 비명이 주루 밖으로 새어 나갈 염려는 없었다. 그가 주위에 펼친 기의 막이 소리가 흘러나가는 것을 차단하고 있었기 때문이다.

"자, 다시 한 번 묻겠다. 이번에는 좀 더 신중하게 대답해 주길 바라네. 우선 손가락 하나로 가볍게 시작했지만, '분근착골(分筋錯骨)' 까지는 쓰고 싶지 않으니 말일세."

'네 녀석의 근육을 토막토막 끊고, 몸 안의 뼈를 뒤섞어놓겠다'를 네 글자로 줄여놓은 말에 복면뚱보는 사색이 되고 말았다. 평소에 항상 약한 자만 괴롭히다가 우연찮게 강한 자를 마주하고 보니 잠시 적응이 늦어졌던 게 화근이었다. 아니, 미리 익혀두었던 그림 속의 얼굴과 영 생김새가 다른 바람에 잠시, 아주 잠시간 누굴 상대하고 있는지 잊었던 탓이다.

"커컥. 저, 정말 모릅니다. 저, 저 같은 말단에게는 그런 정보가 들어오지 않습니다. 제, 제게 주어진 며, 명령은 지시 사항을 당신께 전달하는 것뿐입니다."

"흥, 그리고 내가 그 지시를 지키는지 지키지 않는지 감시하는 역할이겠지."

"……닙니다."

"뭐라고?"

나백천이 미간을 찌푸리며 반문했다.

"…아닙니다. 전 감시역이 아닙니다."

"그 말은 믿기 어려운데? 날 우롱하려는 건가?"

"저, 절대 그렇지 않습니다. 가, 감시역은 따로 있습니다. 제가 무사히 지시 사항을 전달하는지 안 하는지, 그 지시를 당신께서 따르는지 따르지 않는지 멀리서 감시하고 있을 겁니다."

"만일 자네가 무사하지 않다면?"

복면뚱보의 눈동자가 공포로 인해 심하게 흔들렸다.

"다, 당신께서 지시 사항을 어겼다고 위쪽에 당장 보고할 겁니다."

"그럼 어떻게 되지?"

"그, 그건 저도 모릅니다. 저, 정말입니다."

나백천이 다시 한 번 내공을 불어넣어 뼈와 근육을 비틀자 그는 다시 한 번 처절한 비명을 내질렀다.

"그렇다면 자네가 맡은 역할은 뭐지?"

창백한 얼굴에 식은땀이 줄줄 흘리며 사내가 말했다.

"지시 사항을 이행하는 것입니다."

"지시 사항?"

"네, 제 역할은 매, 맹주님의 검을 잠시 맡는 것입니다."

그제야 목을 조르는 힘이 약해져 복면뚱보는 제대로 숨을 쉴 수 있게 되었다.

"내 검 '백뢰(白雷)'를? 왜?"

나백천의 미간이 찌푸려지며 깊은 골이 패었다.

"그, 그건…… 그 검으로 일을 시행하면 안 되기 때문이라는 것밖에 모릅니다. 대신 이것을 쓰시면 됩니다."

복면뚱보는 조심스럽게 품 안에서 천 뭉치 하나를 꺼내 앞으로 내밀었다. 천을 풀자 시커멓게 생긴 단검 하나가 모습을 드러냈다. 무척 기분 나쁘게 생긴 검이었다. 살짝 검을 뽑아보자 검신이 뭔가에 물든 듯 검게 물들어 있었다. 투박하고 불길한 빛이었다.

"이건 뭔가?"

"'쇄혼독비(碎魂毒匕)'라는 녀석이죠. 보시다시피 독검입니다."

"그걸 몰라서 묻는다고 생각하나?"

"아니, 그건……."

"지금 내 실력으로는 흑천맹주를 상대하기에 부족하다고 말하고 싶은 건가를 묻고 있는 걸세."

복면뚱보는 서둘러 고개를 저었다.

"무, 물론 그건 아닙니다. 그저 일을 확실히 하기 위해서일 뿐입니다. 그것이 제가 받은 명령입니다. 우선 받으시지요."

"……."

나백천은 잠시 망설였다. 저것은 오직 상대를 죽이기 위한 살의와 악의를 담아 완성된 무기였다. 검이라고 부를 수조차 없는 살인 무기였다. 선뜻 손이 가지 않았다.

"받으십시오. 그래야 따님이 무사할 수 있습니다."

"내 딸 이야기를 감히 입에 담지 마라!"

나백천이 추상같은 목소리로 외쳤다. 그 무서운 기세에 찔끔한 복면뚱보가 급히 입을 닫았다. 말 한마디에 오금이 저릴 정도였던 것이다.

"……."

나백천은 고민했다. 이것을 받으면 다시는 돌이킬 수 없을 것 같았다. 그러나 이 추악한 흉기를 받아들이지 않는다면 사랑스런 딸에게 위해가 가해질 수도 있었다.

'지금 이 자리에서 저 뚱보를 제압하는 것은 간단하다. 매복해 있는 열한 명도 무서울 것은 없다.'

하지만 이자만 제압해서 일이 끝날 것 같지는 않았다. 상대는 상당히 용의주도했다. 그리고 그, 나백천이란 인간이 어떤 인간인지 잘 알고 있었다. 어떻게 행동할지도. 그래서 어떻게 주의해야 할지도 알고 있었다. 그 악마 놈이 지켜보고 있는 이상 일거수일투족을 조심해야 했다.

"일천 이놈!"

그 상대의 악의가 너무나도 선명하게 느껴져서 참을 수 없는 분노가 치솟아올랐다. 마음 같아서는 당장 마천각으로 달려가 그곳을 발칵 뒤집어놓고 싶었다. 그러나 그의 행동은 현재 지극히 제한되어 있었다.

'역시, 지금은 그 녀석에게 기대할 수밖에 없는 건가……'

그 녀석, 비류연이 제시간에 딸을 구출해 내지 못한다면, 그는 계속해서 그 증오스러운 녀석의 지시를 계속 따를 수밖에 없었다.

"좋아, 받아들이지."

나백천은 거칠게 쇄혼독비를 받아 들었다.

"자, 그럼 제게 그 하얀 검을 건네주시기 바랍니다."

나백천은 무인의 생명과도 같은 애검을 타인에게 맡기는 것이 영 내키지 않았지만, 어쩔 수 없이 검을 풀어 앞으로 내밀었다. 복면뚱보는 좀 전에 혼이 난 덕분인지 공손하게 검을 받아 들었다.

"걱정 마십시오. 엿 바꿔 먹지는 않을 테니까요."

아무래도 이 뚱보 놈은 혼쭐이 덜 난 모양이었다.

"아직도 정신을 못 차리는군. 아니면 분근착골이 뭔지 궁금한 건가?"

나백천이 다시금 손을 쓰려 하자 복면뚱보가 손사래를 치며 말했다.

"농담이었습니다, 농담. 일을 끝마치고 다시 이곳 흑상루로 돌아오시면 돌려 드리겠습니다."

나백천은 들어 올렸던 손을 다시 내렸다. 생각지도 못하게 담보를 잡히고 말았다.

"제대로 보관하는 게 좋을 걸세. 먼지 하나, 손때 하나라도 묻었다가는 자네의 목은 없을 테니까 말일세."

"무, 물론입니다."
지극히 공손해진 태도로 복면뚱보가 대답했다.
"언제까지 하면 되나?"
"내일까지입니다."
여유를 줄 생각은 전혀 없다는 뜻이었다.
"물론 감시하고 있겠지?"
"흑천맹 안으로 들어가셨다 해도 저희들은 여전히 지켜보고 있을 것입니다. 부디 방심하지 않으시길."
정중하게 말한 듯 보이지만, 사실은 명백한 협박이었다. 나백천은 저 뚱보 놈에게 다시 한 번 본때를 보여줄까 하다가 참았다. 저런 조무래기한테 화풀이를 해봤자 상황을 개선시키는 데는 아무런 도움도 되지 않았다. 저건 그저 일종의 사람 형상을 한 서찰에 불과했다. 일방적으로 보내진 서찰에다 대고 화풀이를 해봤자 소용없는 일이다.
"내일까지 난 뭘 하면 되지?"
"걱정 마십시오. 사(四)호실에 방을 하나 마련해 드리겠습니다."
이곳 흑상루에서 머물라는 얘기였다.
"이런 불길한 곳에서는 조금이라도 머물러 있고 싶지 않군. 잠자리가 불편할 것 같아서 말이지. 잘 곳 정도는 내가 알아서 찾겠네."
"안 됩니다."
"다른 누군가와 접촉하는지 알아보겠다는 심보로군."
"알고 계시니 말씀드리기도 편하군요. 부탁드리겠습니다."
"알겠네."
아직 딸의 안전이 확보되지 않은 이상, 아무리 대단한 정천맹주라 할지라도 말단의 지시에 따를 수밖에 없었다.

사호실의 문을 열고 들어간 나백천은 감시의 눈이 없다는 것을 확인한 다음, 침상에 털썩 주저앉았다.

"예린아……."

그의 입에서 나직한 한숨 소리와 함께 딸의 이름이 흘러나왔다. 좀 전의 살기등등했던 모습은 어디에도 없었고, 지금 이곳에 있는 것은 한 사람의 아버지일 뿐이었다.

'그리고 내일…….'

그는 저울 위에 올려진 자신의 딸과 무림맹주의 의무, 그리고 한 사람의 존엄과 생명과 강호 전체의 안정 사이에서 결정을 내려야 했다.

"대의멸친(大義滅親)……."

지난 백 년간, 지금 이 순간처럼 그 말이 무겁게 느껴진 적이 없었다.

'과연 나는 대를 위해 멸친할 수 있을 것인가? 딸아이, 린아의 죽음을 그저 지켜보고 있을 수 있을까?

그 최후의 순간이 올 때, 마지막 시간이 모두 타버리고 재만 남았을 때 과연 자신은 어떤 결단을 내릴까?

나백천 본인도 자신이 그 최후의 최후까지 갔을 때 무슨 결정을 내릴지 장담할 수가 없었다. 그 자신을 그 자신조차 알 수가 없었다.

'부탁한다, 이 녀석아!'

아직 인정하지 않았지만, 그리고 영원히 인정하고 싶지 않지만, 손발이 모두 묶인 지금, 기대할 것은 비류연이란 녀석의 활약뿐이었다.

'그렇다고 노부가 인정한 건 결코 아냐! 착각하면 곤란해! 암, 곤란하고말고!'

눈에 넣어도 아프지 않은 딸을 그런 놈한테 줄 수는 없었다. 사실 그 상대가 어떤 놈이라도 인정할 수 없다는 게 바로 나백천의 의지였다.

하지만 지금은 감히 대무림맹주 앞에서 자신의 의사를 당당하게 밝히며 자신의 속을 벅벅 긁어놓았던 그 '근성'과 '배짱'을 믿어보는 수밖에 없었다.

무척이나 못 미덥기는 했지만 말이다.

다른 수가 없었다, 다른 수가.

　　　　　*　　　　*　　　　*

"웁! 쿨럭!"

붉은 피가 청석 바닥을 붉게 물들였다. 그렇게 조심을 기했는데도 소용이 없었단 말인가?

"류연! 괜찮나?"

비류연이 각혈하는 것을 보고 사색이 된 효룡이 외쳤다.

챙챙!

순간 두 개의 검집에서 뽑혀 나온 쌍검이 락비오의 목에 닿았다.

"이 비겁한 놈! 감히 독(毒)을 먹이다니!"

그러나 락비오는 의기양양해하기보다 오히려 어안이 벙벙한 얼굴을 하고 있었다.

"누, 누가 독을 먹였다는 거냐? 난 그런 비겁한 짓 하지 않는다! 너도 방금 내가 그 단약과 똑같은 걸 먹는 걸 보지 않았느냐? 봐라, 난 이렇게 멀쩡하지 않나?"

그는 극력하게 자신의 무죄를 주장하고 있었다. 그러나 효룡이 보기에는 별로 신빙성이 없었다.
"해독제를 미리 먹었는지 알게 뭐냐!"
아니, 효룡은 분명 그럴 거라고 확신하고 있었다. 그렇지 않고서는 단약을 삼키자마자 저 튼튼한 비류연이 각혈을 할 리가 없었다.
"어서 해독제를 내놔라!"
당장에라도 락비오를 두 동강 낼 기세로 효룡이 외쳤다. 순간적으로 뿜어 나오는 그 기파(氣波)에 락비오는 깜짝 놀랐다.
'한 방에 떨어져 나가기에 별 볼일 없는 놈을 줄 알았는데, 이런 기세를 내뿜다니!'
금강반탄신공을 연마한 그의 몸을 단번에 두 동강 낼 듯한 예기가 온몸에서 뿜어져 나오고 있었다. 목에 닿은 두 개의 칼날에서 뼛속까지 얼려 버릴 듯한 한기가 전해져 왔다. 락비오의 이마에 식은땀이 송골송골 맺히기 시작했다.
'설마 내가 압도당하고 있는 건가?'
부정하고 싶지만 인정할 수밖에 없는 현실이었다. 그때 당장에라도 해약을 내놓지 않으면 잘근잘근 동강 내주겠다고 열을 올리고 있는 효룡의 어깨를 잡는 손이 있었다.
"그만둬, 룡룡."
말린 사람은 다름 아닌 비류연이었다.
"자네, 괜찮은 건가?"
효룡의 그 말에 비류연이 씨익 하고 웃었다.
"보시다시피 별로 안 괜찮지."
"잠깐만 기다리게. 내가 이자를 십이 등분해서라도 해약을 받아낼 테니!"

효룡이 있는 힘껏 쌍검을 휘두르려고 했다. 일단 두 팔부터 잘라놓고 얘기를 시작할 셈이었다.

"그럴 필요 없어, 룡룡."

비류연은 고개를 가로저었다.

"아니, 왜?"

"그야 독이 아니니까."

금방이라도 죽어갈 것같이 창백한 얼굴을 하고서는 독이 아니라니? 효룡은 비류연의 말을 이해할 수가 없었다.

"독이 아니라고?"

"어, 그저 약효가 너무 좋을 뿐이야."

"뭐어? 그게 무슨……!"

그 질문에 대답하지 않은 채,

"호법을 부탁해, 룡룡! 내 목숨은 비싸니까 간수 잘하고."

그리고는 그 자리에 그대로 가부좌를 틀고 앉았다. 그대로 운기행공에 들어간 것이다.

"이, 이봐! 이 친구야! 자네 미쳤나? 여긴 적진 한가운데라고!"

그러나 비류연은 이미 듣고 있지 않았다. 두 눈을 감은 채, 몰아(沒我)의 상태에 들어가 있었던 것이다. 정말로, 믿어지지 않지만 참말로 시작해 버린 것이다.

"이런 젠장! 내가 미쳐!"

적진 한가운데서 팔자 좋게 가부좌 틀고 운기행공이라니, 제정신으로 할 만한 짓이 아니었다.

무인이 가장 무방비해질 때가 언젠가? 바로 운기행공할 때가 아닌가. 아무리 강한 무인이라 해도 운기행공 때만은 허점투성이가 되게 마련이다. 비록 서해왕 락비오가 패배를 인정하긴 했으나, 언제 태도가 돌변해서 부하들에게 전원 돌격을 명령할지 모를 일이었다. 그때 과연 자신은 그 공세를 막아낼 수 있을까? 이제 비류연의 목숨은 효룡에게 달려 있는 것이나 다름없었다.

"촤악!

우검을 들어 올린 효룡이 검을 크게 한 번 휘둘렀다. 그러자 검풍과 함께 비류연이 가부좌를 틀고 앉아 있는 곳을 중심으로 반경 이 장 크기의 원이 그려졌다. 마치 도구를 써서 그린 듯 놀랍도록 정교한 원이었다.

"이 금[線]은 바로 생사선(生死線)이다. 이 금을 넘는 자는……."

주위를 한 바퀴 둘러본 후 붉은 검기로 일렁이는 쌍검을 좌우로 펼치며 효룡이 일갈했다.

"죽인다!"

"대장님, 지금이 기회입니다."

부하 하나가 살금살금 다가와 락비오의 귀에다 대고 속삭였다.

"기회? 무슨 기회?"

대체 뭔 말을 하는지 모르겠다는 표정으로 락비오가 반문했다.

"물론 공격할 기회지요."

"공격? 무슨 공격?"

여전히 뭔 소린지 모르겠다는 얼굴로 락비오가 반문했다. 이쯤 되자 부하 쪽이 더 기가 막혔다. 한 번 말하면 척 하고 알아들어야 할 것 아닌가. 이 대장은 정말로 뇌 대신 근육이 들어차 있는 게 아닐까? 십번대 대원은 심히 자신이 소속된 부대의 존망이 걱정되기 시작했다. 이런 멍청한 대장을 도와 대를 부흥시키려면 역시 자신처럼 머리가 비상하고 세상 물정에 빠삭한 부하가 필요한 법이었다.

"아이 참, 답답하시긴. 그야 당연히 저놈들을 조져 버릴 기회 아니겠습니까? 명령만 내려주십시오. 단숨에 피떡으로 만들어 버리겠습니다."

"피떡?"

락비오가 반문한다.

"예, 피떡 말입니다."

'저 정말 똑똑하죠?' 라는 얼굴로 락비오를 바라본 부하는 잠시 의문에 빠졌다.

어째서 대장님의 관자놀이에는 저렇게 푸른 힘줄이 불끈불끈 솟아나 있는 걸까? 어째서 표정이 저리도 싸늘할까? 그러나 그 의문에 대한 해답은 금방 얻을 수 있었다.

"멍청한 놈!"

빠악! 락비오의 주먹이 부하의 얼굴에 작렬했다. 대장의 철권을 얻어맞은 부하는 얼굴이 빈대떡이 된 채 단숨에 삼 장 밖으로 날아가 널브러졌다.

"이 몸이 그렇게 비겁한 놈으로 보이냐? 승부는 승부! 패배는 패배다! 내가 명령할 때까지 누구도 움직이지 마라!"

타 들어가는 생명
―창랑(蒼狼)의 늑대들

"헉헉, 이쯤이면 괜찮겠지?"
"헉헉, 네, 더 이상 쫓아오지 않는 것 같습니다."
모용휘와 공손절휘는 동해도의 관문에서 한참 떨어진 공터까지 나오고 나서야 근처에 널려 있는 바위에 털썩 주저앉았다.
"그런가? 휴우, 겨우 빠져나왔군."
흐트러진 옷매무새를 바로 하며 모용휘가 질렸다는 듯 한숨을 내쉬었다.
"하아, 이게 다 누구 탓일까요?"
덕분에 덩달아 고생을 한 공손절휘가 옷을 털며 투덜거렸다. 공손절휘의 표정은 어쩐지 지옥을 뚫고 나온 사람처럼 창백하고 피로에 절어 있었다.
"그게 모두 나 때문이라는 건가?"

"당연하죠. 다들 선배님한테 몰려온 것 아닙니까."

"그, 그런가?"

약간 긴가민가하는 모용휘를 향해 공손절휘는 쐐기를 박았다.

"물론이지요, 모용 선배님."

동해왕 감자군의 독문무공인 화화려려신공은 확실히 기괴하고 변칙적이면서도 위력적인 무공이었다. 다행히 모용휘는 그동안 염도와 빙검을 통해 배웠던 공부(工夫)를 응용해 만든 '건곤일원합'으로 승리를 쟁취했으나, 그 섬을 빠져나오는 것은 그리 쉽지 않았다. 그들을 둘러싼 여인 '떼' 때문이었다.

두 사람을 둘러싸긴 했지만 그녀들의 목표는 모용휘에게 쏠려 있었다. 그녀 '떼'들이 모용휘에게 달려든 것은 피범벅이 된 '감자조림군'의 원수를 갚기 위해서가 결코 아니었다. 초절정 미남에다가 덤으로 강하고 절도있고, 더 나아가 가문까지 빵빵한 모용휘의 멋진 모습에 뿅 가버린 여인들이 모용휘를 한 번이라도 만져 보려고 달려든 것이다. 물론 개중에는 만지는 것만으로 만족하지 못하고 한걸음 더 나아가는 것을 원하는 이들도 다수 섞여 있었다.

"역시 흑도의 여자들이라서 그런가…… 천무학관에서와는 비교도 안 될 정도로 적극적이라 깜짝 놀랐네."

"정표를 달라며 옷을 뜯어갈 때는 정말……."

공손절휘가 가볍게 몸서리를 쳤다. 무공을 몸에 익힌 여인들이 그들의 옷자락과 장신구를 뜯어갈 때는, 마치 천 개의 손이 그들을 덮치는 듯한 착각마저 불러일으킬 정도였다.

"난 옷뿐만 아니라 머리카락까지 뜯길 뻔했네."

모용휘의 머리카락이나 옷고름 하나라도 쟁취해 가려는 그녀들은 먹이를 노리는 늑대 떼처럼 탐욕스럽고 무자비했다. 두 눈이 불이 들어온 듯한, 어찌 보면 츄르륵 침까지 흘리고 있는 듯한 그 무자비한 탐욕에는 모용휘도 순간 등골에서 오한이 달리고, 모골이 송연해지고, 전신에 소름이 쫙 끼칠 수밖에 없었다.

심지어 피로 물든 붉은 옷을 갈아입고 가라며, 어디서 났는지 실로 수상스럽기 짝이 없는 수십 벌의 백의를 사방에서 내미는 여인들도 있었다. 모용휘는 결벽증임에도 불구하고 차마 그 옷을 받아 들 수가 없었다. 그 옷들을 내미는 여인들의 눈에서 광기에 가까운 이상한 열기를 느꼈던 것이다.

급기야 장내는 한순간에 여기저기서 터져 나온 '까아아악, 오빠!', '모용 대가아아아아!' 라는 비명 소리가 난무하는 아수라장으로 변했다. 순간 생명의 위협을 느낀 모용휘와 공손절휘는 그동안 익힌 모든 무공을 이용해 필사의 탈출을 감행해야 했다. 두 사람의 무공 실력이 조금만 부족했더라도 아직까지 그들은 여인들에게 둘러싸인 채 동해도 안에 갇혀 있어야 했으리라.

모용휘와 동행했다는 이유만으로 함께 생사의 경계를 넘어야 했던 공손절휘 역시 한순간에 자신이 여인들에게 두려움을 느끼고 말았다는 사실을 깨달았지만, 어찌 된 일인지 수치심을 느끼지는 못했다. 그는 알아버린 것이다, 여성들의 무서움을. 봐서는 안 될 여인들의 일면을.

"무서웠죠, 모용 선배님?"

"무서웠지, 정말로. 어떤 면에선 감자군과의 대결보다도 힘들었다네."

덤인 공손절휘도 그 정도의 공포를 경험했는데 당사자인 모용휘는 어땠겠는가. 저 강한 모용휘 역시 무서움을 느꼈다는 데서 공손절휘는 그나마 위안을 받을 수 있었다.

'평생 모르고 살았으면 좋았을 것을……'

이제 자신은 어찌하면 좋단 말인가. 그런 고민이 들지 않는 것은 아니지만, 이미 엎질러진 물. 되돌리는 것은 불가능했다.

"아, 자네, 상처는 괜찮나?"

공손절휘의 왼쪽 눈 밑에 난 자상(刺傷)을 보며 모용휘가 물었다.

"괜찮습니다."

"설마 목관 안에 그런 암기 장치가 되어 있을 줄은 몰랐네. 주의가 부족했던 점, 미안하게 생각하네."

모용휘가 사과하자 공손절휘는 당황하며 손사래를 쳤다.

"당치도 않습니다. 제 실수지요. 조심성없이 성급하게 목관을 열어젖힌 건 바로 저였으니까요. 이걸로 제 얼굴도 조금 더 남자다운 얼굴이 되었겠죠."

왼쪽 눈 밑에 난 상처를 만지작거리며 공손절휘가 쓴웃음을 지었다.

그때 만일 시의적절(時宜適切)하게 모용휘가 달려들어 날아오는 암기들의 세례를 검막으로 막아주지 않았다면 공손절휘는 이렇게 땅을 밟고 서 있기는커녕 땅 밑에 누워 있는 신세가 되었을 것이다.

"다른 사람들도 별일없었으면 좋겠는데……."

지금으로서는 그 점이 가장 걱정될 뿐이었다. 그러나 경고해 주기에는 이미 늦어 있었다. 친구들의 운과 실력을 믿어볼 수밖에 없었다.

"미리 말해두지만 이건 내가 한 짓이 아니야. 이런 건 나의 미(美)에 어긋나는 일이니까."

패배를 인정하고 순순히 그들을 목관이 있는 곳까지 안내했던 동해왕 자군은 극구 부인했다. 모용휘가 보기에도 그가 거짓말하는 것 같지는 않았다.
"음, 그런데 말일세?"
"예? 뭡니까, 모용 선배님?"
의아한 표정으로 공손절휘가 반문했다.
"훗."
공손절휘의 대답에 모용휘는 갑자기 입가에 엷은 미소를 머금었다.
"왜, 왜 웃으시는 겁니까? 뜬금없이?"
모용휘가 웃지 않아야 될 부분에서 웃자 공손절휘는 갑자기 당황했다.
"아니, 자네가 꼬박꼬박 모용 선배 '님' 이라 부르니 신기해서."
"아, 아니, 그건……."
화—악!
그 순간 공손절휘의 낯이 벌겋게 달아올랐다.
항상 적을 노려보듯, 그를 씹어먹지 못해 안달이 나 있던 공손절휘가 동해도를 나온 이후 이상할 정도로 고분고분했다. 게다가 말투 또한 겉보기만 존대지 항상 날이 서 있는 말투였는데 지금은 그런 날카로움을 전혀 느낄 수 없었다. 그를 향해 쭈뼛쭈뼛 세우고 있던 가시를 모두 제거한 듯한 느낌이었다.
"그, 그, 그야, 내가 누굴 선배님라 부르든 혀, 형님이라 부르든, 뭐, 뭐라 부르든 자, 자유 아닙니까?"
공손절휘는 급당황한 얼굴로 시뻘게진 채 언청이처럼 말을 더듬었다. 당황하는 것을 보니 공손절휘 자신도 그 사실에 대해 그다지 의식하지 못하고 있었던 모양이다.

동해왕 감자군과 모용휘의 싸움을 보고 느낀 게 있는지 어느새 꼬박꼬박 '모용 선배님'이라 칭하게 된 공손절휘였지만, 그걸 직접 지적당하자 갑자기 없던 쥐구멍에라도 뚫고 들어가고플 정도로 부끄럽고 당황스러웠던 것이다. 그는 행인지 불행인지, 자신이 쫓는 존재와 자신의 격차를 그만 깨닫고 말았다. 하지만 그걸 순순히 인정하기는 싫은, 그런 어린애 같은 자존심 역시 완전히 사라지지 않고 마음 한구석에 남아 있었던 것이다.

"그럼 일단 그렇다고 해두세."

그러나 모용휘의 입가에는 여전히 미소가 어려 있었다. 귀엽지만 철이 덜 든 동생을 보는 듯한, 그야말로 형의 미소였다.

"서, 선배님이라는 건 그냥 호칭일 뿐입니다. 당신을 제 형님으로 인정했다는 건 겨, 결코 아닙니다. 그, 그러니 오해하지 마십시오."

"그런가?"

"그, 그렇습니다."

그러나 말투 역시 훨씬 공손해져 있는 공손절휘였다. 이미 그는 입으로는 백번천번 아니라고 부정해도 마음으로부터 승복하고 있었다.

"형님이라 불러도 난 별 상관은 없네만?"

공손절휘는 엄청나게 당황하며 손을 내저었다.

"그, 그건 아직 마음의 준비가……."

아우우우우우우우!

그때, 어디선가 기묘한 울음소리가 들려왔다.

두 사람은 대화를 중단하고 소리가 들려온 곳으로 고개를 돌렸다. 아직 소리의 근원지까지는 상당한 거리가 있어 보였지만, 중요한 건 그게 아니었다.

"늑대 소리?"

모용휘와 공손절휘가 서로를 마주 보며 동시에 말했다.

"이런 섬 한가운데서 웬?"

공손절휘의 의문은 매우 당연한 것이라 할 수 있었다. 깊은 산속도 아니고 동정호 한가운데 떠 있는 섬에서 좀 전의 여자 늑대 떼 말고 다른 늑대 떼가 출몰할 리가 없었다.

아우우우우우우! 아우우우우우우! 아우우우우우!

그러나 그의 생각을 부정하기라도 하듯 여러 차례 늑대 울음소리가 울려 퍼졌다.

모용휘의 안색이 급속도로 어두워졌다. 있지 말아야 할 것이 있지 말아야 할 곳에 있다면, 그것은 뭔가 이변이 발생했다는 뜻이었다.

"뭔가 불길하군. 가보세."

자리에서 벌떡 일어나며 모용휘가 말했다.

"네, 선배님. 앞장서시죠."

모용휘와 공손절휘는 급히 경공을 펼쳤다. 그들의 몸이 울음소리가 울린 곳을 향해 화살처럼 날아가기 시작했다.

* * *

또옥! 또옥!

검을 들고 달려가는 현운의 몸에서 피가 뚝뚝 떨어졌다. 방울방울 떨어지는 핏방울이 그가 지나간 자리 위에 붉은 자취를 남긴다.

사방에서 울려 퍼지는 굶주린 늑대의 울음소리와 쩔그렁거리는 쇳소리. 온몸에 철갑을 두르고 강철 가시를 세우고 있는 늑대들이 현운의 목덜미에 이빨을 박아 넣기 위해 집요하게 달려들고 있었다. 그 수는 족히 수십 마리에 달했다.

'이런 섬 한가운데 웬 늑대 무리람! 안 그래요, 현운?'

분하다는 듯 씨근거리는 남궁산산의 투덜거림이 귓가에 들려오는 것만 같았다. 그런 투덜거림이라도, 아니, 차라리 욕이라도 좋았다. 그녀의 목소리를 한마디라도 들을 수만 있으면 그걸로 족했다.

그러나 그것은 불가능했다.

왜냐하면 지금 산산은 피투성이가 된 채 그의 등에 업혀 있었기 때문이다.

그녀는 목관에 장치된 폭발로 인해 부상을 입은 후 깨어날 기색을 보이지 않고 있었다. 지금 바닥에 떨어지고 있는 피 역시 현운의 피가 아니라 남궁산산의 피였다.

'그때 좀 더 주의를 했더라면······.'

아무런 대책도 없이 목관을 열었던 자신이 그렇게 미울 수가 없었다.

'위험해요, 현운! 이 바보!'

남궁산산의 외침, 그 뒤로 이어진 고막을 찢는 듯한 굉음. 온몸을 때리는 강력한 폭풍 속에 사방으로 비산(飛散)하는 파편, 그리고 바닥에 흥건히 흐르는 붉은 피.

목관의 함정을 눈치채고 남궁산산이 달려와 그의 몸을 감싸지 않았다면 그는 이미 죽은 목숨이었을 것이다. 하지만 산산의 희생으로 살아난 목숨이라고 생각하니, 그는 지금 살아 있어도 살아 있다는 느낌이 나지 않았다.

"반드시 산산을 살릴 거요, 내 목숨과 바꿔서라도!"

그렇게 큰 소리를 치고 달려나왔지만, 지금의 상황은 그렇게 좋지 못했다. 눈에 보이는 커다란 파편만 뽑아내고 출혈 정도만 간신히 막은 응급처치, 그런 상태에서 등에 들쳐 업은 채 천으로 칭칭 묶어놓은 상태였다. 양손을 쓰기 위해서는 그 수밖에 없었다. 쾌적한 상태라고는 결코 말할 수 없는 처지로, 지금 남궁산산의 생명의 향(香)은 시시각각으로 그 뿌리를 향해 타 들어가고 있었다.

그런데도…… 그런데도…….

그는 지금 이곳에서 고작 늑대 무리들에게 발목이 잡혀 있었다. 이 철갑늑대들이 두르고 있는 가시 철갑은 의외로 단단해서 단순한 검격으로는 치명상을 입힐 수가 없었다. 산산을 업고 있어서 움직임이 자유롭지 못하다는 점도 한몫하고 있었다. 저 철갑을 뚫고 늑대들에게 상처를 입히기 위해서는 최소한 검기(劍氣)를, 완전 두 동강을 내려면 검강(劍罡) 정도는 사용해야 한다. 그러나 현운은 검강을 쓰는 것에 대해 망설이고 있었다.

'물론 검강을 쓰면 이놈들을 수월하게 쓰러뜨릴 수 있겠지. 하지만 그다음은……'

단전(丹田)은 써도 써도 마르지 않는 샘이 아니었다. 두레박으로 물을 퍼 올리듯 내공을 끌어다 쓰면 반드시 그만큼 고갈되게 마련이었다. 특히 검강은 기의 소모가 극심하다. 절제없이 검강을 써서 이 늑대들을 정리해 버리고 나면 그다음이 문제였다.

이 늑대들은 단순한 사냥개에 불과했다. 사냥감을 주인들이 있는 곳으로 몰아오며 지치게 만드는 사냥개. 아니, '사냥랑'이라 불러야 더 정확할까? 이 늑대들을 부리는 자들이 현운의 진짜 적이었다.

게다가 야성의 감이 살아 있는지, 검기라도 쓰려 하면 늑대들은 잽싸게 몸을 뒤로 빼며 피했다.
'이놈들, 내가 지치기를 기다리고 있구나. 그러나……'
"하압!"
현운의 기합 소리와 함께 눈부신 검기가 앞으로 내달렸다. 태청검법으로 앞길을 뚫은 그는 무당파의 신법인 제운종을 최대한으로 전개해 늑대들의 포위를 뚫고 달려나갔다. 그동안 대사형 비류연에게 굴림 당하고 또 당하면서 쌓였던 끈질김이 지금 이 순간 발휘되고 있었다. 이 정도로 쓰러졌다가는 대사형한테 무슨 욕을 들어먹을지 몰랐다.
"그런 끔찍한 일을 겪을 수야 없지."
현운은 생각하기도 싫은 가정을 머릿속에서 떨쳐 내며 이를 악물었다. 어쩐지 몸이 조금 더 빨라진 느낌이었다.
'좋아. 이대로면 저 늑대들을 따돌릴 수 있겠는걸!'
피이이이이이이이이이이이—
그때 어디선가 날카로운 피리 소리가 들렸다. 그 소리가 신호인 듯, 쫓아오던 늑대들의 눈이 갑자기 새빨갛게 변하더니 지금까지와는 비교도 안 되는 속도로 현운을 덮쳐 오기 시작했다.
"이런!"
갑작스런 늑대들의 움직임에 당황하면서도, 현운은 침착하게 검기를 일으켜 반격을 가했다.
촤아아아아!
늑대의 몸에서 뜨거운 피가 분출되어 나왔다. 놀랍게도 철갑늑대는 아가리가 찢어지든 몸뚱이가 갈라지든 아랑곳하지 않고 이빨로 현운의 검을 물어뜯었다. 방금 전처럼 본능적인 위협에 몸을 사리는 모습은 어디에도 없었다.

'이럴 수가!'

늑대들의 갑작스런 변화에 현운은 당황했다. 거대한 늑대들이 죽음을 불사하고 달려들어 검을 물어뜯으니 움직임이 봉쇄되고 말았던 것이다. 입에 칼날을 문 늑대는 칼이 목덜미까지 베고 들어가는 와중에도 검신을 놓지 않았다. 이대로 멀뚱히 있다가는 결국 철갑늑대들에게 물어뜯길 판이었다.

'할 수 없지!'

슈카카카카칵!

현운은 힘을 끌어올려 철갑째로 늑대를 가르고 검의 자유를 되찾았다. 그러나 늑대들은 그 한순간의 틈을 놓치지 않고 더욱 흉포하게 현운을 향해 달려들었다. 한 마리는 어찌어찌 처리했지만 여러 마리가 단숨에 덤벼드니 아무리 현운이라도 난감할 수밖에 없었다.

우우우우우웅!

현운의 검이 더욱 강력한 푸른빛을 발하기 시작했다. 내력 소모가 심하더라도 지금은 눈앞의 위기를 일소하는 데 집중해야 할 때였다.

태청검법(太淸劍法) 비기
태청강기시(太淸罡氣矢)
청천우(淸天雨)

현운의 청송고검에서 뿜어져 나온 검강의 빛이 강기의 화살이 되어 사방으로 날아가며 철갑늑대들을 꿰뚫었다. 늑대들이 두르고 있던 단단한 철갑이 종잇장처럼 찢겨져 나갔다. 늑대들의 비명 소리가 사방에서 터져 나왔다.

"헉헉헉! 끝났나?"

뿌옇게 피어오른 흙먼지를 바라보며 현운이 중얼거렸다. 먼지가 걷히자 여기저기 피를 흘리며 쓰러져 있던 늑대들의 시체가 눈에 들어왔다. 남해왕과의 싸움 이후 몸이 덜 회복된 상태에서 무리하게 내공을 소모하다 보니 조금 지치기는 했지만, 일단 가장 저돌적인 공세를 어찌어찌 피해낸 듯했다. 그러나 그건 너무 성급한 생각이었다.

캬오오오오오!

어느새 혼전 중에 뒤로 몰래 접근한 것으로 보이는 철갑늑대 한 마리가 현운의 등을 향해 달려들었다. 그 이빨이 금세라도 남궁산산을 잔인하게 물어뜯을 것처럼 번뜩였다.

"안 돼!"

현운은 서둘러 남궁산산을 뒤로 돌리고는 늑대를 향해 검을 찔러 넣었다.

푸욱!

현운의 검이 철갑늑대의 몸통을 그대로 뚫고 들어갔다.

그러나 안도의 한숨을 내쉬기도 전에, 또 한 마리의 늑대가 현운을 향해 도약했다. 무너지는 늑대의 그림자 뒤에 숨어 있던 마지막 놈이었다.

이번에는 검을 빼낼 여력도 없었다. 그렇다고 육장(肉掌) 하나로 상대하기에는 기력이 부족했다.

'산산만은!'

현운은 거의 무의식적으로 남궁산산을 자기 품 안에 끌어안았다. 그리고 그 위로 철갑늑대의 잔인한 이빨이 내리찍혔다.

'이제 끝인가!'

바로 그때였다.

"은하성성(銀河星星)!"

슈각!

허공을 가르며 백색의 섬광이 번뜩였다. 한줄기 유성 같은 검기가 철갑늑대의 몸을 양분하고 지나갔다.

"괜찮으십니까, 현운 선배님?"

절체절명의 순간에 현운을 구한 것은 다름 아닌…….

"휘 군! 자네가 어떻게 여길? 게다가 그 옷은 어찌 된 일인가?"

나타난 이는 바로 칠절신검 모용휘였다. 항상 즐겨 입던 먼저 하나 묻지 않은 백의 대신, 붉게 물든 장삼을 걸치고 있었기에 하마터면 몰라볼 뻔했다.

달려오자마자 현운이 막 철갑늑대한테 당하려는 것을 보고, 더 생각할 것도 없이 검기를 뿌렸던 것이다.

"저도 왔습니다, 선배님."

헐레벌떡 모용휘의 꽁무니를 따라왔던 공손절휘가 나서며 한마디 했다.

"아, 그래, 고맙네. 에…… 공손 군."

"절휘입니다, 공.손.절.휘!"

이름을 잊은 게 분명했기에 발끈한 공손절휘의 외침이었지만, 이는 곧 모용휘가 놀라는 소리에 묻히고 말았다.

"헉! 이게 대체……!"

모용휘의 시선을 따라간 공손절휘 또한 마찬가지로 숨을 삼켜야 했다. 피로에 찌든 현운의 등에 업힌 남궁산산의 존재를 발견한 것이다.

남궁산산의 얼굴은 보기에도 혈색이 창백하고 입술이 푸르게 변해 있는 게, 마치 생명이 모두 빠져나간 밀랍 인형처럼 보였다. 현운의 어두운 얼굴에 자조 섞인 미소가 어렸다.
　"내 실수일세. 목관 안의 기관을 파악하지 못한 내 실수."
　시간이 없었기에 현운은 남해도에서 있었던 일에 대해서 짤막하게 얘기해 주었다.

*　　　*　　　*

　"산산, 정신 차리시오, 산산!"
　자신을 감싸려다 부상당한 산산을 끌어안고 현운이 외쳤다. 그러나 남궁산산의 눈꺼풀은 조금도 움직이지 않았다. 그저 붉고 뜨거운 액체만이 산산을 끌어안은 현운의 손가락 사이로 빠져나갈 뿐이었다. 폭발의 폭풍을 그대로 맞은 탓에 산산의 등은 엉망진창이었다. 여기저기 날카롭게 부서진 파편들이 날아와 박혀서 목불인견의 참상이었다.
　"산산, 산산!"
　목청이 터져라 다시 불러보지만, 눈을 뜰 생각을 하지 않는다.
　"그 여자, 이제 살리기 힘들겠군."
　울부짖는 현운과 정신을 잃은 남궁산산을 번갈아 보더니 남해왕 전혼이 차갑게 말했다. 순간, 산산을 안은 채 몸을 일으킨 현운의 검이 검집에서 뽑혀져 나와 전혼의 미간을 겨누었다. 분노로 이글거리는 눈동자가 남해왕의 전신을 꿰뚫었다.
　"산산은 죽지 않소. 내가 반드시 구해내 보이겠소."
　이미 현운의 풍인참(風刃斬)에 오른팔이 너덜해질 정도로 당했기 때문에 더 이상은 상대가 될 수 없었으나, 전혼의 반응은 여전히 냉정했다.

"어떻게 말인가? 나에게 아무리 많은 돈을 준다 해도 이제 그 여자의 목숨을 팔 수는 없을 것 같은데 말이야?"

돌려 말하긴 했지만 전혼에겐 남궁산산을 구할 능력이 없다는 뜻이었다.

"반드시 살릴 거요. 죽고 싶지 않다면 의원이 있는 곳을 말하시오. 이곳 마천각에도 의원은 있을 것 아니오? 천무학관의 허주운 의원처럼 신의(神醫)나 명의(名醫)라 불리는 인간이!"

현운은 무척이나 절박했다.

"신의나 명의는 없지만 '괴의(怪醫)' 나 '사의(邪醫)' 라면 있긴 있지."

무공을 겨루는 일이 잦은 곳에선 아무래도 부상이나 상처 발생이 속출하게 마련이라, 마천각 역시 일반적인 병증 치료보다는 비상식적으로 '외과' 수술이 발달되어 있었다. 개중에는 무림 비전으로 전해져 내려오는 일반 상식을 뒤엎는 의술을 지니고, 그 손으로 생명을 매만지는 자들도 있었다. 그런 이들은 '괴의', 혹은 '사의' 라 불렸다. 생명을 구하기 위한 인술이 아니라 본인의 호기심을 충족시키기 위해, 사적인 욕심을 위해, 돈을 위해 의술을 펼치는 자들이 바로 그들이었다.

"들은 적이 있소. 그 손으로 사람의 생명을 가지고 놀며, 그 침으로 사람의 생사를 가른다는, 강호의 의료계에서는 추방당했지만 그 솜씨만은 천무학관의 신의(神醫) 허주운과 더불어 쌍벽을 이룬다고 말이오. 이름이 분명 불락팔척인가 구척인가 했던 걸로 기억하오만, 그 사람을 만나려면 어떻게 해야 하오?"

무엇이 우스운지 남해왕 전혼은 폭소를 터뜨렸다.

"푸하하하하하! 자네 제정신인가? 지금 자신이 무슨 말을 했는지 알고 있나? 감히 '생사무허가(生死無許可)'에게 생명을 구해달라고 하겠다니. 그 무시무시한 죽음의 사번대 대장님께?"

설마 그 기이한 의원이 마천십삼대 사번대 대장일 줄은 몰랐지만, 현운은 의아해졌다. 그렇다고 해도 왜 저리 웃는단 말인가?

"뭐가 잘못됐소?"

현운이 쏘아붙이듯 물었다.

"잘못됐냐고? 암, 크게 잘못됐고말고. 뭐, 좋네. 진 빚도 있고 하니 이번만큼은 특별히 공짜로 가르쳐 주지. 사번대 대장 생사무허가 불락구척, 왜 그분이 생사무허가라 불리는 줄 아나?"

"모르오."

현운은 고개를 가로저었다.

"그 별호가 강호 의료계에서 추방당했기 때문이라고만 생각하나? 그렇다면 큰 착각일세. 염라대왕의 허가를 받지 않고, 그 침과 수술용 소도(小刀)로 사람의 생사를 가른다 해서 붙여진 별호지. 우리 마천각의 무사들은 그분의 부대를 '사(死)'번대라 부른다네. 그곳은 그야말로 광의(狂醫)들의 집단이야. 이 마천각 사람들 중에 그곳에서 치료받는 걸 좋아하는 사람은 없어. 언제 자기 몸에 칼이 대질지, 이상한 혈도에 침 하나가 찔릴지 모르니까 말이야."

괜히 손가락 베인 상처 가지고도 염라전 구경 갈 수 있다는 말이 도는 게 아니었다.

"하지만 그 솜씨는 혹도 최고라 들었소."

전혼은 당연하다는 듯 고개를 끄덕였다.

"물론 솜씨 하나는 최고지. 아무나 염라대왕의 허가도 안 받고 생사를 가르겠나?"

그건 전혼 역시 인정하는 바였다. 하지만 그 사람은 실력 이전에 성격이 문제였다.

"산산을 살릴 수만 있다면 그 사람이 어떤 사람이든 상관없소. 어디 있는지나 알려주시오."

그 말에 전혼은 피식 하고 웃었다.

"스스로 죽으러 간다는데 말릴 필요는 없지. 알려주지. 암, 알려주고말고. 죽음으로 가는 길에 노잣돈이나 남겨놓으라고 공짜로 알려주면 좋겠지만 타의 모범이 돼야 할 대장이 그럴 수는 없군. 얼마를 지불할 텐가?"

그러자 현운이 차가운 목소리로 말했다.

"대금은 이미 지불했소."

"뭘로 말인가?"

"바로 당신 목숨이오!"

승부에서 이긴 시점에서 죽일 수 있었지만 죽이지 않았으니 당신은 나에게 목숨을 빚졌다는 뜻이었다. 전혼은 어깨를 으쓱했다.

"이런이런! 무당파의 꽉 막힌 도사님도 조금은 거래를 할 줄 알게 되었군. 내가 졌네. 가르쳐 주지."

거래는 철저한 것을 원칙으로 하고 있었기 때문에 전혼은 조금의 숨기는 기색도 없이 사번대의 위치를 가르쳐 주었다.

"이 마천각은 세 개의 벽으로 둘러싸여 있네. 가장 밖에 있는 벽이 자네들이 배를 타고 들어오면서 본 자색 대나무로 만든 자죽벽이고, 그 다음은 돌을 쌓아 만든 마천 외벽(外壁), 마지막이 마천 내벽(內壁)일세. 마천 내벽은 '마천루'를 둘러싼 최후의 방어선이라 할 수 있지. 사번대는 의료 시설이다 보니 비교적 깊숙한 곳, 마천 내벽 바로 바깥에 위치해 있네. 그러니 그곳으로 가려면 이 섬의 동쪽과 북쪽에 있는 마천 외벽의 출입문 중 하나를 통과하면 되지. 물론 가는 길이 쾌적하고 평탄할 거라곤 생각하지 않는 게 좋을 걸세."

"……."

이야기를 듣는 내내 현운의 안색은 어두웠으나, 그는 이내 결심이 선 듯 고개를 들어 전혼을 쳐다보았다.

"상세한 정보 고맙소."

기대하지 않았던 감사 인사에 전혼은 어깨를 으쓱했다.

"뭘, 내 목숨 값에 비하면 싼 거지. 이것도 다 부상당한 여인을 데리고 그곳까지 무사히 도착할 수 있을 때의 얘기지만 말이야."

"물론 그 정도는 각오하고 있소."

"자, 그럼 가보게. 여기서 꾸물대고 있어봤자 될 일도 안 될 테니."

그리고 전혼은, 지금은 비상사태니 아마 외벽의 문지기가 강력한 자로 바뀌어 있을 거라는 말을 덧붙였다. 하지만 설혹 저승사자가 지키고 있다 해도 현운은 물러날 생각이 없었다.

"기필코 도착할 것이오. 그리고…… 반드시 산산을 살릴 거요, 내 목숨과 바꿔서라도!"

*　　　*　　　*

"그럼 그 사번대 대장인 그…… 불락구척이란 자에게 데려가지 않으면 가망이 없단 말입니까?"

모용휘의 반문에 현운은 대답 대신 짧게 고개를 끄덕여 보였다. 그곳에서 또 무슨 일이 기다리고 있을지는 아직 미지수였지만, 지금은 우선 거기에 도착하는 것만 생각해도 빠듯했다.

모용휘는 더 생각할 것도 없다는 듯 고개를 끄덕였다.

"알겠습니다. 그럼 저희들이 길을 뚫겠습니다."

눈앞에서 동문이 죽어가는 것을 그냥 지켜보는 것은 이 바른 생활 청년에게 있어서는 도저히 있을 수 없는 일이었다.

"그렇습니다. 저희들이 앞장서겠습니다, 선배님."

모용휘를 따라 공손절휘도 덩달아 고개를 끄덕였다.

"고맙네, 자네들이 도와준다니 천군만마를 얻은 듯하네."

아직 새파란 애송이인 공손절휘는 그렇다 치고, 예전부터 천재의 손자는 천재라는 소리를 수없이 들어온 칠절신검 모용휘라면 이보다 더 듬직한 조력자는 없었다.

바로 그때였다.

"잠깐!"

쇄애애애애애액!

그때, 어디선가 날아온 거대한 초승달 모양의 검기가 네 사람이 모여 있는 장소를 그대로 반으로 가르고 지나갔다. 대지에 길고 거대한 자상을 남기며. 그 초승달의 검기는 대지를 가르다가 근처에 있던 아름드리나무를 사선으로 두 동강 낸 다음에야 겨우 질주를 멈추었다.

"누구냐?"

챙, 검을 뽑아 든 공손절휘가 주변을 두리번거리며 외쳤다. 어느새 현운과 모용휘도 전투 준비를 끝낸 상태였다.

"진공인(眞空刃)?"

모용휘가 방금 전 자신들을 위협했던 초승달이 남긴 자상을 보며 중얼거렸다.
"하하하하하하하하! 하하하하하하하! 하하하하하하하!"
아우우우우우우우우우우우우!
공기를 부르르 진동시키는 창랑후가 세 사람의 고막을 세차게 울렸다. 듣는 것만으로도 속이 울렁거리고 머리가 깨질 듯 아파지는 포효에 귀를 막아야 했다.
그때, 주위에 있던 한 건물 위에서 거대한 푸른 신형 하나가 그들이 있는 곳을 향해 떨어져 내렸다.
"진공인을 알아보다니, 제법 보는 눈이 있군!"
낯선 목소리에 푸른 신형을 주시한 공손절휘의 얼굴이 보기 좋게 구겨졌다.
"저, 저게 뭐야!"
왜 저딴 게 이런 곳에? 그렇게 외치고 싶은 심정이 굴뚝같았다.
놀랍게도 그것은 한 마리의 푸른 털을 가진 거대한 늑대였다. 그러나 그냥 단순한 늑대라면 이렇게 놀라지는 않을 것이다. 이 푸른 늑대는 적어도 보통 늑대의 세 배는 되는 몸집을 가지고 있었다. 사람의 눈을 내려다볼 수 있을 정도로 비정상적으로 큰 놈이었다.
"소개하지. 내 젖먹이 친구인 '창랑아(蒼狼牙)'라고 하지. 인사들해. 자네들을 지옥에 보내줄 친구니까 말이야."
굵직한 목소리와 함께 푸른 늑대 위에서 한 사내가 뛰어내렸다. 산발한 머리카락이 늑대 창랑아의 털처럼 푸른빛을 띤 삼십대 후반의 사내였다. 양손에는 철갑 비슷한 것을 끼고 있었는데, 각각 세 개의 푸르스름한 빛을 내는 거대한 칼날이 팔꿈치를 향해 접혀 있었다. 마치 먹잇감을 찢어발기기 위한 거대한 발톱처럼.

그는 왼쪽 어깨에 늑대의 두상이 튀어나오도록 푸른 늑대 가죽을 통째로 걸치고 있었다. 그 모습은 묘하게도 위화감이 없어서, 마치 늑대 머리가 또 하나의 머리처럼 보였다. 이상해 보이는 건 도리어 그의 손에 들린 낡고 두꺼운 책으로, 무공 비급처럼 보이지는 않았다.

"넌 누구냐!"

공손절휘가 외쳤다. 그 외침에 늑대 가죽을 걸치고 있던 사내는 약간 어이없어하는 표정을 지어 보였다.

"허허, 이런! 요즘 꼬마들은 정말이지 버르장머리가 없군. 남의 이름을 묻기 전에 자기 이름부터 말해야지. 뭐, 하지만 이번만큼은 특별히 봐주지. 오랜만에 손에 넣은 소중한 실험 재료니까 말이야."

"실험? 저자가 지금 무슨 말을 하고 있는 건가?"

현운이 중얼거렸지만, 일행 중에 답해줄 수 있는 사람은 아무도 없었다.

"내가 바로 마천십삼대 창랑대의 대장, 푸른 늑대 '창랑(蒼狼)'이다. 너희들을 지옥으로 보내줄 늑대들의 왕(王)이지. 기억해 두는 게 좋아. 염라대왕을 만나면 누가 너희들을 그곳에 보냈는지 정도는 알고 있어야 할 테니까. 그렇지, 창랑아야?"

크르르르르르.

거대한 푸른 늑대가 그르릉거리며 대답했다.

'저자가 바로 이 늑대들의 대장……'

이들은 마천각의 학생 출신이 아닌 진짜 대장 급과 적대하는 것은 처음이었다. 과연 같은 대장이라도 박력이 달랐다.

"아참, 자네들을 잡기 전에 한마디 해두고 싶은 말이 있네. 잘 들어

주길 바라네."

"그게 뭡니까?"

모용휘가 대표로 반문했다.

"뭐, 별건 아니고, 순순히 항복하지 마."

"예?"

그게 대체 무슨 농담인가? 순순히 항복하지 말라니? 여기서는 '너희들은 포위됐다. 순순히 항복해!' 라고 말하는 게 보통이었다.

"말 그대로야. 최대한 할 수 있는 저항을 모두 다 해주게. 오랜만에 굴러들어 온 실전 기회를 아깝게 날릴 수는 없는 노릇이라서 말이지. 최후의 최후까지 포기하지 않는 분전을 부탁하겠네."

쉽게 말해 항복은 받아들여 줄 수 없으니 최후의 최후까지 발악하다가 죽으라는 뜻이었다.

"자네들 진법(陣法) 좋아하나?"

거대한 늑대 '창랑아'의 갈기를 쓰다듬으며 창랑이 뜬금없이 물었다. 압도적인 우위를 확신하는지 그의 목소리는 무척이나 차분하고 여유가 넘쳤다.

"진법 말입니까?"

모용휘가 주위를 살피며 말을 받았다.

"그래, 진법 말이야. 설마 안 배우진 않았겠지?"

"좋아하는 편입니다."

"호오? 점수가 몇 급이었나?"

"천(天) 급이었습니다."

"휘이이이~ 그것참 대단하군."

천무학관의 수업 과정 중에 진법은 다 대 일의 상황에서 어떻게 운신해야 하는가에 대한 공부였기에 필수과목이었다. 그러나 천문, 지리, 음양오행, 육갑(六甲), 그리고 무엇보다 머리가 지끈지끈한 산학(算學:수학)이 들어가 있어서 천관도들이 가장 기피하는 과목이었고, 가장 많은 낙제자를 배출해 내는 최악, 최강의 과목으로 이름 높았다.

모두들 무공에는 재능이 있다 보니 '다인합격진법(多人合擊陣法)'처럼 함께 진을 이뤄 공격하는 등의 실기는 어찌어찌 통과한다 해도, 머리를 써서 진법을 파훼하거나 미완성인 진법을 역산해 완성시키는 것엔 대부분 전멸을 면치 못했다. 천관도들이 울며 겨자 먹기로 가장 많이 재강의를 듣는 과목으로도 악명이 높았다. 그런 과목에서 보란 듯이 최상위인 '천(天)'급을 받았으니 모용휘가 괜히 천재라는 소리를 듣는 게 아니었다. 그런데 그 진법이랑 이 야성적인 사내랑 무슨 상관이란 말인가?

"이래 봬도 나도 진법을 아주 좋아한다네. 또한 진법을 잘 아는 학생을 난 좋아하지."

이 머리 아픈 진법을 탐구하는 것은 주로 두뇌에 자신이 있다는 제갈세가나 사마세가의 후손들이었는데, 그들은 모두들 먹물깨나 먹은 학식있는 문사풍의 자들이었다. 그러나 이자는…….

그러자 창랑의 모용휘의 마음을 읽었다는 듯 씨익 하고 웃었다.

"왜? 나 같은 야만인은 진법같이 머리 아픈 건 좋아하면 안 되나?"

뜨끔, 모용휘는 대답할 말이 없었다. 사람을 겉보기만으로 판단한다고 인정하는 꼴이었던 것이다.

"진법은 심오해. 그리고 아름답지. 그 안에 자연의 법칙을 담고 있거든."

"그렇습니다. 저도 그렇게 생각합니다."

괜히 천문, 지리, 수리가 그 안에 반영되는 게 아닌 것이다. 저자가 그런 진법의 오의에 대해 깨치고 있다니, 모용휘는 창랑을 다시 보지 않을 수 없었다.

"암, 아름답고말고. 다수의 조직이 힘을 합쳐 소수를 짓밟는 아주 아름다운 수법이지. 개인은 절대로 조직을 이길 수 없다는 소중한 약육강식의 교훈이 그 안엔 담겨 있다네."

모용휘는 하마터면 다리를 삐끗할 뻔했다. 아무래도 그와 창랑의 생각 사이에는 지대한 격차가 있는 듯했다.

"싫어도 알게 된단 말이지. 진법을 무시했다가 크게 당하고 나면 말이야. 그래서 난 결심했네. 반드시 그 진법을 깨주겠다고. 내가 만든 진법으로 말이지."

그가 말을 이어가면 이어갈수록 그들의 주위를 둘러싸고 있는 기세는 더욱 삼엄해져 갔다.

"자네들, 이 무림에서 가장 유명한 진법이 뭐라 생각하나?"

"그거야 물론 소림의 백팔나한진……"

그러다가 모용휘는 깜짝 놀란 표정으로 창랑을 바라보았다.

"그래, 내가 당했던 진법이 바로 그 백팔나한진이지. 내가 깨부숴 버려야 할 진법도 바로 그 백팔나한진이고. 그래서 난 자네들에게 감사하고 있네. 이 따분한 마천각까지 몸소 와주었으니 말이야. 자네들은 그걸 위한 희생물이 되어줘야겠네, 백팔나한진 파훼를 위한 산제물이."

그제야 모용휘는 저 창랑의 정체, 숨겨진 과거를 눈치챌 수 있었다.

"당신은 바로…… 마랑객!"

씨익, 그 말에 긍정이라도 하듯 사내의 입가에 미소가 퍼져 나갔다.

딱!

그 순간 창랑이 손가락을 튕기더니, 입으로부터 가느다란 창랑후가 터져 나왔다. 그러자 그 울음에 화답하듯 사방에서 늑대의 울음소리가 공진되듯 끊임없이 울려 퍼졌다.

"얘들아! 창랑멸아진을 발동하라!"

    *   *   *

구 년 전, 거대한 푸른 털의 늑대와 함께 어느 날 갑자기 하남(河南)에 나타난 자가 있었다. 사람들은 그를 악마 같은 늑대를 데리고 다니는 자라고 해서 '마랑객(魔狼客)'이라 불렀다. 그에게 붙은 또 다른 별칭은 '일야파일문(一夜破一門)'. 하룻밤에 한 문파씩 거꾸러뜨린다는 뜻이었다. 그는 일종의 문파 파괴범이었다. 자신의 실력에 자신이 있던 그는, 오만하게도 소림사가 둥지를 틀고 있는 하남을 택했다. 그리고 하루에 한 문파씩, 일주일간 일곱 문파를 봉문시켜 나갔다.

그가 막무가내로 무차별 살인을 저지른 것은 아니었지만, 문파의 존망이 걸린 일인만큼 각 문파의 제자들이 결사적으로 덤볐기에 사상자는 속출할 수밖에 없었다.

그가 무너뜨린 일곱 문파는, 기이하게도 모두가 소림 출신의 속가제자들이 세웠다는 공통점을 지니고 있었다. 그제야 강호 사람은 경악했다. 사실 마랑객의 목표는 이런 조무래기 문파들이 아니었다. 처음부터 강호의 태산북두로 이름 높은 소림사(少林寺)가 목표였던 것이다.

소림은 우선 십팔나한을 보냈다. 흉적 한 명을 잡는 데 그 정도면 충분하리라 생각했던 것이다.

익히 알려져 있듯 십팔나한의 가장 강력한 힘은 열여덟 명이 동시에 펼치는 십팔나한진. 소수의 인원으로도 신속하게 펼칠 수 있기에, 지금까지 소림을 받쳐 온 가장 강력한 힘 중 하나였다. 나한(羅漢) 한 사람의 힘은 절정고수엔 미치지 못한다. 하지만 열여덟 명의 나한이 모이면 절정고수 급 정도로는 결코 그들을 이길 수 없었다. 하지만 이를 넘어선 최절정고수라면?

마랑객은 그 해답을 내놓았다.

"하하하하하하하! 소림 나한진도 별거 아니군. 열여덟 가지고는 턱도 없겠어. 가서 좀 더 많이 불러오는 게 어떨까, 응?"

삼십대가 될까 말까 한 방랑무사 한 사람에게 십팔나한진이 깨졌다는 소식에 소림은 물론이고 강호 전체가 술렁거렸다. 마랑객이란 이름은 단숨에 강호 전체로 퍼져 나갔다. 이대로라면 소림의 명망이 땅에 떨어지는 것은 명약관화(明若觀火)했다. 소림은 마침내 수십 년 만에 백팔나한진을 발동할 것을 허가했다. 그리고 하남성의 한 평야에서 백팔나한진과 한 사람의 무사가 격돌했다.

소림의 진짜 힘, 무림의 태산북두이자 정신적 지주라는 명패를 지키는 최후의 보루는 바로 백팔나한진이었다. 제아무리 마랑객이라도 끊임없이 변화하며 몰아쳐 오는 백팔나한진의 공세를 견딜 수는 없었다. 그는 저항했지만 결국 무릎을 꿇고 말았다. 승패가 완전히 갈리고 전의를 상실한 것 같자 소림승들은 그를 포박하려 했다. 그가 하남에서 저지른 죄를 묻기 위해서였다. 마침내 진이 멈추었다.

그때 한 가지 이변이 일어났다. 포위망 바깥에 있던 늑대 창랑아가 진이 멈춤과 동시에 무시무시한 기세로 달려들었고, 그 의외의 기습에 당황한 승려들 몇몇 때문에 진법에 미세한 구멍이 발생한 것이다. 그

틈을 놓치지 않고 마랑객은 간신히 몸을 빼낼 수 있었다.

그 길로 마랑객은 강호에서 모습을 감추었고, 그 후 지금까지 그를 봤다는 사람은 아무도 없었다.

'설마 그 마랑객이 마천각에서 흑도의 영재들을 가르치는 선생 노릇을 하고 있었다니…….'

실로 놀라운 일이 아닐 수 없었다.

"그때는 내 젖형제 덕분에 살았지. 그러나 내가 비참하게 졌다는 사실은 사라지지 않아."

그는 창랑아의 푸른 갈기를 손으로 쓰다듬으며 말했다.

그 말대로였다. 그때 이미 그는 꼬리를 말고 도망간 늑대, 아니, 개에 불과했다. 그 당시 입은 자존심의 상처는 아직도 그의 가슴속에 깊은 흉터로 남아 있었다. 결코 지워지지 않는 흉터. 백팔나한진을 스스로 파훼하기 전까지 이 욱신거리는 통증은 사라지지 않을 터였다.

"지난 몇 년 동안 난 생각했지. 왜 졌을까? 하고. 생각한다는 건 나한테 그다지 익숙한 일이 아니었어. 하지만 하는 수밖에 없었지. 난 패배했으니까. 그 이유를 모르면 계속 패배할 테니까. 그리고 결론에 도달했지. 한 마리의 고독한 늑대……."

창랑의 입가에 조소가 떠올랐다.

"……그런 건 덧없는 환상에 불과하다는 것을. 그런 것 따위는 존재하지 않는다는 것을. 늑대가 가장 강할 때, 그것은 바로 '무리'를 이룬 때라는 것을."

"……"

모용휘 일행은 어떤 대꾸도 할 수 없었다. 창랑은 일행을 하나씩 훑어보며 씨익 미소를 머금었다.

"자네들 그거 아나, 늑대의 무리는 그 자체로 이미 하나의 생물이라는 것을? 그리고 그 생물은 먹이를 잡아먹을 때까지 결코 멈추는 법이 없지."

철컹철컹!

양손에 접혀 있던 세 개의 칼날이 펼쳐졌다. 그것은 거대하고 날카로운 은빛 손톱처럼 보였다.

키이이이이이이잉!

양손의 은빛 칼날이 서로 마찰하며 푸른 불꽃을 튕긴다.

저것이 바로 과거 악명 높았던 마랑객의 독문무기였던 푸른 늑대의 이빨, '창랑은아조(蒼狼銀牙爪)' 였다.

"푸른 늑대의 이빨을 본 자 중에 살아남은 자는 없지! 각오해라!"

"그건 하얀 늑대 아니었습니까?"

그 말은 과거 명성이 자자했던 전설적인 고수 '하얀 늑대' 가 즐겨 쓰던 말이었던 것이다.

"시끄럽다! 이제 하양의 시대는 갔어. 시대는 파랑이야! 각오하는 게 좋을 거다!"

아우우우우우우우우우!

무리를 선도하는 우두머리 늑대 같은 울음소리가 창랑의 입에서 터져 나왔다.

"늑대들아! 사냥을 시작할 시간이다!"

어느새 사방에서 모습을 드러낸 인간늑대들이 낭아조(狼牙爪)를 들어 올리며 화답했다.

"개진(開陣)!"

마침내 창랑대 오십사 명에 의한 창랑멸아진이 발동된 것이다.

슈칵! 슈칵! 슈칵!

날카로운 낭아조들이 모용휘 일행에게 회오리처럼 몰아쳐 들어왔다. 이들은 광포한 늑대들처럼 빠르게 달려들었다가 순식간에 멀어졌다. 그리곤 곧바로 다른 대원들이 그 자리를 교대해 공격해 들어왔다. 끈질길 정도로 연속적인 공격에 일행은 막는 데만 급급할 수밖에 없었다. 큰 기술을 쓸 틈이 전혀 없었다. 조금만 더 운신의 폭을 넓히려 하면 그 순간 다시 원래 자리로 돌아갈 수밖에 없었다.

"뭔가 이상하군요."

한참을 창랑대 인간늑대들의 파상공세에 시달린 모용휘가 고개를 갸웃거리며 말했다.

"뭐가 말인가?"

"좀 전부터 계속 '생문(生門)'을 찾았습니다만…… 어디에서도 그런 걸 찾을 수가 없습니다."

그 말을 들은 현운의 얼굴이 창백해졌다.

"그럴 수가! 그렇게까지 오묘하고 심오한 진법이란 말인가? 저 진법이?"

생문이라는 것은 진법을 빠져나갈 수 있는 유일한 길. 진을 움직이기 위해 어쩔 수 없이 비워둬야 하는 공간을 말한다. 때문에 뛰어난 진법일수록 생문의 위치를 수시로 바꾸어 쉽게 찾을 수 없도록 하는 것이다. 그러나 경악하는 현운의 말에 모용휘는 고개를 저었다.

"아뇨. 오히려 그 반대입니다. 이 진법에는 어떤 법칙도 없습니다. 천문, 지리, 음양오행, 수리, 어느 것에도 기반을 두고 있지 않습니다."

"그 말은 즉…… 무대포 진법?!"

경악했던 현운이 눈을 부릅뜨며 반문했다.

"네, 그런 거죠."

한마디로 지극히 무식한 진법이란 뜻이었다. 아까부터 정신이 없던 공손절휘는 한층 더 어이없다는 얼굴로 반문했다.

"저 사람, 아까는 진법 공부 엄청 열심히 한 것처럼 말하더니……. 들고 있는 두꺼운 책도 그럼 진법에 관한 게 아닌 겁니까?"

"글쎄. 최소한 들고 있는 책의 무게가 그 사람의 지력을 나타낼 수는 없지."

모용휘는 '사람은 겉만 보고는 판단할 수 없구나' 하고 한순간이라도 생각했던 자신이 바보처럼 느껴졌다. 공손절휘의 얼굴에는 희색이 돌았다.

"그럼 뚫고 나가기도 쉽겠군요?"

"그랬으면 좋겠지만……."

모용휘의 안색이 어두워졌다.

"왜 그런가?"

자랑은 아니지만 현운도 '진법의 이해'는 점수가 썩 좋지 않았다. 그래서 선배임에도 모용휘에게 의지할 수밖에 없는 처지였다. 게다가 지금 그의 제일순위는 산산의 안위였고, 그걸 위해서라면 찬밥 더운 밥 가릴 처지가 아니었다.

"법칙이 없다는 것은, 규칙을 깬다고 해도 이 진법이 무너지진 않는다는 뜻이죠. 깨야 할 규칙조차 없다는 게 바로 문제입니다."

현운은 모용휘가 하고 싶은 말이 뭔지 알아들었다.

"자네 말은 그러니까…… 무식한 진법을 깨려면 우리도 무식한 방법을 써야만 한다는 건가?"

"바로 그렇습니다, 선배님. 힘으로 깰 수밖에 없습니다."

속았다!

창랑은 자신이 무슨 진법의 대가라도 된 듯 말했지만, 이 창랑멸아진은 그저 떼거리 공격에 불과했다. 하지만 이상한 점이 있었다. 떼거리로 소수를 치다 보면, 실제적으로 공격할 수 있는 인원은 한정되어 있기에 자연히 손과 발이 얽히게 마련이다. 다인합격술에 진법을 적용시키는 것도 그런 혼란을 최소화하기 위해서였다. 그런데 이들은 그렇지가 않았다.

"어떻게! 오십사 명이나 되는 인원이 동시에 움직이는데도 서로 얽히지 않다니……."

계속되는 파상 공세를 막아내면서 모용휘는 신음했다. 규칙이 없다면 혼란이 찾아와야 당연한 일. 그런데도 이 일사불란함은 대체 뭐란 말인가?

"크하하하하하하! 궁금한가? 궁금한 모양이군. 좋아, 그렇다면 가르쳐 주지."

진법을 주관하고 있던 창랑이 홍소를 터뜨렸다. 자신이 만든 진법을 자랑하고 싶은 듯했다.

"이것이 바로 조직의 힘이다. 늑대의 무리는 그것으로 하나의 생명체! 개인이라는 것은 조직을 위한 단순한 구성물에 불과해. 정신이 일치된 조직만이 지금처럼 강력한 힘을 발휘하는 것이다! 자, 물어뜯어라! 물어뜯어! 계속해서 물어뜯어라! 늑대 무리의 강함을 보여줘라!"

창랑이 홍에 겨워 외칠 때마다 공세는 점점 더 거세졌다. 그가 단언한 대로 창랑대는 마치 거대한 한 마리의 늑대처럼 움직이고 있었다. 이 늑대는 자신들이 지치기를 기다리고 있었다. 잔악한 아가리의 송곳니를 번뜩이며. 그러나 현운은 알고 있었다. 만일 여기 대사형이 있었다면 뭐라고 했을지를.

"당신의 말도 일리는 있습니다. 하지만 이곳에 저희 대사형이 있었다면 이렇게 말했을 겁니다."

"뭐라고 말이냐?"

"'쓰레기는 모아봤자 쓰레기 더미밖에 더 되겠어?' 라고."

그 말에 모용휘는 고개를 끄덕였다.

"인간이 무리를 이룰 필요가 있다는 건 뭐 인정해. 혼자 살 수는 없잖아? 귀찮기도 하고. 하지만 다수의 멍청함에 내 정신까지 오염되고 싶지는 않아. 인간은 멍청한 놈이 끼어 있는 집단에 속하게 되면 똑같이 멍청해지는 습성이 있거든. 대다수가 돌빡처럼 자기 자신을 잊어버리지. 평생 꼭두각시 춤밖에 출 줄 모르는 껍데기가 되어버리는 거라고."

비류연은 주위의 멍청함을 참는 것은 정신건강에 심히 안 좋다고 믿는 부류였다. 그리고 그의 사제들이 그 속에 섞여 같이 꼭두각시 춤을 추는 것을 보느니, 차라리 다리몽둥이를 부러뜨리는 쪽을 택할 위인이었다.

그러나 그 말은 창랑의 기분을 심히 상하게 했던 모양이다.

현운의 말에, 지금까지 여유로웠던 창랑의 눈썹이 꿈틀거렸다.

"호호호, 그럼 그 단합된 쓰레기들의 힘을 보여주지. 조직의 무서움을."

점점 지쳐 가는 세 사람을 지켜보는 창랑의 입가에 잔인한 미소가 맺혔다.

"자, 몰이도 슬슬 끝났겠다, 얘들아! 두 번째 이빨을 꺼내들어라!"

인간늑대들이 자신의 왼손에 차고 있던 낭아조를 일제히 뽑아 들었다.

촤라라라락!

그러자 기다란 쇠사슬이 딸려 나왔다.

붕붕붕붕!

쇠사슬을 빙글빙글 돌리자 바람을 헤집는 소리와 함께 낭아조가 회전했다.

창랑멸아진(蒼狼滅牙陣)
제이파(第二波)
낭아잔쇄(狼牙殘碎)

매섭게 회전하던 낭아조가 일제히 현운들을 향해 쏟아졌다. 하늘에서 쇠그물이 떨어져 내려 일제히 그들을 덮치는 기분이었다. 현운과 모용휘, 공손절휘는 날아오는 쇠사슬을 향해 검을 휘둘러 쳐냈으나, 쇠사슬은 뱀처럼 검을 휘감으며 공격해 들어왔다.

세 사람은 급히 검을 거두며 한발 뒤로 물러났다. 그러자 창랑대도 낭아조를 회수하나 싶더니, 채 회수되기도 전에 두 번째 공격이 시작되었다. 교대로 공격하기 시작한 것이다.

현운은 초조해졌다. 안 그래도 불리한데 쇠사슬 때문에 공격 간합도 훨씬 넓어져서, 이대로는 지쳐서 제풀에 쓰러지게 될 뿐이었다. 그렇게 되면 산산도 구할 수 없게 된다.

"이대로는 끝이 없겠어. 이보게, 휘 군."

"예, 선배님."

"내가 자네가 움직일 공간을 만들겠네. 그 틈에 반격하게. 내공이 고갈되기 전에 반격의 실마리를 잡아야 하네."

"……그게 무슨 뜻인지는 선배님도 잘 아시지 않습니까? 그건 지금 두 사람이 분담하고 있는 적의 공격을 단 혼자서 감당해야 한다는 뜻입니다."

그때 끼어드는 목소리가 있었다.

"혼자가 아닙니다."

"아참, 자네가 있었지. 미안하군."

그러고 보니 공손절휘도 같이 있다는 사실을 깜빡했던 것이다.

"둘 다 걱정 붙들어 매게. 괜히 삼 년 동안 알까기 당해가며 시달린 게 아니니까 말이야."

"알까기?"

되묻는 모용휘의 질문을 끊으며 현운이 전음으로 말했다.

"할 건가, 말 건가?"

"물론 하겠습니다."

시간을 끌면 끌수록 산산의 목숨이 위험했다. 모험을 하더라도 이 난국을 타개할 수밖에 없었다.

"좋아, 오는군. 준비하게."

현운은 검세를 방어세에서 공격세로 전환했다. 그리고는 기를 끌어 모았다.

'기회는 단 한 번!'

모용휘는 생각했다. 완전히 포위된 상태라 자잘한 기술로는 활로를 뚫을 수 없었다. 적어도 은하류 개벽검 오의 정도는 되지 않으면…….

하지만 그 기술은 준비하는 데 시간이 너무 많이 소비된다는 단점이 있었다. 아직 완전히 그의 것으로 삼지 못했다는 반증이었다.
'어쨌든, 여기서 물러설 수는 없지.'
모용휘는 서둘러 진기를 끌어올리기 시작했다.
촤라라라라락!
다시 한 번 사방에서 사슬 달린 낭아조가 일제히 모용휘를 찢어발기기 위해 날아들었다.
"그렇겐 안 되지!"
현운이 모용휘의 앞을 가로막으며 검으로 원을 그리기 시작했다.
스르르르륵!
현운의 검이 다중의 원을 그리며 사방에서 달려오는 적들을 향해 벽을 쌓았다. 그러자 도약해 오던 낭아조가 비틀리며 타점이 빗겨 나가기 시작했다.
"어어어?"
창랑대의 공격조는 상대와 아무런 접촉이 없는데도 낭아조가 빗나가는 것을 보고 크게 당황했다.

무당(武當) 태극혜검(太極慧劍)
팔성(八成) 오의(奧義)
풍우만곡(風雨彎曲)
풍인벽(風刃壁)

ㅈㅈㅈㅈㅈㅈㅈㅈㅈ!
무당 극의인 태극혜검의 오의가 현운의 몸에서 발휘되자, 네 사람을 향해 날아오던 공격이 사방으로 휘어졌다. 현운의 검끝에서 보이지 않게 소용돌이치는 검경을 타고 빗겨 나간 것이다. 십수 명을 향해 동시에 절정의 화경을 펼치는 듯했다.

이는 남해왕 전혼과의 싸움에서 강기전 수십 개의 궤도를 한순간에 비틀어 버린 것과 비슷한 방법이었다. 전혼에게 썼던 풍인참이 방어력을 공격으로 전환시켜 적을 치는 기술이라면, 풍인벽은 방어를 더욱더 강력하게 굳히는 기술이었다. 더욱 강해지면 이화접목의 묘리로 서로가 서로를 공격하게 만들 수도 있지만, 현운은 이제 막 이 오의를 깨우친 터라 거기까지는 무리였다.

하지만 그럼에도 이 초식은 방어에 있어서는 타의 추종을 불허하는 묘용을 가지고 있었다.

"호오, 재미있는 수법을 쓰는군. 무당파에 그런 초식이 있었나?"

창랑은 현운의 초식에 살짝 호기심이 이는 듯했다. 그러나 그런 여유를 부리고 있을 틈은 없었다. 백열하는 검강이 모용휘의 검끝에 집속하더니 '우우우웅!' 날카로운 검명음을 토해내기 시작했다.

은하류(銀河流) 개벽검(開闢劍)
오의(奧義)
은하성진(銀河星振)

모용휘의 검끝에서 무수한 별빛이 부채꼴 모양으로 쏟아져 나갔다. 곳곳에서 비명이 터져 나오며 진에 구멍이 뚫렸다.

"됐다! 저쪽에 길이 뚫렸습니다!"

공손절휘의 입에서 탄성이 터져 나왔다. 그러나 어느새 주변에서 날아든 창랑대원에 의해 뚫려 있던 구멍이 메워졌다. 마치 하나의 괴생물처럼 자신의 상처를 동시에 수복하는 모습이었다.

"창랑멸아진의 제이파를 막아냈군. 축하하네. 설마 구멍까지 뚫을 줄이야… 하지만 그 정도 역량으론 이 진법을 뚫을 수 없다네. 일개 개인의 힘만으로 뻥 뚫릴 만큼 허약한 진법이 아니란 말이지. 아직은 좀 더 어울려 줘야겠어. 그래야 진법이 제대로 위력을 발휘하는지 안 하는지 확인할 것 아닌가?"

"좀 더 분발하라 이 말씀입니까?"

"맞아, 바로 그거지. 지금까지는 단순히 '힘빼기'의 단계에 불과했거든. 자, 얘들아! 지금부터 본격적인 사냥을 시작한다! 늑대의 어금니를 사냥감의 목줄에 박아 넣자!"

아우우우우우우우!

사방에서 일제히 늑대 울음소리가 터져 나왔다.

찰캉, 쇳소리와 함께 인간늑대들이 끼고 있는 낭조가 더욱 길어졌다.

"자, 어금니를 꽉 깨물게나, 제군들! 자네들의 육신이 토막 나지 않도록."

그렇게 말하고는 신호를 외쳤다.

"창랑멸아진 제삼파! 진공의 진을 펼쳐라!"

창랑의 외침과 동시에 주위를 포위하고 있던 사방의 낭아조가 푸른 빛을 발하기 시작했다.

창랑멸아진 제삼파
아랑파멸진(餓狼破滅陳)
전개(全開)

늑대 울음소리와 함께 늑대의 어금니가 공기를 찢어발겼다. 눈에 보일 정도로 선명한 초승달 모양의 세날 검풍이 사방에서 쏟아졌다.

촤아아아아아악!

세날 검풍에 닿은 나무와 풀과 대지가 그대로 찢겨져 나갔다. 모용휘는 사방에서 자신들을 향해 날아오는 검풍의 무리들을 보고 깜짝 놀랐다.

"서, 설마! 진공인(眞空刃)?!"

진공인이란, 바람을 벨 정도로 쾌속하게 검을 휘둘러 허공중에 진공의 칼날을 만드는 것. 주로 원거리의 적을 베는 기술이었다. 보통은 칼날 하나에 초승달 모양으로 진공인 하나가 생기는 게 상식인데, 이들의 낭아조는 한 손에 세 개의 칼날이 달려 있으니 한 번에 도합 여섯 개의 진공인을 발생시킬 수 있었다. 때문에 붙은 이름이 바로,

육섬(六閃)

그것이 그들을 포위하고 있는 여덟 명에 의해 사십팔 개의 진공 칼날로 동시에 펼쳐진 것이다.

창랑대는 포위망을 넓히며 진공인을 사방에서 쏘아댔다. 적에게 접근하지 않은 채 멀리서도 몰아칠 수 있다는 것이 이 진법의 무서운 점이었다.

"하압!"

모용휘는 백광이 번뜩이는 검을 휘두르며 날아오는 진공의 칼날을 상쇄시켰다. 단순한 칼질로는 진공인을 막아낼 수 없었다. 칼날을 그

대로 관통해 버리기 때문이다. 같은 진공인만이 진공인을 상쇄시킬 수 있었다.

은하유성검법(銀河流星劍法)
유성검풍인(流星劍風刃)

저들은 각자 여섯 개의 칼날로 진공인을 만들어냈지만, 모용휘는 눈 깜짝할 사이에 검을 수십 번 휘둘러 날아오는 진공인을 차례차례 상쇄해 나갔다.
"과연 대단하군. 죽이기 아까울 정도야. 하지만 지금 숫자의 배가 되어도 막을 수 있을까?"
쉴 틈도 없이 이번에는 구십육 개의 진공 칼날이 사방에서 비 오듯 쏟아져 내렸다. 도망칠 구석은 어디에도 없었다.
'산산이 위험해!'
현운이 속으로 외쳤다.
이 진공 칼날의 폭풍을 제대로 방어하지 못하면 그들의 육신은 갈가리 찢겨 나가리라. 그 절체절명의 순간에 무의식적으로 자신보다 산산의 안전을 더 먼저 떠올린 현운은 볼 것도 없이 일갈하며 검을 휘둘렀다.
"어림없다!"

태극혜검(太極慧劍) 팔성(八成) 오의(奧義)
풍우만곡(風雨彎曲)

바람과 비를 휘게 만드는 이 힘이라면!

현운의 검이 지금까지와는 비교도 할 수 없는 거대한 화경의 소용돌이를 만들어냈다. 그 범위는 지금까지 펼쳤던 규모 중 최대였다.

단 하나, 문제가 있다면 그것은 바로 지속력.

"선배님, 저도 돕겠습니다!"

공손절휘가 현운의 옆구리에 장심을 가져다 댔다. 현운의 고갈된 내공을 보충하기 위해서였다. 공손세가의 부흥을 위해 온갖 영약을 먹은 데다 가문의 원로들로부터 내공의 일부까지 전수받은 터라 그의 내공은 생각 이상으로 출중했다. 아직까지 자신이 받았던 혜택을 제대로 사용하고 있지 못할 뿐이었다.

"좋아, 해보세!"

주위의 풍우를 휘게 하는 힘이 가장 격렬해지면 어떻게 될까?

태극의 힘은 곧 원, 원은 회전.

원과 회전의 힘을 깨우치지 않은 자는 태극혜검의 이름을 들을 자격조차 없었다.

태극혜검(太極慧劍) 팔성(八成) 오의(奧義)
풍우만곡(風雨彎曲)
제삼의(第三意)
질풍회회(疾風廻廻)

현운의 의지의 힘이 공기를 비틀고 회전시키기 시작했다.

그 축은 그의 검.

처음엔 미미한 회전이었다. 하지만 회전하면 할수록 그 회전력은 더욱 강해지고 빨라졌다. 종국에 가서는 사방을 뒤덮는 돌풍이 되었다.

그 거대한 경력에 휘말린 창랑대가 당황한 순간, 진은 흐트러졌다. 불안정한 대기에선 진공인을 제대로 펼치기 힘들었다.

한순간 '육섬'이 멎었다.

그 순간을 모용휘는 놓치지 않았다. 현운이 오의를 펼치는 동안 아무것도 하지 않고 있었던 것도 바로 이 순간을 위해서였다.

'지금이다!'

흙먼지가 거둬진 그곳에선, 어느새 모용휘의 왼손 검결지 끝에 맺혀 응축된 검은 구체가 모습을 드러냈다. 그리고 그의 검은 그 구체를 꿰뚫을 듯 뒤로 향해 있었다.

현운은 삼성무제 때의 결승전에서 본 기억이 있었다. 무당의 천재라 불리는 청흔과 동수를 이루었던 바로 그 기술이었다.

은하류(銀河流) 개벽검(開闢劍) 오의(奧義)
은하멸멸(銀河滅滅)
유성우(流星雨) 산막(傘幕)

모용휘는 검은 구체를 하늘 쪽으로 향하더니 위로 도약했다. 그리고는 천원을 돌파하여 검은 구체에 백열하는 검신을 찔러 넣었다.

화아아아아아아악!

검강의 단편들이 원을 그리고 전방위로 쏟아져 내렸다. 오직 그들이 머물고 있는 주위만 우산을 씌운 듯 멀쩡했다. 그리고 그 우산을 벗어난 곳에 있는 늑대들에게는 치명적인 일격이었다.

"크아아아아아악!"

사방에서 비명이 터져 나왔다. 그 순간, 좀 전에 뚫린 구멍과는 비교도 할 수 없을 정도로 큰 구멍이 뚫리며 창랑멸아진이 붕괴됐다.
"지금입니다, 선배님!"
 진이 붕괴되자 활로가 뚫렸다. 산산을 업은 현운과 공손절휘는 재빨리 진 밖으로 빠져나가려 했다.
"그렇게는 안 되지!"
 번쩍!
 세 줄기의 거대한 초승달 모양의 검기가 세 사람을 엄습해 왔다. 지금까지 대원들이 펼쳤던 진공인과는 비교도 되지 않는 무시무시한 위력이었다. 그 일격에 세 갈래의 상처가 새겨진 대지가 비명을 질렀다.
"이것은…… 단순한 진공인이 아니군요."
 발이 묶인 모용휘는 대지를 할퀴고 간 강격(强擊)에 전율했다.
"그래, 검강, 아니, 조강(爪罡)이라 해야 옳겠군."
 현운의 입에서 자신도 모르는 사이에 신음이 흘러나왔다. 이 정도 위력을 지닌 조강을 한 번에 세 가닥이나 동시에 뿜어내다니, 보통 실력이 아니었다. 역시 백팔나한진을 단신으로 상대하고도 사로잡히지 않았다는 말은 허언이 아닌 모양이었다.
"대단한 실력이었어. 늑대는 강한 자를 인정하지. 하지만 지금처럼 힘을 소모해 버린 상태에서 자네들이 나 창랑을 이길 수 있을까?"
 그의 양손에는 여섯 개의 늑대 이빨 '창랑은아조'가 흉흉한 푸른 섬광을 내뿜고 있었다.
 드디어 늑대들의 우두머리, 마랑객 창랑이 전면에 등장한 것이다.

용(龍)과 싸우다
— 공(空)의 둥지

"제자야."
"왜요, 사부?"
딱!
"아야! 우쒸, 왜 때리고 그래요!"
"어째 넌 그런 것 하나 제대로 못하냐? 그래서야 우리 비뢰문의 노예 녀석이 너보다 훨씬 낫겠다."
"노예라니, 그런 호화스런 물건이 어디 있어요, 이 짠돌이 문파에?"
"없긴 왜 없느냐? 예전엔 있었어. 이대로라면 네놈은 기껏해야 식순이로 끝날 판이지."
"저, 식순이였던 겁니까?"
"원래 제자는 노예 혹은 식순이랑 종이 한 장 차이야."
"그 종이 한 장 차이가 뭔데요?"

"그야 당연히 비뢰문의 무공을 배울 수 있느냐 없느냐 하는 거지. 그것 말고는 다 똑같다고 생각하면 돼."

"그것 말고는 다 돈 벌고, 밥 하고, 청소하고, 빨래하는 거잖아욧!"

"그래, 그렇지. 당연한 걸 뭐 하러 물어보느냐?"

"우쒸!"

"분하면 너도 제자를 키우던가. 그러려면 그전에 이 '공저물사(空低物事)'의 요체를 터득해야 하지 않겠느냐? 세상을 모두 받아들이기 위해서는 자신을 먼저 비우지 않으면 안 되는 법. 자신을 비우지 못하는 자, 얻지도 못하리라. 서로 다른 기운들을 하나로 모으기 위해서는 스스로를 텅 비워라. 많이 비울수록 많이 얻을 수 있는 것이다."

"그런가요?"

"물론. 자, 그러니 네 주머니도 비우도록 해라."

"주머니는 왜요?"

"이 이치는 돈에도 마찬가지다. 주머니를 많이 비우면 더 많은 돈을 채울 수 있지 않겠느냐?"

"거짓말! 거짓말! 거짓말!"

"이 사부의 말을 못 믿겠다는 거냐? 세상의 큰 이치를 가르쳐 주려는 이 사부를?"

"당연하죠! 주머니에서 돈을 비우면 가난해질 뿐이라고욧!"

다른 말은 다 믿어도 마지막 말만은 당최 믿을 수가 없었다. 아니, 믿고 싶지 않았다. 사부 몰래 꼬불쳐 둔 돈이 있다는 건 어떻게 귀신같이 알아서는.

"쯧쯧, 용(龍) 한 마리도 제대로 제어 못 하는 미숙한 녀석이 의심병은 깊어서는. 잘 들어라, 제자야. 네 몸에 깃들게 된 네 마리의 용. 그 용은 시간이 지날수록 그 힘이 더욱 강해질 것이다. 언제가 네 몸을 잡아 뜯을지도 모르지. 그래서는 평생 묵룡환을 벗지 못한다. 하지만 명심해라. 그 네 마리의 용을 다스리지 못한다면 결코 '뇌신(雷神)'을 얻지 못한다는 것을! 자, 그러니 비워라!"

비워라— 비워라—비워라—

"으윽……"
비류연은 눈을 감고 가부좌를 튼 채 짧게 신음을 흘렸다. 옛날에 들었던 사부의 말이 귓가에 환청처럼 반향되고 있었다.
현재 비류연은 운기행공 중이었다. 그런데 그 장소가 별로 좋지 않았다. 보통 운기행공 중에는 신체가 무방비 상태에 놓이는 일이 대부분이라 외부의 작은 충격에도 주화입마에 빠질 위험이 있었다. 그렇기 때문에 은밀한 곳에서 조용히 하게 마련이다. 그것이 강호의 상식. 그러나 지금 비류연은 적진의 한복판에서 수십 명의 적들에게 둘러싸인 채 운기행공을 하고 있었다. 그를 지키는 것은 효룡 한 사람뿐이었다. 이 뻔뻔스럽기까지 한 행동에는 서해왕 락비오도 어이가 없을 수밖에 없었다.
"저 친구 간이 배 밖으로 나왔나?"
그렇게라도 효룡에게 묻지 않을 수 없었다. 효룡은 조금 부끄러워져서,
"어흠, 그런 대답하기 곤란한 질문은 묻지 말아주시오."
라고 대답하는 수밖에 없었다. 본인 스스로 정정당당하다고 주장하는 락비오인지라 부하들을 통해 공격하지는 않고 있었지만, 그렇다고

적진 한가운데서 마음을 놓을 수도 없는 노릇이었다. 효룡은 흑도 출신인만큼 잘 알고 있었다. 흑도인의 약속만큼 신용 안 가는 것도 드물다는 걸. 그리고 락비오가 가만히 있는다 해도 공을 앞세우려 서두르는 자가 있을 수 있었다. 무능한 대장을 대신해 자신의 이름을 올리려는 자가. 그렇기 때문에 효룡은 조금도 긴장을 늦추지 않은 채 비류연을 지키는 방패가 되어야 했다.

'제발 빨리 깨어나라고, 이 친구야. 내가 피가 말라 죽기 전에.'

등줄기를 타고 흐르는 식은땀을 애써 감추며 효룡은 마음속으로 중얼거렸다. 그러나 그의 태평하기 짝이 없는 친구는 아무런 대답도 없었다.

사실상 비류연 역시 겉으로 보기에는 멀쩡해 보이지만 속으로는 치열한 싸움을 전개하는 중이었다. 그의 내부에서 소용돌이치는 세 가지 기운과!

첫 번째는 비류연이 원래 가지고 있던 기운이었다. 비뢰도의 수련을 통해 그가 얻었던 힘, 그리고 두 번째는 묵룡환이 풀리면서 깨어난 힘이다. 이것 역시 비류연이 얻은 힘이지만 아직 제대로 제어하지는 못하고 있는 힘이었다. 그리고 세 번째는 의외로 락비오가 준 단약의 기운이었다. 락비오의 장담대로 그것은 독약이 아니었다. 하지만 그렇다고 무조건 좋아할 수 없는 게, 의외로 강력한 약효 때문에 안 그래도 폭주하기 직전의 기운에 새로운 기운이 더해졌던 것이다. 이들 기운 중 가장 거대한 것은 바로 묵룡환에서 풀려 나온 좌수룡의 기운이었지만, 결과적으로 현재는 세 가지 서로 다른 기운이 그의 몸 안에서 충돌하고 반발하고 얽히고 소용돌이치며 미친 듯이 날뛰고 있었다.

장마 중의 저수지처럼 제방을 부수고 금세라도 분출할 기세였다. 이 엄한 기운을 비류연은 어떻게든 다스리지 않으면 안 되었다. 그렇지 않으면 그의 목숨조차 보장할 수 없었다. 자기 안의 기운에 자기가 무너지려 하다니……. 만일 사부가 이 사실을 알았다면 미숙한 놈이라고 족히 십 년은 놀려먹었으리라.

'이런 상황, 예전에도 있었던 것 같은데…… 언제였더라?'

왠지 모를 기시감이 느껴졌다. 아무래도 화산지회 때의 일이었던 것 같다. 그러자 어떻게 그때 그 상황에서 벗어났는지 기억이 났다. 그때는 거의 무의식중에 해결했던 일이라 기억이 희미했던 것이다.

'그렇다. 그걸 왜 잊고 있었을까? 그때의 일을?'

사람을 과거를 통해 배우고 현재를 발전시켜 미래를 향해 나아가는 것 아니었나. 순간 머리가 비구름이 지나간 것처럼 맑게 개였다.

'공저물사(空低物事)!'

자신을 텅 비움으로써 자유자재의 변화를 얻는 것. 그것이야말로 천변만화하는 무형(無形)의 힘. 무형이기에 틀에 얽매이지 않는, 무(無)의 본질.

고정된 틀을 부수고 세상의 중심에 나 자신을 세우는 것.

그것이 바로 뇌신으로 가는 길.

'아, 망할 사부! 그런 의도였구나.'

그제야 비류연은 용을 풀어놓은 사부의 의도를 파악했다.

오랜 시간의 수련을 통해 자신의 몸 안에 쌓여 있는 거대한 기. 그 거대한 기의 흐름은 마치 승천하는 용과 같이 사납고 거칠고, 또한 위력적이다. 자칫 잘못하면 소유주의 몸까지도 뜯어먹을 위험이 있는 거대한 힘. 묵룡환이라는 것은 거대한 힘의 분출을 제압하는 안전장치이

기도 했다.

이미 망할 사부에 의해 안전장치는 해제됐다.

용의 해방.

한번 풀려난 용을 다시 묶어둘 방법은 없다. 그 용을 길들이지 않는 이상, 그에게 기다리고 있는 것은 죽음뿐이었다.

그런데도 사부는 웃으면서 제자를 사지로 밀어 넣었다.

그 용을 제압한다는 것은 바로 완전한 자기 제어로 가는 길. 이 날뛰는 용을 제어하지 않는 이상, 비류연에게 뇌신을 얻을 수 있는 방법은 없었다. 사부는 제자에게 뇌신으로 가는 길을 열어주려 한 것이다.

'아아……사부…….'

이런 빌어먹게 감동적인 마음 씀씀이라니!

그렇다면 제자 된 도리로서 이 사지에서 웃으면서 걸어나가야 하지 않겠는가.

그래서 사부의 얼굴에 한 방 먹여줘야 하지 않겠는가.

지옥의 문턱 관광은 잘하고 왔다고. 참으로 짜릿짜릿한 경험이었다고. 사부도 꼭 한 번 가보시라고. 적극 추천이라고! 효도 관광차 손수 보내 드리겠다고!

그러니 여기서 꾸물거리고 있을 여유는 없었다.

좌수룡과의 싸움은 스스로와의 싸움, 그것은 그 어떤 싸움보다도 가혹한 싸움이었다. 그리고 그 앞에 선 예린이, 예린이 자신을 기다리고 있었다. 그러기 위해서는 용이든 뭐든 제압해 주겠다, 그렇게 생각했다.

지금 비류연의 몸속에서 수많은 기운이 회오리치고 있었다.

'그 기운을 모아 하나로 엮는다.'

그것이 지금 비류연이 해내야 할 일이었다. 그때 화산지회에서 한순간 그랬었던 것처럼.

'자, 와라! 좌수룡! 네가 먹히나 내가 먹히나 해보자.'

강제로 억누르려 하지 마라, 억누르려고 하면 할수록 그것은 반발하게 마련이다. 억지로 자기를 누르고 눌러도 그것은 언젠가 다시 서너 배가 되어 되튕겨 오르게 마련이다.

억누르려 하지 말고 받아들여라. 용을 키울 수 있는 그릇. 자신의 몸을, 자신의 단전을 용이 살 수 있는 둥지로 만드는 것이다.

나는 무(無)!
모든 것을 받아들이는 공(空)이리니.
만물에 응(應)하여 천변만화하는 현현지문(玄玄之門)이니.
내가 변하지 못할 것은 없고, 내가 담지 못할 것은 없다.
천지 우주가 모두 내 안에 있다.
내가 바로 우주, 우주가 바로 나.
나는 지금 이 순간 하늘과 땅 사이에 우뚝 서는 태극(太極)의 축이 된다.

비뢰도(飛雷刀) 독문심법(獨門心法)
뇌령심법(雷靈心法) 극의(極意)
공저물사(空低物事)
천지간입인(天地間立人)
삼재지묘(三才之妙) 초의(初意)

태극(太極) 입축(立軸)

비어 있어도 비어 있는 게 아니며, 없어도 없는 게 아니다.

하나[一體]는 전부[全體], 전부[全體]는 하나[一體].
만상일귀(萬象一歸).
모든 것은 하나에서 나왔으니, 하나로 돌아가리라!
그 돌아갈 곳은 바로 세상과 우주의 중심, 바로 '나[我]' 다.

그의 몸 안에서 회오리치고 있던 세 가지 기운이 하나로 녹아들며 거대한 용의 형상을 이루었다. 그 용이 미칠 듯이 하늘 위로 올라간다. 그리고 그 용은 구름을 뚫고 하늘로 올라 마침내 우주로 올라갔다.
이곳이야말로 내가 태어난 곳, 이곳이야말로 내가 돌아올 곳.
마침내 용은 그 광대한 우주 안에서 똬리를 틀며 잠이 들었다.
그 우주의 이름은 '비류연'이라 했다.

포룡귀원(抱龍歸元)

용을 그 단전 안에 품고 비류연은 각성했다.

"이럴 수가!"
자신이 그린 원 안에서 쌍검을 빼 든 채 호법을 서고 있던 효룡은 깜짝 놀랐다. 그 순간 비류연의 몸이 황금빛으로 빛나기 시작했던 것이다.

펄럭펄럭, 바람이 불지 않는데도 비류연의 검은 무복과 머리카락이 바람에 나부끼듯 세차게 펄럭거렸다.

그리고 나부끼는 머리카락 속에서 비류연의 두 눈이 천천히 떠졌다. 두 호안석의 눈동자는 찬란한 황금빛으로 빛나고 있었다.

"스르르르륵!"

한 번 밖으로 방출되었던 바람이 이번에는 비류연을 향해 불기 시작했다. 처음에는 미풍처럼 약했으나 흐름은 곧 강풍으로 변했다.

바람의 방향이 바뀌었다? 아니, 이 현상은 그런 걸로는 설명할 수 없었다. 마치 무저갱을 향해 세상의 기운이 모두 빨려 들어가는 것 같았다. 그리곤 언제 그랬냐는 듯 순식간에 옷자락의 펄럭임과 머리카락의 율동이 잔잔해지더니 모든 것이 조용해졌다.

바람도, 소리도, 사람도, 모든 것이 비류연에게 빨려 들어가기라도 한 것처럼, 명경지수 같은 고요함이 장내를 가득 채웠다.

"흐아아아아암!"

이 순간이면서도 영원과도 같은 침묵을 깨기라도 하듯 비류연은 늘어지게 하품을 하며 자리에서 일어났다. 긴 잠에서 깨어나기라도 한 듯이. 주위를 한 바퀴 빙 둘러본 후 비류연은 한마디를 툭 내뱉었다.

"응? 뭐 볼 게 있다고 다들 모여 있어? 초절정 미소년 처음 봐?"

여느 때와 같은 비류연이었다. 그제야 효룡은 가슴을 쓸어내리며 안심했다.

"이제 괜찮나, 류연?"

"물론이지, 룡룡. 난 최상이야. 더할 나위 없이 최고의 상태지. 여기 이 구경꾼들이 다 덤벼도 멀쩡할 만큼 말이야. 못 믿겠으면 직접 보여줄 수도 있고."

 비류연이 싱긋 웃었다. 그의 도발에도 발끈해서 움직이는 이는 아무도 없었다. 지금 비류연의 분위기는 이 장내에 있는 인간 모두를 지배하고 있었다. 조용한 위압감이라면 이런 걸 말할 것이다. 정말 볼 때마다 어처구니가 없는 친구였다. 그 끝이 도무지 어디인지 알 수 없는. 저런 걸 친구로 둔 자신은 행운아일까, 아니면 천하에 다시없는 불행아일까? 그런 의문을 뒤로하며 효룡은 고개를 저으며 말했다.

"아니, 그럴 필요 없을 것 같군."
"자, 그럼 쉬기도 푹 쉬었겠다, 친구 녀석들을 찾으러 가볼까."
"그것참 좋은 생각일세. 나도 마침 이곳에 계속 이 자세로 서 있는 것도 지루하던 참이었거든."

 효룡은 알 수 있었다. 자신들이 이곳을 나가도 앞을 가로막을 수 있는 자는 아무도 없을 거라는 것을.

 그러나 괜히 무식하면 용감하다는 고언이 태곳적부터 전해져 오는 게 아니었다. 보는 눈이 없는 자에게는 뭐든 통하지 않는 법이다. 보지 못한다는 것은 인식하지 못한다는 것이고, 인식하지 못한다는 것은 존재하지 않는 것과 같다. 그것은 바로 만용(蠻勇)으로 이르는 지름길.

 지금 비류연의 등 뒤는 그야말로 허점투성이. 지금이라면 걸어서 내보내지 않아도 된다, 보는 눈이 부족한 자에게는 그렇게 생각될 정도로 무방비했다.

"우리 십번대가 함부로 들어왔다 함부로 나갈 수 있는 곳이라고 생각하지 마라!"

 십번대 대원 중 하나가 비류연을 향해 칼을 휘둘렀다. 상당히 서열이 높은 듯, 그 일격은 범상치 않았다.

"그만둬, 부대장!"

락비오가 말렸지만, 이미 때는 늦어 있었다.

그러나 그 일격은 간단하게 비류연의 두 손가락 사이에 잡혔다.

"이, 이럴 수가!"

그 대원은 자신의 필생의 신력이 담긴 일격이 겨우 손가락 두 개에 제압당하자 도저히 믿을 수가 없다는 표정을 지었다.

번쩍.

비류연의 오른손 팔뚝 주위에서 황금빛 실 같은 것이 춤을 추듯 번뜩였다.

샤샤샤샥!

그리고 다음 순간, 그는 검을 비롯해 그가 입고 있던 옷과 머리카락이 조각조각 벗겨졌다. 피부에 상처 하나 없는 게 놀라울 뿐이었다. 사내는 허공 중에서 알몸이 되어 땅에 떨어졌다.

"흠, 제대로 제어되는 모양이군. 머리카락 한 올 두께까지 되는 걸 보니."

의도적으로 피부를 다치게 하지 않고 머리카락 한 올 차이로 빗나가게 만들었다는 이야기였다. 그러나 비류연은 덕분에 별로 보고 싶지 않은 걸 보고 말았다.

"윽, 쓸데없는 것을 베어버렸군. 눈이 썩을 것 같아."

털이 수북한 사내의 알몸 따윈 보고 싶지 않은 것이다.

"자네가 생각없이 벤 탓이니 누굴 탓하겠나."

별로 보기 좋지 않다는 데는 효룡도 동의할 수밖에 없었다.

"또 해볼 사람?"

비류연은 부드러운 미소를 지으며 십번대 대원들을 둘러보았다.

주춤, 그들은 자신도 모르는 사이에 움찔하여 한 발짝 뒤로 물러났다. 그들의 눈에는 비류연의 부드러운 미소가 사악함으로 가득한 악마의 미소처럼 보였다.

"그럼 룡룡, 빨리 여길 떠나자고. 빨리 예린을 만나러 가야지."

떠나는 두 사람을 막는 이는 이제 아무도 없었다. 락비오는 그제야 비류연과 정면으로 싸웠으면 자신에게 승산이 없었다는 것을 깨달았다.

"어디서 저런 괴물 같은 놈이 튀어나온 거지?"

도저히 넘을 수 없는 산을 본 것 같아 락비오는 입맛이 무척이나 썼다.

* * *

그는 이름이 없었다. 어릴 때 산에 버려져 늑대의 젖을 먹고 살았기 때문이었다. 그는 늑대들과 함께 자고 늑대들과 함께 달렸다. 형제와 다름없는 창랑아와 함께 같은 어미 늑대의 젖을 먹고 자랐다. 그러던 어느 날, 그를 길러준 늑대가 자칭 백도의 무림인에게 살해당했다. 사람들을 위협하는 흉수(凶獸)를 처치한다는 명분이었지만, 실상은 푸른 늑대의 모피가 진귀해서 비싼 값에 팔리기 때문에 사냥당한 것이었다.

아직 이빨이 덜 자란 그와 창랑아는 도망치는 수밖에 없었다. 아직 어린 창랑아와 함께 도망친 그를 거둔 것이 바로 사부 '혈랑객' 이었다. 혈랑객은 한 마리 붉은 늑대를 데리고 다니는 자였는데, 그는 늑대 젖을 먹으며 자란 그에게 무척 큰 관심을 보였다. 그는 어릴 때부터 늑대와 함께 산속을 뛰어다녔기 때문에, 일반인을 훨씬 능가하는 신체 능력을 가지고 있었다. 늑대와 뒹굴어 사납기 짝이 없던 창랑이었지만, 혈랑객의 상대는 될 수 없었다. 그를 처음으로 길들인 것도 혈랑객이었고, 그에게 사람의 말을 가르쳐 준 것도 혈랑객이었다. 그리고 그에게 무공을 가르쳐 준 것도 혈랑객이었다.

그는 사부 밑에서 수련을 쌓아 마침내 그가 살던 무리를 죽인 무림인들에게 복수할 수 있었다. 그 무림인이 있던 곳이 바로 하남이었다. 다만, 소림사를 목표로 한 것은 혈랑객의 염원이었다. 소림사의 역사에 오명을 남기는 것이 그의 목표였던 것이다.

백팔나한진 탓에 혈랑객의 염원은 완벽하게 달성하지 못했지만, 그래도 창랑은 어느 정도 한을 풀 수 있었다. 그의 어미를 모피로 만든 무림인들에게 복수하는 와중에, 그 어미의 몸을 되찾을 수 있었기 때문이다. 그 후 그는 푸른 늑대의 모피를 머리째로 옷처럼 두르고 다니며 한시도 몸에서 떼지 않았다. 어미 늑대의 거죽을 몸에 걸치고, 가슴에 늑대의 문양을 새기고, 두 눈에 늑대의 그것처럼 푸른 귀광마저 서린 그의 모습은 이미 한 마리의 늑대라 할 수 있었다.

"이 어머니의 가죽을 걸치고 있는 이상, 난 질 수 없다. 덤벼라! 마랑혈풍조의 먹이로 삼아주마!"

창랑의 손에서 다시 육섬조강이 날아들었다.

모용휘가 급히 은하유성검법의 은하강기를 펼쳐 육섬조강을 막아냈다.

검강에는 검강으로 대항하는 수밖에 없었다. 자칫 회피했다간 부상당한 산산을 업은 현운과 아직은 미숙한 공손절휘가 그대로 노출될 것이기에 다른 수가 없었다. 때문에 내공의 소모가 거의 한계에 달한 상태를 감수하고서라도 모용휘는 검강을 쥐어짜 냈다.

창랑의 말이 맞았다. 지금껏 과도하게 진기를 소모한 그들이 이길 승률은 매우 희박했다.

그들이 이길 방법은 단 하나.

'속전속결!'

오직 그것뿐이었다.

지금, 시간은 그들의 적이었다. 아니, 아까 전부터 그들의 적이었다. 시간이 지날수록 산산의 상태는 더욱 위급해질 테니까.

시간을 끌 마음은 없었다.

"제가 우선 저자의 양손을 묶겠습니다. 그 틈에 선배님이 공격하십시오. 절휘, 자네도."

"알겠네."

"알겠습니다."

"두 사람이 동시에 공격하면 제아무리 마랑객이라 해도 어쩔 수 없을 겁니다. 이 일격에 끝내야 합니다. 저희에겐 시간이 없으니까요."

"이미 뼈저리게 알고 있네."

등에 업고 있는 산산의 몸에서 생명이 모래처럼 빠져나가는 것을 현운은 누구보다 생생하게 느낄 수 있었다. 저 짐승 같은 놈 때문에 여기서 발이 묶여 있으니 갑갑해서 미치고 환장할 노릇이었다.

"갑니다!"

창랑이 다시 거리를 좁히지 않은 채 육섬조강을 펼치려 했다.

그 순간, 모용휘가 보법 유성관천(流星貫天)을 펼치며 그자의 품 안으로 뛰어들었다. 유성의 꼬리처럼 모용휘의 신형이 길게 늘어나는 것으로 보아 그가 얼마나 빠르게 움직였는지 짐작할 수 있었다.

그야말로 순신(瞬迅)!

채—앵!

검과 조가 부딪치며 불꽃을 일으켰다.

육섬조강은 발출되지 않았다.

"이럴 수가!"

창랑의 입에서 경호성이 터져 나왔다.

"칼날의 속도가 최고점에 달하지 못하면 진공인은 발생시킬 수 없지요!"

더욱이 강기를 원거리로 뿜어내는 것도 불가능했다. 때문에 모용휘는 일부러 몸을 던진 것이다.

"이땝니다!"

낭아조가 봉쇄된 틈을 놓치지 않고 현운과 공손절휘가 동시에 달려들었다. 그러나 육섬이 봉쇄됐음에도 창랑은 전혀 곤란해하는 얼굴이 아니었다. 오히려 그는 득의만면한 웃음을 지으며,

"이 정도론 곤란하지!"

찰칵!

창랑의 오른발에서 세 개의 쇠 발톱이 돋아났다.

부웅!

창랑이 오른발을 차올리자 진공의 칼날이 모용휘를 덮쳐 왔다.

"헉!"

창랑의 손에만 신경을 집중하고 있던 모용휘는 방심하고 말았다.

깡!

모용휘는 급히 검을 끌어당겨 진공인을 막아냈다. 하지만 속도가 부족해 상쇄하지 못한 진공인이 모용휘를 덮쳤다. 터져 나오는 짧은 비명.

"모용 선배님, 괜찮으십니까?"

달려오던 공손절휘가 사색이 되어 외쳤다.

"난 괜찮네. 스쳤을 뿐이야."

상처로부터 피가 뿜어져 나왔지만, 다행히 치명상은 피했던 것이다.

오른쪽 발차기로 '삼섬각'을 펼친 창랑의 몸이 허공으로 부웅 떠오르면서 허리를 뒤집으며 공손절휘에게 왼쪽 발차기를 날렸다. 단순한 발차기가 아닌 진공의 칼날을 품은, 살상력이 넘치도록 풍부한 발차기였다.

"헉!"

공손절휘는 급히 방어 초식을 전개했다.

카가가가가강!

세 개의 진공인이 질풍이 되어 공손절휘의 몸을 사정없이 뒤흔들었다.

직격은 흘려버렸지만, 아직 예기가 죽지 않았는지 진공인이 옷과 살을 찢고 지나갔다.

창랑은 자유롭게 된 두 팔을 교차시키며 현운을 향해 육섬을 전개했다.

너무나 짧은 시간에 벌어진 일이라 풍우만곡을 펼칠 시간도 없었다. 현운은 급히 검극으로 원을 그리며 화경을 전개했다. 하지만 공격에 정신이 팔려 있어 완벽한 화경을 펼치지 못하고 그만 공격의 반을 허용하고 말았다.

창랑은 몸을 가볍게 뒤집으며 사뿐하게 땅에 착지했다. 그의 몸에는 어떤 상처도 없었으나, 모용휘, 현운, 공손절휘 세 사람 중엔 멀쩡한 사람이 단 한 사람도 없었다.

"이런, 내가 말 안 했었나? 늑대는 발이 네 개라고?"

그의 얼굴에는 득의만면한 미소로 가득했다. 반면 모용휘를 비롯한 세 사람의 얼굴에는 낭패가 가득했다. 속전속결로 끝내려다가 속전속결로 당할 뻔한 것이다.

'이것이 바로 마천십삼대 대장의 진짜 실력인가…….'

아무래도 창랑의 역량은 그들이 상상하는 이상이었던 모양이다.

"허억, 허억, 허억!"

간신히 자세를 유지하며 서 있는 세 사람의 숨결이 점차 가빠져 왔다. 몸이 금방이라도 모래성처럼 무너질 것 같았다.

지금 그들을 세우고 있는 것은 오직 '의지' 뿐이었다.

　　　　　　＊　　　　＊　　　　＊

"뭐야, 이 멍멍이들은? 멍멍이 주제에 갑옷을 입었네?"

갑자기 자신에게 덤벼든 늑대에게 한 방 먹이며 비류연이 중얼거렸다. 그 늑대는 가죽 위에 쇠가죽을 한 겹 더 걸치고 있었는데, 그것도 철 송곳이 여기저기 박혀 있는 아주 흉험한 물건이었다.

"류연, 아무리 봐도 얘들은 멍멍이가 아니라 늑대 같은데?"

"섬 한가운데 웬 늑대? 요즘 늑대는 수영이 취민가?"

"아마 창랑대에 사육되던 녀석들이겠지. 소문으로 들은 적이 있어. 창랑대에서 비밀리에 사육하고 있다는 철갑늑대들의 소문을."

아무래도 이 녀석들이 바로 그 녀석들인 모양이었다.

"뭐야, 역시 멍멍이 맞잖아? 사람의 손에 가축처럼 사육된 녀석들은 이미 늑대라고 부를 수 없지."

"하지만 무시할 건 아니라네. 이들은 체계적인 훈련을 받았기 때문에 야생의 늑대보다 훨씬 무섭다고."

"설마 뽀족뽀족 갑옷이 늑대들의 최신 유행은 아니겠지? 애견복치고는 꽤 비싸 보이는 옷이네."

쇠로 만들어져서 상당히 무거울 텐데 이놈들의 움직임에는 그다지 둔해진 기색 없이 여전히 재빨랐다. 하지만 일반인이 보기에 그렇다는 거지 비류연의 눈에는 한없이 느려 보일 뿐이었다.

깨갱!

다시 늑대 한 마리가 비류연의 손에 얻어맞고 나가떨어졌다.

자신들을 향해 달려드는 기세를 보니 아직 야생의 기운이 남아 있었다. 야생의 난폭함이 남아 있으면서도 묘하게 연계가 잘 되어 있었다. 동물 주제에.

"될 수 있으면 그 야생을 억제하지 않은 채 기른다고 하더군. 게다가 그 철갑늑대들이 두른 갑옷은 웬만한 칼날도 안 들어가는 물건이라고 하네."

"쳇, 귀찮게 됐군. 대체 이놈들 몇 마리나 있는 거야?"

좀 전부터 계속 경공을 발휘하며 뿌리치고 몇몇 놈들은 권격으로 깨갱거리게 만들었지만, 뒤를 추적해 달려오는 늑대들의 수는 줄어들기는커녕 오히려 늘어난 것 같았다.

"소문으로는 대원 한 명당 한 마리의 늑대를 담당해 키우고 있다던데……."

"거기 파란 늑대들 인원이 몇 명인데?"

"거기는 다른 대보다 훨씬 더 인원이 많아. 한 구십 명은 될걸?"

"뭐야? 그럼 저런 놈들이 구십 마리나 된다는 거야?"

그래, 라며 효룡은 고개를 끄덕였다.
"이거 귀찮게 됐네……."
비류연은 경공을 늦추지 않은 채 혀를 찼다. 야생의 늑대들을 상대하는 것은 상당히 위험했다. 게다가 거의 백 마리에 가까운 늑대들이라니…… 어지간한 심산유곡에서도 쉽게 조우할 수 없는 상황이었다.
비류연은 미간을 살짝 찌푸렸다. 이놈들을 상대하려면 못할 것도 없었다. 비록 저 흉험한 애완동물복이 단단하긴 해도 마음만 먹으면 뚫을 수 있었다. 쓰러뜨릴 수도 있었다. 하지만 저만한 수를 상대하려면 막대한 기력을 소모해야 한다. 방금 전 늑대 주제에 보여준 상당한 연계력으로 미루어 보아 이놈들은 조직적으로 단련된 놈들이었다.
'그 녀석들 괜찮을까?'
사해도로 향하던 다른 세 조는 모두들 적어도 이미 한 번의 전투를 치렀을 터이니, 진기를 상당히 소모한 상태일 게 분명했다.
그런 상태에서 차륜전에 말려들었다면, 상당히 위험했다.
'다섯, 아니 적어도 넷은 있어야 되겠는데…….'
그들의 상대를 또 해야 하는 것이다.
"이런이런. 손해 보는 장사는 하지 않는 주의인데……."
쉽지 않을 것 같았다.

*   *   *

"자, 늑대는 먹이를 가지고 장난치지 않는 법. 이제 마무리를 지어주지."
좌우로 교차한 창랑은아조에서 푸른 강기가 뿜어져 나왔다. 동시에 창랑의 머리카락과 가죽 옷이 세차게 펄럭였다. 소모될 대로 소모된 세 사람의 내공과는 비교도 안 될 정도로 풍부한 내공이 뿜어져 나오기 시작했다. 그는 지금 전력을 발휘하려 하고 있었다.

"최강의 이빨로 너희들을 먹어치워 주마!"

다음 순간, 놀라운 일이 벌어졌다. 순간적으로 창랑의 신형이 여섯으로 나뉘어졌던 것이다.

"으하하하하, 목은 씻어놨겠지?!"

사방에서 쏘아보는 열두 개의 눈동자 속에서 푸른 안광이 빛을 발했다. 늑대의 입가를 타고 잔인한 미소가 번져 나간다. 그것은 맹수가 쫓을 대로 쫓은 사냥감의 목덜미를 물어뜯기 직전의 눈빛이었다.

마랑혈풍조(魔狼血風爪) 최종 사살기

오의(奧義)

질풍육랑섬(疾風六狼閃) 잔(殘)

좌에서 나타났다 싶으면 우에서 나타나고, 우에서 나타났다 싶으면 뒤에서 나타나고, 뒤에서 나타났다 싶으면 앞에서 나타나고, 앞에서 나타났다 싶으면 위에서 나타났다. 눈으로 쫓아갈 수 없을 정도의 빠름이었다.

모용휘를 비롯해 현운과 공손절휘는 어떻게든 창랑의 움직임을 따라가 보려 했으나, 검이 지나갔을 때 그의 신형은 이미 그곳에 없었다. 그리고 마지막에는 세 사람의 전의를 완전히 사라지게 하려는 듯 사방에서 동시에 나타났다. 동시에 펼쳐지는 육섬의 공격.

"방어에 전력을!"

모용휘는 급히 검막을 펼치고, 현운은 태극혜검의 화경을 극성으로 일으켰다. 공손절휘도 급히 검강을 일으키며 대응했다.

"크아아아아악!"

세 사람의 신형이 대포를 맞은 것처럼 뒤로 날아갔다. 그중에서 가장 멀리까지 날아간 것은 공손절휘로, 그는 땅바닥을 다섯 번 정도 데굴데굴 굴러야 했다. 튕겨져 나간 신형을 가장 먼저 가눈 사람은 모용휘였다. 현운은 남궁산산의 몸을 지키려고 억지로 버텨내는 바람에 쓰러지진 않았다. 차라리 좀 더 많은 타격을 허용해서 몸이 엉망이 되는 길을 택했던 것이다. 산산을 더 이상 다치게 할 수는 없었다.

"질풍처럼 빠른데다가 육(六) 분신까지 쓰다니……."

여섯 분신에 의한 동시 다발적인 '육섬' 공격. 폭풍처럼 사방에서 몰아치는 창랑의 공격에 세 사람은 하마터면 치명상을 입을 뻔했다. 세 사람의 검을 쥐고 있던 손이 욱신거리고, 전신은 상처로 가득했다. 이렇게 강한 자가 왜 무리를 이루려 했는지 의문스러울 정도였다.

"하하하, 믿을 수가 없군. 설마 이 기술을 막아낼 줄이야. 자네들, 생각 이상으로 대단한 사냥감들이었군."

다행히 이번 기술은 내공의 소모가 큰 만큼 창랑도 바로 다음 공격으로 이어가지는 못하고 있었다. 하긴 기본적으로 여섯 분신에서 각각 여섯 줄기의 조강을 뿜어내는 공격이다. 사실 그는 지칠 대로 지친 모용휘 일행이 이런 필살기를 막아내리라고는 생각하지 못했다. 그의 최후의 송곳니가 빗나간 적은 지금까지 딱 한 번밖에 없었던 것이다. 그러나 세 사람 역시 멀쩡한 것은 아니었다.

"위험하군, 위험해. 다음 한 번이 한계겠어."

현운은 비틀거리며 침음성을 흘렸다. 산산을 업고 있는 탓에 그는 다른 사람보다 훨씬 타격도, 피로도도 심했다. 좀 전처럼 무지막지한 강공을 두 번 연속으로 막아내는 것은 불가능했다.

'앞으로 한 번……'

그것이 한계였다.

그런데 저 파란 늑대는 아직도 힘이 철철 넘쳐 보였다. 상황은 무척이나 절망적이었다.

"그렇다는 것은 다음 한 번은 막아내실 수 있다는 겁니까, 현운 선배님?"

모용휘가 진지한 얼굴로 물었다.

"한 번이라면…… 가능하네. 한 번이라면."

한 번을 강조하며 현운이 말했다.

"저 역시 딱 한 번 공격할 힘이 남아 있습니다."

그 말에 현운의 얼굴이 절로 찌푸려졌다.

"별로 좋은 소식은 아니군."

그러나 모용휘의 얼굴에 떠오른 것은 결코 절망이 아니었다.

"제게 저자를 쓰러뜨릴 방법이 있습니다."

"어떻게 말인가?"

다급한 목소리로 현운이 되물었다.

"그러기 위해서는 절휘, 자네 힘이 필요하네."

현운의 질문에 대답하는 대신 공손절휘를 쳐다보며 모용휘가 말했다.

"네, 저 말입니까?"

검지로 자신을 가리키며 공손절휘가 새총 맞은 참새처럼 눈을 동그랗게 떴다.

"그래, 자네 말이네, 절휘!"

잘못 들은 것도, 환청도 아니라는 듯 모용휘는 잔인하게 고개를 끄덕였다.

"저, 전 못합니다."

공손절휘는 창백한 표정으로 고개를 세차게 가로저었다. 강호에 처음 발을 디뎠을 때에 비하면, 몇 번의 실패로 한 백 배 정도는 의기소침해진 공손절휘였다. 게다가 동해도에서 있었던 일 이후 모용휘를 마음속에서 인정해 버리게 되다 보니, 지금까지 그를 악으로 받쳐 주던 왜곡된 '목표' 역시 깨끗이 소멸된 이후였다. 모용휘를 쓰러뜨리고 공손세가를 강호제일가로 올려놓겠다는 그 건방이 하늘을 찌르던 청년은 이제 어디에도 없었다.

"아니, 자네는 할 수 있네!"

"하지만……."

공손절휘는 여전히 자신없는 듯 말했다.

"할아버님께 들은 적이 있네. 공손 가문의 지존검법의 진정한 위력은 절세보법(絶世步法) '지존군림보'에서 나온다고."

"그, 그건……."

말끝을 흐리기는 하지만 부정하지는 않는다.

"어떤가? 자네의 지존군림보가 십성의 경지에 도달했다면 저 창랑의 신법을 막을 수 있을 걸세."

"……."

공손절휘는 선뜻 할 수 있다고 대답하지 못했다. 자신감을 잃어버린 지금 그는 실패가 두려웠던 것이다. 창랑의 창랑은아조에 맺힌 푸른 강기가 점점 더 빛을 더해가고 있었다. 그의 기력이 급속도로 회복되고 있다는 뜻이었다.

"절휘 군, 보시다시피 나 역시 한 번의 공격이 한계야. 첫 공격은 현운 선배한테 부탁해서 막는다 해도, 그다음 이어질 저자의 움직임을 붙잡을 힘이 필요하네. 그걸 할 수 있는 건 자네의 '지존군림보' 뿐이네. 자네가 지금까지 노력해 왔다는 것을 잘 알고 있네. 처음 만난 그날 이후로 자네는 계속 발전해 왔네. 그러니 자네 자신을 좀 더 믿어주게."

"발전해 왔단 말입니까?"

"그래, 계속해서 깨지기만 했지만 원래 스스로를 깨지 않으면 인간은 앞으로 나가지 못할 뿐이네. 자네는 그동안 가문이라는 틀 안에 너무 갇혀 있었네. 그걸 깨지 않고서는 앞으로 나갈 수 없었기에 난 그걸 깨준 것이네. 자네는 이제 스스로 걷기 시작했네. 그러니 자신을 믿게. 그동안 쌓아왔던 수련이, 자네의 '지존군림보' 이 진짜라는 걸 증명해 보이게! 우리 두 사람의 목숨을 자네에게 맡기겠네!"

"모용 형님……."

공손절휘는 감동한 눈으로 모용휘를 바라보았다. 지금까지 철저히 무시당했다고 느껴왔건만, 도저히 그 격차를 메울 수 없을 거라 포기하고 있었는데, 그는 자신에게 적대적이던 그를 후배로서 지금까지 이끌어주었던 것이다.

"이 못난 후배는 늘 선배님에게 신세만 지는군요."

이 얼마나 멋진 선배란 말인가. 이런 사람이야말로 진정한 대인배라 할 만했다. 이제는 증오를 넘어 사…… 아니, 존경으로 변하려 하는 공손절휘였다.

"신세랄 것도 없지만, 그렇게 생각한다면 그걸 깨끗이 일소할 때가 바로 지금일세."

그때, 보다 못한 현운이 끼어들었다.

"저기…… 여보게들, 서로 감동을 나누는 중에 미안하지만, 조금은 저 늑대에게 집중해 주지 않겠나? 지금 당장에라도 달려들 것 같거든. 빨리 결정해 주게."

그제야 퍼뜩 정신이 차린 공손절휘가 서둘러 고개를 끄덕였다.

"해보겠습니다. 아니, 하겠습니다. 하게 해주십시오."

"자네, 정말 할 수 있겠나?"

현운은 여전히 공손절휘가 못 미더웠다. 그가 지금까지 대사형 비류연에게서 배운 것이라고는 배경이 밥 먹여주는 게 아니라는 것이었다. 아직 그의 실력이랄 만한 것을 보지 못한 현운으로서는 의심하는 것도 무리는 아니었다.

"현운 선배님, 제가 보증하겠습니다. 그는 분명 잘해낼 수 있을 겁니다!"

"여섯은 힘들더라도 넷으로 줄여주시면 어떻게든 성공해 보이겠습니다."

"넷이라……"

그 역할은 현운의 역할이었다.

"좋네, 휘 군. 이렇게 되면 죽기 아니면 까무러치기지. 자네의 안목에 걸어보겠네."

산산의 위중함은 일각을 다투고 있었다. 게다가 지금 그들에게 남은 것은 단 한 번의 기회뿐, 그들이 지닌 모든 것을 이 일합(一合)에 쏟아 부어야 했다.

다음에 부딪칠 때야말로 어느 한쪽이 깨지는 때였다.

"작전 회의는 끝났나? 솔직히 기다리다가 지쳤거든."

창랑의 이죽거림과 동시에 그의 여섯 발톱에 어린 푸른 강기가 갑자기 세찬 빛을 발하며 솟구쳤다. 그의 두 눈에서 늑대의 푸른 안광이 번뜩이더니, 맹수를 연상케 하는 무시무시한 기세가 그의 온몸에서 폭출했다.

찌릿찌릿.

온몸의 솜털이 곤두세워지는 박력이었다. 그가 이 일격에 그의 모든 위력을 담고 있다는 것을 알 수 있었다.

"이번에야말로 한입에 잡아먹어 주지!"

크르릉, 그의 외침은 마치 늑대의 울음소리를 연상케 했다.

"당신을 쓰러뜨리고 산산을 구해내겠소!"

현운이 결의를 담아 외쳤다. 공손절휘도 지지 않고 외쳤다.

"우린 좀 질깁니다. 이빨 안 빠지게 조심하세요!"

마지막으로 모용휘가 조용히 말했다.

"사냥당하는 쪽이 어느 쪽인지 이제 곧 알게 될 겁니다."

마침내, 창랑의 몸이 움직였다. 순식간의 여섯으로 나눠지는…….

"이런! 맙소사!"

현운과 공손절휘와 모용휘는 깜짝 놀랐다. 이번에는 창랑의 신형이 여덟로 갈라졌던 것이다.

"팔 분신?!"

경악하는 세 사람을 보며 창랑이 광소했다.

"자, 과연 이 공격을 막아낼 수 있을까? 이것이 바로 나 창랑이 지닌 최후의 송곳니다!"

마랑혈풍조(魔狼血風爪)

극오의(極奧義)

팔영잔뢰(八影殘雷) 혈풍식(血風式)

여덟로 나뉜 창랑의 신형이 질풍처럼 세 사람을 향해 달려들었다.

현운이 태극혜검의 팔성 오의 풍우만곡을 전개했다. 주위를 휘감는 대기의 움직임에 창랑이 펼치는 육섬의 공격이 흐트러졌다. 동시에 창랑의 신형이 하나씩 줄어나갔다.

하나, 둘, 셋……

그러나 그것이 한계였다.

남은 신형은 다섯.

"크윽!"

풍우만곡을 펼치다 기력을 모두 소모한 현운의 무릎이 휘청거렸다. 주위를 둘러싸고 있던 화경의 기운이 흐트러지려 하고 있었다.

"절휘, 가게!"

모용휘가 외쳤다. 회전력의 속박이 약해지기 전에 결판을 내야 했다.

지존군림보(至尊君臨步) 비기(秘技)

지존편재(至尊遍在)

넷으로 늘어난 공손절휘의 신형이 창랑을 향해 날아갔다.

오(五) 대(對) 사(四).

승패는 명확했다.

남은 창랑의 신형이 공격 초식에 힘을 모으느라 무방비 상태인 모용휘를 향해 쏘아져 나갔다. 공손절휘 같은 애송이는 언제든지 제거할 수 있다는 자신감의 발로였다.

"정말로 끝이다!"

땅!

모용휘의 숨통을 끊기 위해 달려온 창랑의 은아조가 한 자루의 검에 가로막혔다. 그 검의 주인은 바로 공손절휘였다.

"이런, 애송이. 사 분신밖에 쓸 수 없는 것 아니었나?"

의외의 사태에 창랑은 놀란 표정을 지었다. 공손절휘의 지존검법에 당한 나머지 분신들이 사라진 지금, 공손절휘에게 막힌 이 신형이야말로 그의 실체였다. 하얗게 빛나는 검으로 창랑의 일격을 비지땀을 흘려가며 막아내고 있는 공손절휘의 입가에 한 가닥 미소가 맺혔다.

"완벽하게 부릴 수는 없지만, 서 있는 정도라면 하나 정도 더도 가능하지요."

완전하게 자유자재로 부릴 수는 없지만 그 정도라면 가능했다. 현운이 내공을 모두 소모하고 지금 창랑의 목표는 최후의 일격을 가하기 위해 힘을 비축하고 있던 모용휘라는 것을 공손절휘는 알고 있었다. 그래서 막아낼 수 있었던 것이다. 기다리면 되었으니까.

이 순간 창랑의 움직임이 완전히 멎었다.

"지금입니다, 선배님!"

우웅, 맑은 검명을 울리며 모용휘의 검이 창랑을 향해 뻗어나갔다.

은하류(銀河流) 개벽검(開闢劍)

오의(奧義)

은하멸멸(銀河滅滅) 섬(閃)

밤하늘에 흐르는 유성우 같은 검강의 세례와 무시무시한 충격파가 창랑의 몸을 후려쳤다. 그가 자신만만해했던 늑대의 발톱이자 송곳니였던 '창랑은아조'가 동강 나서 부서져 나갔다. 창랑은 피를 뿜으며 오 장 밖으로 날아갔다. 그리고는 다시 일어서지 못했다.

"쓰러뜨렸다."

털썩!

세 사람은 동시에 땅에 한쪽 무릎을 꿇었다. 검이 그들의 지팡이였다. 이번 일합에 모든 것을 쏟아 부었기에 그들 역시 손가락 하나 꼼짝할 수 없었다.

"쿨럭쿨럭! 내가 졌다."

잠시 후 쓰러진 창랑의 입에서 피와 함께 신음 섞인 목소리가 새어 나왔다. 죽지는 않은 모양이었다. 지독한 맷집이 아닐 수 없었다.

"쿨럭쿨럭! 하지만…… 아직 '우리'는 지지 않았다."

'우리?'

그 순간 창랑의 입에서 피 섞인 외침이 터져 나왔다.

"창랑아아아아아아아아!"

아우우우우우우우우!

그 순간 모용휘의 안색이 창백해졌다.

'아차, 어째서 잊고 있었을까!'

창랑이 타고 왔던 그 거대한 늑대를.

크르르르르르르!

어느새 올라가 있었던 것일까? 창랑이 쓰러진 건물 지붕 위에 거대한 푸른 갈기를 지닌 늑대 '창랑아'가 입에 날카로운 송곳니 대신 거대한 양날검을 물고 으르렁거리고 있었다. 두 눈에는 형제를 쓰러뜨린 적에 대한 분노가 가득했다.

펄쩍!

더 이상 포효할 시간도 아깝다는 듯 창랑아가 모용휘 등을 향해 뛰어들었다. 저 거대한 양날검이면 한 번 휘두르는 것만으로도 꼼짝 못하고 있는 세 사람을 단숨에 두 동강 낼 수 있었다.

'이대로 죽는 건가.'

이겨놓고 죽다니, 분하기 짝이 없었다. 그때였다.

"비켜, 이 똥개야!"

도약해서 떨어져 내리는 창랑아와 그들 셋 사이를 가로막는 검은 그림자가 있었다.

뻐억!

다음 순간 큰북의 가죽 찢어지는 듯한 요란한 소리가 울려 퍼졌다.

깨갱!

정면으로 날아오던 창랑아의 몸이 직각으로 꺾인 채 측면으로 튕겨나갔다. 단 일격을 뻗었을 뿐인데, 엄청난 위력이 아닐 수 없었다.

"쯧쯧, 내가 뭐랬어? 마지막까지 방심하지 말랬잖아. 항상 마지막 한 푼은 남겨놓으라고 했지? 하얗게 불태운다고 다 좋은 건 아니라고. 이렇게 뒤통수를 당할 수 있으니까 말이야."

거대한 늑대를 단 한 방에 깨갱거리게 만든 검은 인영이 혀를 차며 중얼거렸다.

모용휘와 현운은 불지불식간에 나타나 그들을 구해준 이를 보고 깜짝 놀라 동시에 외쳤다.

"대(大)사……!"

"류연!"

나타난 검은 인영이 뒤를 돌아보며 씨익 하고 웃었다. 소매가 헐렁한 검은 무복을 걸치고 기다란 앞머리를 늘어뜨린 청년, 비류연이었다.

"다들 안 죽고 살아 있네?"

세 사람은 잠시 멍한 눈으로 비류연과 바닥에 배를 까뒤집은 채 거품을 물고 있는 늑대 창랑아를 번갈아 바라보았다. 좀 전에 그들을 향해 무시무시한 살기를 내뿜으며 달려들던 그놈이랑 도저히 동일 짐승이라 볼 수 없는 비참한 몰골이었다.

아미산을 주름잡던, 짐승 주제에 강기(罡氣)까지 쓸 수 있는 하양이랑 만날 투닥투닥 해왔던 비류연이었다. 사부에게 조련당한 하양이에 비하면 이런 덩치만 큰 늑대 따위는 얌전한 강아지에 불과했다.

"아, 그리고 댁들도 움직이지 않는 게 좋아요."

"끄아아아악!"

그때 비명 소리 하나가 길게 울려 퍼졌다. 창랑대 한 명이 팔이 잘린 채 괴로워서 지른 비명이었다. 갑자기 나타난 적에게 암습을 가하기 위해 칼을 들어 올렸다가 당한 봉변이었다.

"아, 깜빡 잊고 말을 안 했는데 손가락 하나라도 까딱하면 사지 중 하나가 달아나거든요. 그러니 움직이지 말아요. 자기 목숨은 자기가 챙겨야죠."

그 태평한 말에 창랑대원들은 어이가 없어 속으로 소리쳤다.

'그런 건 좀 더 일찍 말하란 말이야!'

눈앞에 떡하니 본보기가 있는지라, 결코 허풍으로 치부할 수가 없었다. 그제야 그들은 난데없이 나타난 수상쩍은 청년의 한 줌 손아귀에 자신들의 목숨이 달려 있다는 것을 깨달았다.

늑대들의 저항 의지는 급속도로 수그러들었다. 늑대가 아무리 사납다 해도 호랑이는 당해내지 못하는 법. 그리고 지금 그들 앞에 있는 것은 그 호랑이도 때려잡는 인간이었다.

"이들도 운이 좀 나쁘군요."

모용휘는 손가락 하나 꼼짝 못하고 그대로 굳어버린 수십 명의 인간늑대들을 보자 처량한 마음이 솟구치는 것을 자제할 수가 없었다.

"하아, 그러게 말일세."

현운도 이 인간늑대들이 오늘 운이 좀 많이 안 좋다는 사실에 전적으로 동의하며 연민의 한숨을 내쉬었다.

"에? 에?"

그 둘 사이에 왜 느닷없이 공감대가 형성되는지 알 길이 없는 공손절휘는 그저 멍한 눈으로 두 사람을 번갈아 보기만 할 뿐이었다.

"산산이 다쳤다고?"

비류연이 미간을 찌푸리며 반문했다. 그러나 긴 앞머리 때문에 찡그려진 미간이 보이지는 않았다.

"네, 저를 감싸려다……."

비류연은 현운의 등에 업힌 산산을 무표정하게 바라보았다. 어떤 얼굴 표정을 지어야 좋을지 알 수가 없었다. 그는 산산의 얼굴 위로 흘러내린 머리카락을 조심스럽게 쓸어 넘겨주었다. 핏기 하나 없이 창백한 얼굴이 드러났다.

"크크, 이렇게 된 것도 따지고 보면 다 그 '못된 놈' 때문이겠네."

웃고 있었지만 웃는 게 아니었다.
"그래서 사번대 대장 불락구척을 찾아가야 한다고?"
"네, 그의 별호가 생사무허가라고 합니다."
"어떻게 찾아가지? 위치는 정확하게 들었어?"
"일단 마천제일벽이라는 외벽을 통과해서 안으로 들어가야 된다는 데까지는 들었습니다."
"그 뒤는 못 들었다는 얘기네?"
"산산이 위급하여 마음이 급하다 보니……."
더 이상 길게 듣지 못하고 산산을 들쳐 업고 무작정 뛰쳐나온 것이다.
"자, 그럼 사번대까지 어떻게 간다……."
비류연의 중얼거림에 현운이 깜짝 놀랐다.
"그래도 괜찮으시겠습니까, 대사형?"
"응, 뭐가?"
"그게 대사형은 대사저를 구하러 가셔야 하잖습니까? 산산을 치료하러 가다 보면……."
그것은 돌아가는 길이 된다.
빽!
비류연의 주먹이 현운의 머리통을 후려쳤다.
"멍청한 놈, 그럼 나보고 산산을 갖다 버리라고? 너네들이 죽든 말든 상관하지 말까? 그렇게 하면 진짜로 즐겁겠냐?"
혹이 난 머리를 감싸 쥐며 현운이 고개를 설레설레 저었다.
"이렇게 된 이상, 네 녀석들부터 해결하고 다시 대장들을 한 놈씩 깨나가는 수밖에 없어. 단서도 다시 찾아내야 하니까."

네 개의 관에 들어 있던 건 그들의 저승길로 안내하기 위한 초대장일 뿐이었다. 그 이상의 단서는 찾을 수 없었다. 그러니 산산을 구하고 나면, 이제 가장 무식한 방법 하나만 남아 있을 뿐이었다.

"그리고 난 빚지는 건 절대 싫어. 그중 가장 찝찝한 건 마음의 빚이지. 넌 내가 빚쟁이가 되어야 속이 시원하겠냐?"

"그, 그건 물론 아니지요."

비류연이 빚지는 걸 죽는 것만큼이나 싫어한다는 것은 오랜 시간을 지내오면서 잘 알고 있었다.

"그럼 잔말 말고 가자고. 알겠어?"

"네, 대사형. 감사합니다."

현운이 포권한 채 허리를 숙이며 감사의 인사를 했다. 감격한 현운은 눈물이 날 것 같은 것을 억지로 참고 있었다. 그 모습을 본 비류연의 얼굴에 의문이 스치고 지나갔다.

"내가 안 본 새에 둘이 혼인이라도 했냐? 그렇게 짧은 시간에?"

"네? 넷? 아니…… 그, 그럴 리가 없잖습니까……."

"그런 것치고는 얼굴이 굉장히 빨갛구나."

입으로 속였지만 얼굴까지는 속이지 못한 모양이었다.

"아니… 그건 그러니까……."

속마음을 들켜 버렸는지 엄청나게 당황한 현운은 어쩔 줄을 몰라 했다. 이런 경우는 처음인데다가 그는 도사 지망생이 아닌가. 원래대로라면 연애 하고는 아주 거리가 있어야 할 처지였다.

"거참, 무슨 일이 있긴 있었구나. 그렇게 민감하게 반응하는 걸 보니."

"……그냥 찔러보신 거였습니까?"

그는 자신의 어리석음을 탓했지만 이미 때는 늦어 있었다.

"그래, 산산을 향하는 네 마음이 예전과는 전혀 달라 찔러본 거다. 넌 여전히 미끼를 잘 무는구나. 그런데 사번대까지는 어떻게 가지?"

"그건 내가 안내해 주겠네."

비류연이 고개가 목소리가 들린 쪽으로 돌아갔다.

"어라, 장 아저씨! 아직 살아 있었네요?"

"뭔가, 그 유감스럽다는 듯한 말투는? 하마터면 죽을 뻔한 사람한테 너무 매정한 거 아닌가?"

"죽을 뻔하다니 누구한테요?"

"아, 그건……."

적의 손에서가 아니라 부인 손에 말이지, 하고 반사적으로 답해주려다 장흥은 얼른 입을 다물었다. '뭐라고 하려고요? 어디 한번 말해보시지?'라는 듯한 옥유경의 싸늘한 눈길이 뒤통수를 서늘하게 훑고 있어서였다.

"그런데 눈에 익은 사람이 한 명 같이 있네요. 아까 전엔 분명 없었는데?"

비류연의 시선이 옥유경의 뒤를 따르고 있던 한 여인을 향했다. 그녀는 바로 나예린이 사자 독고령이라고 확신했던 인물, 바로 영령이었다.

"아, 소개하지 않아도 알 거라 생각하네만, 영령 소저일세. 북해도에 혼자 있는 걸 발견했지. 당분간 우리랑 행동을 같이하기로 했다네."

"이유는 뭐죠?"

"나 소저를 구출하는 데 도움을 주고 싶다는군."

그 말을 들은 비류연의 입가에 미소가 맺혔다.

"예린이 무척 좋아하겠네요."

그러자 영령이 얼굴을 붉히며 코웃음을 쳤다.

"차, 착각하지 말아요. 난 단지 확인하고 싶은 게 있을 뿐이니까요. 그렇기 때문에 그녀를 구하는 거예요. 그러니 그 아가씨의 황당한 이야기를 내가 믿었다고 생각하면 무척 곤란해요."

비류연은 고개를 끄덕였다.

"일단 그렇다고 해두죠. 누구나 인정하는 게 부끄러운 게 있으니까요."

"그건 그렇고, 장 아저씨가 사번대 가는 길을 알고 있다고요?"

영령의 반발을 사전에 봉쇄해 버리며 비류연이 장홍에게 물었다.

"내가 아니라 이 사람이 우리를 사번대로 안내해 줄 걸세."

그러면서 옆에 있던 옥유경을 가리켰다. 그녀는 고개를 끄덕이며 한 걸음 앞으로 나섰다.

"여자아이가 다친 것을 그냥 두고 볼 수야 없지. 따라들 오너라, 사번대로 안내할 테니. 하지만 한 가지 너희들에게 충고해 두마."

"그게 뭐죠?"

"생사무허가에게 쉽게 치료를 받을 수 있을 거라 기대하지는 마라."

봉황을 묶은 금제(禁制)
―나예린, 직시(直視)하다

비류연과 그의 동료들이 싸우고 있을 때, 나예린도 고독한 싸움을 계속하고 있었다.

자기 자신의 날개를 묶고 있는 금제를 깨뜨리기 위해, 자기 몸 안에 박힌 말뚝을 뽑아내고 자유를 손에 넣기 위해 그녀 역시 치열한 싸움을 벌이고 있었다.

지금 나예린은 고요의 세계에 홀로 존재해 있었다. 그 세계에는 빛도 소리도 감각도 존재하지 않았다.

완전한 몰아(沒我)의 경지.

모든 것을 잊고 고요의 세계, 정(靜)의 세계에 들어간 것이다. 그 세계는 수십 년을 고련한 고수라 할지라도 쉽사리 들어갈 수 없는 영역이었다. 그녀의 의식은 지금 세계와 접촉하려 하고 있었다.

그녀가 지금 느끼고 있는 것, 그것은 세계 그 자체였다. 혹은 도(道)라고 불리기도 하고 혹자는 그것을 신(神)이라 부르기도 하고 혹은 대근원이라고 부르기도 하고 세상의 받치는 두 개의 기둥, 태극(太極)이라고 부를지도 모른다. 하지만 이름 따위 그것 앞에서 아무런 의미도 없었다. 세계와 가까이 가면 가까이 갈수록 나예린이라는 존재는 점점 더 옅어졌다.

인간의 영혼을 촛불이라 한다면, '그것'은 중천(中天)에 타오르는 태양(太陽)과도 같았다. 태양에 너무 가까이 간 영혼은 밀랍처럼 녹아내리고 만다. 그것 앞에 자기 자신이란 것은 의미가 없기에. 그것은 하나, 모두이자 하나, 하나이자 모두, 그 앞에서 분별이란 의미를 지니지 못한다. 그러나 그것에 몸을 던지는 것은, 즉 나예린이라는 존재, 아니, 개체가 사라진다는 것을 의미했다. 그것은 즉, 비류연과의 관계 역시 의미가 없어진다는 것을 뜻했다. 왜냐하면 나예린이라는 존재가 사라진다는 것은, 그녀가 지니고 있던 인연 역시 끊어진다는 것이었다. 자신이 가진 모든 인연, 그리고 인과로부터의 해방, 그것이 바로 해탈(解脫)이었다.

용안(龍眼)의 능력을 최대한으로 개방해 자신의 안으로 침잠해 들어가던 나예린은 어느 순간부터 자신의 영혼이 거대한 무언가에 끌려들어가는 것을 느꼈다. 그녀는 필사적으로 저항했다. 더 이상 끌려 들어가다가는 자신이 자신이 아니게 될 것 같았다.

그래서 그녀는 모든 것을 잊은 몰아의 상태에서 하나씩 하나씩 자신을, 나예린이라는 존재를 되찾아 나가기 시작했다.

뼈가 생겨나고, 근육이 생겨나고, 그 위를 피부가 덮는다. 가느다란 팔과 쭉뻗은 긴 다리, 물이 흐르는 듯 매끄럽고 유연한 허리와 봉긋한 가슴, 그리고 기다린 머리카락과 별처럼 반짝이는 눈동자, 붉은 입술, 오뚝한 코, 대리석처럼 하얀 피부, 아름다운 처녀이다.

'아름답다. 이 여인은 누구지?'
그리고 떠올렸다.
'아, 이 여인은 나지?'
그리고 그녀는 깜짝 놀랐다.
'내가 나를 예쁘다고 생각하다니?'
아름다움이라는 것은 그녀에게 행운이 아니라 오히려 불행이었다. 이 아름다움 때문에 그녀는 어두운 어린 시절을 보내왔어야 했다.
그런데 아름답다고 생각하다니, 부럽다고 생각하다니?
스스로도 믿을 수가 없었다.
그녀는 지금 자신을 한 걸음 떨어진 채 객관적으로 바라보고 있었다.
때문에 그녀는 주관적인 판단이 아니라, 객관적이고 이성적인 판단으로 자신을 볼 수 있었다. 그것은 매우 미묘한 경험이었다. 그동안 부정해 왔던 것을 더 이상 부정할 수 없는, 그런 느낌이었다.
그리고 잊었던 사람이 기억났다.
'류연……'
그가 지금 자신을 구하기 위해 최선을 다하고 있다는 데 어떤 의문도 그녀는 품지 않았다.
'그리고 나의 이름은 나예린……. 검각의 주인인 검후의 제자이자 무림맹주 나백천의 딸, 그리고 한 사람의……'
마침내 잊었던 이름이 기억났다.
그리고 그녀는 자신을 완전히 되찾았다.

그녀의 의지가 보이지 않는 손이 되어 사지백해로 퍼져 나갔다.
머리끝에서 발끝까지는 물론 머리카락 한 올까지도 그녀의 의지로 가득 차올랐다.

이윽고 그녀의 몸 전체가 완전한 제어하에 들어왔다.

먼지 하나에서부터 자신을 재구성한 나예린은 알 수 있었다.

그냥 알게 되었다.

자신의 몸 안 곳곳에 박혀 있는 이질적인 서른여섯 개의 이물질의 존재를.

육육쇄봉익금침폐맥대법(六六鎖鳳翼金針閉脈大法)!

또 다른 별칭은 쇄봉금인(鎖鳳禁印)!

머리카락보다 가는 서른여섯 개의 금침을 육체 깊숙이 박아 넣어 기의 흐름을 완전히 봉쇄하는 대법으로, 한 번 시술되면 두 번 다시 풀 수 없다는 궁극의 금제 수법.

그것이야말로 바로 그녀의 날개에 박힌 보이지 않는 말뚝의 이름.

그것들은 애초에 그녀의 존재를 구성하는 데 포함되어 있지 않은 것들이기에. 아무리 그 금침들이 작고 몸속에 들어가면 감쪽같다 해도 이제는 찾아낼 수 있었다. 아무리 그것들이 작다 해도 먼지 한 톨[一塵]보다 작지는 않을 터이기에.

보이지 않는 것을 보고, 들리지 않는 것을 듣고, 만질 수 없는 것을 만진다는 홀황의 경지.

비류연과의 옛날 어떤 일 때문에 한 번 들었던 적이 있었다. 우리 눈에 보이는 것은 극히 일부분일 뿐이라는 것을. 우주 전체의 일 할은커녕 억분의 일 할조차 되지 못하는 이 세계를 받치는 구십구 할 구구구구구구구구구구구......리의 뒷받침이 있다는 것을. 그 거대한 세계에 비하며 그녀의 몸 안에 있는 금침은 태산보다도 더 거대한 것이었다.

머리카락보다 가는 금침이 말뚝처럼 지금 그녀의 요혈 곳곳에 박혀 있었다.

그 수는 정확히 서른여섯.

하나만 박혔더라면 별문제가 없을 그 금침들은 서로서로 연동하여 거대한 주박을 만들어낸다. 그 저주스러운 주박이 그녀의 내공을 흐트러뜨리고, 그녀의 육체를 속박하고 있었다.

'찾았다!'

마침내 그녀는 자신을 속박하는 주박의 존재를 찾아낼 수 있었다.

이제 남은 것은 겨우 발견한 그것들을 어떻게 빼내는가 하는 것.

이제 겨우 보이게 되었지만, 아직 그것들은 손이 닿지 않은 그녀의 살 속 깊숙한 곳에 파묻혀 있었다.

지금 해야 해. 당장!

망설일 필요는 없었다. 기다리다가는 오히려 기력만 무의미하게 더 소모할 뿐이었다.

일단 볼 수만 있다면, 그다음은 어떻게든 되는 법이었다.

그의 손은 그 금침에 닿기에 충분하지 않았지만, 그녀의 '의지'는 충분히 금침에 닿아 있었다.

지금 그녀는 머리카락 한 올까지도 자신의 의지로 통제할 수 있는 완전 제어 상태였다.

불가능이란 아무것도 없을 것 같은 충만감.

그녀는 바로 금침의 주위에 있는 근육들에 명령을 내린다.

처음에는 왼쪽 팔목에 박혀 있는 금침부터 시작했다.

의지를 움직이자 즉각 그녀의 몸이 움직인다. 근육들이 금침을 움켜잡고, 조금씩 조금씩 그것들을 위로 밀어 올린다. 서서히 서서히 위로 올라온 금침이 마침내 그녀의 몸에서 빠져나와 툭 하고 땅으로 떨어졌다.

'우선 하나!'

자신감을 얻은 나예린은 자신의 의지를 전신으로 보낸다.

자신의 몸 안에 박혀 있는 나머지 서른다섯 개의 금침을 빼내라고.

그녀의 의지에 따라 그녀의 몸 곳곳이 동시에 움직이기 시작한다.

그녀의 몸 안에 박혀 있는 이물질을 몰아내듯, 박혀 있는 금침 서른다섯 개를 동시에 밀어낸다. 그러자 곧 금침들이 그녀의 몸 밖으로 밀려 나왔다. 그녀의 몸과 그녀의 의지가 그것들을 거부하고 구축(驅逐)하고 있었다. 하나씩 하나씩 차례대로 뽑혀 나오는 모양새가 마치 보이지 않는 손이 금침을 잡아 뽑는 듯한 모습이었다.

이윽고 서른세 개의 금침이 뽑혀 나왔다.

남은 것은 두 개.

하나는 머리 꼭대기의 백회혈, 나머지 하나는 바로 단전에 박혀 있었다. 조금만 잘못해도 미쳐 버리거나 폐인이 될 수 있는 최중요 혈(穴)이다.

그러나 나예린은 망설이지 않는다.

어떤 의심도 품지 않는다. 두려움도 품지 않는다.

완전한 자신감을 가지고 그녀는 명령한다.

―내 몸에서 썩 꺼져라!

라고.

그녀의 명령을 들을 두 개의 금침이 그녀의 몸 밖으로 천천히 천천히 물러나기 시작한다. 끝까지 저항을 거듭하지만, 그녀의 의지를 꺾거나 흐트러뜨리는 것은 불가능했다.

　스르르륵! 스르르륵!

　마침내 그녀의 몸에서 양 날개를 구속하고 있는 가장 중심에 있던 말뚝이 뽑혀져 나왔다. 엄청난 의지력과 기력을 동시에 소모한 탓인지 그녀의 몸은 땀으로 흥건히 젖어 있었다. 그러나 지금 그녀의 마음속에는 피로보다는 기쁨으로 가득 차 있었다.

　그리하여 마침내 봉황은 하늘로 비상(飛翔)하기 위한 두 날개를 되찾았던 것이다.

*　　　*　　　*

　"음…… 여기가 어디야?"

　창고(倉庫)라고 적혀 있는 현판을 올려다보며 은발의 남자는 중얼거렸다. 도저히 이해할 수 없다는 얼굴을 하고 있었지만, 이해를 못해 미칠 지경인 쪽은 이 은발남자가 아니라 그의 부관인 장소옥이었다. 땅이 꺼져라 한숨을 쉬며 장소옥이 말했다.

　"어디긴 어딥니까, 일번대 식량 창고죠. 현판 옆에 달려 있는 표식을 보니 간부급만 이용하는 특별 식량 창고인 모양입니다."

　"어, 우린 왜 없지? 우린 창고가 하나뿐이잖아? 차별이네."

　저쪽이 더 좋은 걸 먹는다고 생각하니 조금 울컥한 모양이었다. 어떤 일에도 꿈쩍하지 않고 항상 지나친 평정을 유지할 것 같은 무명이었으나, 먹을 것에는 그런 그도 집착하는 모양이었다.

　"그거야 일번대에는 총대장님이 계시잖아요."

　"……이런 부당한 차별은 참을 수 없지. 우리도 나중에 하나 달라 그래야겠어."

역시나 전혀 듣지 않고 있었다.

"지금 식량 창고가 문제가 아니잖습니까! 대장님, 지금 어디로 가야 하는지 알고 계시는 거예요?"

"아!"

그제야 장소옥은 그러면 그렇지라는 심정으로 하늘을 한 번 바라보며 뻐근해진 뒷목을 주물렀다.

"대장님, 또 길을 잃으신 거예요?"

한두 번 있는 일이 아니라서 이제는 별로 놀랍지도 않았다.

"뭐야? 그 길치를 보는 듯한 눈은? 미리 말해두지만, 난 절대 길치가 아니야. 오해하면 곤란하지. 부대장이라면 좀 더 대장을 믿어야 하는 법."

"그 말 딱 백 번째인 것 같네요, 대장님."

저 말도 한두 번 들은 게 아니었으나 무명은 극구 부인했다. 그것은 자신의 인격과 지성을 모독하는 우주적인 모함이라도 된다는 듯이.

"어허, 난 길치가 아니라니까? 다만 가끔 갑자기 기억이 잘 안 나서 길을 잃어버릴 뿐이라고."

세상에는 하는 편보다 안 하는 편이 더 나은 변명들이 산처럼 많았다. 무명의 변명 역시 그중 하나였다.

"그건 치매라는 얘기잖습니까, 대장님. 더 나빠요. 다른 부대 사람들이 대장님을 뭐라고 부르는지 아세요?"

"어라, 잊어버렸네."

장소옥은 한숨을 푹푹 내쉬며 소리쳤다.

"치매대장이라고 부른다고요, 치매대장!"

"거참, 깜빡깜빡 이런저런 사실들을 잊어버린다고 치매라니, 너무하는군, 다들."

 하지만 자기 방에서 자기 검을 어디에다 두었는지도 모른다면 치매 대장이라는 소리를 들어도 반박할 여지는 없었다. 장소옥 역시 거의 절망적으로 그렇게 생각하는 경우가 많았다.

 "좋아, 그럼 이렇게 하자. 소옥이 먼저 앞장서는 거야. 그리고 내가 따라가면 되지. 어때?"

 그건 소옥이 원하던 바였다. 더 이상 이 일대를 빙글빙글 도는 것은 사양이었다. 같은 길 또 가고 또 가는 것도 사양이었다.

 "근데 어디로 가면 되죠, 대장님?"

 "그거야 당연히 침입자가 있는 데로 가야지. 아까도 얘기했잖아?"

 마치 건망증이 심한 것은 소옥 너라는 듯한 말에 기가 막혀 하는 장소옥에게, 무명은 하지 않아도 될 한마디를 덧붙였다.

 "근데 나 목말라. 소옥아, 기다리고 있을 테니까 우선 물 좀 떠다 주라. '특별 식량' 같은 건 안 건드릴 테니까 걱정하지 말고."

 "……."

*   *   *

 '해, 해볼까…….'

 하지만 급속도로 의지가 약해진다.

 좀 전까지 그렇게 확고하고 명확하던 의지가 바람 앞의 촛불처럼 약해진다.

 '그런 걸 해도 정말 괜찮을까?'

 역시 그런 걸 한다는 사실에 거부감이 드는 것은 어쩔 수 없었다.

나예린은 고민했다.
'그런 일'을 한다는 것은 너무나 그녀답지 않은 일이었던 것이다. 하지만 이 감옥을 빠져나가기 위해서는 그 방법밖에 없었다.
자신을 직시하게 된 지금의 나예린은 명확히 확신하고 있었다.
이거라면 분명 통할 거라고. 아니, 이 방법 외에 다른 방법은 없다고.
예전에 언제던가, 비류연과 얘기를 하던 도중이었다. 만일 나예린 자신이 큰 위험에 빠지면 어떻게 하면 좋을까에 대해서 그는 이렇게 말했던 적이 있었다.

"웃어요. 그럼 돼요."

그 질문이 너무 쉽다는 듯, 그는 그렇게 말했다. 그리고 덧붙였다.

"예린이 웃으면 상대가 정신을 못 차릴 거거든요. 그 빈틈을 타서 상대에게 역전의 한 방을 먹이면 돼요. 지금도 그렇지만 예린은 거의 웃지 않잖아요? 그런 만큼 예린의 미소는 더욱더 희소성이 있거든요. 해보면 알아요, 그때가 돼서. 뭐, 예린의 미소를 남한테 보여주는 게 정말 아깝긴 하지만 말이에요."

하지만 역시 망설이게 된다.
솔직히 말해 부끄럽다. 어디론가 숨어버릴 정도로 부끄럽다.
"안 하면 안 될까?"
자신이 그런 걸 한다는 게 도저히 상상이 되지 않았다.
'이 미(美)를 무기로 삼다니······.'
그동안 자신에게 대부분 안 좋은 일만 가져왔던 이 미를.

그녀가 자신의 외모를 무기로 삼겠다고 생각한 일 자체가 놀라운 일이었다. 무엇보다 놀라고 있는 것은 바로 나예린 본인이었다. 한편으로 이런 생각도 들었다.

'이용할 수 있다는 것은 제어할 수도 있다는 뜻 아닐까?'

거부감이 없다고 한다면 거짓말일 것이다. 예전의 그녀였다면 자존심 때문에라도, 혹은 강박관념 때문에라도, 혹은 과거에 입었던 정신적 상처 때문에라도 그 일을 용납하지 않았을 것이다. 아니, 아예 선택의 폭 안에 들어오지도 않았을 것이다.

하지만 무의식중에 억제하고 있던 용안을 개방해 자신을 직시하게 된 나예린은 상당히 객관적으로 자신이 가지고 있는 것, 지금까지는 자신에 불행만을 가져왔던 그것, 미를 바라볼 수 있었다. 때문에 그것을 이용할 수도 있는 위치에 놓았다. 한 발짝 떨어져 있기에 오히려 그것을 향해 손을 뻗을 수 있게 된 것이다.

'싫다고 언제까지 이러고 있을 거지, 예린?'

그녀는 스스로에게 물었다. 정말 이곳에서 그 악적이 오길 두려워하며 기다리고 싶냐고. 과거의 공포에 벌벌 떨며, 아직 아물지 않은 상처를 부여잡고 그저 흐느끼고 싶으냐고.

'그럴 수는 없잖아, 예린? 그건 너도 알고 있잖아?'

이 감옥 안에 갇혀서 그 괴물이 자신을 범하러 오는 것을 기다리는 것이 더욱더 바보 같은 짓이었다.

그녀 자신을 위해서도, 비류연을 위해서도, 또 아버지를 위해서도 그녀는 한시라도 빨리 이곳을 빠져나가야 했다.

그러기 위해서라면 쓸 수 있는 수단을 쓰는 데 주저함이 있어서는 안 되었다.

그 사실을 예전보다 훨씬 쉽게 받아들일 수 있게 되었다.
자신을 객관적으로 직시할 수 있었기에 가능한 일이었다.
물론 그녀로서도 이런 경험은 처음이었다.
되도록 절대로 하고 싶지 않았다.
하지만 지금은 이른바 비상 상황. 찬밥 더운밥 가리고 있을 때는 아니었다.
그래서 그녀는 결심했다.
작아 보이지만 그것은 엄청난 일이었다.
그녀가 과거로부터 한 발짝 더 멀어졌다는 뜻이기에.
자각을 통해 그녀는 가장 강력한 무기를 사용할 수 있게 되었다. 그녀가 가지고 있으면서도 봉인한 채 절대로 쓰지 않았던 무기를.
바로 '미(美)'라 불리는 무기를.
언제까지 과거에 얽매여 움츠러들 수는 없었다. 내일을 향해 걸어가기 위해서는 과거를 딛고 일어서지 않으면 안 된다. 자신에게 그 사실을 가르쳐 준 남자가 지금 밖에서 싸우고 있다. 자신을 구하기 위해. 그것은 추측이 아니라 확신이었다. 누구에게 듣지 않았어도 나예린은 그 사실을 알 수 있었다. 그래서 기뻤다. 용기가 솟았다.

'나도 싸우겠어요, 류연 나의 자유를 찾기 위해. 내 스스로의 힘으로.'
그러기 위해서라면 부끄러움도 무릅쓸 수 있었다. 부끄러움도. 아마도······.
항상 단정하고 백옥처럼 하얀 나예린의 얼굴이 살짝 붉게 물들었다. 자신의 옷고름을 만지작거리며. 그리고는 이내 결심한 듯 고개를 끄덕였다.

경국지색(傾國之色)
—미인계?

"자, 물러나는 게 어때?"
"무슨 말씀! 물러나야 할 쪽은 내가 아니라 자네 쪽이지!"
"호오, 해보겠다 이건가?"
"좋을 대로."
"칠영, 자넨 정말 목숨이 아까운 줄 모르는 친구군"
"오영, 자네야말로 욕심이 끝도 없군. 한 번 했으면 됐지, 두 번이나 하려고 하다니 말이야."
"우리 둘 다 한 번씩 갖다줬으니 비겼지. 자네나 나나 각각 한 번씩이니까."

그리고 이번이 두 번째. 옥 안에 갇혀 있는 절세미녀에게 합법적으로 식사를 가져다줄 수 있는 절호의 기회였다.

그러니 두 사람 중 어느 한쪽도 물러서지는 않는다. 이미 두 사람 모두 그녀의 미모에 마음을 빼앗기고 말았던 것이다.

그런 걸 아마도 경국지색이라고 한다던가?

두 사람 중 뒤로 반 발자국이라도 물러난 사람은 없었다. 십년지기의 우정 역시 지금 이 순간 앞에서는 무의미했다.

"좋아, 승부다!"

두 사람은 자신의 모든 것을 걸고 전력으로 싸움에 임했다.

가위, 바위, 보! 가위, 바위, 보!

마침내 승부가 가려졌다.

장오영은 기뻐서 어쩔 줄 몰라 했다. 누가 식사를 가져다줄지 정하는 승부에서 또다시 승리를 거머쥔 것이다.

꿀꺽!

이상하게 진정이 되지 않았다. 그는 '서쪽 하늘'을 섬기는 심복 중의 심복이었다. 삼십 년 동안 동정을 유지한 동료 이칠영과 다르게 숫총각도 아니었다. 이미 많은 여자를 경험해 봤었다. 하지만 그럼에도 지금 그의 심장은 마치 첫사랑에 빠진 열다섯 소년처럼 쿵쾅거리고 있었다. 심장이 고동치는 소리에 고막이 상하는 게 아닐까 걱정스러울 정도였다.

식사 당번이 되면 그녀의 얼굴을 단 한 번이라도 슬쩍 보고 올 수 있다. 그 자태를······.

맨 처음, 철문에 달린 작은 감시창을 열어서 안을 들여다본 것은 전적으로 호기심 때문이었다. 대체 어떤 여자이기에 그의 주군이 이렇게까지 집착하는 것일까? 마음만 먹으면 수백 명의 여자도 거느릴 수 있는 분이? 그가 간수이긴 하지만, 천겁의 사람이긴 하지만 그에게도 귀는 있었다. 그의 주군과 저 철문 안의 대화는 그들에게도 분명히 들렸다. 다만 듣고도 못 들은 척했을 뿐이다. 그게 현명한 행동이기에.

그저 살짝만 보자, 보는 것뿐이라면 누가 뭐라고 하지 않잖아?

그리고 장오영은 눈을 뗄 수 없었다. 그는 그 자리에서 못 박히고 말았다.

얼굴을 살짝 옆으로 돌리고 있어서 제대로 보이지 않는데도, 살짝 숙인 얼굴, 흘러내리는 머리카락, 그리고 버드나무처럼 드리운 팔과 쭉 뻗은 날씬한 다리가 눈에 들어왔다.

보일락 말락, 보일락 말락.

조금만 더 머리카락이 치워지기만 하면 제대로 얼굴을 볼 수 있을 것 같았다.

장오영은 미칠 듯한 갈증에 사로잡혔다.

마치 그 속으로 빨려 들어가는 것만 같았다. 그것은 마치 마약과도 같아서 한 번 보다 보면 금방 또 보고 싶어졌다. 계속 계속 보고 싶어졌다. 해야만 한다면 심장이라도 내줄 수 있을 것 같았다. 하지만 저 옥에는 접근금지 명령이 내려져 있었다.

그래서 어떻게든 그 기회를 만들려고 했다.

그리고 마침내 그 기회가 또다시 돌아온 것이다.

이제 다시 한 번 그녀를 볼 수 있어…….

다시 한 번…….

마치 넋이 나간 사람처럼 장오영의 눈동자는 풀려 있었다.

"식사 가져왔습니다, 소저."

감옥을 지키는 악질 간수답지 않은 정중한 목소리.

"……."

그러나 대답은 없었다. 뭔가 목소리를 들을 수 있다는 기대는—물론 그렇게 되면 정말 횡재한 듯한 기분이 들겠지만—하지 않았다.

잡혀온 수인들이 가장 흔하게 하는 '도와주세요!', '내보내주세요!', 혹은 '살려주세요!'라는 말조차도, 저 여인에게서는 한 번도 들은 적이 없었다. 그러니 그런 기대는 저버리고 살짝만 보는 거야, 살짝만. 저 멀리 앉아 있는 자태를 살짝만.

꿀꺽!

장오영은 마른침을 한 번 삼킨 다음 감시창을 열었다.

그리고 선 자리에서 그대로 꽁꽁 얼어붙었다.

그 한순간에 혼이 날아가 버린 것처럼.

감시창의 문을 열자마자 나타난 두 눈동자, 두 개의 밤하늘처럼 깊은 검은 눈동자가 그와 마주하고 있었기 때문이다.

똑바로 보고 있다. 바로 앞에서, 조금도 눈을 돌리지 않은 채. 그녀는 자신의 가녀린 발목과 손목을 묶고 있는 쇠사슬이 늘어나는 한계까지 걸어와 그 자리에 선 채 당당하게 그를 쳐다보고 있었다.

마침내 장오영은 나예린의 얼굴을 처음으로 제대로 볼 수 있었다. 그의 정신은 이미 새하얗게 변해 있었다.

"제 얼굴에 뭐가 묻었나요?"

아무렇지도 않게 무표정한 얼굴로 나예린이 물었다. 결코 상냥한 어조는 아니었다. 게다가 어딘지 위엄까지 느껴진다.

"아, 아뇨. 그럴 리가요."

장오영은 긴급히 고개를 가로저었다.

"그래요, 다행이네요."

그녀의 기분을 거스르지 않았다는 사실에 장오영은 안도했다. 옥 안에 갇혀 있는 것은 나예린이고 간수는 장오영이었는데도, 그녀는 마치 황궁의 여황처럼 보였다. 그리고 이 문은 그따위는 감히 열고 들어갈 수 없는 황궁의 문처럼 느껴졌다.

"이건, 식사인가요?"

"네, 넵. 식사입니다!"

긴장해서인지 등을 곧게 쫙 펴서 장오영이 대답했다.

"그래요, 얼마 전의 식사도 모두 당신이 가져왔던 건가요?"

"옙, 무, 물론 제가 다 가져왔습니다."

친구를 배신하며 장오영이 그렇게 말했다.

"그래요? 고맙군요."

순간 장오영은 머리를 한 대 후려맞은 듯한 충격에 빠졌다. 그가 본 것.

그것은 바로 나예린의 입가에 걸릴 듯 말 듯 살며시 그림자를 드리운 미소였다.

'아, 아름답다!'

진심으로 그렇게 생각했다. 그 이상의 말을 자아낼 언어 능력이 그에게는 부족했다. 자신이 그동안 글공부를 안 한 게 오늘만큼 후회되는 순간이 없었다.

일순간 얼음바위에서 새하얀 꽃이 피어나는 듯한 착각마저 들 정도였다.

장오영은 완전히 혼이 나가고 말았다.

무엇이든 말씀하십시오, 평생 따르겠습니다. 전 영원한 당신의 종입니다, 딸랑딸랑.

이성이고 명령이고 이미 그의 머릿속에서 지워진 지 오래였다.

"그런데 공기가 좀 탁하군요. 가슴이 답답해요."

언제 그랬냐는 듯이 무표정한 표정으로 나예린이 말했다.

기실 미인계를 쓰겠다고 다짐하긴 했지만, 색기 어린 표정은 어떻게 지어야 되는지, 색기 어린 동작을 하려면 어떤 자세를 취해야 되는지를 그녀는 전혀 모르고 있었다. 그저 최대한 미소를 지어 보이려고 노력한 후, 가슴이 답답하다고 말한 것만이 그녀가 시도할 수 있었던 최선이었다. 속으로는 열심히 노력하고는 있었지만, 겉보기로는 그 외의 행동이나 말투에 그다지 변화가 없었다. 그런데도 효과는 있었다.

"가, 가, 가슴이요?"

슬픈 남자의 본성 탓인지, 가슴이라는 한마디에 장오영은 미칠 듯이 격하게 반응했다. 당장에라도 눈알이 튀어나오는 게 아닐까 걱정될 만큼 눈이 새빨갛게 충혈되어 있었다. 금방 코피라도 쏟을 것 같은 얼굴이었다.

"네, 가슴이요. 무슨 문제 있나요?"

장오영의 눈을 똑바로 쳐다보며 나예린이 무뚝뚝하지만 위엄있는 목소리로 말했다.

"문제라뇨? 당치도 않습니다. 아무 문제 없습니다, 아무 문제도."

장오영은 밤하늘처럼 맑고 깊고 신비한 눈동자 속으로 자신의 영혼이 빨려 들어가는 것만 같은 착각이 들었다. 아니, 이미 애저녁에 빨려 들어가 있었다. 지금 철문 밖에 서 있는 간수 장오영은 그저 껍데기에 불과했다.

아아, 그럼 그런 게 문제가 될 리가 어디 있겠는가. 아주 바람직한 일 아닌가.

나예린은 무표정한 시선으로 장오영을 쳐다보면서 다시금 본 화제로 돌아갔다.

"아무튼, 답답해서 숨 쉬기가 조금 힘드네요."

간수의 경계심이 극도로 낮아지는 걸 보니 효과가 있기는 한 것 같은데, 그걸로는 부족했다. 어떻게든 간수가 의심없이 스스로 이 문을 열도록 해야 하는 것이다. 맞는지는 모르겠지만, 아무래도 미인계 하면 떠오르는 극단의 조치가 필요한 모양이었다.

지금이야말로 저 간수를 유인할 자연스럽고 요염하기 그지없는 연기를 발휘해야 할 때!

나예린은 침중한 마음이 드러나지 않도록, 수줍은 듯 요염한 표정을 최대한으로 떠올려 보며 총력을 기울여 표정을 가다듬었다.

그 결과, 나예린의 연기력이 집결된 자태를 눈앞에 마주한 장오영은 가슴이 철렁 내려앉는 듯한 영혼의 위기를 맞이하게 되었다.

'이, 이럴 수가! 내, 내가 뭔가를 잘못한 건가?! 저 아름다운 얼굴에서 표정이 사라지게 만들다니! 내, 내가 분명 뭔가를 잘못한 거야!'

연기에 집중하느라 여유가 없었던 나예린은, 미처 장오영이 눈을 홉뜨고 놀라는 이유도 간파하지 못한 채 그저 다음 수순을 위해 박차를 가할 뿐이었다. 다행히도 자신의 요염함을 끌어올린 연기가 먹힌 모양이라고 짐작하며.

자, 이제는 최후의 한 방이 남았을 뿐!

나예린은 그녀 일생 최대의 연기력을 한데 끌어모은 얼굴, 즉 무뚝뚝한 표정으로 그녀의 윗옷에 묶여 있는 고름을 살짝 풀었다.

색기라고는 손톱만큼도 없는 동작이었다. 아니, 그보다는 대사와 행동과 표정이 극단적인 엇박자로 나가고 있었다.

하지만 효과는 있었다.
그것도 극명하게.
장오영은 그야말로 혼돈과 흥분으로 질식할 것만 같은 상태에 빠져들었다.
'그, 그래! 답답한 거야! 그거 때문이었던 거야! 그녀를 저렇게나 괴롭게 만들다니! 어, 어쩌지? 나는 어떻게 해야 하지?!'
"저, 정말 수, 숨 쉬기가 히, 힘드네요. 저, 저, 정말로. 네, 진짜로."
이미 그의 머릿속에는 어서 빨리 저 답답함을 풀어줘야겠다는 충동만이 가득할 뿐이었다. 그가 받았던 접근금지 명령 따위는 어디론가 이미 날아가 버리고 없었다.
"물론 딱히 문을 열어달라는 것은 아니에요."
"답답하시잖아요?"
특히 가슴이……라는 말은 하지 않았다.
"음, 답답하긴 하죠. 네, 답답해요."
장오영은 숨이 막혀 질식할 것만 같았다.
헉헉헉!
자신이 이렇게 숨 쉬기 힘들 정도인 걸 보면 뭔가 문제가 생긴 게 분명했다.
"그, 그렇습니까? 그럼 바로 문을 열어드리지요. 그러면 금방 시원해질 겁니다! 금방!"
지금 장오영의 머릿속에는 이성이라고는 털끝만큼도 남아 있지 않았다. 어서 그녀를 구해야 했다.
게다가 문을 열면 이 작고 답답한 감시창이 아니라 확 트인 시야로 저 여인을 볼 수 있었다. 만질 수 없다 해도 좋았다. 지금 이 순간 그는 한 발짝, 아니, 반 발짝만이라도 더 앞에 가서 그녀를 볼 수 있어도 여한이 없었다. 숨 쉬기도 힘들다고 하니, 이 답답한 철문을 열면 좀 더 시원하지 않겠는가? 만일 이 여인의 몸에 무슨 일이 생기면 큰일 날 게 분명했다. 자신은 지금 바른 일을 하고 있는 것이었다. 지극히 바른 일. 어차피 쇠사슬은 벽에 붙어 있으니 별다른 위험도 없을 터였다.

'난 어디까지나 그분의 명령을 충실히 따를 뿐이야.'

그렇게 자기 합리화를 마친 후 손을 허리춤에 가져가 열쇠를 꺼냈다.

그리고는 천천히 열쇠를 뇌옥의 열쇠구멍으로 가져갔다.

찰칵!

열쇠를 한 번 틀자, 쇳소리와 함께 자물쇠가 풀렸다. 장오영은 철문의 손잡이를 잡고 천천히 잡아당겼다.

그그그그그긍!

마침내 뇌옥의 문이 열린 것이다.

"좀 낫군요. 그런데 여기 이……."

"네? 뭐, 뭔가요?"

장오영은 자석에 끌려가는 쇠붙이처럼 나예린을 향해 걸어갔다. 정신이 반쯤 나가 있어서 자세도 엉망이었다.

"이 족쇄도 무척 답답하네요."

철그렁. 그녀가 양손의 족쇄를 들어 올리자 쇠사슬이 요동쳤다.

스르륵!

동시에 소매가 내려가며 백옥처럼 하얀 팔이 그 모습을 드러낸다.

꿀꺽!

장오영은 갑자기 그 하얀 팔을 미칠 듯이 잡고 싶었다. 그러나 그것은 이룰 수 없는 꿈이었다.

나예린은 머뭇거리는 장오영을 보며 아차 싶었다. 족쇄까지 풀어줄까 싶었던 건 역시 안일한 바람인 듯했다. 어차피 문을 열고 들어온 이상, 이제 그는 그녀의 '범위' 내에 있었다. 경계심을 품지 않도록만 한다면, 간수가 등을 보이는 순간 제압하면 되리라.

"그, 그냥 답답하다는 것뿐이지 별 뜻은 없어요. 음, 이제 나가셔도 좋아요. 민폐를 끼쳐서 미안하군요."

딴생각에 정신이 팔려 멍하니 서 있는 장오영을 향해 나예린이 차갑게 말하며 내밀었던 손을 거두었다. 장오영은 냉랭한 그녀의 말에 심장이 마구 찔리는 듯했다.

하얀 팔이…… 하얀 팔목이…….

멀어져 가고 있어……. 멀어져 가고 있어…….

"미, 민폐라니요? 다, 당치도 않습니다."

당황한 장오영이 손사래를 쳤다.

"아니에요. 답답하든 말든 그건 제 문제지, 당신하고는 상관없는 일이니까요."

이미 상관없다는 그녀의 말에 장오영은 천 길 낭떠러지로 떨어지는 것 같았다.

"사, 상관없을 리가요! 안에 계신 분들을 살펴 드리는 것도 간수 된 자의 도리! 답답하시다니 큰일이잖습니까!"

지금 그에게 가장 두려운 일은 나예린에게 미움받는 일이었다.

"아뇨, 괜찮아요. 어차피 당신이 족쇄를 풀 수 있을 리도 없고."

나예린은 이제 당신과는 얘기가 끝났으니 어서 나가라는 듯한 눈으로 장오영을 바라봤다. 장오영은 그 눈길에 가슴이 천 갈래로 찢어지는 듯했다. 그리하여, 그는 돌이킬 수 없는 한 발을 내디디고 말았다.

"푸, 풀 수는 있습니다! 제겐 열쇠가 있으니까요!"

"쓸 수 없는 열쇠죠."

"아닙니다. 쓸 수 있습니다. 쓸 수 있는 열쇠예요. 아니, 쓰게 해주세요!"

"굳이 당신이 안 풀어도 되는데."

어차피 그녀는 그를 제압하기만 하면 되었다. 그리고 직접 풀면 그만이었다.

"아닙니다. 풀 수 있습니다. 아니, 풀게 해주십시오, 제발!"

장오영이 애걸했다. 그는 너무 슬퍼 눈물이 날 것만 같았다. 자신의 한심함 때문에 그녀의 기분을 상하게 하다니, 당장에라도 목을 매달아 죽고 싶었다. 저 족쇄가 풀리면, 그 저 투박한 족쇄만 벗기면 새하얀 손과 하얀 팔을 연결하는 새하얀 팔목이 드러날 것이다. 엄지와 검지만으로 쥐어질 듯한 가녀린 팔목이…….

장오영은 이미 제정신이라 할 수 없었다.

"그럼, 할 수 없군요."

나예린이 마지못하다는 듯 양손을 내밀었다. 그리고는 차갑게 말했다.

"풀어도 좋아요."

마치 윤허를 내리는 듯했다.

"네, 네! 감사합니다. 감사합니다."

눈물이 그렁그렁한 눈으로 장오영은 허리를 숙였다.

풀게 해주셔서 감사합니다. 풀게 해주셔서 감사합니다.

장오영은 넋이 나간 표정으로 중얼거리며, 만년한철로 제작된 철문을 연 후에도 여전히 들고 있던 열쇠 꾸러미를 뒤적거렸다. 그리고 그 중 좀 더 작은 열쇠를 집어 나예린의 손목에 차인 족쇄 쪽으로 가져갔다.

바로 그때였다, 뇌옥 문 밖에서 일갈이 들려온 것은.

"이보게, 장오영! 지금 자네 뭐 하는 짓인가!"

장오영은 그 일갈에 깜짝 놀라 뒤돌아보았다.

그곳에 서 있는 것은 바로 동료 간수 이칠영이었다.

아직 철이 들기 전부터 빙백봉 나예린은 그 미모가 너무나 출중하여 가히 '경국지색(傾國之色)' 이라는 말을 자주 들어왔다. 때문에 그 미모 때문에 많은 재액에 휘말려야 했다.

경국지색, 한마디로 나라를 기울게 하는 미모라는 뜻이다. 단 한 여인이 미모로 나라를 무너뜨린다니, 쉽게 믿기지 않는 허풍 같지만 진짜 그런 일이 있었다는 것을 우리는 역사를 통해 알고 있다. 실제로 저 은 왕조의 멸망 역시 달기라는 미인 때문이라고 하지 않는가?

그렇다면 대체 한 나라의 국운(國運)조차 바꿀 정도의 미모라는 것은 어떤 것일까? 그런 미모가 있다면 누구나 한 번이라도 그 미모를 보고 싶어하지 않을까? 그 미모의 소유자에게 손을 대고 싶어하지 않을까? 자기도 모르는 사이에 말이다.

나라가 무너지는 것은 가장 나중에 일어나는 것이다. 가장 먼저 무너지는 것은 바로 사람의 마음이다. 선비가 무너지고, 관리가 무너지고, 장군이 무너지고, 왕이 무너진다.

그렇다면 그 경국지색의 매력이, 사람의 이성과 감성을 송두리째 빼앗는 미모. 일국을 무너뜨릴 수 있는 미모가 진정으로 개화하면 어떻게 될까? 굳이 최면술 같은 잡기를 쓸 필요도 없이, 그저 부드럽게 드리워진 속눈썹을 살며시 파르르 떠는 것만으로도 사람의 마음을 완전히 사로잡고 오직 그녀만 바라보고 그녀만 생각하게 만들 수 있지 않겠는가?

그동안 나예린은 자신의 미모를 저주라고 생각했다. 그녀에게 있어 미모란 마(魔)를 불러오는 원흉이었다. 너무 지나친 미(美)는 그녀에게 어릴 때부터 너무나 과격한 운명을 안겨주었던 것이다. 사방에서 쏟아지는 음탕한 눈빛들, 시시때때로 당하는 유괴의 위협, 그 모든 것이 미모 때문이었다.

설상가상으로 그녀는 '용안(龍眼)'을 갖고 태어났기에, 사람들의 마음을 간파해 낼 수 있었기에 더더욱 삶이 혹독했다. 사람의 본심을 안다는 것은 결코 좋은 일만은 아니었다. 사람의 마음이란 때때로 세상에서 가장 더러운 것이 고여 있는 곳이었다. 가식이라는 한 장의 얇은 껍데기로 그 오물들을 덮고 있는 자들이 부지기수였다. 어린 그녀에게 그것은 견딜 수 없는 충격이었다. 부서져 가는 마음을 지키기 위해 그녀는 자신의 감정을 최대한 억제하고 마음을 걸어 잠가야 했다. 주변과의 교류를 차단하고 차가운 얼음인형이 되는 길, 그것이 그녀가 살아갈 수 있는 유일한 길이었다.

갇혀진 공간, 걸어 잠근 자물쇠를 풀고 그녀를 그곳에서 꺼내준 것이 바로 비류연이었다. 만일 그를 만나지 않았더라면 그녀는 지금도 여전히 보이지 않는 감옥 안에 갇혀 있어야 했을 것이다.

지금까지 그녀는 스스로의 미모와 매력을 두려워하고 있었다. 때문에 그 미모는 일부분만 표출되어 사람들의 마음에 어두운 음심(淫心)을 불러일으켰다. 그렇다면 그 매력을 완전히 제어할 수 있다면 어떻게 될까? 어떤 일이 벌어질까?

나라의 운명마저 휘저을 수 있는 매력이라면, 한 사람의 마음을 장악하는 것쯤은 그다지 수고롭다고 할 수도 없지 않을까.

그리하여 그녀는 스스로도 깜짝 놀랄 정도로 별 어려움 없이 감옥의 문을 열 수 있었다. 방해자가 나타나지 않았다면, 족쇄까지도 풀 수 있었을 터였다.

이칠영은 장오영이 오랫동안 돌아오지 않자 무슨 일이 생겼나 걱정돼서 온 것도, 희미하게 철문이 열리는 소리를 듣고 수상해서 뒤쫓아온 것도 아니었다. 순전히 자기도 오고 싶어서, 보고 싶어서 쫓아왔던 것이다. 철문이 열려 있는 것과 장오영이 넋이 나간 표정으로 여인의 족쇄를 풀려는 모습을 목격한 것은 그다음이었다. 웬 백의의 선녀 같은 여인의 앞섶 옷고름이 풀려져 있는 게 아닌가. 살짝 열린 앞섶 사이로 새하얀 살결과 미끈한 쇄골이 드러나면서 활처럼 휜 쇄골 위로 턱선의 그림자가 음영을 드리우고 있었다. 이칠영은 눈앞이 아찔해져 정신을 차릴 수가 없었다.

츄릅!

저절로 눈이 땡그래지고 침이 흘러나왔다. 그는 그 옷고름의 범인이 썩을 놈의 장오영이라고 생각했던 것이다. 감히 삼십 년 동정인 동지를 놔두고 지 놈 혼자!

우오오오오오오오오오!

그러니 어찌 그의 입에서 분노의 일갈이 터져 나오지 않을 수 있겠는가.

그 일같에 장오영은 살짝 정신이 돌아왔다.
'허걱, 내가 뭘 하고 있었던 거지?'
그리고는 자신이 열쇠를 들고, 지금 막 족쇄의 열쇠 구멍에 집어 넣으려 하고 있다는 것을 깨닫고는 화들짝 놀라 들고 있던 열쇠를 뒤로 던졌다. 이칠영이 허겁지겁 날아오는 열쇠를 받아 들었다.
"이게 어찌 된……."
장오영은 무림인답게 본능적으로 허리에 있는 칼을 뽑아 들려 했다.
"왜 그러시죠? 두 분? 무슨 일 있나요?"
나예린이 웃었다. 아니, 웃으려고 했다. 하지만 워낙 남을 향해 웃는 게 익숙지 않다 보니 눈꼬리가 살짝 떨리는 걸로 그치고 말았다.
그것이 지금 나예린이 할 수 있는 최선.
아직 그녀는 웃는다는 게 익숙하지 않았다.
'역시 실패했나?'
그러나 다 웃을 필요도 없었다. 효과는 그걸로 충분했다.
그녀의 눈꼬리가 파르르 떨리는 순간, 잠깐 돌아왔던 장오영의 정신이 다시 외출해 버렸다. 이칠영 또한 나예린의 '미소'에 넋을 놓고 말았다. 웃지도 않았는데. 그럼에도 이칠영은 저 살짝 떨리는 눈꼬리가, 움찔하는 눈썹 끝이 자신을 향한 미소라고 굳게 믿었다.
게다가 아직도 그의 눈앞에는 우미하게 휘어진 쇄골이 살랑살랑 팔랑이는 옷깃에 가려졌다 보여졌다를 반복하고 있었다. 그의 눈을 그걸 따라가느라 정신이 없었다.
두 사내는 완전히 정지했다.
철썩!
장오영은 자신을 오른손을 매섭게 내려치는 무시무시한 타격에 그만 도를 놓치고 말았다. 그러나 이미 넋이 나갈 대로 나가 있어서 맞았는지도 의식하지 못하고 있었다. 그의 손등을 내려친 채찍의 정체는 바로 나예린이 조금 전 풀어낸 고름이었다. 어디서나 볼 수 있는 옷고름에다가 진기를 주입해서 채찍처럼 휘두른 것이다. 그리고는 재빨리 옷고름을 길게 펼쳐 이칠영의 머리를 휘감은 다음 뇌옥 속으로 끌어들였다. 팽그르르, 팽이처럼 회전하며 이철영의 몸이 뇌옥 안으로 날아왔다.

"잠깐 잠들어줘야겠어요."

그러자 두 남자가 동시에 대답했다.

"네, 당신의 곁에서 잠들 수만 있다면… 죽어도……."

철썩! 철썩!

그 말이 끝나기도 전에 그들은 얼굴의 급소를 얻어맞았다.

두 사람의 눈앞에 별이 번쩍였고, 그대로 두 사람은 기절했다. 옷고름으로 때리는데도 마치 쇠몽둥이로 후려치는 듯한 타격에 정신을 놓고 만 것이다.

그런데 어쩐지 기절한 그들의 얼굴은 행복으로 가득 차 있었다.

"너무 간단하네……."

쓰러진 간수를 보며 나예린이 중얼거렸다.

"이래도 되는 걸까……."

생각한 대로 일이 너무 쉽게 풀리자 오히려 불안해졌던 것이다. 미인계라는 게 원래 이렇게 잘 먹히는 거였을까? 아니면…….

"혹시 다른 함정이 있는 게 아닐까?"

다시 용안의 능력을 발휘하여 주위를 살폈다. 그녀의 의식이 주변으로 확장되어 갔지만 별다른 낌새는 느껴지지 않았다. 천장에서 떨어지는 물방울 소리만이 천둥처럼 그녀의 귀에 울릴 뿐이었다. 이제 열쇠로 족쇄를 풀기만 하면 될 일이었다.

"어?"

그런데 없었다.

열쇠 꾸러미가 이칠영의 몸 어디에도 없었다. 좀 전까지 분명히 가지고 있었는데도 불구하고, 없었다.

이칠영이 넋이 나간 탓에 옷고름에 끌려 들어오면서 가지고 있던 열쇠 꾸러미를 꽉 잡고 있지 않아서 뇌옥의 통로 저편으로 날아가 버린 것이다. 나예린의 옷고름이 도저히 닿지 않을 거리였다.

"……."

나예린은 천천히 자리에서 일어났다.

결코 포기한 얼굴이 아니었다. 그녀의 얼음처럼 차갑고 고고한 얼굴에 떠오른 것은 하나의 결의였다.

ㅈㅈㅈㅈㅈㅈ!

강렬한 기가 주입되자 그녀가 들고 있는 옷고름이 마치 검처럼 팽팽하게 펴졌다. 그 비단 천으로 된 검 안으로 나예린은 강기를 주입했다. 그러자 옷고름이 새하얀 백광을 뿜으며 빛나기 시작했다.

"지금까지 나는 누군가가 구해주기만을 기다렸어. 하지만 이제 나 스스로 그동안 날 묶어놓았던 저주스런 사슬을 끊어버리겠어."

강기를 주입해 강철 검처럼 단단해진 옷고름을 휘둘러 그녀를 봉쇄하고 있던 쇠사슬을 향해 휘둘렀다.

휙휙!

챙강!

강기가 주입된 옷고름은 어떤 명검보다 날카로웠다. 백련정강으로 만들어진 족쇄가 너무도 간단히 조각나서 바닥에 떨어졌다. 나예린이 손으로 그동안 혹사당한 자신의 두 발목을 어루만졌다. 그녀의 발목에는 족쇄가 채워진 자국이 희미하게 남아 있었다.

하지만 자국은 자국. 그 자국은 그녀가 스스로 자유를 획득했다는 증거이기도 했다. 저주스런 족쇄는 더 이상 그녀의 두 발목에 채워져 있지 않았기에.

나예린은 자신의 발로 그곳을 걸어나갔다. 그리고는 간수들이 번을 서고 있던 곳에 세워져 있는 자신의 애검 '빙루'를 발견하곤 무척이나 기뻤다. 이제는 영영 찾지 못할지도 모른다고 생각했었는데 그 검은 얌전히 주인이 돌아오길 기다리고 있었던 것이다.

그자가 이것을 가지고 가는 것까지는 미처 생각하지 못한 듯했다.

'하긴 그에게 이 검은 별로 의미가 없겠지…….'

그가 원하는 것은 오로지 그녀 자신뿐이었으니까.

"서두르자!"

여기서 더 지체할 시간은 없었다. 그 악적이 다시 이곳을 찾아오기 전에 탈출해야 했다. 애검 '빙루'를 되찾자 그녀는 잃어버린 동료를 찾은 듯 기쁘기도 했지만 또한 마음이 든든했다. 날카로운 검은 이렇게 험한 곳에서는 마음의 위안이 되기 때문이다. 뇌옥의 끝에 위로 올라가는 계단이 있었다. 이 뇌옥 안에 있는 유일한 계단이었다. 예상대로 이 뇌옥은 지하에 자리하고 있었던 모양이다.

용안을 활짝 개방한 채 나예린은 위로 향하는 계단을 뛰어올라 갔다. 감옥은 의외로 깊은 곳에 마련되어 있었다. 한참을 올라가고 나서야 나예린은 눈앞을 가로막고 있는 철문 하나와 만날 수 있었다. 문은 그녀의 머리 위에 달려 있었다. 아직 용안의 능력이 발휘되고 있는 그녀는 즉시 알 수 있었다. 이 문이 바로 지상으로 연결되는 곳이라는 것을.

다행히 안에서 열 때는 별다른 열쇠가 필요없었다. 기관장치를 작동하자 머리 위를 덮고 있던 문이 열렸다.

"이곳은……."

문을 나온 나예린은 깜짝 놀랐다. 전혀 상상치 못하던 광경이 눈앞에 펼쳐져 있었던 것이다. 혹시나 또 다른 간수들이 지키고 있는 감옥인가 했는데, 주위는 온통 쌀포대와 마른 나물과 각종 먹을 것들과 잡동사니들로 가득 차 있었다. 상당히 고급 식재료들인 것을 알 수 있었다. 이곳은 광이었던 것이다, 그것도 상당히 고급의.

"큰일이구나. 어서 빨리 이곳을 빠져나가지 않으면!"

광이라면 감옥보다 훨씬 사람의 출입이 많을 터. 이대로 머물러 있는 것은 위험했다. 왜 그녀가 갇혀 있던 감옥의 유일한 출구가 이런 광과 연결되어 있는지는 나중에 걱정하면 될 일이었다.

"난 진짜 탈출한 거야."

나예린은 기뻐하며 광문을 열어젖혔다. 그리고는 경악했다. 광 문밖에 누군가가 있었던 것이다.

"아무런 기척도 느끼지 못했는데… 어떻게?"

은실을 길게 뽑아놓은 듯 머리카락이 하얀 사내가 왠지 나른한 표정을 지은 채 홀로 서 있었다. 세상 만사가 다 귀찮다는 듯한 얼굴을 하고서.

"응? 광 안에서 웬 예쁜 아가씨가 나오다니? 참 이상하군. 그건 그렇고, 참으로 이쁜 아가씨일세……."

사내도 나예린을 보고 놀란 듯했다. 일단 그녀를 잡기 위해 기다리고 있었던 것은 아닌 모양이었다.

그는 바로 무명이었다.

'읽을 수 없어.'
불시에 무명과 대면한 나예린은 당황했다. 분명 기척을 읽었을 때는 아무도 없었는데 광의 문을 열자 누군가가 기다리고 있으니 그녀가 어찌 놀라지 않을 수 있겠는가. 게다가 더욱 충격적인 것은 눈앞에 있는 남자의 마음을 전혀 읽을 수가 없다는 사실이었다. 아니, 읽을 수 없는 것은 마음뿐만이 아니었다.
'이 사람, 진짜 존재하는 건가?'
그런 생각이 들 정도로 그에게서는 아무런 정보도 읽어낼 수 없었다. 그는 마치…….
텅 비어 있는 '무(無)'와 같았다.
그녀의 용안이 상대를 읽을 수 없는 것은 비류연 이래로 처음이었다.
'어째서? 이자가 대체 누구기에?'
나예린은 이런 기도를 가진 자는 처음이었다. 사고를 읽을 수 없는 건, 본질을 간파할 수 없는 것은 비류연과 똑같지만 이 남자 쪽이 훨씬 읽어내기가 어려웠다. 이런 자가 대체 어디서 나타났단 말인가, 갑자기 땅에서 솟구치기라도 했단 말인가?
"당신 누구죠? 갑자기 어디서 나타난 거죠?"
그 말에 무명은 고개를 갸웃했다.
"아니, 예쁜 아가씨. 말은 똑바로 해야 하지 않겠어? 갑자기 나타난 건 아가씨라네. 내가 아니지. 난 그냥 여기서 목이 말라 소옥이가 떠오는 물을 기다리……."

쉬익!

나예린이 휘두른 애검 빙루가 무명의 몸을 그대로 베고 들어갔다.

'들어갔나?'

이렇게 쉽게?'

그렇게 생각한 것도 잠깐, 검이 가르고 지나간 무명의 신형이 허깨비처럼 사라졌다.

"어라? 아가씨, 아가씨가 아무리 예쁘다 해도 사람의 말을 중간에 자르는 건 좋은 버릇이 아니야. 예쁘면 대부분 용서되지만, 모두 다 용서되는 건 아니거든."

그 목소리는 어느새 전혀 다른 방향에서 들려오고 있었다.

'뒤!'

나예린은 급히 왼발로 땅을 찍으며 몸을 돌려 다시 기수식을 펼쳤다.

'이 사람, 위험해!'

그녀의 본능이 맹렬하게 경종을 울리고 있었다. 눈앞의 이 사내는 위험하다고.

"비켜주셔야겠습니다. 지나가겠어요!"

그녀는 지금 만나러 가야 할 사람이 있었다. 여기서 우물쭈물하고 있을 수는 없었다.

"미안하지만 그렇게 할 수는 없겠는데. 물어볼 것도 있고……."

무명이 아무런 긴장감도 없는 얼굴로 말했다.

지이이이이잉!

한상옥령신검 오의(奧義)

설풍란영(雪風亂影)

나예린은 더 기다리지 않고 전력으로 공격을 시작했다.

"이거참. 말을 끝까지 들으라니까……."

나예린의 신형이 점점 빨라지며 새하얀 서리가 낀 듯한 검에서 눈보라 같은 검풍이 몰아쳐 무명의 몸을 사정없이 후려쳤다.

"흠, 오오. 이건 어디서 본 기억이 있는 검초군. 확실히 기억이 있어. 분명 한상…… 어쩌고라는 이름이었는데! 우왓, 내가 검술명을 두 자나 기억하다니! 이거 놀랍군요. 근데 대체 언제 본 거지……?"

겨울의 폭풍을 연상케 하는 범상치 않은 검기가 사방에서 쏟아지는데도 무명의 목소리는 여전히 태평했다. 그는 검술의 위력보다 자신이 이 검술의 명을 '두 자나' 기억하고 있다는 사실에 더 놀란 듯했다. 그에게 있어서는 자신의 기억에 누군가 다른 이의 검술이 남아 있다는 것 자체가 기적 같은 일이었던 것이다.

"음, 예전에 분명 이 검술을 쓰던 여자아이가 있었는데……."

매서운 눈보라처럼 몰아치는 검기의 폭풍우를 거의 움직이지도 않고 피해내며 무명이 중얼거렸다. 이 기억을 되살리는 것이 그에게는 그 무엇보다 중요한 일이라는 듯, 그는 기억을 떠올리는 데 전력을 기울이고 있었다. 나예린의 검이 그를 유린하든 말든 전혀 관심없다는 기색이었다. 그런데도 그의 몸은 그의 의사나 의도 따위와는 별개의 존재라는 듯 나예린의 검초를 머리카락 한 올 차로 모두 피해내고 있었다. 검이 닿을락 말락 하면서도 결코 닿지 않자 나예린의 기력 소모는 더욱 극심해졌다.

'이 사람은 대체 뭐란 말인가?'

용안이 통하지 않으니 그의 움직임을 예측하는 것도 불가능했다. 그는 동정호 전체를 뒤덮은 뿌연 안개 같은 존재였다. 그녀의 검은 그 짙고 깊은 안개 속에서 길을 잃은 듯 전혀 제 위력을 내지 못하고 있었다.

'이런 고수가 마천각에 있었다니…….'

지금까지 이렇게 젊은 얼굴에 하얀 머리카락을 지니고, 아마도 검을 사용할 듯한 인물에 대한 소문은 전혀 들은 적이 없었다. 그러나 이대로 포기할 수도 없었다.

한상옥령신검 오의(奧義)
사설화(四雪花)

나예린의 신형이 넷으로 분리되며 무명의 동서남북을 일제히 점했다. 나름 궁지에 몰렸는데도 그는 아직도 기억 상기에 골몰하고 있었다.

두 자 다음에 올 글자들을.

때문에 그의 몸은 빈틈 투성이였다. 나예린은 사양하지 않고 그 빈틈을 향해 검을 찔러 넣었다.

스르륵!

"아, 드디어 생각났다! 맞아, 기억났어. 하하하, 기억났다!"

다시 목소리가 들린 것은 나예린의 등 뒤에서였다. 나예린은 몸을 돌리려 했다. 그때 무명이 기쁜 듯한 얼굴로 손을 뻗었다.

콱!

너무나 손쉽게 나예린의 손목이 무명의 손에 잡혔다.

'이럴 수가! 말도 안 돼!'

정신을 차리고 보니 이미 잡혀 있었다, 그런 느낌이었다. 그는 싱글벙글거리는 얼굴로 나예린의 얼굴 앞에 머리를 들이밀더니 기쁜 목소리로 말했다.

"이거 한상옥령신검 맞지? 예전에 한상이라는 땅꼬마 아가씨가 썼던? 그치? 그치?"

그는 건망증이 심각한 자신이 그런 사실을 기억해 냈다는 게 무척이나 자랑스러운 모양이었다. 나예린은 어이가 없었다.

'한상이라니……'

설마 싶기는 하지만 그 말이 지칭하는 것은 아무래도 그녀의 사부인 검후 이한상밖에는 없었다. 딱 보기에도 그다지 나이가 많지 않은 듯 보이는데, 감히 사부님의 존함을 옆집 사는 계집애 부르듯 함부로 부르다니…….

게다가…….

'땅꼬마 아가씨?'

천무삼성의 일좌인 검후를 보고 꼬마 아가씨? 이 사람 제정신인가? 과연 자신이 땅꼬마 아가씨라고 불렸다는 것을 들으면 사부님은 어떤 표정을 지으실까?

꼬마도 아니고, 땅꼬마라니…….

나예린은 그 뒤에 벌어질 일을 상상하고 싶지 않았다.

"놓으세요, 무례하게."

나예린은 무명의 손을 뿌리쳤다. 그는 의외로 순순히 그녀를 놓아줬다.

"아, 미안. 별로 나쁘게 할 생각은 없었는데. 그냥 물어볼 게 있을 뿐이야."

"전 대답할 게 없습니다."

"그래서 얘기도 안 하고 공격하려고? 어차피 그걸로 날 이기는 건 불가능한데. 그건 이미 다 알고 있거든. 내가 이름을 다 기억하고 있는 걸 보면 그 검술도 다 기억하고 있는 게 분명해."

사문의 비검이 무시당했다는 사실에 나예린은 약간 울컥했다.

"글쎄요, 가능한지 불가능한지는 시험해 보지 않으면 모르지요. 방금 다 알고 있다고 하셨나요? 그럼, 지금까지 한 번도 본 적이 없었던 한상옥령신검을 보여 드리죠!"

나예린은 전수받았던 비기를 다시 쓰기로 결심했다. 지금 그녀의 상태는 금제의 해금과 탈출에 기력을 상당히 많이 소모하고 있었지만, 어차피 이자를 어찌하지 않고서는 탈출 자체가 불가능했다.

나예린은 자신이 가진 마지막 한 방울의 힘까지 모두 짜내기로 결심했다.

자신의 검으로 자신의 길을 열겠다고.

"다시 한 번 말씀드리지만, 비키세요. 지나가겠습니다!"

일순간 나예린의 몸이 사라지는가 싶더니 십수 개의 인영으로 나뉘며 순백의 검이 날아들었다.

한상옥령신검(寒霜玉靈神劍) 신생(新生) 극오의(極奧義)
해상비조천참절(海上飛鳥千斬切)

비설보와 한상옥령신검의 극오의가 나예린의 몸에서 동시에 펼쳐져 나왔다. 천 마리의 바닷새를 일순간에 베기 위해 만들어졌다는 검기가 공간을 가득 메운다.

천변만화하는 면면부절의 변화.

그리고 쾌속!

이것이야말로 나예린이 스승 검후로부터 전수받은 최고의 검기였다. 십수 개로 갈라진 나예린의 신영이 끝없는 검무를 춘다.

"아름답군……."

이 검초에는 무명 역시 그냥 설렁설렁 받아낼 수 없었는지 검집에 손을 가져다 댔다. 무명은 그의 무의식이 행하는 대로 검을 뽑았다. 그녀가 보여준 검기에 경의를 보이려는 듯이.

찰칵!

검이 뽑혀 나오고 섬광이 번쩍이자 수십 개로 갈라졌던 나예린의 잔영이, 그리고 공간을 가득 메우던 날카로운 검기가 마치 신기루처럼 일순간에 사라졌다.

"이럴 수가……."

나예린은 검을 든 채 망연자실하지 않을 수 없었다.

"해상비조천참절이 파해되다니……. 믿을 수가 없어요."

검후 직전(直傳)의 오의, 그녀의 존경해 마지않는 사부가 십수 년의 고련 끝에 만들어낸 검기가 이렇게 간단하게 깨질 줄은 꿈에도 몰랐던 것이다. 그러나 부랴부랴 물을 떠서 돌아오다가 이 광경을 본 장소옥의 놀람은 더 대단했다. 하마터면 물을 담은 병을 떨어뜨릴 뻔했다.

"이, 이런 일이…… 대, 대장님이 검을 뽑다니……!"

마치 기분 나쁜 악몽이라도 본 듯한 얼굴이었다. 그도 그럴 것이 그가 부대장 직을 맡은 후로는 한 번도 무명이 검을 뽑는 모습을 보지 못했던 것이다.

"참 대단한 아가씨네. 설마 내가 검을 뽑게 될 줄은 몰랐어, 정말."

언제 뽑았는지도 기억나지 않는 자신의 검을 물끄러미 내려다보며 무명이 중얼거렸다.

"게다가 아까운 옷까지……."

좀 전의 검기에 당한 것인지 무명의 윗옷 가슴께가 사선으로 날카롭게 잘려 나가 있었다.

"흠, 내 옷자락에 닿다니, 아가씨도 상당히 재능이 있군. 매우 흥미로워. 아직 미완성의 기술이지만 완성되었을 땐 어떤 위력을 보여줄지 기대되는군."

그러나 최후의 한 수까지 소모한 나예린에게는 더 이상 서 있을 힘조차 남아 있지 않았다. 나예린은 쓰러져 가면서, 멀어져 가는 의식 속에서 생각했다.

'역시 미완성으로는 안 되는 건가…….'

해상비조천참절의 묘리를 거의 붙잡았다고 생각했는데 아직 부족했던 모양이다. 비장의 한 수가 실패로 돌아간 이상, 그녀에게 더 이상 남은 수는 없었다. 이미 무리하게 극오의를 전개하느라 진기를 모두 소진하고 말았던 것이다. 이제 그녀에게는 서 있기는커녕 손가락 하나 까딱할 힘도 없었다.

'나는 역시 사슬을 끊지 못한 건가. 난 다시 갇혀 버리는 걸까……? 겨우 탈출했는데…… 다시…… 류연…… 미안해요.'

그리고 나예린의 의식은 끊어졌다.

그 자리에서 무너져 내리는 그녀를 부축하는 손길이 있었으니, 그 손의 주인은 바로 무명이었다. 천상의 미인을 엉겁결에 안아 든 무명은 뒷머리를 긁적거렸다.
"이것참 곤란하게 되었네."
의료에는 별 재능이 없는 무명이었다.
"어쩌지, 소옥?"
이렇게 곤란해졌을 때는 부대장에게 물어보는 길이 제일 빨랐다.
"어쩌긴 뭘 어쩝니까. 사번대 대장님께라도 보여야죠. 그러니까 누가 그렇게 심하게 하라고 그랬습니까?"
장소옥이 발끈해서 소리쳤다.
"음, 오랜만에 멋진 검기를 만나다 보니 나도 모르게 흥이 났나 보네. 이거참."
살살 하려 그랬는데 실수해 버렸네, 라며 하하 웃었다.
"거참, 이라며 웃어넘길 때가 아니라구요, 대장님!"
대장의 이런 태도 때문에 그동안 자신이 고생한 것을 생각하면 눈물이 폭포가 되어 떨어질 지경이었다.
"아하하하하, 이거 또 혼나 버렸네."
뒤통수를 긁적이며 무명이 큰 소리로 웃었다.
"하아, 내가 죽고 말지."
자신의 말이 여느 때처럼 마이동풍 대장에게 전혀 먹히지 않았다는 것을 확인한 장소옥은 길게 한숨을 내쉬었다.
"어떻게 하시겠습니까? 아무리 봐도 마천각의 아가씨는 아닌 것 같은데요?"
게다가 이 미모는 대체 뭐란 말인가? 장소옥은 가까이서 그저 보고 있는 것만으로도 심장이 쿵쾅거리는 것을 느끼고 있었다. 금세 얼굴이 빨갛게 달아오를 것 같았다. '어라, 내가 왜 이러지?'라고는 생각하지만 그 이유까지는 알 수 없었다.

"하지만 침입자가 창고에서 나올 리도 없잖아?"

"그건 그렇죠. 역시 천무학관 사절단 중 한 사람인 것 같은데……."

게다가 이만한 미모에 하얀 백의를 즐겨 입는 여인에 대한 소문이 떠올랐다. 그녀야말로 명실상부한 천하제일미라고 불리는 여인.

"설마 빙백봉 나예린?"

"응? 그게 누군데?"

"아니, 모르세요? 천하제일미라고요, 천하제일미! 얼음 봉황. 그 누구도 가까이 갈 수 없다는 한 마리의 차갑고 고고한 봉황."

그녀를 가까이서 한 번만이라도 보는 게 강호 젊은이들의 소원이라는 이야기까지 돌 정도였다.

"확실히 이쁘기는 하네."

"당연히 이쁘죠, 천하제일의 미인인데."

가까이서 보니 과연 명불허전이었다.

"게다가 정천맹주 나백천님의 딸이라고요. 한데 왜 백도 무림맹주의 딸이 이런 창고에서……."

참으로 생각하면 생각할수록 불가사의한 일이 아닐 수 없었다.

"그거야 배가 고팠나 보지."

아무렇지도 않게 한마디 툭 던졌다.

"아니, 그러니까 천하제일미라니까요."

"소옥, 너 아까부터 그 말만 몇 번째 반복하고 있는 거 알아? 천하제일미도 밥은 먹어."

"하지만 이런 식량 창고에 몰래 숨어들거나 하지는 않는다고요. 여기에는 무슨 연유가 있는 게 분명해요."

혹시나 싶어서 창고 안을 조사해 봤지만 별다른 이상을 찾아내지는 못했다. 그는 기관장치에 대해 그리 밝지 않았던 것이다.

"음…… 일단 사번대로 가자고. 연유야 이 아가씨가 깨어나면 물으면 되겠지. 그건 그렇고, 정말 예쁜 아가씨네."

"대장님이 여자 외모에 관심을 가지는 것은 처음 보네요."

대장의 관심은 언제나 수면뿐이었던 것이다. 강해지는 것에도 그는 그다지 관심이 없는 듯했고, 세력을 키우는 데도 그다지 관심이 없는 듯했다. 그런 무심한 태도는 여자한테도 마찬가지였다. 그런데 처음으로 그의 대장이 관심을 보이는 여자가 나타났다는 것이 놀라웠다.

'역시 천하제일미…….'

편잔을 피하기 위해 이번에는 속으로만 생각했다.

과연 그 여인은 보면 볼수록 요물이 아닐까 의심스러울 정도로 아름다웠다. 그냥 가까이에서 보는 것만으로도 저항력이 약한 소옥은 자신도 모르는 새에 얼굴이 새빨개질 정도였다.

"하하하, 소옥이가 빨개졌다."

"안 빨개졌어요!"

"그럼 붉어진 거구나."

"아, 아니라니까요."

못 미더운 대장에게 또다시 놀림거리를 안겨주고 만 장소옥이었다.

생사무허가 불락구척
—불락구척에게 부탁해요

옥유경의 안내 덕분이었을까?

마천 외벽을 지난 그들은 거의 아무런 제지도 받지 않고 사번대가 있는 영역에 도착할 수 있었다. 멀리서도 사번대가 가까워지고 있다는 것을 느낄 수 있었다. 외벽을 지나 얼마 가지 않아서 진한 약향이 확 하고 풍겨왔던 것이다. 그들은 약향이 점점 더 진해지는 방향을 향해 다가갔다.

사번대 대원들의 복장은 특이했다. 모두들 무복을 입은 위에 백색 무명옷을 껴입고 있었다. 그런 만큼 백의를 걸치고 있지 않은 그들 일행은 눈에 띌 수밖에 없었다.

"어이쿠, 옥 대장님 아니십니까!"

사번대 대원 중 두 명이 달려와 옥유경을 맞이했다. 그들의 면면을 훑어본 비류연 일행의 머릿속에 순간 똑같은 감상이 스치고 지나갔다.

'이 두 사람, 정말 의원 맞아?'

다들 덩치가 산만 한데다, 둘 모두 머리를 깍둑 썰기라도 한 듯 짧고 반듯하게 깎았는데, 그들의 얼굴에는 기다란 상처가 세 개씩 나 있었다. 하나같이 길고 깊은 게 평범한 일로 얻은 상처가 아니었다. 그리고 저들의 우락부락한 팔뚝은 사람을 살리는 일보다는 사람을 때려잡는 일에 더 어울릴 듯했다. 여기가 의원 소굴인지 깡패 소굴인지 의심스러울 지경이었다.

'게다가 저 피는 또 뭐지?'

이 둘의 백의 무명옷 위에는 새빨간 피가 덕지덕지 묻어 있었다. 피 분수라도 쐤나? 게다가 손에 끼고 있는 하얀 장갑 위의 팔목 아래 부분은 피에 젖어 모두 새빨갛게 변해 있었고, 각자 날카로운 소도 하나씩을 들고 있었다.

'대체 뭘 하다 온 걸까?'

방금 사람 여럿 잡고 온 듯한 모습이었다.

그런데 그런 모습으로 옥유경에게 생글생글 웃고 있으니 보면 볼수록 기괴한 광경이었다. 그러나 옥유경은 그런 그들의 모습이 익숙한 듯 별달리 개의치 않는 모습이었다.

"불락 대장님은 어디 계시느냐?"

옥유경이 물었다.

"항상 계시던 곳에 계십니다. 요즘 하고 계신 연구가 진척이 있으셨거든요."

"그건 축하할 일이구나."

"네, 그렇습니다. 그런데 이분들은……."

오른쪽 눈썹에 상처가 있는 사내가 비류연과 그 일행들을 훑어보며 물었다. 특히 남궁산산을 업고 있는 현운에게 상당히 오랜 시간 동안 시선이 머물러 있었다.

번쩍번쩍, 그들의 두 눈에서 기광이 번뜩였다.

살기가 아니었다. 그것의 일종의 열망. 자기 손으로 환자를 치료하겠다는 의원으로서의 열망이었다.

당장에라도 산산을 치료하기 위해 달려들 기세였다. 환자를 강탈해 가기라도 할 듯한 기세였다. 그러나 그들이 참은 것은 옥유경이 함께 있기 때문일 것이다.

"내 손님들이다. 그리고 보다시피 불락 대장님께 보일 환자지."

"저런… 대장님한테……."

"그거 아깝군요."

"우리도 잘 고칠 수 있는데……."

대장님에게 직접 보일 환자라는 말에 두 사람은 크게 낙담한 표정을 지었다.

"붉은 십자가를 받지 않은 걸 보니 자네들은 아직 의원 면허가 없지 않나?"

사변대에서는 의원 시험을 통과한 자에게 사방이 같은 길이의 붉은 십자가를 새겨주는 이상한 전통이 있었다.

붉은 십자가, 즉 적십자(赤十字)를 받는다는 것은 한 사람의 어엿한 의원이 되었다는 뜻이다. 그러자 두 사내가 외쳤다.

"문제없습니다. 대장님도 면허는 없으신걸요!"

"그럼요, 여러 환자를 접해봐야 실력도 오르고 시험에도 합격할 수 있는 것 아니겠습니까? 이제 의원 시험이 두 달밖에 안 남았습니다. 이제부터는 누가 더 많은 임상 경험을 하느냐에 따라 승패가 갈릴 겁니다!"

비류연 일행은 동시에 생각했다.

'문제없긴. 엄청 많구만……'

도대체 이 사번대의 인간들은 어떻게 돼먹은 인간들일까? 의호 하우수도 그렇고 하나같이 정상적인 사고방식을 하는 인간들이 없는 듯했다.

"불락 대장님은 항상 있는 곳에 있다고 했지?"

"예? 예."

"환자도 있으니 서둘러야겠다. 의원 시험에선 꼭 합격하길 바란다."

"옙! 감사합니다, 옥 대장님!"

그렇지 않으면 더 많은 선의의 희생자가 나올지도 모를 일이니 말이다. 이래서 여기 사번대로 진료받으러 오는 걸 그녀의 학생들도 항상 꺼리는 것이다.

"따라들 와요."

이곳에 여러 번 온 듯 옥유경이 성큼성큼 앞으로 걸어갔다. 그리고 마침내 사번대의 가장 깊숙한 곳에 위치한 전각에 도착했다. 그 전각의 이름은 바로 '생사전'이었다. 그 앞에 멈춰 서 옥유경이 뒤를 돌아보며 말했다.

"방금 전 두 사람 봤죠?"

비류연 일행은 고개를 끄덕였다.

"이 안에 있는 사람은 그 사람들보다 몇 배나 더 괴팍하다고 생각하면 돼요."

옥유경이 최후의 경고라도 하듯 말했다.

대체 어떤 사람들이기에…….

끼이이익. 생사전의 문이 열렸다.

"윽, 뜨거워!"

비류연 일행이 맨 처음은 느낀 감각은 뜨겁다는 것, 그리고 두 번째 느낀 감각은 '커헉, 독한 냄새!' 였다.

사번대의 구역에 들어올 때와는 비교도 할 수 없는 지독한 약향이 그 안으로부터 흘러나왔다.

그 향을 맡는 것만으로도 질식할 것만 같은, 약향이 아니라 독향(毒香)이 아닌가 의심 갈 정도로 지독한 향이었다. 뭔가 검은 뭉게구름이 쏟아져 나오는 듯한 무시무시한 느낌이었다.

좌우로 수십 개의 약탕이 늘어서 있고, 모든 약탕에 불이 들어와 있어서 안은 쇠를 담금질하는 대장간만큼이나 뜨거운 열기로 가득 차 있었다.

그 검은 뭉게구름과 약탕들의 한가운데에, 키가 구 척이나 될 법한 사내가 하나 앉아 있었다. 좀 전에 봤던 두 사내는 이 사내의 덩치에 비하면 어린애처럼 느껴질 정도였다. 근육 또한 훨씬 더 울퉁불퉁하고 단단하게 단련되어 있었다. 더운 탓인지 소매가 없는 얇은 마의 하나만을 걸친 채, 그 사내는 약탕기들을 뚫어지게 바라보고 있었다.

"약을 달일 때 함부로 문을 열면 화력(火力)에 변화가 생기니 주의하라고 누누이 말하지 않았나? 고막 확장 수술이라도 해야 정신을 차리겠나?"

거구의 사내가 으르렁거리듯 말하며 고개를 돌렸다. 그 눈빛은 의원의 그것이라기보단 살인자의 눈빛에 가까웠다. 하지만 문밖에 서 있는 사람을 보고는 이내 눈빛이 누그러졌다.

"뭐야, 옥 대장이었군. 난 또 우리 멍청한 조수 녀석인 줄 알았지."

"들어가도 될까요, 불락 대장님?"

불락구척은 옥유경보다 나이가 열 살 정도 많았기에 옥유경은 어느 정도 예의를 갖춰주고 있었다.

"들어오게."

'이자는 서천이 아니군.'

조끼 사이로 드러난 우람한 팔뚝을 보며 비류연이 가장 먼저 든 생각은 그것이었다. 두 번째로 든 생각은 '정말 의원 맞아?' 라는 생각이었다.

얼굴을 사선으로 가로지르는 꿰맨 상처 자국, 그리고 한 줌만 새하얗게 변한 머리카락, 구 척 장신의 거구. 도무지 침을 쥐는 데는 어울리지 않는, 철판도 종잇장처럼 찢어낼 것 같은 굵은 손가락, 그리고 육체파 외가무공 수련자들을 능가하는 강철처럼 단련된 근육들.

하나부터 열까지 '이 사람 진짜 의원 맞아?' 라는 말이 저절로 나오게 되는 그런 모습이었다.

"의원 맞네."

사람들의 얼굴을 한 번 훑어본 다음 대뜸 불락구척이 말했다.

"그, 그걸 어떻게?"

자신들 속마음이 들킨 것 같아 사람들은 깜짝 놀랐다.

"익숙하니까."

그는 사람들의 의문 섞인 얼굴에 상당히 익숙해져 있어서 표정만 보고도 그들 속에 든 의혹을 읽어낼 수 있었던 것이다.

물론 비류연은 그런 일에 놀라거나 하지는 않았지만. 그 역시 이 근육의원에게는 상당히 흥미가 이는 참이었다.

"굉장한 근육이군요. 의원이 의술만 익히지 않고 그렇게 몸을 단련하다니, 왜죠?"

단련을 게을리해서는 결코 얻을 수 없는 육체였다.

"의료는 체력이지. 체력이 없는 자는 변변한 의료조차 못하고 나가떨어지게 돼 있어. 의료 현장이야말로 전장이지. 생과 사가 갈리는 전장. 그 전장에서 살아남는 자는 강인한 자뿐이다."

의원치고는 무척이나 특이한 사고방식이 아닐 수 없었다.

"왜 그렇게까지 하는 거죠?"

"내가 키우고자 하는 것은 '전의' 이기 때문이다!"

불락구척의 대답에는 망설임이 없었다.

"전의(戰醫)?"

싸우는 의원이란 말인가? 그러나 비슷하면서도 조금 의미가 다른 듯했다.

"그래, 전쟁 전, 의원 의, 전의다!"

그는 항상 전쟁과 같은 대량 환자가 발생하는 극한의 상황을 상정하고 부하들을 훈련시키고 있었다. 평화시에는 하루에 열 명의 환자도 채 생기지 않을지도 모르지만, 전쟁이 벌어지면 한 시진에만 수백 명의 환자들이 발생한다. 죽음의 구렁텅이로 굴러떨어지는 환자들을 가장 신속한 방법으로 구하는 것, 그것이 바로 '전의'였다.

그 혹독한 전장에서 사람을 구하기 위해서는 극한의 상황에 언제든 대처할 수 있는 몸을 만들지 않으면 안 되는 것이다. 육체의 체력이 받쳐 주지 못하면 살아남을 수 없으니까. 전쟁이라는 극한의 상황에서는 의원도 전사가 되지 않으면 안 되는 것이다. 상당히 극단적인 사고방식이었지만, 그는 항상 최악의 상황을 상정해 부하들을 교육시키고 있었다.

"옥 대장, 여기는 웬일인가? 비상령이 발령된 이때에? 대장회의 때도 자리를 비워 섬 밖으로 나간 줄 알았는데?"

막 대장회의에 참석하려던 옥유경은 갑작스런 장홍의 방문 때문에 그만 회의 참석을 못하고 말았던 것이다.

"아, 그때는 급한 일이 생겼었거든요."

"긴급 대장회의에 참석 못할 정도로 급한 일이었나?"

"그럼요, 집 나간 남편이 바람을 피고 있는 증거를 발견한 만큼 중요한 일이었어요."

"그것참 큰일이었겠군. 그 집 나가서 바람핀 남편을 제거할 독약이 필요하면 언제든 말하게. 여기 널리고 널린 게 그런 것들이니까."

그 말을 들은 장홍의 얼굴이 핼쑥해졌다.

"어머, 그건 어디까지나 비유였어요. 정말 그런 일이 일어났다면, 굳이 번거롭게 독약을 빌릴 필요가 있겠어요? 이 손에 들린 검 한 자루면 충분한데?"

"하긴 그렇겠군. 그렇다면 찔러도 아프기만 하고 죽지는 않는 급소가 어딘지 알고 싶으면 말하게. 언제든지 해부학적으로 알려줄 수 있으니까."

무뚝뚝한 불락구척의 말에 장홍의 얼굴이 핼쑥함을 넘어 푸루죽죽하게 변했다.

"어머, 그러니까 어디까지나 비유였다니까요. 하지만 그런 지식들은 무척 유용할 것 같네요. 나중에 가르침을 받아야겠어요."

"좋은 책이 있으니 나중에 빌려주도록 하겠네."

"그럼 사양하지 않도록 하죠."

이미 얼굴이 거무죽죽하게 변한 장홍은 나중에 그 책을 반드시 불태워 버리겠다고 결심했다.

"그런데 자네가 이곳을 방문한 것도 그 급한 일이랑 관련이 있나?"

"음, 그렇다고도 할 수 있겠네요."

"급한 환자라도 생겼나? 자네가 직접 챙겨야 될 정도의 환자가? 내가 직접 봐줬으면 하는 환자가?"

"네, 그래요. 환자가 생겼습니다. 불락 대장님이 꼭 봐주셨으면 하는 환자. 목숨이 경각에 달린 환자죠."

"어떤 환자든 이곳 생사전 안에서 죽으려면 내 허락을 받아야 하네."

대단히 광오한 자신감이 아닐 수 없었다.

"과연 불락 대장님다운 말씀이시군요. 믿음직스럽네요."

옥유경이 눈짓을 하자 현운이 산산을 업은 채 앞으로 나섰다. 불락구척의 날카로운 시선이 산산의 창백한 얼굴을 훑고 지나갔다.

"흠, 상당한 중상이군. 폭발에 당한 상처인가? 등 뒤는 파편에 찔린 상처 같군. 원인은 충격에, 출혈과다로군."

순식간에 원인을 파악해낸다.

"네, 맞습니다. 뇌탄의 폭발에 말려든 후 계속해서 혼수상태입니다. 살리실 수 있겠습니까?"

현운의 말에 불락구척은 언짢은 표정을 지었다.

"날 누구라고 생각하나?"

불쾌한 어조로 불락구척이 반문했다.

"죄, 죄송합니다."

현운이 엉겁결에 사과했다.

"이 처자가 비록 죽음의 문턱까지 가 있지만 살리겠다고 본 의원이 마음만 먹는다면 살릴 수 있네."

"가, 감사합니다."

산산이 살아날 수 있다는 말에 현운이 반색하며 고개를 숙였다.

"하지만 살리지 않겠네."

딱 잘라서 말했다.

"어째섭니까? 살릴 수 있다면서 살리지 않겠다니, 그러고도 당신이 의원입니까?"

숙였던 현운의 고개가 발딱 치켜지며 소리쳤다.

"그녀는 우리 마천각의 사람이 아니지?"

그 질문에 현운은 움찔할 수밖에 없었다.

"저희들은 천무학관에서 정식으로 파견된 사절단입니다. 이곳 마천각에서는 저희들을 치료해 줄 의무가 있습니다."

"그리고 침입자이기도 하지."

"큭."

대체 어떻게?

"이런 상처를 그냥 학생들이 입었다는 건 생각할 수 없군. 게다가 그녀의 어깨에 있는 상처랑 자네가 입은 찰과상들, 그건 남해왕 녀석이랑 싸워서 얻은 것이로군. 칼에 베인 것도 창에 찔린 것도 아닌 이 상처들은 그 녀석의 매혼전에 의해 난 상처니까. 내 말이 틀렸나?"

"……."

상처만 보고 누구의 무공에 당한 어떤 상처인지 한눈에 파악하다니, 과연 명의는 명의였다.

"그렇게 온몸에 침입자라고 선전하고 다니는데 모를 수가 없지. 지금 자네는 이 마천각을 침입한 침입자를 치료해 달라는 거네."

"잠깐만요, 불락 대장님. 그들이 이 일을 벌인 데는 이유가 있습니다."

옥유경이 어떻게든 설명해 보려 했다.

"난 이유 같은 거엔 관심이 없네, 옥 대장."

그의 관심은 오직 신기한 병과 싸워 이겨내는 것뿐이었다. 그것이 그가 몸담고 있는 진짜 승부의 세계였다.

"하지만 일단 들으시는 게 좋을 겁니다. 왜냐하면 당신도 마천십삼대의 대장 중 하나니까요."

자리에 앉아 있는 이상 싫든 좋든 책임이 있다는 뜻이었다.

"좋네, 말해보게."

말은 그렇게 하지만 별로 신중하게 들을 기색은 없어 보였다. 그래도 어쨌든 옥유경은 지금까지 있었던 일에 대해서 이야기기해 나가기 시작했다. 특히 이 마천각 안에 천겁령의 마수가 뻗어 있으며, 몇몇 대장은 이미 천겁의 편에 가담했을지도 모를 위험에 대해서. 그리고 정천맹주 나백천의 딸을 납치한 자의 정체가 서천멸겁이며 그가 이곳의 수뇌부에 있다는 사실까지 남김없이 이야기했다.

"흠, 그렇단 말이지. 천겁령이라……. 난 뭐 신선한 환자만 많이 확보할 수 있으면 상관없네."

불락구척의 반응은 무척이나 뜻밖의 것이었다.

"사번대 대장님! 그 말 설마 진심인 건 아니시겠죠?"

옥유경의 외침에는 분노가 실려 있었다. 여차하면 검이라도 뽑을 기세였다.

"농담이었으니 그리 흥분하지 말게. 흥분은 체내에 흐르는 기를 흐트러뜨리고 노폐물이 쌓이게 하지. 지나친 분노는 몸을 상하게 한다네."

"제가 흥분한 게 아니라 대장님께서 흥분시키신 거죠!"

옥유경이 다시 항의했다.

"예전의 자네는 훨씬 침착했는데, 며칠 못 본 사이에 마치 바가지 긁는 여편네처럼 성질이 폭급해졌군. 헤어졌던 남편이 어딘가에서 바람을 핀 다음 돌아오기라도 했나?"

"그, 그걸 어떻게……."

과연 명의는 그 사람의 상태만 보고도 그런 개인사까지 알아낼 수 있단 말인가?

"방금 건 농담이었네만, 정말이었나? 설마 아까 비유라는 것도……."

그 말에 옥유경의 말문은 그만 닫히고 말았다. 뒤에서 장홍은 억울한 얼굴로 '바람 안 피웠거든요?'라고 중얼거렸지만 그 말에 귀를 기울이는 사람은 아무도 없었다.

"좋네. 일단 자네가 제시한 천겁령 침투의 가능성에 대해서는 믿도록 하지. 하지만 그거랑 이거는 별개일세."

여기서 말하는 '이거'란 남궁산산의 치료를 뜻했다.

"하지만……."

뭐라 항의하려고 하는 옥유경의 말을 끊으며 불락구척이 말했다.

"하지만 칠번대 대장의 얼굴을 봐서 만일 내 조건 하나를 들어준다면 생각해 보겠네."

옥유경은 내용을 듣지도 않고 난색을 표했다.

"그건……."

그때 현운이 앞으로 나섰다.

"그 조건이란 게 뭡니까? 산산을 살릴 수 있다면 뭐든지 하겠습니다."

현운이 장담했다. 아직 남궁산산을 침상에 눕히지도 못한 채 업고 있는 현운의 얼굴에는 초조함이 가득했다.

"그런 장담 쉽게 하지 않는 게 좋아, 청년."

옥유경이 경고했다.

"왜입니까?"

대답은 정해져 있었다.

"왜냐고? 그야 당연히 자기 목숨을 걸어야 하기 때문이지."

현운이 답을 하기도 전에 불락구척이 끼어들었다.

"어허, 그렇게 말하니까 엄청 비장해 보이는군. 간단한 일이네. 지금 만들고 있는 약이 있는데 그걸 먹어주면 되네. 그 효과를 확인해 볼 임상 환자가 마침 필요하던 참이었거든."

당장에 고개를 끄덕이려는 현운을 옥유경이 말렸다.

"약이 아니라 독을 잘못 말씀하신 모양이군요, 불락구척 대장님."

옥유경의 반박에 일행들은 깜짝 놀란 표정을 지었다. 비류연만이 긴 앞머리 때문에 어떤 표정을 짓고 있는지 알 수 없었다.

"독(毒)……."

불락구척은 이들의 반응을 이해할 수 없다는 듯 어깨를 으쓱하며 말했다.

"약도 지나치게 쓰면 독이 되고, 독도 적재적소(適材適所)에 쓰면 약이 되는 법이지. 의술의 세계에서 약과 독의 경계는 무의미한 거라네."

"그럼 대장님께서 먹이시려 하는 그 '약'의 이름을 알 수 있을까요?"

물론 불락구척으로는 감출 이유가 없었다.

"물론이지. 그 약의 이름은 '만독(萬毒)'일세."

"에에에에에에에엑!"

일행이 모두 경악하는 가운데 공손절휘가 외쳤다.

"잠깐! 그게 어디가 약 이름입니까? 약이 아니라 십이 할 독이잖아요! 그것도 혀로 핥아만 봐도 죽을 것 같은 맹독 냄새가 풀풀 나는 이름 아니에요?"

"뭘 그리 놀라나? 좀 전에도 말하지 않았나. 약과 독은 표리일체. 약도 과하게 쓰면 독이 되고 독도 때에 따라서는 약이 되는 법. 의원이 독을 연구하는 게 그렇게 이상한가?"

아까는 약이랬으면서 은근슬쩍 독으로 말이 바뀌어 있었다. 장홍마저 울컥하고 말았다.

"이 아저씨가……! 지금 중요한 건 그게 아니잖아!"

"아니긴 뭐가 아니라는 건가? 만독을 연구하는 것은 곧 그 해독을 연구하는 거지. 당가 놈들의 치졸한 수에 당하지 않기 위해서라도 독의 연구란 아주 중요하다네. 옥 대장도 마천십삼대의 대장 중 한 명이니 그 사실을 잘 알고 있을 텐데?"

정말 말귀가 통하지 않는 사람이었다. 옥유경은 한숨을 쉬며 답했다.

"지금은 그 생각과 의의를 문제 삼는 게 아닌 것 같은데요? 그 방법을 문제 삼는 거지."

"방법은 또 뭐가 문제란 말인가? 희생없이 진보가 있을 수 있다고 생각하나? 하나의 치료법이 발견되기 위해 얼마나 많은 생명이 낙화유수처럼 흩어진다고 생각하나?"

"……."

"희생없는 진보란 있을 수 없네. 자네들이 지금 받고 있는 치료는 수십만, 아니, 수백만 명의 희생 끝에 얻어진 거라는 걸 잊지 말게. 끝없는 실패와 희생 속에서 얻은 의학의 진보. 멋지다고 생각하지 않나? 인간의 수명을 늘리기 위해서는 얄궂게도 보다 많은 죽음이 필요한 거라네."

"그렇다고 꼭 인체 실험을 해야 하느냐는 거지요. 그것도 우리 중 한 명을 써서!"

효룡도 나서봤지만 불락구척은 꿈쩍도 하지 않는다.

"당연하지. 동물 실험은 이미 여러 번 끝냈네. 이제 남은 것은 사람뿐이야. 그런데 최근 지원자가 없어서 차일피일 미루고 있었지."

지원자가 아니라 희생자를 잘못 말했겠지……. 장홍은 질렸다는 듯 고개를 저었다.

"틀렸어. 이 미친 의원, 전혀 이야기가 통하지 않아. 자기 하고 싶은 말만 한다고."

"곧 만독이 완성되려 하네. 그러기 위해서는 자원해서 실험해 줄 사람이 필요해. 더도 말고 딱 한 사람. 그렇게 하면 저 아가씨도 치료해 주지."

"크으으으으으으."

일행 여기저기에서 신음성이 터져 나왔다.

"참고로 빨리 결정하는 게 좋을 걸세. 앞으로 일각이 지나면 저 아가씨의 목숨은 되돌릴 수 없을 테니 말일세. 자, 어떻게 할 텐가? 자네들이 굳이 하지 않겠다면 강제로 할 생각은 없네. 하지만 더 이상 자네들한테 볼일은 없으니 우리 부대에서 나가주길 바라네."

그때 현운이 한 발 앞으로 나서며 말했다.

"제가 하겠습니다."

그의 두 눈은 단단한 결의로 가득 차 있었다.

"잘 생각했군. 그렇게 걱정하지 말게. 나도 결국은 의원 나부랭이라서 사람의 목숨을 가지고 장난을 치지는 않는다네."

"그렇다는 말은?"

"물론 '해약(解藥)'도 준비되어 있지."

그러면서 푸른 단약 하나를 꺼내 보였다.

'그런 건 좀 더 일찍 말해, 이 똘아이 광의야!!'

모두들 속으로 동시에 그렇게 외쳤다.

"뭐, 들을지 안 들을지는 모르지만 말일세."

"……."

조금 안심의 기운이 퍼져 나갔던 모두의 얼굴이 다시 딱딱하게 굳었다.

"독이란 해약과 함께 갖추어졌을 때 비로소 완벽해지는 것일세. 해약이 없는 독약 따위는 그저 죽음을 부르는 오물에 불과해. 자신이 통제할 수 없는 것을 만드는 것은 어리석은 자나 행할 일이지. 무림에서 통용되는 진정한 독이란 얼마나 치명적인가보다는 인간의 손에 의해 얼마나 자유롭게 통제될 수 있는가에 달려 있네."

통제할 수 없는 무기는 언제 자신의 몸을 멸할지 모를 양날의 검이나 마찬가지였다. 그런 걸 대량생산하는 것은 그저 어리석음의 극치일 뿐이다.

"때문에 독을 완성하기 위해서는 그 독을 중화시킬 해약을 만들지 않으면 안 되네. 알겠나?"

"빨간 단약을 먹은 다음 파란 단약을 먹으라는 말이군요."

"맞네. 그 두 개를 먹고 자네가 살아난다면 만독은 완성된 것이지. 만일 자네가 죽는다면 만독은 여전히 미완성으로 남을 것이네. 그런데도 하겠나?"

어찌 됐든 현운으로서는 목숨을 걸어야 했다.

"제 결심에 변함은 없습니다. 시간이 없습니다. 빨리 시작하지요."

"상당히 기개가 있는 친구군. 좋네, 자네가 죽든 살든 저 여자아이는 살려주겠네."

"감사합니다. 그 약속만으로도 상당히 안심이 되는군요."

이때, 아까부터 옆에서 묵묵히 사태를 주시하고 있던 비류연이 손을 들어 올려 현운을 제지했다. 수상쩍은 의원이지만 자발적으로 손을 쓰게 해서 산산을 살려야만 하니 억지로 개입할 수가 없어 추이를 지켜보고 있던 참인데, 현운이 돌이킬 수 없는 한마디를 하자 더는 두고 볼 수 없었던 것이다.

"정말 그걸로 괜찮겠나?"

무겁지도 가볍지도 않은 무미건조한 목소리였다.

"네, 전 그걸로 만족할 수 있습니다, 대사형."

뻑!

순간 현운의 눈앞에서 별들이 번쩍였다.

"대, 대사형! 가, 갑자기 왜, 왜 때리십니까?"

"이 멍청한 사채꾼 놈! 일단 몇 대 더 맞자."

비류연은 정말로 큰 결심을 한 현운의 머리통을 인정사정없이 후려쳤다.

퍽퍽퍽!

"악악악! 대, 대체 왜 때리시는 겁니까?"

대사형한테 얻어터지는 게 하루 이틀 일이 아니지만, 일단 맞을 때 맞더라도 이유나 알고 맞았으면 하는 바람이었다.

"내가 아까도 말했지? 이 세상에 제일 변제하기 힘든 게 마음의 빚이라고. 했어, 안 했어?"

"하, 하셨죠."

그거랑 이 일이 무슨 상관이 있단 말인가? 현운은 짚이는 곳이 전혀 없었다.

"쯧쯧, 그렇다면 네놈은 산산에게 얼마만한 빚을 지울 셈이냐?"

"……!"

"산산이 살아났을 때 네놈이 자기 때문에 뒤졌다는 걸 알면 참으로 행복해하겠다. 뭐? 자기는 죽든 살든 산산은 살려준다니 약속만으로도 감사하다고? 바보 같은 놈!"

"그, 그건……."

현운은 그만 말문이 막히고 말았다.

"네 녀석, 산산에게 평생 마음의 빚을 지울 셈이냐? 그녀가 네놈을 생각하면서 평생 마음고생하도록? 이놈 알고 보니 아주 나쁜 놈일세."

갑자기 천하에 둘도 없는 나쁜 놈 취급당한 현운은 억울하기 짝이 없었다. 현운도 할 말은 있었다.

"하지만 일단 살아나야 마음고생을 하든 말든 할 것 아닙니까!"

목숨이 아까운 줄도 모르고 비류연을 향해 버럭 소리쳤다. 소리치고 나자마자 '허걱!' 하고 '아차!' 했지만, 후회해도 이미 때는 늦어 있었다.

'맞는다!'

그러나 날아온 건 주먹이 아니었다.

"쯧쯧쯧!"

비류연은 다시 한 번 한심하다는 듯 혀를 찼다.

"둔하기는! 그러니까 말하는 거잖아. 살든 말든이 아니야! 절대로 죽지 마라! 근성으로라도 살아나! 알겠냐?"

그 말에 뇌 속에 박아 넣어주겠다는 기세로 비류연은 손가락으로 현운이 미간을 후벼 팠다.

"그, 그런 억지가……."

"안 그럼 넌 내 손에 죽어! 귀신이 돼서도 나한테 얻어터질 줄 알아라!"

대사형이라면 어쩐지 귀신도 팰 수 있을 것 같다는 생각이 들자 오싹하고 한기가 들었다.

"네, 대사형! 반드시 살아나겠습니다."

눈물이 찔끔 날 정도로 아픈 걸 참으며 현운이 단호하게 대답했다.

그러나 그 장담도 잠시 후 진행되는 실험을 본 다음에는 입 안으로 쏙 들어가고 말았다.

찍찍! 찌—익! 찌—익!

쥐새끼 한 마리가 난동을 부린다. 자신이 살고 있던 우리를 때려 부술 기세로 난동을 부린다. 눈알을 하얗게 까뒤집고 입에 거품을 문 채 데굴거린다. 그 행동을 보고 있는 것만으로도 사람들은 속이 메스꺼워졌다.

찌익! 찌익!

쥐새끼의 여기저기에 거품이 이는 것처럼 수포가 일어난다. 입에서 뿜어져 나오는 거품이 점점 더 많아지더니 쥐새끼의 몸을 녹이기 시작했다. 수포가 터지고, 그 수포에서 흘러나온 진액이 쥐새끼의 몸 전체를 뒤덮는다. 그리고 마침내 숨이 끊어졌다.

"이, 이건……."

놀라운 것은 그다음이었다. 쥐새끼의 몸 전체에서 부글부글 거품이 일어나더니 서서히 녹아가기 시작한 것이다. 마치 화골산 한 바가지를 들이부운 듯한 무시무시한 현상이었다. 곧 쥐새끼가 있던 자리에는 한 줌 핏물밖에 남지 않았다.

이 모든 과정이 진행되는 데 고작 일각밖에 걸리지 않았다. 모든 것은 바로 일각 전, 얼굴에 사선으로 꼬맨 상처가 나 있는 남자가 던져준 '빨간 단약'을 맛있어 보이는지 냘름 먹은 후에 일어난 일이었다.

뻐끔뻐끔뻐끔.

그 광경을 처음부터 지켜본 비류연 일행은 황당해서 그저 입만 뻐끔거렸다. 무엇부터 딴지를 걸어야 좋을지 알 수가 없었던 것이다.

"응, 왜 그렇게 숨찬 붕어처럼 입만 뻐끔거리고 있는 건가?"

그걸 몰라서 묻나, 이 미친 의원아! 이 순간 모두의 마음이 하나로 합쳐졌다. 모용휘마저 모골이 송연해진 듯 떨리는 목소리로 물었다.

"지금 현운 선배에게 저걸 먹으라는 겁니까?"

"응. 그런데?"

"그런데는 뭐가 그런데입니까? 몸이 녹아버리면 해약이고 뭐고 필요없잖아요!"

공손절휘가 기가 막혀서 외쳤다. 해약을 먹을 몸이 남아 있어야 독을 해독하던가 말던가 할 게 아닌가. 그렇다. 좀 전에 쥐 우리에 던져준 빨간 단약이야말로 최근 불락구척이 심혈을 기울여 개발한 '만독'이었던 것이다. 그리고 그 결과는 보시다시피였다.

"걱정 말게. 저건 저 쥐새끼가 너무 작아서 몸뚱이가 만독을 견디지 못했기 때문에 일어난 '사.소.한. 일' 일 뿐이니까. 쥐새끼의 수십 배에 달하는 몸무게를 지닌 인간이 먹으면 저렇게까지 녹지는 않는다네. 그러니 안심하게."

안심은 무슨 얼어죽을 놈의 안심! 이런 양심도 없는 광의 같으니라고!

다시 한 번 모두의 마음이 하나로 합쳐졌다.

꿀꺽!

현운의 목구멍을 타고 마른침이 넘어갔다. 이상하게 목이 타는 듯 갈증이 심했다.

그의 귀에는 그 말이 어떻게 들어도 안심하고 죽으라는 이야기로밖에 들리지 않았다.

"싫으면 포기하게. 그러게 잘 생각해 보라고 미리미리 동물 실험까지 해 보여준 것 아니겠나? 강요하지는 않겠네. 뭐, 치료는 해주지 않겠지만."

'그런 걸 강요라고 하는 거거든요? 이 미친 의원 아저씨!'

일행은 모두들 마음속으로 제각기 욕설을 퍼부어댔다. 마천각에는 터가 나빠서 그런가, 아님 출신이 나빠서 그런가, 정말 괴이한 인물들이 몰려 있는 듯했다.

"……"

"흠, 이제 반의반 각 정도 남았군. 빨리 결정을 내리게."

그 시간이 지나면 이제 산산의 생명은 포기하라는 뜻이었다.

"전 이미 결심했습니다. 주십시오. 그 빨간 단약을 먹겠습니다."

현운의 결심은 확고했다.

"……"

비류연은 아무 말도 하지 않았다. 이 바보 같은 녀석을 말리는 것은 이미 늦었다. 조금만 더 시간이 있었다면, 이 미친 의원을 족쳐서라도 산산을 고치는 방법을 찾을 수 있었을 텐데……. 그런 번거로운 방법을 쓰기에는 시간이 너무 촉박했고, 위험이 너무 컸다.

"그래, 잘 생각했네. 자, 먹게."

현운은 자신의 손에 들린 빨간 단약을 한 번 내려다본 후 치료용 침상에 누워 있는 남궁산산의 얼굴을 바라보았다.

"산산, 내가 무사히 깨어난다면 당신에게 할 말이 있소. 꼭 살아주시오! 반드시! 다시 그대의 잔소리를 들을 수 있게 말이오."

그리고는 비류연 쪽을 바라보았다.

"대사형……."

그러나 비류연은 고개를 휙 하고 돌렸다.

"안 들을래."

"네?"

"나머지는 네 녀석이 깨어나면 듣겠다. 그리고 누누이 말하지만 난 책임 안 진다."

"대사형……."

"산산은 네가 책임져라. 난 책임 안 질 거니까."

그제야 현운은 깨달았다. 대사형은 자신이 뭐라고 말하려는지 알고 있다는 것을. 알면서도 일부러 듣지 않으려 한다는 것을.

"네, 대사형."

현운은 눈을 질끈 감고 빨간 단약 '만독'을 삼켰다.

효과는 바로 나타났다.

"커헉!"

만독을 삼킨 현운이 땅에 무릎을 꿇더니 파들파들 경련을 일으키기 시작했다. 그러더니 입에서 왈칵, 검은 피를 토해냈다. 그의 몸 안에 축적된 내공이 독을 몰아내기 위해 움직였으나 만독을 몰아내기에는 너무나 미약한 양이었다.

"뭐 하시오, 빨리 해약을 먹이지 않고!"

장홍이 다급한 목소리로 소리쳤으나 불락구척은 꿈쩍도 하지 않았다.
"기다리게. 아직 완전 중독 상태가 아니니. 지금은 그저 전신을 향해 독이 퍼지고 있을 뿐이네."
피를 토해내며 기침을 하는 것도 잠시, 현운은 온몸을 들썩이며 경련을 반복하다가 숨이 막히는지 자신의 목을 움켜쥐고 고통스럽게 신음했다. 어떻게든 입을 크게 벌리고 호흡을 해보려는 듯했지만, 입가에선 검은 피와 침이 뒤섞여 독액 같은 액체가 흘러나올 뿐이었다. 차마 눈 뜨고 지켜볼 수 없는 목불인견의 참상이었다. 그러나 비류연만은 눈을 돌리지 않은 채 현운의 모습을 지켜보았다. 더 이상 저항할 힘도 남아 있지 않은지 현운은 바닥에 쓰러져 몇 차례인가 움찔거렸다. 곧 그의 온몸이 피부 구석구석까지 검게 물들어갔다. 그리고 길게 늘어져 버린 현운은 숨을 멈추었다.
"저, 저거 죽은 거 아니오? 숨을 쉬지 않잖소! 빨리 손을 쓰시오, 빨리!"
현운의 숨이 끊어지는 것을 본 장홍이 기겁하며 불락구척의 멱살을 움켜쥐고는 외쳤다. 그의 목소리는 분노로 인해 부들부들 떨리고 있었다.
"소란 떨지 말게, 아직 죽은 게 아니니까. 단지 가사상태에 빠진 것뿐이네. 이른바 '완전중독' 상태지. 숨을 안 쉬는 것 같지만 아주아주 길게 쉬고 있지. 심장도 아주아주 느리게 뛰고 있고. 중요한 건 지금부터라네."
멱살을 잡힌 채 불락구척은 품속에서 파란 단약을 꺼냈다.
"지금부터 해약 '만해(萬解)'를 투여하겠네."
파란 단약이 현운의 입 안으로 들어갔다. 혈도를 몇 군데 치자 곧 단약이 물처럼 변해 목구멍으로 넘어갔다. 이미 숨이 멈춘 게 아닌가 싶을 정도로 간당간당한데 알약을 삼킬 힘이 어디 있겠는가.

이제 현운의 목숨은 저 파란 알약의 효용에 달려 있었다.
주먹을 꽉 쥔 채 한마디 말도 없이 지켜보고 있던 비류연의 시선이 처음으로 불락구척을 향했다. 비류연은 만면에 미소를 지으며 활짝 웃었다. 그리고는 건조한 목소리로 말했다.
"살리는 게 아마 좋을 거예요. 그 약이 제대로 듣기를 바라시죠. 아니면 다음에 저 바닥에 누워 있는 건 당신이 될 테니까요. 자신이 만든 만독의 맛이 얼마나 지독하게 더러운지 음미하면서 말이죠."
생글생글 웃고 있었지만, 그의 말이 철저한 진실이라는 데는 의심의 여지가 없었다.
"기대하도록 하지. 자, 그럼 약속대로 환자를 보도록 하지."
불락구척은 침상에 누워 있는 남궁산산을 향해 걸어갔다. 그리고 가볍게 손짓을 한 번 하자 흰옷을 입을 청년 하나가 잽싸게 달려와 가죽 주머니 하나를 내밀었다.
"이 아가씨도 운이 좋군. 자신을 위해 목숨을 던져 줄 남자가 있다니 말이야. 지금부터 치료를 개시한다."
불락구척은 남궁산산의 침상 앞에 앉은 다음 옆에 가죽 주머니를 펼쳐 놓았다. 그 안에는 장단과 굵기가 다른 십수 개의 침과 수십 개의 각기 다른 모양의 소도와 집게들이 잔뜩 들어 있었다. 불락구척은 남궁산산을 뒤집은 다음 상의를 벗겼다. 매끄럽고 아름다웠을 그녀의 등은 지금 나무 파편들에 유린당해 무척 끔찍한 모습을 하고 있었다. 큰 파편만 대충 제거되어 있을 뿐 아직 뽑혀 나오지 못한 파편들도 많았다.
"흠!"
불락구척은 그 광경을 보며 코웃음을 한 번 친 후, 양손에 얇은 가죽으로 만든 하얀 장갑을 끼었다.

"마취."

백의청년이 기다란 금침 하나를 건네주자 그는 망설임없이 그 금침을 산산의 목덜미에 깊숙이 꽂았다.

"삼(三)!"

옆에 서 있던 청년이 가죽 주머니에 들어 있는 것 중 삼(三)이라고 적힌 소도를 꺼내 건네주었다. 그러자 이번에는 왼손을 들어 올리며 짧게 말했다.

"집게."

백의청년이 다시 집게를 건네주었다. 그걸로 모든 준비가 끝났다.

"하합!"

생사경계의술(生死境界醫術)
오패(奧捭) 개시(開始)!

그 순간 불락구척의 손이 마치 여섯 개로 나뉘어지는 듯한 착각과 함께 빠른 속도와 정확한 솜씨로 등에 박힌 파편들을 제거해 나갔다.

'오패'란 글자 그대로 깊게 가른다는 의미를 지닌 기술로 생사경계의술이 지닌 신묘한 묘법으로 한 사람이 동시에 셋으로 불어난 것처럼 빠르게 수술을 행할 수 있는 절기였다. 빠르고 적절한 처치가 사람의 생사를 가른다는 사상에서 나온 의술법이었다.

"봉합!"

순식간에 파편들이 제거되고 큰 상처는 실로 봉합되었다. 그 위에 재빠르게 붕대가 감겼다. 그는 남궁산산을 원래대로 돌린 다음, 기력을 회복시키기 위한 단약을 탕약에 녹여 먹인 다음 온몸을 추궁과혈했다. 그러자 파리하던 남궁산산의 얼굴에 서서히 화색이 돌기 시작했다. 여섯 개로 나뉘어졌던 그의 팔도 다시 원래대로 돌아왔다.
"이제 괜찮을걸세. 목숨을 건졌어. 운이 좋은 아가씨군."
의술 도구들을 백의청년에게 건네주고 소독을 명한 다음 불락구척이 만족스러운 듯 말했다. 그러자 아까부터 무표정하게 불락구척의 급소들을 이리저리 구경하듯 훑어보고 있던 비류연이 나직하게 중얼거렸다.
"운이 좋은 건 당신이죠."
확실히 이 불락구척이라는 자는 성격이 괴팍하고 세간의 도리와는 상반된 가치관을 지니고 있었지만 실력만큼은 확실한 모양이었다.
"대단하군."
장홍의 입에서 절로 경탄성이 터져 나왔다.
"그, 그렇긴 하지만……."
모용휘는 당황해서 어쩔 줄 몰라 했다. 그는 눈을 어디에 둬야 할지 몰라 당황하고 있었다. 장홍의 입에서 다시 한 번 흘러나오는 감탄사.
"으음, 정말 대단해."
옥유경의 전신이 이글이글 분노로 붉게 타올랐다.
"이 사람들이! 당장 그 눈 안 돌려욧! 감히 어딜 보는 거예요, 죽고 싶어욧, 당신!"
그제야 장홍은 '아차, 그 사람이 옆에 있었지' 라는 사실을 기억해 냈지만 이미 때는 늦어 있었다. 불락구척이 치료 중에 산산의 몸을 돌리는 바람에 아무것도 가리지 않은 남궁산산의 봉긋한 가슴이 그대로 드러났던 것이다. 의도한 바 없는 어디까지나 사고였다. 그러나 그 급작스런 사태를 맞이한 사내들은 당황은 했으되 눈을 돌리지 못했으니, 옥유경의 진노를 사는 것도 무리는 아니었다. 이미 옥유경의 혈봉검은 검집으로부터 반쯤 뽑혀 나와 있었다.

"당시이이이인! 아직도 정신을 못 차리고오오오오! 영령아!"

"예, 교관님!"

차캉!

영령이 즉시 대답하며 검을 뽑아 들었다.

"부, 부인! 오해요, 오해!"

사색이 된 장홍이 기겁하며 외쳤다.

"문답무용!"

그리고 외쳤다.

"쳐라!"

"존명!"

분노에 가득 찬 두 여인의 검초를 피하기 위해 사내들은 사력을 다해야 했다. 자칫 잘못했으면 송장 여럿 치울 뻔한 사건이었다.

'이 모든 게 가슴 때문이야!'

자기가 전생에 가슴이랑 무슨 원한을 졌기에 이 꼴을 당해야 하는 건가? 장홍은 억울하지 않을 수 없었다. 본 건 사실이지만, 눈을 돌리지 않긴 했지만 억울한 건 억울한 거였다. 그리고 이 모든 걸 미리 경고해 주지 않았던 불락구척, 이 모든 게 차도살인지계를 노리고 벌인 그놈의 음모가 분명했다. 그러나 물론 그런 변명은 옥유경에게 눈곱만큼도 통용되지 않았다.

"이거참, 오늘따라 생사전이 좀 소란스럽군. 불락, 무슨 일 있나?"

만일 그때 진료실 밖에서 한 사람의 목소리가 들려오지 않았다면 오늘에서야말로 장홍은 목숨을 잃었을지도 몰랐다. 불락구척이 문밖에 서 있는 사내를 보고 반색했다.

"웬일이십니까, 무명 대장님? 좀처럼 저희 쪽에 발걸음을 안 하시던 분이 갑자기?"

다른 이들을 대할 때와는 비교도 할 수 없을 정도로 사근사근한 태도에 사람들은 깜짝 놀랐다.

대체 저 은발사내가 누구이기에?

단 효룡의 얼굴만은 무척이나 창백하게 변해 있었다.

"아, 치료받을 일이 있어서 말일세."

그 말에 불락구척은 의아한 얼굴을 했다.

"무명 대장님이 말입니까? 그것참 믿을 수 없군요. 병이라고는 걸리지 않는 분이 이런 곳엘 다 오시고. 지금까지 잔병치레는커녕 상처 하나 입은 적이 없는 분 아닙니까?"

그는 불락구천이 이곳 마천각에 들어온 이후 지금까지 단 한 번도 의원을 찾은 적이 없었다. 대체 어떤 이유로 그런 현상이 일어나는지 꼭 한 번 해부해 보고 싶은 사람이었다.

"아, 나 말고 치료가 필요한 건 이 여인일세."

비류연은 무명이라 불린 그 남자가 안고 있는 여인을 보자 눈이 부릅떠졌다.

"예린!"

그 여인은 틀림없이 그가 그렇게 찾아 헤매던 나예린이었다.

비류연, 무명과 만나다
―신법 대결

"뭐? 나 소저라고?!"

갑자기 왜 이런 곳에 납치되었다던 나예린이 나타난단 말인가? 비류연의 외침에 놀란 일행들의 고개가 일제히 무명을 향해 돌아갔다. 이십대 후반에서 삼십대 초반으로 보이는 은발남자의 양팔에 안겨 있는 것은 틀림없이 나예린이었다.

그 순간 비류연의 몸이 희끗해지더니 어느새 무명의 코앞에 나타났다. 동시에 나예린을 향해 손을 뻗었다.

이 남자의 신원 파악 같은 건 예린을 돌려받은 다음에 해도 늦지 않았다. 그런데 이상한 일이 벌어졌다. 분명히 닿았다고 생각했는데 그의 손은 어느새 허공을 훔치고 있었다. 무명은 어느새 반 발짝 뒤로 물러나 있었던 것이다.

'내 순신(瞬身)을 간파하다니!'

방금 펼친 신법은 간단해 보이지만, 그만큼 빨라서 보통 사람의 눈에는 그저 팟! 하고 사라지는 것처럼 보이는 절정의 신법이었다. 순간이동을 한 것처럼 보인다고 해서 '순신(瞬身)'이라 불릴 정도니, 보법의 쾌가 극에 달해야 이를 수 있는 경지였다. 순신을 넘어선 자는 '축지(縮地)'에 도달한다곤 해도, 그건 어디까지나 전설상의 경지이니 사실상 순신은 궁극의 신법이라 할 수 있었다.

게다가 비류연의 손 역시 그가 도저히 피할 수 없다고 생각되는 사각으로 뻗은 것이었다. 제아무리 절정고수라 해도 방금의 한 수에는 당해내지 못하는 게 순리였다. 그런데도 방금 저 무명이라는 자는 그 한 수를 완전히 간파해 낸 것이다. 이렇게 기술이 완전히 간파당한 것은 사부 이래로 처음이었다. 어딜 봐도 범상한 인물은 아니었.

"당신이 바로 그 빌어먹을 서천인가요?"

무명을 똑바로 바라보며 비류연이 물었다.

"서천? 서천이 무슨 뜻이지? 난 그런 거 아닌데."

무명은 고개를 갸우뚱했다. 대체 비류연이 무슨 말을 하는지 전혀 모르겠다는 태도였다.

"당신이 바로 천겁령의 서천멸겁이 아니냐고 묻고 있는 겁니다. 그 사람이 누군지 모른다고는 하지 않으시겠죠?"

"글쎄, 천겁령이야 알고는 있지만, 내가 건망증이 좀 심해서 말이지. 그것마저 깜빡하고 까먹은 게 아니라면 분명 내가 서천멸겁이었던 적은 없는 것 같은데."

"호오, 일단 부정하고 보시겠다 그건가요? 그렇다면 힘으로 불게 하는 수밖에 없겠네요."

바람 한 점 없는 날씨에 비류연의 무복이 거세게 펄럭이기 시작했다.

그때 급하게 효룡이 끼어들었다.

"잠깐 기다리게, 류연!"

"왜 그래, 룡룡? 급한 용건 아니면 조금 후에 얘기하면 안 될까?"

지금 비류연은 무엇과도 바꿀 수 없는 급한 용건이 있었다. 그러나 효룡은 고개를 가로저었다.

"저분 말이 사실일세, 류연. 무명 대장님은 마천각의 창설과 함께하신 분. 서천멸겁 따위가 아닐세."

무명 대장의 능력은 그야말로 미지수. 그 바닥을 알 수 없었다. 지금 함부로 싸우는 것은 극히 위험했다.

"그 말대로지. 그런데 자네, 날 아는 것 같은데 혹시 우리 전에 만난 적이 있나? 음, 그러고 보니 어쩐지 눈에 익기도 하고……."

효룡은 급히 얼굴을 옆으로 돌렸다.

"아, 아닙니다. 다만 무명 대장님의 대명은 익히 들어왔기 때문에 말할 수 있었을 뿐입니다."

"그런가? 이상하네……."

무명의 건망증이 오늘만큼 다행인 적이 없다고 생각하며, 효룡은 가슴을 쓸어내렸다.

"우와, 우리 대장님한테도 대명이라고 할 만한 것이 있었다니! 그동안 치매대장이라고 놀림만 받았는데, 흑흑흑!"

효룡의 말에 감동했는지 옆에서 수행하고 있던 장소옥이 감격해서 눈물을 흘렸다.

물론 효룡은 무명을 만난 적이 있을 뿐만 아니라 그의 밑에서 무공을 배운 적도 있었다. 다만 지금은 그 사실을 밝혀서 좋을 게 하나도 없었다.

잠시 생각하던 비류연이 다시 물었다.

"좋아요. 그럼 일단 아니라 치고, 그렇다면 왜 당신이 기절한 예린을 데리고 있는 거죠?"

그 광경을 봤으니 비류연의 눈이 홱 돌아가는 것도 무리가 아니었다.

"그야 우연히 만나서지."

무명은 대답을 거리낄 이유가 없었다.

"우연히? 지금 그걸 믿으란 말인가요? 그거야말로 코웃음이 절로 나오는 말이네요."

"믿거나 말거나 자네 맘이지만 사실인걸. 원래 세상일의 대부분은 우연과 우연이 겹겹이 쌓이면서 일어나지. 필연을 따지는 건 이야기 속의 세계뿐이야."

무명은 오히려 따지는 비류연 쪽이 더 이상하다고 여기는 모양이었다.

"그럼 우리 예린은 돌려받겠어요. 괜찮겠죠?"

아까 전부터 다른 남자가 예린을 안고 있는 게 심히 마음에 안 들던 비류연이었다. 얼른 나예린을 건네받기 위해 비류연은 무명의 앞으로 걸어가 왼손을 내밀었다. 그러나 그 손은 무명의 손에 의해 금세 저지되었다.

"웃차, 그건 안 될 말이지."

비류연의 손을 막은 채 무명이 웃었다. 비류연의 몸이 움찔 멈추더니 목소리가 한 단계 가라앉았다.

"호오, 왜 안 된다는 거죠?"

"자네야말로 왜 이 아가씨를 데려가려는 건가? 일단 내가 주운 이상, 기절한 아가씨를 아무한테나 줄 수는 없다고."

분위기는 한층 더 팽팽하게 긴장되기 시작했다.

"왜 데려가긴요? 그야 예린이 있을 자리는 원래부터 내 옆이니까요."

만물이 제 갈 길을 찾아가듯 그것은 당연한 이치지요."

비류연도 입가에 밝은 미소를 머금으며 말했다. 그러는 와중에도 두 사람의 팔은 교차된 상태에서 꼼짝도 하지 않았다. 마치 정지되어 있는 것처럼 보이지만, 지금 두 사람 사이에는 치열한 힘겨루기가 행해지고 있었다.

"더 수상쩍은데? 거기다 그건 자네 말이지 이 아가씨 말은 아니잖아. 자네들이 이 여인의 동료인지 적인지 어떻게 알아?"

"동료인 거야 척 보면 알 수 있는 것 아닌가요?"

"척 봐도 모르겠는데. 아무튼 처음 보는 사람들한테 이 아가씨를 넘길 수는 없어."

무명이 고집을 부리기 시작하자, 공기가 더더욱 팽팽하게 당겨지고 진동한다.

미묘하게 흉험해지는 분위기 속에서 장홍은 은발남자의 실력에 경탄했다.

'저자, 류연 저 친구의 공격을 저렇게 간단히 막아내다니…….'

현재의 공방은 매우 간단한 것처럼 보이지만, 보이지 않는 기세와 기세가 허공의 한 점에서 격렬하게 맞부딪치고 있었다. 저만한 비류연의 공격을, 사람을 안은 채 한 발자국도 움직이지 않고 한 손으로 막아낸 무명의 솜씨는 가히 놀라울 정도였다. 무엇보다도 두 사람의 표정에는 미소뿐이었다. 아니, 기세가 격렬해지면 격렬해질수록 미소도 더 강해졌다.

"뭐, 애초부터 예린을 찾아가는 데 허락 따윈 필요없어요. 실력으로 받아가면 그만이니까요. 말이 통하지 않는 사람한텐 그게 최고죠."

그 말에 무명은 실로 유쾌하다는 듯 홍소를 터뜨렸다.

"호오, 실력으로 받아가겠다고? 그것참 재미있군. 아주 재미있겠어.

비류연, 무명과 만나다

하하하하!"

비류연도 마주 보고 웃었다.

"재밌다니 다행이네요. 자, 그럼 예린을 받아갈게요."

대치하고 있던 손을 거두며 비류연은 다시 나예린을 향해 쾌속하게 오른손을 뻗었다. 비류연의 오른손은 이미 묵룡환이 벗겨져 있었기 때문에 그 속도는 왼손에 비할 바가 아니었다.

쉬익!

비류연의 오른손이 마치 번개처럼 허공을 갈랐다. 그 속도는 암천에 번쩍이는 한순간의 섬광처럼 재빨랐다. 이번에야말로 성공이다, 라고 비류연은 생각했다.

그러나 놀랍게도 어느새 무명의 오른손이 그의 손을 막고 있었다. 왼손은 그새 급히 품으로 거두어 나예린을 안은 채였다.

"소용없네! 안 된다고 하면 안 되는 거네!"

그러나 말은 그렇게 해도 둘 모두 놀라고 있었다.

'좀 전의 일격을 막아내다니!'

'내 오른손까지 쓰게 하다니!'

두 사람 모두 지금의 현실이 믿겨지지 않는 듯했다. 만일 나예린을 안고 있지 않았더라면 양손을 모두 써야 했을 터였다.

충격에서 먼저 빠져나온 것은 비류연, 그래서 먼저 움직인 것도 비류연이었다.

비류연은 다시 절정보법인 '순신'을 써서 다시 무명을 압박했다.

"안 된다니까."

무명은 어느새 나예린을 안은 채 일 장 뒤로 물러나 있었다. 이미 자네의 보법은 간파했네, 라고 말하는 듯했다.

"사람을 안고서도 굉장한 신법이네요."

그 목소리는 무명의 등 뒤에서 들렸다. 어느새 비류연은 무명의 등 뒤를 점하고 있었던 것이다. 무방비 상태인 무명을 향해 비류연이 손을 뻗었지만, 그의 손은 허무하게 허공을 훑고 지나갔다.

"칭찬 고맙군."

그 말에 비류연은 깜짝 놀랐다. 어느새 무명이 나예린을 안은 채 그의 등 뒤에 있었던 것이다. 신법에는 상당히 자신만만했는데, 두 번 연속으로 간파당하고 말았다.

"연환순신(連環瞬身)이라, 좀 하시네요."

"자네도."

승패는 나지 않았지만, 신법에서는 비류연이 반 수 밀렸다고 할 수 있었다. 왜냐하면 무명은 한 사람을 안고 있었기 때문에 그만큼 움직임이 둔해질 수밖에 없었던 것이다. 그런데도 따라잡지 못하다니.

"이거 진짜로 해야겠네요."

무명에게 등을 잡힌 비류연의 신형이 넷으로 나뉘면서 무명의 주위를 둘러쌌다.

"사(四) 분신(分身)!"

사방에서 동시에 솟아난 듯한 비류연의 신형에 무명은 내심 놀랐다.

"자, 예린을 돌려주시죠."

비류연의 손이 동서남북에서 번개처럼 뻗어왔다. 그러나 잡았다, 하고 생각한 순간 무명의 그림자가 신기루처럼 흩어졌다.

"허상(虛像)!"

네 명의 비류연의 눈이 허공으로 향했다. 지면과 이 장 정도 떨어진 그곳에 나예린을 안은 무명이 서 있었다. 그는 마치 허공에 발판이라도 있는 것처럼 다섯 번을 박차며 빠르게 오 장 밖으로 물러나더니 건너편 건물 지붕 위에 사뿐히 내려섰다.

"허공순보(虛空瞬步)!"

공기를 발판처럼 사용해 고속(高速)으로 움직이는 허공답보의 상승 경지였다. 허공답보와 순신을 조합한 절기라 할 수 있었다.

허공순보는 얼마나 많은 발판을 사용해 몸을 허공에서 자유자재로 움직일 수 있는가에 따라 경지가 달랐다. 강호에 회자되는 바에 의하면 곤륜파의 절세 독문보법인 '운룡대구식'의 최고 경지가 바로 허공에서 아홉 번의 변화를 일으키는 허공순보라고 한다.

하지만 사람을 안은 채 허공 중에서 다섯 번을 움직이다니! 게다가 허공을 박차는데도 아무런 무리가 없는 듯 가벼운 동작이었다.

"얕보지 말아주세요."

비뢰문(飛雷門) 독문운신보법
봉황무(鳳凰舞) 오의(奧義)
봉황번천(鳳凰飜天) 오식(五式)

비류연이 허공을 연속해서 박차며 몸을 날렸다. 다섯 번을 박차고 오른 비류연은 금세 무명의 머리를 위를 장악했다.

이에는 이, 허공순보에는 허공순보.

봉황분영(鳳凰分影) 환상익(幻想翼)

마지막으로 위로 솟구치기 위해서가 아니라 아래로 내리꽂히기 위해 공기의 발판을 박찬 비류연의 신형이 순간 여섯으로 갈라졌다.

허공순보에서 바로 분신(分身)으로 전환.

여섯으로 나뉜 비류연의 신형이 무명을 향해 쇄도했다. 그중 손바닥 하나가 무명의 코앞에 내밀어졌다.

비류연은 망설이지 않았다.

비뢰도(飛雷刀) 검기(劍氣) 오의(奧義)
편익봉황(片翼鳳凰)의 장(章)
오뢰인(五雷刃)

세 개의 광망이 비류연의 오른손에서 뿜어져 나갔다. 나예린을 안은 무명으로서는 절대로 피할 수 없는 신속한 공격이었다. 마침내 무명은 안고 있던 나예린을 놓았다. 이제 떨어지기 전에 그녀를 받아내기만 하면 되었다.

그 순간 무명의 양손이 허공에서 기이하게 움직이며 완벽한 원을 그렸다. 그다음 순간 다섯 줄기의 뇌전이 사방으로 튕겨 나갔다. 벽력같은 속도로 쇄도한 공격을 단 일수에 흘려낸 것이다.

"화경(化勁)? 말도 안 돼!"

비뢰도를 휘게 하는 화경이라니?

원래대로라면 비뢰도가 화경을 꿰뚫었어야 옳았다. 보통의 화경으로는 절대 비뢰도를 막을 수 없기 때문이다.

오뢰인을 튕겨낸 무명은 다시 나예린을 받아 들려고 했다.

비뢰도가 튕겨 나갔다는 사실이 충격적이긴 했지만, 무명의 손이 나예린에게서 떨어지는 기회를 그냥 흘려버릴 비류연이 아니었다.

"받으시죠!"

비류연은 다시 무명을 향해 두 자루의 비뢰도를 방출했다. 이번에도 무명은 몸을 살짝 틀어 두 줄기 섬광을 피해냈다. 그 순간 비류연의 입가에 득의한 미소가 떠올랐다.

'걸렸다!'

이번에는 무명을 공격하는 게 목적이 아니었다. 떨어지는 나예린의 몸을 뇌령사가 휘감자, 그때를 기다리고 있던 비류연은 즉시 뇌령사를 잡아당겼다. 나예린의 몸이 깃털처럼 가볍게 허공으로 부웅 떠올랐다.

"아차, '받아가죠'를 잘못 말했었네요, 실수."

비류연은 허공에서 내려오며 무엇보다 소중한 것을 다루듯, 세상에서 가장 값진 보물을 다루는 듯한 손길로 조심스럽고 부드럽게 나예린을 받아 들었다. 그리고는 깃털이 내려앉듯 아무런 무게도 느껴지지 않는 자세로 지상에 내려섰다.

물끄러미 그녀를 내려다보던 비류연은 한 손으로 흐트러진 나예린의 귀밑머리를 부드럽게 쓸어 넘겨주었다. 비류연의 입가에 잔잔한 미소가 떠올랐다.

"오랜만이에요, 예린. 드디어 다시 만났네요."

겨우 하루였지만, 마치 십 년 같은 하루였다.

"어라? 어라? 어라?"

무명은 어리둥절한 표정으로 고개를 갸우뚱했다.

"뺏겼네? 어째서?"

그는 좀 전에 일어난 일이 믿을 수 없는지 멍한 얼굴을 하고 있었다. 얼빠진 얼굴을 하고 있는 것은 비단 그 혼자만이 아니었다. 그의 부관인 장소옥 역시 하늘처럼 믿고 있던 대장님이 한판 빼앗겼다는 게 믿어지지 않는 듯했다. 건망증이 치매 수준으로 심하기는 하지만 무공에 있어서 누군가에게 밀린 적은 한 번도 없었던 무명이 아닌가.

"얼레레? 실수한 건 없다고 생각했는데, 어째서지?"

무명은 팔짱을 낀 채 잠시 곰곰이 생각에 잠겼다. 아무리 그가 전력을 내지 않았다지만, 저렇게 젊은 청년한테 한 수 밀렸다는 게 이해가 가지 않는 것이다. 지금까지 그의 확신이 깨어지는 일은 좀처럼 없었던 것이다. 갑자기 이 앞머리가 길어서 눈까지 가리고 있는 정체불명의 청년에 대한 흥미가 마구 솟아오르기 시작했다.

"자네, 나와 한번 '진짜로' 싸워보지 않겠나?"

눈을 반짝 빛내며 무명이 말했다. 지금까지의 싸움은 진짜가 아니었다는 듯이. 자신은 전혀 전력을 내지 않았다는 듯이.

"싫어요."

비류연의 대답은 단호했다.

"왜에?"

금세 시무룩해진 얼굴로 무명이 반문했다.

"그야 당연히 예린을 치료해야 하니까요."

나예린을 받아 들면서 맥을 짚어본 결과 다행히 기력의 소모가 심할 뿐, 산산처럼 중상은 아니었다. 비류연은, 치료비를 아끼기 위해선 항상 어지간한 응급 상황에도 대처할 수 있는 의술을 익혀놔야 한다는 사부의 터무니없는 지론 때문에 기본적인 의술 정도는 익혀놓고 있었다. 혹시 자신도 현운처럼 빨간 단약을 삼켜야 하나 했더니, 그런 각오까지는 필요없을 듯했다.

"그거라면 내가 불락 저 아이에게 부탁해 줄 테니 걱정 말게. 그렇지, 불락 군?"
 겨우 삼십대 초반 정도로 보이는 무명이 사십은 되어 보이는 불락구척을 서슴없이 '아이'라고 부르는 것을 보자 사람들은 깜짝 놀랐다. 그러나 더 놀라운 것은 불락구척의 반응이었다.
 "하아, 저도 이제 대장입니다. 그때 선생님이 가르치던 꼬마는 더 이상 아니니 '아이'라고 부르는 건 그만둬 주십시오. 하지만 무명 선생님 부탁이라면 어쩔 수 없지요, 치료해 줄 수밖에."
 이 괴팍한 광의가 무명의 말에 순순히 고개를 끄덕이는 것을 보고 사람들은 경악했다.
 '대체 저 은발의 남자가 누구기에 이 정신 나간 광의가 이리도 순한 양처럼 군단 말인가?'
 직접 보지 못했으면 믿지 못할 광경이었다.
 이런 희한한 광경에 어떤 의문도 품지 않는 것은 칠번대 대장 옥유경과 효룡뿐이었다.
 "자, 이제 됐나?"
 치료도 부탁해 줬으니 다시 싸워보자는 얘기였다.
 "글쎄요, 난 아무런 이득도 되지 않는 싸움은 하지 않는 주의라서요."
 사실 나예린이 치료를 받게 된 마당에 비류연이 싸워야 될 이유는 어디에도 없었다.
 "이득이라? 그거라면 있지."
 무명이 다행이라는 듯 싱긋 웃었다.
 "그게 뭔가요?"
 너무나 순수한 표정으로 활짝 웃으며 무명이 말했다.
 "그야 물론 자네 친구들의 목숨이지."

순간 비류연의 표정이 살짝 굳었다.

"그게 무슨 뜻이죠?"

착 가라앉은 목소리로 비류연이 반문했다. 분위기가 싸늘해졌다는 걸 아는지 모르는지 무명은 태평하게 말을 이었다.

"자네들, 오늘 각에 방문한 침입자들이지? 알지 모르겠네만 지금 자네들에게는 말살 지령이 내려져 있다네. 나도 일단 마천십삼대의 대장 중 한 명이라서 말이지. 자네들은 본 이상 일단 죽여야 한다네."

사람들을 모두 죽인다고 말하고 있는데도 그의 표정이나 눈동자에는 어떤 변화도 없었다. 마치 사람의 생과 사에는 아무런 관심이 없다는 그런 눈이었다. 아니, 관심이 없다기보다 오히려 그 눈은 생과 사를 벗어나 있는 듯했다.

하지만 비류연은 직감적으로 알 수 있었다. 그가 죽인다고 한다면 진짜 죽일 거라는 것을. 생사에 초탈했기에 오히려 아무런 거리낌 없이 사람의 생명을 끊어놓을 수 있다는 것을.

"아, 그렇게 똥 씹은 얼굴 하지 말게. 아직 안 죽였으니까. 약한 사람 괴롭히기도 싫고, 자네가 내 '삼 초(三招)' 만 받아낸다면 여기서 자네들을 만났다는 것은 눈감아주겠네. 그럼 자네 친구들도 목숨을 구할 수 있겠지. 그 정도면 충분히 이득이 된다고 생각하지 않나? 모두모두 만만세지."

그의 눈은 '뭐, 만일 안 받아들이면 나머지를 다 죽인 다음에 싸우면 되겠지' 라고 말하고 있었다. 그런 주제에 눈빛이 마치 어린아이처럼 맑고 깨끗하다. 한 점의 살기도 없이 사람을 죽일 수 있을 것 같은 눈동자였다. 그가 자신들을 죽인다고 하는데도 어떤 분노도 치밀어 오르지 않았다. 우스운 얘기지만, 그가 아무런 나쁜 뜻 없이 어린아이처럼 무구한 마음으로 말하고 있음을 직감적으로 느꼈기 때문이다.

"하아, 거래를 좀 할 줄 아는 분이네요. 그렇게 나오면 안 받아들일 수가 없겠네요."

비류연이 나직이 한숨을 내쉬며 말했다. 또 쓸데없이 몸을 혹사시키게 되고 말았다. 어차피 저자가 서천이 아닌 이상 싸울 이유는 전혀 없는데. 문제는 이쪽은 없어도 저쪽은 있다는 데 있었다.

"잘 생각했네. 똑똑한 친구로군. 덕분에 나도 수고를 덜 수 있겠어."

무명은 비류연의 대답이 만족스러운지 활짝 웃었다.

비류연은 무명의 눈을 들여다보았다.

맑고 깨끗하면서도 깊으면서도 무구한 눈이다. 어딘지 공허한 눈. 그 눈이 공허한 것은 아마 그가 현실을 보고 있지 않기 때문일 것이다.

도저히 인간이라고 생각되지 않는 눈, 그 눈은 오욕칠정이라는 인간의 근원적인 감정조차 뛰어넘어 있었다. 어딘가 어리버리하게 보이는 겉모습과 달리 이자는 깊이를 알 수가 없었다.

'저런 눈을 가진 걸 인간이라고 할 수 있나?'

비류연은 저런 눈을 가진 사람을 지금까지 한 번도 본 적이 없었다.

세상의 이치를 한 번에 꿰뚫어 볼 것 같은 눈, 그의 눈에 이 세상은 어떻게 비춰지고 있는 걸까? 나예린의 용안과는 또 다른 느낌의 눈이었다.

'설마 생사안(生死眼)?'

에이, 설마··· 곧 고개를 가로젓는다. 그런 건 전설에나 나오는 눈이었다. 이런 데 굴러다니고 있을 이유가 없었다.

그러나 확실히 아니라고 단정 짓지 못하는 자신(自身)이 있었다.

만일 저것이 전설의 그것이라면 이번 싸움은 결코 쉽지 않으리라.

승부는 지금부터
―생사안(生死眼)

생사안(生死眼).

그것은 전설처럼 전해져 내려오는 눈동자로, 생과 사를 꿰뚫는 눈이라고 일컬어지고 있다. 수백만, 아니, 수천만을 넘어 셀 수 없는 생과 사를 지켜본 자만이 얻을 수 있으며, 모든 것을 간파하고 본질을 꿰뚫는다는 눈.

이것은 선천적으로 가지고 태어나는 눈이 아니었다. 생사의 갈림길을 수천, 수만 번 넘어서며, 생사의 경계에서 그 몸을 비우고 마음을 무(無)로 만들면 일체의 관념으로부터 해방되어 사물의 본질을 직시할 수 있는 눈을 얻을 수 있게 된다고 한다. 오직 생과 사를 초월한 정각자(正覺者)만이 얻을 수 있다는 눈.

'아냐, 그럴 리가 없어.'

비류연은 곧 자신의 추측을 부정했다. 그런 건 전설 속의 옛이야기에서나 나오는 것이었다. 그러나 머리로는 부정하면서도 비류연은 무명의 눈에서 시선을 뗄 수가 없었다.

무명의 눈은 무척이나 특이했다. 깊고 맑은 그 눈은 끝없는 허무를 응시하고 있는 듯했다. 모든 현상을 그 깊이를 짐작할 수 없는 눈동자에서 해체해 버릴 것 같은 느낌이었다.

생사안을 가진 자는 두려움을 모른다. 무수한 죽음을 그 눈으로 보아오며 생과 사의 경계를 뛰어넘었기 때문이다. 생사안을 얻은 자에게 있어 죽음이란 그저 하나의 현상에 지나지 않았다.

'견적이 안 나오는군.'

무명과 대치한 지금 가장 마음에 걸리는 것은 그 점이었다. 그의 역량이 읽히지 않는다. 비류연이 사부에게 가장 먼저 배운 것은 상대의 역량을 제대로 파악하는 것이었다.

일명, 견적 내기!

어차피 무공 대결이라는 것은 실력 대 실력의 대결이다. 뒷배경 같은 것은 강호에서 행세할 때는 편할지 몰라도, 직접 싸우는 그 순간에는 별 도움이 안 된다. 특히 그 상황이 일대일 대결이라면 더욱 그러하다. 그가 지금까지 흘려왔던 땀과 쌓아왔던 경험만이 진실로 남는 것이다.

그러니 일단은 견적부터 내서 상대를 파악하는 게 제일이었다.

물론 비뢰문에서 견적을 내는 이유는, 적이 나보다 강하면 도망치자는 선택지 따위를 마련하기 위해서가 아니었다. 다만 가장 효율적이고 적절한 초식을 써서 최소한의 비용으로 상대를 제압하기 위한 것이었다. 그런데 저 무명이라는 자는 견적이 나오지 않았다. 때문에 어떻게 싸워야 할지, 얼마만한 위력의 초식을 얼마만큼 써야 할지 짐작이 가지 않았다.

저자가 강한지 약한지조차 알 수 없었다. 그렇다고 두려움 같은 게 생기는 것도 아니었다. 판단을 내릴 수 없는 대상을 만나다 보니 마음도 움직임을 보류한 듯한 느낌이었다. 이런 느낌을 준 자는 사부 이래로 처음이었다.

'그 점만으로도 충분히 조심할 만하지.'

비류연은 양팔을 아래로 자연스럽게 내려놓았다. 언뜻 보면 싸움을 포기한 것 같지만, 이것이야말로 비류연이 진심을 내기 위한 준비 자세였다. 잘 알 수 없을 때는 전력을 다하는 수밖에 없다. 그것이 가장 안전한 길이었다.

무명은 만족스러웠다.

사실, 여기 있는 침입자 모두를 죽이는 것도 정말로 그에겐 별일이 아니었다. 그들이 살아 있든 죽어 있든 그에게는 큰 의미가 없었다. 아니, 생과 사 자체가 그에겐 별다른 의미를 주지 못했다. 생과 사조차 그에게는 당연한 자연 현상의 일부일 뿐이기 때문이다. 그가 아직껏 초월하지 못한 것은 오로지 '기억'뿐.

그러니 지금 이곳에서 그에게 흥미를 줄 만한 것은, 안고 있던 여인을 자신에게서 빼앗아간 비류연과의 대결뿐이었다. 그리고 마지막에 선보였던 그 초식…….

'대체 뭐였을까, 그 초식은?'

어째서인지 무명의 머릿속에서는 방금 전 보았던 그 번개 같은 초식이 계속 맴돌면서 신경을 쓰이게 했다. 자신의 두 팔을 쓰게 했던 무공. 강호에 이런 무공이 있었나 여겨질 정도로 독특한 무공. 백 년이라는 세월이 지나도록 단 한 번도 본 적이 없는 무공. 그런데도 어째서 그는 그것이 눈에 익은 것일까?

좀 더, 좀 더 알고 싶었다.

그러기 위해서는 좀 더 싸워볼 필요가 있었다.

기억을 떠올리려면 충격 요법이 필요하다고 말한 것은 대체 어느 녀석이었을까? 언젠가 그렇게 말한 녀석이 있었다. 사번대의 의원 녀석이었던 것 같은데, 그게 불락구척이었는지는 확실치 않았다.

그래서 그는 강한 자가 나타나면 싸워보곤 했다. 좀 충격을 받아보는 것도 나쁘지 않다지 않는가. 다만 지금까지는 사실 그다지 효과가 없었다. 왜냐하면 이기는 게 당연했으니까. 그런데 그의 예측을 살짝 벗어난 인간이 오늘 나타난 것이다. 게다가 그가 지키고자 한 것을 빼앗아가다니…….

그 점이, 좀처럼 동하는 법이 없던 그의 흥미를 자극했다.

"조심하게, 류연! 절대 방심하면 안 되네! 전력을 다하게, 전력을!"

효룡은 떨고 있었다. 그리고 상당히 초조해 보였다. 비류연은 효룡이 이렇게 떠는 모습을 처음 보았다.

효룡은 효룡대로 걱정이 태산 같았다. 그는 자신의 두려움을 감출 마음도 없었다. 절대로 만나고 싶지 않다고, 절대로 피해가고 싶다는 상대와 이렇게 정면으로 딱 마주치다니, 정말 운이 나쁘다고밖에 표현할 길이 없었다. 왜냐하면 그의 눈앞에 있는 이가 바로 육번대 대장 불사신 무명. 마천십삼대, 아니, 마천각의 시작과 함께한 불사신의 괴물이었기 때문이다.

그래도 어쩌겠는가, 만나고 만 것을. 만나고 만 이상 어쩔 수가 없었다. 기대할 만한 것은 무명의 '맹함'과 '건망증' 뿐이었다.

싸우기에 앞서 비류연은 한 가지 묻지 않을 수 없었다.

"왜 하필 나죠?"

왜 이렇게 싸우고 싶어하는 건가? 그에겐 돈과 명리는커녕 생사조차도 별 의미가 없어 보이는데.

"다른 아이들은 아직 부족해. 내 상대가 되기엔 아직 한참 미숙하거든."

무명은 많은 학생들이 나타났다가 사라져 가는 것을 지켜보았다. 개중에는 꽤 눈여겨볼 만한 녀석들도 있었고, 차마 눈 뜨고 볼 수 없는 녀석들도 있었다. 주변에서 천재라고 칭해지는 녀석들도 물론 봐왔었다.

"내가 이 대장 직에 세월아 네월아 앉아 있으면서 얼마나 많은 아이들을 봐왔다고 생각하나?"

"글쎄요, 일단 억수로 많겠죠."

"그래, 개중에는 주변에서 천재라고 치켜세워 주는 녀석들도 많았지. 천재란 녀석들은 보통 사오 년 주기로 한 명씩은 나왔거든. 심한 경우에는 매년 천재니 천고의 기재니 하는 녀석들도 나왔고 말이야. 하지만 그중 강호사에 이름을 새긴 녀석들은 극히 드물어. 수많은 천재들이 마지막에서 가서는 둔재가 되어 사라져 갔지. 사람들의 기억에서도 지워져 갔고."

"그것참 안타깝군요."

"맞아, 특히 내 눈에 띄는 녀석들이 하나도 없다는 점이 가장 안타까웠지."

어찌 보면 광오하기 이를 데 없는 발언인데도 무명의 담담한 어조에

선 허세가 느껴지지 않았다.

"하지만 자넨 좀 달라. 아직 최고로 빛나고 있지는 않지만, 그래도 이렇게 눈에 띄니 말이야."

"나에 대해 꽤 안다는 듯이 말하시네요?"

그렇게 받아치면서도 속으로는 살짝 흠칫했다.

'아직 빛나고 있지 않다니……. 내 상태가 만전이 아니란 걸 안단 말인가?'

역시 방심할 수 없는 상대였다.

"그럴 리가. 자네는커녕 나 자신이 누군지도 모르겠는걸."

비류연은 눈살을 찌푸렸다. 이건 또 무슨 선문답이란 말인가. 수상쩍은 아저씨와 이런 상황에서 화기애애한 대화를 나누고 싶진 않았지만, 견적도 나오지 않은 이상 함부로 덤빌 수는 없었다. 이럴 땐 적당히 받아치면서 상대를 탐색해 보는 게 최선인 법.

"그건 또 무슨 선문답이죠?"

"자네는 부모님의 얼굴을 기억하나?"

"물론 기억하죠."

"태어나서 자란 곳도?"

"그럼요. 다들 날 천재라 부르던 마을이었답니다."

"자신을 가르쳐 준 사람은 어때? 기억하나?"

"잊고 싶은데 유감스럽게도 기억하고 있네요. 어디 잊으려 해도 잊어져야 말이죠."

비류연이 투덜거리며 말했다.

"그렇다면 자넨 행운아야."

"불행아를 잘못 말한 거겠죠."

사부를 생생하게 기억하는 게 그다지 행운이라는 생각은 들지 않았다. 그러고 보면, 사부 때문에 오십만 냥 대회에 참가하지만 않았어도 이런 일은 벌어지지 않았을지도 모를 일 아닌가. 강호란도에서 꼬리를 잡힌 게 애시당초 실수였다.

"자넨 '나'라는 게 뭐라고 생각해?"

무명이 갑자기 물었다.

"나라니요? 갑자기 나는 왜요?"

비류연이 반문했다. 싸움을 앞두고 묻기에는 참으로 뜬금없는 질문이 아닐 수 없었다.

"중요한 문제잖아. 사람은 뭘 가지고 자기가 자기라는 것을 알 수 있는 걸까? 사실 별달리 근거도 없잖아? 이게 바로 '나'라고 하기엔 말이야."

"핏, 그런 것도 몰라요?"

"응, 난 아직까지도 나 자신이 누구인지 몰라. 지난 수십 년 동안 알기 위해 노력해 왔는데도, 다 소용이 없더군."

"기억상실이라도 걸렸어요? 그렇지 않고서야 모를 리가 없잖아요?"

도저히 이해가 안 간다는 태도로 비류연이 대꾸했다.

"어떻게 알았지? 맞아, 난 소위 말하는 '기억상실증'이야. 그것도 중증이지. 그래서 과거에 대한 기억은 나에게 존재하지 않는다네."

그냥 해본 말인데 진짜라는 소리를 들으니 아무리 비류연이라도 깜짝 놀랄 수밖에 없다.

"진짜 기억상실증이라고요?"

무명은 고개를 끄덕였다. 사실 그에 대한 이야기는 마천각 내에서 모르는 사람이 없을 정도로 유명한 얘기였다. 덧붙이자면 그가 기억을 잃은 원인을 기억상실증 때문이 아니라 치매 때문이 아닌가 의심하는 이들이 상당수 존재, 아니, 대부분이었다. 일각에선 아주 오래전, 입에 거품을 물고 바닥에서 뒹굴다 죽었던 소고기를 구워먹은 뒤 부작용으로 저렇게 되었다는 소문도 있었다.

"난 그 모든 기억이 없거든. 부모의 모습과 이름도, 내가 자란 마을도, 그리고 나에게 무공을 가르쳐 준 사부도, 심지어 내 이름까지도 말이야."

그래서 그의 이름은 무명이었다. 이름이 없기 때문에 이름이 '무명(無名)'이었다.

그는 이 이름을 아주 오랫동안 사용해 왔다. 그러나 그 까마득한 시간이 흐르는 뒤에도 그는 여전히 이름없는 자, 무명이었다. 그는 아직도 자신의 이름을 찾지 못했고, 때문에 이름을 찾기 위해 방황하고 있었다.

"도대체 언제쯤부터 기억이 없는데요?"

"으음…… 글쎄, 한 백 년쯤 전인 것 같아."

"호오, 농담 좀 하시네요."

비류연이 엄지손가락을 치켜세우며 말했다.

"농담이면 얼마나 좋겠어."

그러나 그건 애석하게도 농담이 아니었다.

"자기 자신의 존재를 잃어버렸다는 게 어떤 느낌인지 아나?"

비류연은 고개를 가로저었다.

"철이 들고 난 다음부터는 한 번도 잃어버린 적이 없어서 잘 모르겠네요."

이 발언은 몇몇 사람의 공분(公憤)을 자아냈지만, 대놓고 항의하는 이는 아무도 없었다.

"그건…… 디딜 발판이 없는 곳에 서 있는 느낌이랄까. 물론 백 년 동안 새로운 기억을 쌓아오긴 했지만……. 뿌리가 없는 나무는 결국 나무가 아닌 거지. 그런 나무는 열매를 맺을 수 없어. 자기가 무엇을 맺어야 하는지 이미 잊어버렸기 때문이지."

"씨 없는 열매는 열매가 아닌 것처럼요?"

"그건 그냥 고자고."

무명이 딱 잘라 대답했다.

"아무튼, 그래서 난 나 자신이 누구인지 찾기 위해 백 년이라는 시간을 보내왔네. 하지만 아직도 못 찾고 있지."

"백 년씩이나 찾았는데 못 찾았다고요? 그렇게 간단한 걸?"

"간단하다고?"

나에게는 그 이상의 어려운 것이 없는데, 라는 얼굴로 무명이 반문했다. 그게 그렇게 쉬운 거면 그가 백 년이나 삽질할 이유가 전혀 없지 않은가.

"그것도 몰라요? 내가 나라고 규정한 게 바로 나죠."

그런 건 상식이에요, 하는 말투로 비류연이 말했다.

"내가 나라고 규정한 게 바로 나다?"

"당연하죠. 누군가의 아들이자, 누군가의 아버지이며, 누군가의 동생이기 전에, 내가 누군가로 살기로 결정하고 그렇게 살아가는 것. 그게 바로 나죠."

어떤 목적도 없이 이 세상에 내던져져서, 그 무의미한 삶에 의미를 부여할 수 있는 것은 오직 자기 자신뿐이 아닌가.

"원래 삶이란 건 맨 처음에 백지부터 시작하는 거잖아요? 의미 같은 건 살면서 만들어가면 되는 거라고요."

"그런 사람이 못 되면? 왜, 능력이 달려서 자신이 되고 싶은 사람이 못 되는 경우도 있지 않나?"

"그럴 경우는 그런 사람이 되려고 노력했던 게 바로 그 사람이 되겠죠."

"내가 나라고 규정한 게 바로 나……."

잠시 생각해 보던 무명이 반문했다.

"그 규정이란 것도 자신의 경험을 토대로 할 수밖에 없잖아? 그건 즉, 기억에 의지한다는 거고."

"그렇다고도 할 수 있겠네요."

"역시나, 아무래도 나는 내가 누군지, 나 자신이 무엇인지를 안 다음에야 앞으로 나아갈 수 있을 것 같아. 내가 무엇을 하고자 하는지, 뭐가 될지를 규정하려면 말이야. 뭣보다도 내 안에 있는 뭔가가 '나'를 찾으라고, 불완전한 나를 완전히 되찾으라고 날마다 나를 괴롭히고 있는 게 그 증거지."

진지한 얼굴로 고개를 주억거리는 무명을 보고, 비류연은 실소를 금치 못했다.

"그럼 다시 맨 처음으로 돌아간 거잖아요? 그러니까, 자신이 누군지는 대체 어떻게 알아낼 건데요?"

"사실, 기억을 잃은 나에게도 유일하게 남겨진 것이 있긴 해. 바로 무공이지. 지금까진 내 무공이 어떤 문파의, 누구의 무공인지 밝혀내지 못했지만, 무공은 나에게 있어서 유일한 실마리고, 그렇기 때문에 난 강한 녀석이랑 싸워보고 싶어."

"싸우면 기억이 되살아난다는 건가요?"

"글쎄 뭐랄까, 그들의 강함이 내 안의 무언가를 일깨울 수 있을 것만 같거든. 하지만 최근엔 그런 영감이 느껴지는 상대가 없었지. 그래서 그냥 잠만 자고 있었는데, 오늘 이렇게 자네를 만난 거야. 자네랑은 느낌이 좋아. 이렇게 마주 보고 있는 것만으로도 자극이 느껴지거든."

"제 취향은 정상이라서요. 반하는 건 삼가주시겠어요?"

"하하하하, 재미있는 친구로군. 걱정 마. 난 지극히 정상이니까. 굳이 말하자면 자네보다는 조금 전 만났던 여자아이가 좀 더 취향이지."

비류연의 미소가 잠시 정지했다.

"방금 그 말은 그냥 넘겨들을 수 없네요. 포기하시죠. 그쪽은 이미 임자가 있거든요. 아참, 좀 전에 제가 전력을 냈다고 생각하진 않겠죠?"

감히 쓸데없는 생각을 품으면 전력으로 제거하겠다는 뜻이었다.

"그것참 잘됐네. 마침 나도 전력을 내지 않았거든."

스윽, 무명이 자신의 왼팔을 들어 보였다. 거기에는 거무튀튀한 묵색으로 된 팔찌 하나가 차여 있었다. 그 팔찌 위에는 '봉(封)'이라는 글자가 양각되어 있었다.

"설마……."

그 팔찌를 본 비류연은 깜짝 놀랐다.

그와 비슷한 걸 본 기억이 있었다. 당연했다. 그와 비슷한 것이 십대 초반부터 언제나 그의 팔목과 발목에 차여져 있었던 것이다. 그의 눈이 서둘러 무명의 오른팔과 양다리의 발목으로 향했다.

"……!"

있었다. 의심의 여지조차 없는 팔찌와 발찌가 그자의 오른쪽 팔목과 양쪽 발목에 차여져 있었다.

"내가 애용하는 팔찌와 발찌야. 하도 오랫동안 차고 있어서 이제는 내 몸의 일부가 된 녀석들이지. 왠지는 몰라도 사람들은 이걸 '봉신환(封神環)'이라고 부르더군. 별 필요성을 못 느껴서 지난 몇십 년간은 한 번도 풀어본 적이 없는데, 자네한테라면 하나쯤 풀어도 괜찮지 않을까 하는 생각이 들어."

"대, 대장님, 진짜 풀어내시려구요?"

안색이 창백해진 장소옥이 기겁하며 외쳤다.

"왜? 안 돼?"

눈을 끔뻑이며 무명이 되물었다.

"가, 각주님이 절대로 허가없이는 풀지 말라고 하셨잖습니까!"

혹시라도 그걸 풀려고 하면 무슨 수를 써서라도 막아야 하는 게 바로 육번대 부대장이 대대로 맡은 역할이었다.

"소옥이만 눈감아주면 아무도 모를걸?"

또 못 본 척해달라는 뜻이었다.

"사번대 대장님도 저기서 눈을 부릅뜨고 보고 계시지 않습니까?"

혼자서는 불리하다고 생각한 소옥이 불락구척을 끌어들이려 했다.

"안 보고 있는데?"

불락구척은 전혀, 아무 말도 못 들었다는 듯이 나예린의 치료에 전념하고 있었다. 일부러 외면하고 있는 게 분명했다. 봤으면서도 못 본 척, 들었으면서도 안 들은 척하고 있는 것이다. 대체 저 성격 나쁜 광의에게 무명이 어떤 존재이기에 저렇게 순순히 이 망할 대장님의 말을 따르는지 알다가도 모를 일이었다.

"자, 소옥이도 눈감아줄 거지?"

순순히 항복하라, 넌 이미 패배했다, 라고 무명의 눈은 말하고 있었다.

"크윽, 하지만 저에겐 부대장으로서의 의무가……."

최후의 저항을 시도해 본다.

"소옥이는 육번대의 내 부관이지 마천각주의 부관인 건 아니잖아?"

"그, 그건 그렇지만……."

고민하고 있는 게 장소옥의 얼굴에 역력히 드러났다. 그러다가 한 가지 생각이 떠올랐다.

"만일 제가 싫다고 하면 어쩌실 건데요?"

그러자 무명이 싱긋 웃었다.

"그땐 할 수 없지. 소옥이를 힘으로 쓰러뜨리고 하고 싶은 걸 할 수밖에."

당연한 걸 뭐 하러 물어, 라고 말하는 듯했다.

"역시나……."

장소옥의 어깨가 축 늘어졌다.

이 사람, 남의 말을 듣는 사람이 전혀 아니었지……. 남이야 어찌 되든 자기 할 건 다 하는 인간이었다. 게다가 그 무시무시한 경력 때문에 건드릴 수 있는 사람은 거의 마천각주 한 사람뿐이었는데, 그것마저도 잘 듣지 않았다. 좀 전에도 무려 마천각주라고 '님' 자 빼고 막 부르지 않았던가. 항상 까먹었다고 말하는 게 이 건망증대장의 입버릇이었다. 그러나 가끔은 안 까먹은 것도 까먹은 척하는 것 같다는 의심을 지울 수가 없었다.

"맘대로 하십쇼, 맘대로. 어차피 맘대로 하실 거니까."

장소옥이 한숨을 푹 내쉬며 항복을 선언했다. 포기하면 모든 게 편한 법이다.

괜히 전 부대장이 자신한테 부대장 직을 넘겨줄 때,

"이보게, 소옥이. 육번대 부대장이 되면 제일 먼저 배워야 할 게 뭔지 아나? 그건 바로 포기하는 법이라네. 포기해. 포기하면 편해. 나처럼 위에 구멍도 안 뚫리네."

라고 말했던 게 아니었다.
"으윽, 위가……."
장소옥은 자신의 위 부위를 부여잡고 신음했다. 역시 자신이 마천십삼대 부대장 중 가장 재수없고 불쌍한 부대장이라는 것에 의심의 여지는 없는 듯했다.
"자, 허락도 받았고……."
무명은 즐거운 듯 왼팔을 들어 올렸다. 그리고는 짧게 외쳤다.
"봉신환 해제!"
찰캉!
쇠가 울리는 소리와 함께 무명의 왼손에 차인 팔찌가 풀렸다. 그리고 당연하게 땅으로 떨어졌다.
쿠—웅!
순간 지진이 난 게 아닌가 싶을 정도로 엄청난 소리가 울려 퍼졌다. 거무튀튀한 봉신환이 떨어진 곳을 쳐다본 사람들은 입을 다물지 못했다. 봉신환이 떨어진 곳을 중심으로 청석 바닥 위에 거대한 균열이 가 있었던 것이다.
"흠흠, 흠흠."
무명은 자신의 왼손을 두어 번 조물락조물락 움켜쥐었다 폈다를 반복했다. 언제 풀었는지는 언제나처럼 잘 기억나지 않지만 오래된 것만은 확실했다.

무명은 왼 주먹을 쥐락펴락 하며 비류연을 향해 웃어 보였다.

"자, 그럼 시작해 볼까?"

쿵!

그 순간 비류연은 심장이 덜컥 내려앉는 것 같았다. 그 생소한 감각에 비류연은 놀라기보다는 어이가 없었다.

'뭐지, 이 감각은? 왜 이 감각을 저 사람 앞에서 느끼는 거지?'

한 번도 느껴본 적이 없는 감각은 아니었다. 저 의문의 봉신환을 봤을 때 그랬던 것처럼, 친숙하기까지 한 감각이었다. 하지만 그 감각을 다른 사람에게서 느껴보리라고는 생각지 않았다.

'그럴 리가 없는데……'

왜 사부한테서나 가끔 느끼는 감각을 저 은발머리남자에게서 느끼는 거지? 겉보기에는 별로 아무런 위압감도 느껴지지 않는데?

물론 그는 외모로 사람의 강함을 판단하는 그런 멍청이는 아니었다. 그가 말하는 겉보기라는 것엔 기세도 포함되어 있었다. 그리고 그 사람이 숨겨놓고 있는 기세까지도 파악해 견적을 낼 수 있었다. 싸움의 기본은 나 자신을 알고 남을 아는 것. 그래야만 싸우기도 전에 이길 수 있는 법이었다.

지금까지는 그는 나름 그것을 정확히 계량해 왔다고 자부하고 있었다. 그리고 그 계량을 통해 언제나 정확한 견적을 내곤 했었다. 그런데 견적은 고사하고 그 계량마저 먹히지 않는 상대를 만난 것이다.

저자는 계량할 수조차 없었다. 아니, 한계를 정할 수가 없었다.

그야말로,

무량(無量)!

그 사실이 그를 한없이 불안케 했다. 항상 평상심을 잃지 않고 있던 마음이 미세하게 동요하고 있었다.
명경지수(明鏡止水)의 심경이 흐트러지고 있었다.
천무삼성을 앞에 두고도 불안해하지 않던 그의 마음을 동요시키는 무언가를 저 무명이라는 자는 가지고 있었다.
"우선 제일초! 가겠네!"
미지의 존재가 그를 향해 첫 번째 공격을 시작했다.

삼초지적(三招之敵)
―풀려진 봉신환

팟!

무언가 섬광처럼 한순간 번쩍였다. 그 순간 비류연은 볼에 화끈함을 느껴야 했다. 몰아친 경력의 여파로 머리카락이 흩날린다. 하마터면 반응하지 못할 뻔했다.

팟팟! 뼁뼁!

비류연의 주변에서 공기 터지는 소리가 연속해서 울려 퍼졌다. 그럴 때마다 비류연의 긴 머리카락과 옷자락이 세차게 펄럭거렸다. 천둥이 연속해서 울려 퍼지는 듯한 굉음이 터져 나온다.

팟팟팟팟팟! 뼁뼁뼁뼁뼁!

그 소리는 계속해서 울려 퍼졌다. 모두 비류연의 몸 주위에서 나는 소리였다. 그러나 무명은 그 자리에서 꼼짝도 하지 않고 있었다.

제일초(第一招)

무흔권(無痕拳)

그냥 멈춰 서 있는데도 주변의 공기가 터져 나가는 것처럼 보였으나, 사실은 눈에 보이지 않을 속도로 주먹을 내뻗고 있는 것이었다. 그가 쓰는 것은, 그림자는커녕 흔적조차가 없는 권법이라 해서 '무흔권'이라 이름 붙여진 권법이었다.

비류연은 그 자리에서 미동도 하지 못한 채 서 있는 것처럼 보였다. 그러나 사실은 그렇지 않았다.

팡팡팡팡팡!

그 역시 엄청나게 빠른 속도로 주먹을 내뻗고 있었다. 다만 역시나 눈에 보이지 않을 속도로 움직이고 있기에 가만히 있는 것처럼 보였던 것이다. 중간에 날아오는 주먹을 쳐내지 않았다면 비류연의 몸은 이미 무명이 내지르는 주먹세례를 받고 피떡이 되었을 것이다.

계속해서 들리는 공기 터지는 소리는 두 개의 주먹이 허공에서 눈에 보이지 않을 속도로 부딪치면서 공기를 터뜨려 진공상태로 만드는 소리였다.

누구의 주먹이 더 빠른가, 누가 먼저 지칠 것인가. 그러나 시간이 지나도 승부는 나지 않고, 공기가 터지는 소리만 시끄러울 정도로 천지를 울릴 뿐이었다. 더 이상의 초식 겨루기가 의미없음을 깨달은 무명이 먼저 주먹을 멈췄다.

"내 일권을 막아낸 사람을 만나는 건 오랜만이군."

무명은 약간 감탄한 듯했다.

"이 정도야 별거 아니죠."

비류연이 싱긋 웃으며 아무렇지도 않은 목소리로 대답했다.
욱신욱신!
'별거 아니긴, 개뿔.'
확실히 막아내는 데는 성공했다. 하지만 겨우겨우 막아내는 게 다였다. 틈을 봐서 보기 좋게 한 방 먹여줄 생각이었는데, 반격기를 날릴 틈은 조금도 없었다.
'거의 같은 빠르기라고 생각했는데, 정중앙에서 권격을 떨어뜨리지 못했어.'
그러기는커녕 조금만 권경의 기세가 밀렸다면 지금쯤 그는 걸레처럼 너덜너덜해진 채 바닥에 누워 있어야 했을 것이다.
"자, 그럼 이건 어떨까?"
무명의 손바닥이 천천히 앞으로 뻗어왔다.

제이초(第二招)
무상장(無像掌)

척 보기에는 무명의 손바닥은 그다지 빨라 보이지 않았다. 아니, 오히려 매우 느리게 보일 정도였다. 그런데도 비류연은 쉽게 그 일장에서 몸을 빼낼 수가 없었다.
일견 느릿느릿하고 간단무쌍해 보이는 단 일초의 장법에 만 가지 변화가 응축되어 있었던 것이다. 그것은 상대의 움직임에 따라 그에 대응하여 무상한 변화를 보여줄 수 있다는 의미이기도 했다. 비류연이 움직이는 순간 저 장법도 변화를 시작한다는 것이니, 섣불리 움직이기라도 하면 순간적으로 폭발하는 변화의 해일에 휩쓸려 버릴 위험이 있었다.

 그렇다고 그냥 있어도 되냐 하면 그것도 아니었다. 가만히 서 있는 상황만큼 때려잡기 쉬운 표적이 또 어디 있겠는가. 그냥 있어도 당하고 움직여도 당할 판국이었다.
 그야말로 천라지망세!
 응축된 변화가 무형무상의 압력이 되어 비류연의 움직임을 압박하고 있었다.
 '그렇다면······.'
 단순한 보법으로는 절대로 이 공격을 벗어날 수 없다. 빗방울 사이를 빠져나갈 수 있을 정도의 신법이 아니면 말이다.

 비뢰문(飛雷門) 독문운신보법
 봉황무(鳳凰舞) 비전극상오의(秘傳極上奧義)
 우중거(雨中去) 불점의(不霑衣)
 극쾌식(極快式)

 비류연은 묵룡환을 찬 채 우중거 불점의를 펼쳐 냈다. 예전에는 양 발목의 묵룡환을 모두 풀어내야만 사용할 수 있는 오의였으나, 좌수룡 한 마리를 제압하게 된 이후로는 내공이 늘어나 묵룡환을 찬 채로도 사용할 수 있게 된 것이다.
 비류연은 아직 함부로 다른 묵룡환을 풀 만한 상황이 아니었다.
 비류연의 몸이 수십 개로 나눠지는 듯한 잔영을 드리우더니, 이내 한줄기 빛으로 화하며 무명의 무상장이 뿜어낸 천라지망세의 기세를 벗어났다. 무상한 변화에 무한한 쾌변으로 맞상대한 것이다.

"좋아, 아주 좋아! 이 초 이상 받아내다니, 예상외의 성과네. 자네라면 내 삼초지적이 될 수도 있을 것 같아."

무명은 연거푸 두 초식이나 실패했는데도 오히려 기쁜 듯했다.

삼초지적……. 다른 곳에서는 하수에게나 쓰이는 표현이 그에게는 오히려 대단한 고수를 지칭하는 말처럼 쓰이고 있었다.

"아직 놀라기는 이르죠. 다음 초식도 당연히 받아낼 거거든요. 그리고 삼초지적이 아니라 삼천초지적(三千招之敵)이겠죠."

좀 전의 무흔권과 무상장의 위력을 몸소 경험했으면서도 자신감이 전혀 줄지 않는 것을 보니 비류연은 역시 비류연이었다.

"꼭 그래 주어야 해. 만일 그러지 못하면 자네는 죽어야 하거든. 그건 정말…… 정말로 안타까운 일이지."

그의 말은 결코 협박이 아니었다. 오히려 그는 비류연이 자신의 세 번째 초식에 죽으면 어쩌나 걱정하는 듯했다.

"점점 기대되네요. 일 초는 권(拳), 이 초째는 장(掌), 삼 초째는 뭐죠?"

"마지막 삼 초는 검(劍)일세."

"검이요? 검이 어디 있는데요?"

비류연이 어리둥절한 표정으로 반문했다.

"그거야 당연히 내 허리에……."

자신의 허리를 살펴본 무명은 당황할 수밖에 없었다.

당연히 있어야 할 것이 없었다.

"어, 어라, 내 검이 어디 갔지? 분명히 여기 허리춤에 차둔 것 같은데?"

무명은 이상하다는 듯 자신의 허리춤을 이리저리 더듬어보았다. 그

삼초지적(三招之敵)

러나 귀신이 곡할 노릇인지 어디에도 자신의 검은 흔적조차 찾을 수 없었다. 그때 옆에서 긴 한숨 소리가 들려왔다. 부대장 장소옥이 매우 매우 붉어진 얼굴로 조그맣게 속삭였다.

"저기요…… 대장님?"

"왜 그래, 소옥아? 난 지금 검 찾느라 바쁜데 조금 있다가 얘기하면 안 될까?"

"아뇨, 지금 꼭 해야 하거든요……."

그의 목소리는 부끄러움으로 가득 차 있었다.

"왜? 무슨 일인데?"

시선도 돌리지 않은 채 무명이 대꾸했다.

"그… 대장님이 찾으시는 검 제가 들고 있거든요……."

무명의 고개가 장소옥을 향해 홱 돌아갔다. 장소옥의 얼굴은 손발이 오그라드는 민망함으로 인해 홍당무처럼 새빨개져 있었다.

"아니, 왜 내 검을 네가 들고 있는 거야?"

도저히 이해 못하겠다는 듯한 그의 얼굴을 보며 장소옥은 심한 절망감에 몸부림쳐야 했다.

"잊으셨습니까? 당연히 잊으셨겠죠. 하아… 그거야 당연히 대장님이 아까 검을 한 번 쓴 다음에 저 아가씨 안는다고 저보고 들고 있으라고 하셨잖아요. 그러니 제가 들고 있었던 거죠."

그제야 무명은 주먹으로 손바닥을 탁! 치며,

"아차, 까먹었다!"

라고 말하는 게 아닌가. 아무래도 진짜 까맣게 잊었던 모양이다.

"……."

비류연은 잠시 할 말을 잃었다.

"험험, 좀 미안하게 됐네. 검을 써본 지 하도 오래돼서 말이야. 험험. 늙다 보면 건망증이 심해진다니까······."

"그 정도면 건망증이 아니라 치매 수준인데요?"

"하하하하, 그래서 사람들이 나를 치매대장이라 부르지. 아하하하하하!"

무명이 양손을 허리에 올려놓고 자랑스러운 듯 홍소를 터뜨렸다.

"웃을 일이 아닙니다, 대장님. 웃을 일이!"

그러나 무명은 웃음을 거두지 않았다. 장소옥은 이젠 쥐구멍에라도 들어가고 싶었다. 없으면 자기가 삽으로 파서라도 들어가고 싶었다.

그 검은 언뜻 보기에는 평범해 보였으나, 오랜 시간 동안 강호를 헤쳐 나온 연륜이 묻어 있었다. 감히 측량할 수 없는 세월의 무게가 그 검에는 녹아 있었다.

"에흠, 이 검의 이름은 '무명검(無名劍)'. 나랑 마찬가지로 이름이 없다네. 하지만 내 입으로 말하기는 그래도 상당히 좋은 검이지."

무명은 받아 든 검을 천천히 뽑아 들었다.

끼이이이익!

장구한 세월 동안 검집에서 잠들어 있던 검이 세상을 향해 그 모습을 드러냈다.

'좋은 검이긴 한데 끼이이이익?'

스르룽도 아니고 웬 끼이이이익?

무명의 검집에서 뽑혀 나온 검을 본 사람들은 경악으로 눈을 부릅떴다.

"저기요, 이런 말 하긴 뭐 하지만······ 아무래도 검을 손질하는 것도 까맣게 잊어버리셨던 모양이지요?"

삼초지적(三招之敵) 235

비단 무명이 잊은 것은 검이 있는 장소뿐만이 아니었던 모양이다. 뽑혀 나온 그의 검 전체에는 덕지덕지 붉은 녹이 잔뜩 슬어 있었다. 일렁이는 파문과 푸른 광망이 번뜩여야 할 날은 녹이 슬었을 뿐 아니라 곳곳에 이가 빠져 있어 상한 톱니를 연상케 했다.

"진짜로 끝내주게 좋은 검이네요."

될 대로 되라는 식으로 비류연이 엄지손가락을 치켜세워 주었다.

"그럼, 좋은 검이지."

비꼬는 말이라는 걸 아는지 모르는지 무명이 미소를 머금으며 고개를 끄덕였다.

"아뇨, 상대편한테는 좋은 검이라고요."

칼을 맞아도 베이지도 않을 것 같은 검인데 어찌 좋은 검이 아닐 수 있겠는가. 상대하는 이의 안전을 보장해 주는 정말 훌륭한 검이었다.

"그렇게 무시하지는 않는 게 좋을 걸세. 의외로 사납거든, 이 녀석은."

찰칵!

더 많이 보여주는 게 아깝다는 듯 무명은 무명검을 검집 속에 도로 집어넣었다.

"저번에 칼날 손질한 게 언젠데요?"

"으음……."

무명은 기억을 떠올려 보려고 했다.

"으으음……."

기억을 떠올려 보려고 다시 노력했다. 조금만 더 하면 기억이 날 듯한데…….

"으으으음……."

한참을 고민하던 무명이 마침내 입을 열었다.
"으음, 까먹었네!"
아아하하, 웃으며 무명이 뒤통수를 긁적거렸다.
"……."
진짜로 백 년 동안 한 번도 갈아주거나 닦아주거나 하지 않았는지도 모르겠다는 두려운 생각까지 들었다.
"제가 그 검에게 이름 하나 지어줘야겠네요."
"뭐라고 말인가?"
"'백년녹'이라고 말이죠."
말 그대로 백 년 동안 녹슨 쇳덩어리라는 의미였다.

오의(奧義) 파해(破解)!
―파(破)!

제일초는 쾌섬(빠르기), 이초는 둔중(느림), 그렇다면 제삼초는 무흔, 무상, 다음에는 무형(無形)인가?

그냥 이대로 선 채 무명의 검초를 기다리는 것은 지극히 위험했다. 저 검이 아무리 녹이 꽉꽉 슨 고물 검이라지만, 무명 정도 되는 자에게 칼날이 서 있고 없고가 의미나 있는지 의문이었다. 최절정의 고수라면 풀잎 하나로도 적을 격살할 수 있는 법이다. 단순한 막대기도 고수의 손에 걸리면 더없이 강력한 검으로 돌변하는 것이다. 게다가 검강이라는 것이 있었다. 어떤 무딘 검도 최강의 보도로 만들어줄 수 있는 검강이. 무명이라면 검강 정도는 몇 장을 뿜어내느냐가 문제지, 뿜어내느냐 못 뿜어내느냐는 전혀 문제가 아니었다.

"아참, 약속을 하나 하지. 검강은 쓸 생각이 없어. 안 쓴 지 한 백 년 정도 된 것도 같고. 막상 쓰려다가 잊어버렸으면 좀 부끄러우니까 안

쓸 걸세."

보통 잇나? 그런 걸?

순간 모든 사람의 머릿속을 스치고 지나간 생각이었다.

"이쪽으로서는 불감청이언정 고소원이죠."

그런 걸 사양할 비류연이 아니었다. 그러면서 답례도 잊지 않는다.

"그렇다면 답례로 이번에는 이쪽이 먼저 갑니다!"

무명에게 더 이상 집중할 여지를 주지 않기 위해 비류연이 움직였다. 묵룡환이 벗겨진 비류연이 앞으로 뻗어 나오며, 펄럭이는 소매 속에서 다섯 줄기 뇌광이 폭사되어 나왔다. 무수한 금빛 실과 함께.

동시에 비류연의 손가락이 은은히 반짝이는 뇌령사 위를 누비며 벼락의 연주를 시작했다.

비뢰도(飛雷刀) 검기(劍氣)

오의(奧義)

풍운뢰명(風雲雷鳴)의 장(章)

뇌광류하곡(雷光流河曲)

금빛으로 반짝이는 현의 물결이 그물처럼 활짝 펼쳐지며 해일처럼 무명을 덮쳐 갔다. 처음은 완만하던 연주가 어느새 거친 물살처럼 폭급하게 변해 있었다. 하늘을 격자로 가르고 있는 이 빛의 실 한 가닥 한 가닥이 모두 예리한 기를 품고 있었기에 이 실에 닿으면 날카로운 보도에 베이는 것처럼 쇠조차도 잘려 나간다.

"이…… 이건……."

비류연이 펼치는 초식을 본 무명의 눈동자가 처음으로 흔들렸다. 어떤 일에도 흔들릴 것 같지 않던 눈동자가 처음으로 흔들린 것이다.
 순간 무명의 움직임이 잠시 멈추었다.
 비류연이 펼친 초식에 압도되어서가 아니었다.
 갑자기 지끈 하고 두통이 엄습했던 것이다.
 그러나 멈춘 것은 잠깐. 다시 그의 몸이 움직였다.

제삼초(第三招)
무형검(無形劍)

 스릉!
 더없이 맑은 소리와 함께 한줄기 섬광이 천지를 둘로 갈랐다. 동시에 사방을 에워싸며 덮쳐 오던 그물을 그대로 끊어버렸다.
 "……!"
 녹슨 검의 단 일검에 오의가 깨지자 아무리 비류연이라도 놀라지 않을 수 없었다. 뇌광류하곡은 그가 가장 오랫동안 익혀왔던 초식이었다. 가장 처음 터득한 오의 중 하나이기도 했다. 이 오의를 터득했을 때 얼마나 기뻤던가. 그 후로도 이 오의를 갈고닦는 데 소홀히 한 적은 없었다.
 "이럴 수가……."
 그런데 지금까지 단 한 번도 깨진 적이 없던 오의가 깨진 것이다. 가장 비뢰문다운 오의가, 이름도 없는 녹슨 검에 깨진 것이다. 아무리 배짱이 두둑한 비류연이라 해도 망연자실해질 수밖에 없었다. 방심한 탓인지, 마음의 틈이 벌어진 탓인지 한순간 완전한 빈틈이 드러났다. 무명 정도의 고수라면 충분히 그 허점을 꿰뚫고 비류연을 무릎 꿇리는 것도 불가능은 아니었다. 그러나 무릎을 꿇은 것은 오히려 무명 쪽이었다.

"크으으으윽!"

비류연의 뇌광류하곡을 단 일검에 파해한 무명은 땅에 무릎을 꿇은 채 머리를 움켜쥐며 괴로워했다. 머리통이 바스라질 것 같은 두통이 엄습했던 것이다. 그는 지금까지 이런 고통을 경험한 적이 없었다. 눈앞에서 시커먼 어둠 속을 가르는 벼락의 빛에 드러나는 경물처럼, 어떤 광경들이 그의 머릿속에서 떠올랐다가 사라졌다.

바람이 불었다. 비류연의 앞머리가 바람에 날리며 흩날리자, 그 아래로 황금빛으로 빛나는 두 눈동자가 드러났다. 그 짧은 순간, 무명의 시선이 그 두 눈동자와 마주쳤다.

"크아아아아아아아악!"

무명은 갑자기 미친 사람처럼 괴성을 터뜨렸다.

"대, 대장님, 괜찮으세요?"

깜짝 놀란 장소옥이 사색이 된 채 그를 불렀다. 그러나 무명은 비명을 터뜨릴 뿐 대답하지 않았다. 그리고는 축 늘어졌다.

기절한 것이다.

"대체 이게 무슨 일이지?"

비류연은 쓰러진 무명을 내려다보며 망연히 중얼거렸다.

분명 좀 전에 위험했던 것은 자신이었다.

숨 쉬는 것처럼 자연스럽게 사용할 수 있던 비뢰도의 오의 중 하나가 깨진 충격에 한순간 방심 상태에 빠진 그는 완전히 무방비 상태가 되었다.

무명은 그 빈틈을 찌르려면 얼마든지 찌를 수 있었다. 저자는 건망증은 중증일 정도로 심했지만 실력만은 확실했다. 그런 틈을 놓칠 사람은 아니었다.
그런데 오히려 쓰러지다니…….
이럴 때 할 말은 딱 한마디뿐이었다.
"땡잡았다!"

*   *   *

영령은 쓰러진 무명이 실려 들어오는 것을 멍하니 지켜보고 있었다.
좀 전에 들었던 무명의 말이 그녀의 귓가에 이명처럼 남아 떠나질 않고 있었다.

"뿌리가 없는 나무는 결국 나무가 아닌 거지. 그런 나무는 열매를 맺을 수 없어. 자기가 무엇을 맺어야 하는지 이미 잊어버렸기 때문이지."

'뿌리가 없는 나무…….'
무명의 말은 그에게만 적용되는 게 아니었다. 영령 역시, 그녀 자신이 불완전하다는 것을 뼈저리게 느끼고 있었다.
자신은 기억의 여기저기에 구멍이 나 있는데다가, 지금은 그 기억마저도 거짓으로 만들어진 게 아닌가 하는 의심을 품고 있는 중이었다. 거짓된 뿌리를 가진 나무라니, 그건 뿌리가 없는 나무보다도 더 허황된 존재였다.
거짓된 기억이라는 것은 거짓된 인생을 살아왔다는 뜻이다. 아니, 살아오지조차 않았다. 왜냐하면 그렇게 조작된 것일 뿐이니까.

'거짓된 기억… 거짓된 목표… 거짓된 삶……'
무명은 말했다.
자신의 안에 있는 뭔가가 '나'를 찾으라고 말하고 있다고. 불완전한 자신을 완전하게 되찾으라며 괴롭힌다고.

"내가 누군지, 나 자신이 무엇인지를 안 다음에야 앞으로 나아갈 수 있을 것 같아. 내가 무엇을 하고자 하는지, 뭐가 될지를 규정하려면 말이야."

무명의 말 한마디 한마디가 날카로운 화살이 되어 영령의 가슴에 와서 박혔다. 이명처럼 남아 있는 그의 말이 그녀의 정신을 뒤흔들고 있었다. 그녀는 인정하지 않을 수 없었다. 자기 자신이 거짓이라고 밝혀지는 것이 두려웠다는 것을. 그녀 자신이 지금 자신의 어딘가가 잘못됐다는 것을 외면해 왔다는 것을.
—자신이 진짜 자기 자신을 찾는 것을 두려워해 왔다는 것을!
지금 기억하고 있는 모든 것이 부정당한다는 것은 영령이라는 존재 자체가 부정당한다는 것을 알고 있었기에, 영령이라는 기억이 그녀가 자신을 더 이상 의심하는 것을 거부하고 있었다.
진짜 나를 찾는 것을 거부하고 있었던 것이다.
과거에 독고령이었든 아니면 다른 무엇이었든 지금부터는 영령으로 살아가려고 했기에. 자신의 모든 것을 '그분'께 바치기 위해, 나의 몸과 정신은 모두 '그분'의 것이라고 믿었기에.
'그것 역시 모두 거짓된 기억이란 말인가?'
하지만 이상한 점이 있었다. 동정호변에서 자신의 정체를 숨기고 접수를 받고 있었을 때, 자신의 이름을 '은명(隱名)'이라 밝혔을 때, 그리고 다시 만나 자신이 그녀의 주인임을 밝혔을 때 보여주었던 그 눈빛. 그리고 그 눈빛을 봤을 때 느꼈던 감각은 대체 뭐란 말인가?

'그 느낌도 모두 거짓이란 말인가?'

그 느낌은 그녀의 기억이 아니었다. 가슴이 따끔하고 아릿하고 왠지 저며오면서 슬픈 감정, 그러면서도 아련한 그리움.

'그 느낌은 대체……?'

그 느낌을 충성심이라 부르지 않는 것만은 분명했다. 그러므로 그것은 그녀만의 느낌이었다. 그 사람을 그때 처음 만난 거라면, 왜 그런 그리움을 느꼈을까? 혹시 그 느낌은 지금의 기억이 아닌 또 다른 기억을 가진 나의 경험에서 바탕하는 것은 아닐까?

'확인해 보고 싶다!'

그 느낌이 무엇인지 그녀는 확인해 보고 싶었다. 아니, 확인해야 했다. 그 느낌은 그냥 몰래 품고 있기에는 너무나 가슴이 아팠다.

나예린이란 아이를 봤을 때도 분명 어떤 느낌을 받았다. 처음 봤을 때 느꼈어야 할 생경함과는 오히려 반대에 가까운 느낌이었다. 그녀의 원수인 검각(劍閣) 출신이라는 말을 듣고 발끈했지만, 이제 자신의 기억을 믿지 못하는 이상 그 이야기는 모두 거짓일 수도 있었다.

정말이지, 조금 전에 들었던 무명의 이야기가 하나도 틀린 게 없었다. 그녀는 깨닫지 않을 수 없었다.

"나 역시 망가져 있었구나……."

그리고 깨달았다. 거짓된 기억을 갖고 있기보다는 차라리 기억상실인 편이 더 낫다는 것을.

자신이 너무나 위태롭고 불안한 존재라는 사실을, 영령은 슬프지만 받아들일 수밖에 없었다.

진짜 자기를 찾기 위해서는 지금의 자신을 깨뜨릴 용기가 있어야 한다. 남이 심어준 기억의 얽매임에서 벗어날 수 있어야 그녀는 한 걸음 더 나아갈 수 있을 것 같은 기분이 들었다.

"내가 할 수 있을까…… 지금의 자신을 깨뜨릴 용기가 내게 있을까?"

그때 그녀의 어깨 위에 놓이는 가녀린 손 하나가 있었다.

"물론 할 수 있고말고요. 언니는 망가진 게 아니에요. 다만 잊고 있는 것뿐이니까요."

그녀가 고개를 돌려 바라보자 희미하게 미소 짓는 나예린이 서 있었다. 불락구척의 솜씨가 확실히 범상치 않은지 벌써 몸을 일으킬 수 있을 정도로 회복된 모양이었다.

"예린아……."

그녀는 자신의 입에서 무심코 흘러나온 말에 깜짝 놀랐다. 방금 자신은 너무나 자연스럽게 나예린의 이름을 부른 것이다.

"네, 언니. 저예요, 예린입니다."

나예린은 그녀가 자신을 친근하게 불러주자 마음이 동요되는지 눈가가 촉촉해졌다. 그 모습을 보자 그녀는 자신의 심장이 욱씬, 하는 것을 느꼈다. 이 아이가 우는 모습을 보고 싶지 않다, 그녀의 심장이 그렇게 말하고 있었다.

은명을 생각할 때 느끼는 느낌, 그리고 나예린을 생각할 때 느끼는 느낌. 종류는 다르지만 그것은 분명히 머릿속 기억에 의존하지 않는 순수한 감정이었다. 다른 모든 것이 거짓이라 해도 그 느낌만은 변함없는 진실이었다.

과연 나는 누구인가? 어느 모습의 내가 진짜인가? 그리고 그 사람은

오의(奧義) 파해(破解)! 245

나에게 있어 어떤 사람인가?

그녀는 나예린을 똑바로 보며 말했다.

"아직 내가 누군지는 확신할 수 없어. 기억을 믿을 수 없으니 모든 게 뒤죽박죽이네. 하지만 지금부터 찾아보려고 해. 이 심장에 느껴지는 느낌을 길잡이 삼아……. 날 도와줄 수 있겠어?"

나예린은 영령이 내민 손을 두 손으로 꼬옥 잡으며 고개를 끄덕였다.

"그럼요. 물론 도와드리고말고요. 꼭 언니가 자신을 찾을 수 있도록 도와드리겠어요."

그 한 발 앞에 무엇이 있을지는, 독고령이 기다리고 있을지 영령이 기다리고 있을지는 알 수 없었지만, 그녀는 한 걸음을 내딛기로 결심했다.

"자매 상봉이라…… 역시 두 사람은 같이 있어야 어울려요. 물론 나랑 예린만큼은 아니지만 말이에요."

나예린의 고개가 목소리가 난 방향으로 돌아갔다. 그곳에 비류연이 서 있었다.

어떻게 그가 여기에 있는지 나예린은 묻지 않았다. 왜 사절단도 아니었던 류연이 여기 있는지 어떤 의문도 들지 않았다.

그렇다. 그녀는 막연히 깨닫고 있었다, 그녀의 곁에 비류연이 계속 있었다는 것을. 천무학관을 떠난 후 지금까지 그녀는 그의 부재를 느낀 적이 한 번도 없었던 것이다. 때문에 그가 여기 이 자리에 자신을 구하러 왔다는 사실에 대해서도 어떤 의문도 가지지 않았다.

비류연과 나예린의 시선이 마주쳤다.

"……."

그러나 비류연의 입에서는 어떤 말도 나오지 않았다.

나예린의 입에서도 어떤 말도 나오지 않았다.

두 사람은 한참 동안 서로를 바라보기만 했다.

할 말이 없어서가 아니었다. 할 말이 너무 많아서 무슨 말을 해야 할지 알 수 없었던 것이다.

대체 뭐라고 말하면 좋단 말인가?

그녀에게 뭐라고 말하면 좋단 말인가? 그는 누군가에게 조언을 구하는 유형의 인간은 아니었지만, 지금 이 순간만은 누가 대신 가르쳐 주었으면 하는 마음이었다.

늦게 와서 미안하다는 말부터 해야 할까, 아니면 어떻게 서천에게서 빠져나왔느냐고 먼저 물어야 할까, 아니면 축하한다는 말부터 해야 할까?

불시에 납치된 그녀를 구하는 것은 그가 해야 할 일이었다. 그녀가 더 괴로운 일을 당하기 전에 그녀를 절망의 구렁텅이에서 구해주어야만 한다고 생각했다. 그럴 생각으로 다시 이 섬에 와서 지금까지 싸워 이겨온 것이다.

하지만 아무래도 그녀는 스스로 그 절망 속에서 빠져나온 듯했다.

비류연의 마음에는 그녀에 대한 자랑스러움과 호기심이, 그리고 그녀를 더 빨리 구해주지 못한 미안함이 복잡하게 뒤얽혔다.

그러나 결국, 그의 마음을 가득 채운 것은 무엇보다도 그녀가 그의 곁으로 돌아온 것에 대한 충만한 기쁨이었다.

드디어 돌아왔다.

떨어져 나간 일부가 자신에게 다시 돌아온 느낌이었다. 불완전했던 자신이 이제야 비로소 완전해지는 느낌이었다. 무언가가 결여된 것 같았던 느낌, 그 결여가, 결손이 채워지지 않아 계속해서 불안하고 안달이 났던 기억들이 점점 사그라진다.

비류연은 모든 말을 잊고 조용히 그녀의 눈을 바라보았다.

빛나는 밤하늘이 담긴 두 눈동자, 한 번 본 사람은 절대로 잊을 수 없는 검은 눈동자, 빨려 들어갈 것 같은 검은 보석, 그리고 그 위에 송송 곱게 뻗어 있는 고운 아미를 본다. 대가의 솜씨, 아니, 신(神)의 솜씨로 그려진 듯한 그녀의 속눈썹에 조금의 소실도 없는지 눈을 부릅뜨며, 단 한 올의 소실도 용납하지 않겠다는 듯이.

시선은 점점 올라가 칠흑처럼 검은, 우아한 흑비단실처럼 느껴지는 풍성한 머리카락, 항상 은은한 향기가 배어 있는 머리카락, 얼굴을 묻고 싶은 충동을 억눌러야 하는 머리카락, 가끔씩 손가락으로 빗질하듯 쓸어내려 주면 다섯 손가락 사이로 폭포처럼 흘러내리는 느낌이 참을 수 없을 정도로 좋은 머리카락을, 헤어졌을 때보다 혹여 푸석해지지는 않았는지, 눈을 부릅뜨고 살핀다.

그러던 중 비류연의 미간이 살짝 꿈틀거렸다.

아래로 향한 시선이, 오똑한 코와 붉은 입술을 지나 나예린의 뺨을 바라보았던 시선이, 뺨이 약간 홀쭉해지고 붉고 도톰한 입술에서 약간 핏기가 빠져 있는 것을 발견했기 때문이다. 그것은 그만큼 그녀가 마음고생을 했다는 증거이자 현재 기력을 막대하게 소모했다는 증거이기도 했다.

혹여 솜털 하나라도 다쳤다면 그렇게 만든 놈들은 모조리 찾아서 대가를 치르게 해주겠다는 듯한 기세로 비류연이 자신을 바라보자, 나예린은 그만 조금 동요하고 말았다. 집요할 정도의 시선에 나예린의 뺨은 살며시 홍조를 띠었다. 하지만 미묘하게도 불쾌감은 전혀 느껴지지 않았다. 오히려 가슴이 살짝 두근거렸다.

상당히 오랜 시간 나예린의 여기저기를 꼼꼼하게 살펴본 비류연은, 약간 창백해진 것 외엔 모든 것이 무사하다는 것을 확인한 다음에야 비로소 길게 안도의 한숨을 내쉬었다.

"휴우, 다행히 잃어버린 건 없는 것 같네요."

가슴을 쓸어내린다. 불안해하던 마음이 이제야 조금 진정되는 느낌이었다.

"그럼요, 겨우 하루밖에 지나지 않았는걸요?"

그녀의 말에 비류연은 매섭게 고개를 가로저었다.

"다른 사람에겐 단 하루일지 몰라도 나에겐 안 그랬어요. 일일천추라는 말을 이런 일로 실감하고 싶지는 않아요, 절대로! 두 번 다시!"

지난 하루 동안 벌어진 일이, 자신이 어떻게 행동했었는지에 대한 상당 부분이 기억에서 빠져 있었다. 확실히 제정신이 아니긴 아니었던 모양이다.

"류연, 저에게도 긴 시간이었어요. 하지만 믿었어요. 류연이 꼭 와줄 거라고 말이죠."

만일 비류연이 자신을 구하러 온다는 확신이 없었다면, 그 지독한 절망과 공포에 당당히 맞서지 못했을 것이다.

"예린을 구해주지는 못했는걸요. 내가 좀 늦었죠?"

약간 고소를 머금으며 비류연이 말했다. 예린이 무사해서 무엇보다도 다행이긴 했지만, 혼자서 그자의 손에서 빠져나온 것이 기쁘고 자랑스럽긴 했지만, 그동안 그녀는 얼마나 홀로 마음고생을 했을 것인가. 그녀가 과거의 악몽을 헤쳐 나오는 그 멋진 순간에 옆에서 든든히 지

오의(奧義) 파해(破解)! 249

켜주면서 그녀를 살펴주지 못한 것은 실로 안타까운 일이었다.

"좀 더 빨리 예린을 찾았어야 했는데. 난 옛날부터 숨바꼭질이 서툴렀다니까요. 아하하하하하."

비류연은 뒷머리를 긁으며 너털웃음을 터뜨렸다. 나예린은 고개를 살포시 저었다.

"류연은 늦지 않았어요. 시간에 딱 맞춰왔는걸요?"

"그런가요? 잡혀 있는 예린을 구출해 주지 못했는데도요? 예린이 힘들어하는 순간에야말로 옆에서 지켜줘야 하는 건데, 고생시켜서 미안해요."

"아니요, 당신은 제 마음을 구했는걸요. 그리고 아직 완전히 탈출한 것도 아니잖아요?"

그녀의 말대로, 이 섬 자죽도를 벗어나지 않은 이상 구출은 완성된 것이 아니었다. 어떤 의미에선 지금부터가 시작이었다.

"그렇다면 지금부터라도 확실히 제대로 활약해야겠네요. 지각한 것을 만회하려면 말이죠."

"기대하고 있겠어요, 류연."

나예린이 살짝 미소를 지었다. 매우 미약한 미소처럼 보일이지 모르지만, 비류연은 알 수 있었다. 그것이 전적인 신뢰의 미소라는 것을.

"강해졌네요, 예린."

비류연은 나예린에게 천천히 다가갔다. 마침내 팔 하나 뻗으면 닿을 만큼 접근한 비류연은 살짝 웃는 나예린의 어깨를 한 손으로 감싸 안았다. 나예린은 아무 말도 하지 않은 채 조용히 비류연의 몸에 팔을 둘렀다.

무서웠으리라. 두려웠으리라. 도망치고 싶었으리라. 그러나 그녀는 도망치지 않았다. 두렵지만 과거의 악몽과 맞서 싸웠다. 그리고 스스로 일어났다. 그가 도움의 손길을 뻗기도 전에.

"고생했어요, 예린. 잘 돌아왔어요."

나의 곁으로, 라는 말은 속으로만 삼켰다.

나예린은 비류연의 옷을 꼬옥 움켜잡았다. 등 뒤의 옷을 움켜잡고 있는 손이 파르르 떨리고 있었다. 마치 그녀가 소리없이 오열하고 있는 것처럼 느껴졌다.

"다녀왔어요, 류연."

또르륵, 나예린의 백옥 같은 하얀 뺨 위로 수정 구슬 같은 눈물방울이 한 방울 흘러 떨어졌다. 파르르 몸을 떠는 나예린을 껴안은 채 비류연은 생각했다.

다행이다. 정말로 다행이다, 라고.

그리고 또 생각했다.

'눈치챘을까?'

자신을 감싸고 있는 사내의 손이 지금 부르르 떨리고 있다는 것을.

긴장이 풀린 탓일까? 아무리 멈추려 해도 떨림이 멈추질 않았다. 그녀가 납치당했을 때도 떨리지 않았던 손이 왜 지금 와서 떨리는 걸까?

그는 공포라는 것을 몰랐다. 두려움이라는 것을 몰랐다.

공포도 두려움도 모두 '그날', 부모님들의 무덤 속에 함께 묻었다. 그 후로 그는 두려움과 공포를 느끼지 않았다. 차례차례 쓰러져 가는 마을 사람들, 용암처럼 펄펄 끓다가 얼음장처럼 차갑게 식어가는 아버지, 어머니의 시체 옆에서, 보름인지 한 달인지 시간조차 알 수 없는 그 죽음의 소용돌이 속에서 공포라는 것을 모두 소모해 버렸었기에.

하지만 지금 그의 손은 떨리고 있었다.

그녀를 하마터면 잃어버렸을지도 모른다는 사실에……

그의 몸과 그의 마음이 진심으로 두려움과 공포를 느꼈다는 것을 명백히 증명하고 있었다.

불완전한 자신을 완전하게 만들어줄 사람.

그의 소중한 것…….

그제야 무언가 떨어져 나갔던 것이 완벽하게 되돌아오는 것 같은 느낌이 들었다.

그는 마침내 자신의 '소중한 것'을 되찾은 것이다.

남매
― 당삼 & 당문혜

"그리고 '[ ]'를 준비해 놔."

'대체 대사형은 무슨 생각이지?'
 남궁상의 귓가엔, 자신과 주작단을 제십삼 기숙사에 놔두고 떠나면서 남긴 비류연의 말이 생생하게 울려 퍼졌다.
 남에게 들리지 않게 하기 위해 조심했지만, 남궁상의 머릿속에는 한 자도 틀림없이 생생히 전달되어 있었다.
 [탈출로.]
 대사형이 그에게 준비하라고 시킨 것은 바로 그것이었다. 탈출로라고만 했지만, 남궁상은 제대로 알아들었다. 그 탈출로가 의미하는 것이 무엇인지를.
 비류연은 '배'를 확보해 놓으라고 명령한 것이다.

이 마천각을 벗어나기 위한 유일한 수단을.

'그건 그만큼 최악의 상황을 가정하고 있다는 얘기인데……'

그런 행동은 자칫 잘못하면 천무학관 사절단 전체가 마천각의 적으로 간주될 위험이 있었다. 그렇다고 여기서 손가락이나 빨고 있을 수만도 없었다. 만일 대사형의 가정대로 그 서천멸겁이 마천각의 고위층이라면 천무학관 사절단 전원이 인질이 되거나, 최악의 경우 전원 살해당할 수도 있었다.

'천겁령의 손길이 이렇게 깊게 미치고 있었다니……'

자신들이 서로 체면 싸움, 세력 싸움, 파벌 싸움을 하고 있을 때 저들은 그들의 영향력을 점점 확대해 왔고, 어느덧 쥐도 새도 모르게 자신들의 숨통을 조이고 있었다.

'이런 지경까지 와서야 겨우 실감할 수 있다니……'

자신들이 천겁령과 싸워오고 있었다는 것을…….

정말 인간이란 때때로 멍청하기 짝이 없는 생물이었다. 천겁령의 용의주도함에 감탄해야 할지, 아니면 자신들의 어리석음을 한탄해야 할지 종잡을 수가 없었다.

'일단 살아남는 것만을 생각하자. 현 상황을 무사히 타개할 수 있도록.'

후회도 살아 있어야 할 수 있는 것이다.

탈출로를 뚫기 위해서는 무엇보다 삼절검 청혼과 지룡 백무영의 힘이 필요했다. 비록 그들은 구대문파의 구정회 출신이고 남궁상은 군웅팔가회 출신이어서 늘 세력 싸움을 하느라 사이가 나빴지만, 지금은 느긋하게 그런 싸움을 하고 있을 때가 아니었다. 지금 이곳을 탈출하기 위해서는, 주위를 둘러싸고 있는 포위망을 뚫기 위해서는 상호 협력할 필요가 있었다.

게다가 남궁상은 현재 천무학관 사절단의 대장이었다. 그는 동료들을 데리고 무사히 탈출할 의무가 있었다. 용천명과 마하령이 지금 이 자리에 없는 게 아쉬울 따름이었다. 하지만 대신 그에게는 수년 동안 공포와 악랄과 지독의 대명사인 대사형 밑에서 지옥 같은 생활을 견뎌온 이들이 있었다. 그 무한 지옥을 가로지르며 얻은 것은 구박에 대한 내성과 맷집뿐만이 아니었다.

어떤 상황에서도 절대로 포기하지 않는 정신력을 그들은 손에 넣었다. 그 어떤 지옥도 대사형 밑보다는 나을 거라 생각하면 되니까. 지옥도 자주 맛보다 보면 익숙해지게 마련이다. 그러므로 그를 비롯한 주작단원들은 준비가 되어 있었다.

'준비는 만전!'

이제 신호를 기다리며 한시라도 빨리 소모된 내공을 운기요상으로 회복해야 했다. 진령에게 하나뿐이 천심단(天心丹)을 주고 자기는 소양단만 먹은 터라 회복이 무척 더뎠지만, 비류연이 사전에서 지워 버린 이후 중도 포기란 말은 주작단에 존재하지 않았다.

'지금 염도 노사님과 빙검 노사님이 함께 계셔주시면 정말 마음이 든든할 텐데…….'

그들의 부재는 용천명과 마하령의 부재에 비할 바가 아니었다. 몇 번이나 다시 생각해도 안타깝기 그지없는 일이었다. 책임 전가할 사람도 없이 전적으로 독박을 써야 한다는 것까지 전부 다.

'이제 놀이는 끝났구나…….'

남궁상은 더 이상 아무것도 몰랐던, 무지했던 과거로 돌아갈 수 없다는 것을 깨달았다. 백 년을 이어온 평화의 시대도 막을 내리려 하고 있었다.
 왜 하필 우리 시대에…….
 강호를 휩쓸 거대한 전란의 폭풍이 다가오고 있었고, 남궁상은 그 폭풍의 한가운데 있었다.

 움찔!
 남궁상은 운기요상 도중 가슴이 철렁 내려앉는 충격을 받고 눈을 번쩍 떴다. 심장에 차가운 비수가 꽂히는 듯한 느낌에 하마터면 정신이 산란해져 기가 흐트러질 뻔했다. 자칫 잘못했으면 주화입마에 빠질 뻔했다. 눈을 뜬 남궁상의 전신은 식은땀으로 흥건히 적셔져 있었다.
 '대체 뭐였지? 방금 전의 그 서늘한 감각은?'
 영혼의 일부가 잡아 뜯겨 나가는 듯한 섬뜩한 충격이었다.
 '혹시 산산에게 무슨 일이 생긴 걸까?'
 그와 남궁산산은 같은 어미 밑에서 같은 날 같은 시에 태어난 쌍둥이였기 때문에 다른 사람들보다 훨씬 정신 감응이 센 편이었다. 어렸을 때는 자신이 입지 않은 상처도 마치 자신이 입은 것처럼 느껴지던 적도 있었다. 크면서 거의 없어졌다고 생각했는데…….
 두근두근!
 지금도 미칠 듯이 뛰고 있는 심장은 좀처럼 진정될 기미를 보이지 않았다. 남궁상은 무럭무럭 솟아오르려는 불안을 애써 억누르며 고개를 가로저었다.
 '부정적인 생각은 하지 말자. 산산은 괜찮을 거야. 그 녀석이 어떤 녀석인데. 게다가 현운도 함께 있잖아? 현운, 내 여동생을 잘 부탁하네.'

아마 자신의 지금 생각을 남궁산산이 들었다면 노발대발했을 것이다.
'누구더러 감히 여동생이냐! 난 누나야, 누나!'
라고 말이다. 이 일에 대해서는 아직 두 사람 사이에 결론이 나지 않고 있는 상태였다.
"상, 왜 그래요? 괜찮아요?"
창문 밖으로 완전히 포위된 정세를 감시하고 있던 진령이, 눈을 뜬 남궁상을 향해 달려왔다.
"이 식은땀 좀 봐! 남궁 상공, 괜찮으세요?"
류은경 역시 지지 않을 정도로 빠르게 달려왔다.
"잠깐! 어디서 은근슬쩍 상공이니, 상공은?"
손수건으로 남궁상의 이마를 닦아주려는 류은경의 손을 제지하며 진령이 힐문했다.
"어머, 언니. 앞으로 지아비가 될 사람을 상공(相公)이라 부르지 않으면 뭐라고 부르나요? 주인님이라 불러야 하나요? 그건 좀 아닌 것 같은데……."
"그건 아니지만 그래도 갑자기 상공이라니……."
류은경은 왜 진령의 얼굴이 새빨개져서 저렇게 당황하는지 이해할 수가 없었다.
"그럼 언니도 상공이라고 부르면 되잖아요? 어차피 전 첩이고 언니가 본처(本妻)가 되실 거니까, 안 그래요?"
그 소리에 깜짝 놀란 진령이 빽 하고 소리쳤다.
"누, 누, 누가 본처라는 거니!"
"그럼 본처 안 하실 거예요? 그럼 제가 해도 상관은 없는데요?"

"그건 안 돼!"
극구 단호하게 진령이 소리쳤다.
"안 되나요?"
약간 실망한 목소리로 류은경이 고개를 갸우뚱했다.
뻔뻔한 건지 순진무구한 건지 알 수 없는 류은경의 행동에 진령은 그만 말문이 막히고 말았다.
남궁상은 두 사람 사이에 끼어서 침묵만 지키고 있었다. 그것은 거의 본능적인 행위로, 그는 여기서 잘못 입을 뻥긋했다가는 자신의 목숨이 바람 앞의 촛불처럼 사라질 수 있다는 사실을 깨닫고 있었던 것이다.
그때, '똑똑' 하고 문 두드리는 소리가 들렸다. 그 소리가 남궁상의 귀에는 마치 하늘에서 울려 퍼지는 구원의 종소리처럼 들렸다. 좀 전에 흘리던 식은땀과는 다른 의미에서 진땀을 빼고 있던 남궁상이 반색을 하며 외쳤다.
"들어오게!"
벌컥, 문이 열리며 두 사람이 동시에 들어오며 동시에 소리쳤다.
"궁상, 괜찮나?"
"궁상, 괜찮아요?"
모두 녹의를 입고 있는 남녀 한 쌍이었는데, 그들은 들어오자마자 서로를 보며 동시에 소리쳤다.
"따라 하지 마!"
"따라 하지 마!"
누가 먼저라고 할 것도 없이 동시에 벌어진 일이었다. 그들은 바로 사천의 명가인 사천당문의 삼남인 당철영과 당문혜 남매였다. 남궁상과 남궁산산처럼 이 두 사람도 같은 배에서 같은 시에 나온 쌍둥이 남매였다. 특히 당철영은 당문의 셋째라는 것 때문에, 친구들 사이에서는 당삼(唐三)이라는 별칭으로 더 잘 불렸다.

지난 이삼 년 사이에 이들의 실력 역시 일취월장해서 당문 내에서도 그 위치가 급격하게 올라가 있었다.

당문혜가 먼저 말을 걸세라 당삼이 재빨리 선수를 쳤다.

"이보게, 궁상. 자네 여동생한테서는 아직 아무런 소식이 없나?"

남궁상은 고개를 흔들었다. 지금 사실 누구보다 그 소식을 알고 싶은 것은 남궁상 본인이었다.

"홍, 누가 여동생이라는 거야, 남동생? 당연히 산산이 궁상보다는 누나지."

옆에서 당문혜가 주의를 주었다.

"그거야말로 말도 안 되는 소리지. 산산은 문혜 네가 내 여동생인 것처럼 궁상이의 여동생이라고."

당삼이 언성을 높이며 반박했다.

"훗훗. 그럴 리가 있나. 당삼 네가 내 남동생인 것처럼 궁상 역시 산산의 남동생이 맞아!"

"해보자는 거야?"

당삼이 허리춤에 꽂혀 있던 암기 하나를 집어 들었다.

"좋아, 실력으로 손위를 가리겠다면 사양하지 않겠어!"

이에 질세라 당문혜는 허벅지를 걷어 올리며 그곳에 감겨 있던 채찍을 움켜잡았다.

"자자, 두 사람 다 그만두게. 포위된 상태라서 신경이 날카로운 건 알겠는데, 싸우지들 말라고. 적들을 밖에 두고 싸웠다가는 적만 좋은 일 시켜주는 꼴이야. 만일 이 일이 대사형 귀에 들어가면 어떻게 되겠나?"

"움찔! 찔끔!

일촉즉발의 상황이었던 두 사람의 몸이 '대사형'이라는 말에 즉각 반응해서 싸늘히 식었다. 이들에게 '대사형'이라는 단어는 마법과도 같은 효력이 있었다. 당삼과 당문혜가 서로 한 발씩 뒤로 물러났다.

"흥, 오늘에서야말로 당삼 네 코를 꺾고 백 승을 채우려 했는데. 운 좋은 줄 알아."

"누가 할 소리! 백 승이 아니라 백 패를 채우고 싶었다는 걸 잘못 말한 거 아냐?"

지금까지 두 사람의 전적은 구십구 승 구십구 패였다. 시도 때도 없이 싸움을 벌였지만 워낙 두 사람의 실력이 비등비등해 아직 승패가 갈리지 않았던 것이다.

"호오, 좋아! 그럼 다음 백 승째 이긴 사람이 손윗사람이 되는 게 어때?"

눈썹 끝을 파르르 떨며 당문혜가 말했다.

"좋지! 좋고말고. 후회하지 말라고."

"후회는 내가 아니라 네가 하겠지."

"이번 일이 끝나면 두고 보자고. 빨리 '오빠' 소리를 듣고 싶어서 참을 수가 없네."

"벌써부터 '누나' 소리가 귓가에 울리는걸. 호호호호."

두 사람 사이에 또다시 푸른 불꽃이 빠지직 하고 튀었다.

'정말 못 말려.'

남궁상은 두 사람을 보며 고개를 설레설레 저었다. 산산과 자신도 이 당씨 남매랑 크게 다르지 않다는 것은 그다지 자각하지 못하는 남궁상이었다.

"그런데 궁상, 우린 대체 언제까지 이 답답한 기숙사 안에 갇혀 있어야 하나?"

더 이상 당문혜랑 싸워봤자 이로울 게 없다고 느꼈는지, 당삼이 고개를 흔드는 남궁상을 돌아보며 물었다.

"맞아요. 답답해 죽겠어요. 생각 같아서는 당장 채찍을 들고 뛰쳐나가서 한바탕 날뛰고 싶어요."

지금까지 실컷 싸우더니만 이런 일에는 금방 동조한다. 그녀 역시 이미 불만이 가득 쌓여 폭발 직전이었던 것이다. 이러니저러니 해도 두 사람은 쌍둥이였다. 초조해하는 것도 꼭 닮아 있었고, 그 초조함을 푸는 방식도 똑 닮아 있었다.

"자네랑 진 소저가 회복됐다면 여기에 박혀 있을 게 아니라 우리도 움직여야 하지 않겠나?"

"당삼 말이 맞아요. 여기 있어봤자 할 수 있는 게 아무것도 없어요. 우리들도 이제 움직여야죠."

"조금만 더 기다리게. 아직 신호가 오지 않았어."

"신호? 무슨 신호 말인가?"

비류연이 그들과 헤어져서 나예린을 구출하러 떠날 때 남궁상에게 몰래 지시한 것. 남궁상은 이곳으로 와서 계속 그 준비를 하고 있었던 것이다. 그러나 아직 그 준비는 갖춰지지 못했다. 무엇보다 가장 큰 문제는 제십삼 기숙사 전체를 둘러치고 있는 인(人)의 장벽(障壁)이었다.

"그건……"

삐이이이이이이이이익!

그때 날카로운 울음소리와 함께, 푸른 깃털을 지닌 해동청 한 마리가 날개를 살짝 접은 채 활공하듯 창가로 날아들었다. 남궁상은 날아든 매의 다리에 매달린 전서통을 가리키며 말했다.

"내가 기다리던 신호는 바로 이 녀석일세."

날아든 것은 바로 비류연이 기르는 애매, '우뢰매'였다.

"뭐라고 적혀 있나, 궁상?"

우뢰매의 전서통에서 쪽지를 꺼내 읽어 내려가는 남궁상의 얼굴이 점점 딱딱하게 굳어지자 호기심을 참지 못하고 당삼이 물었다.

"나 소저, 아니, 대사저를 구출했다고 하네."

그 말에 당삼은 어리둥절한 표정을 지으며 고개를 갸웃했다.

"아니, 그건 좋은 일이잖아? 그런데 왜 그렇게 우거지상을 하고 있는 겐가?"

"산산이…… 부상을 입었네."

"그, 그게 정말인가, 궁상?"

"말도 안 돼!"

"믿을 수 없어요! 산산이 부상을 입다니……."

"나도 믿고 싶지 않소. 하지만 사실이오."

"그녀는, 산산은 괜찮대요?"

이 벼락같은 소식에 경악한 진령이 남궁상의 어깨를 세차게 흔들며 물었다.

"다행히 목숨은 건졌다고 하오."

그제야 세 사람은 '휴우—' 안도의 한숨을 내쉬었다.

"하지만 아직 의식은 불명이라고 하오. 그리고 현운 역시 '만독'에 중독되어 옴짝달싹 못하고 있다고 하는군."

여동생과 가장 절친한 친구가 부상을 입었다는 소식에 남궁상은 격동할 수밖에 없었다.

"현운마저 중독되다니……. 한데 '만독'에 중독되고도 살아 있을 수 있단 말인가?"

당삼의 고개를 갸우뚱했다.

"그건 확실히 그러네."

"뭐가 이상하다는 건가? 살아 있으면 잘된 거지."

"우리가 아는 만독이 바로 그 만독이라면 아직 해독제가 발명되지 않은 독일세. 독 중에서도 그 치명도가 수위를 달리는 무서운 독이지."

당문혜도 그 의견에 찬성하는지 고개를 끄덕였다.

"우리 당문에서도 아직 해독제를 연단해 내지 못했는데 대체 누가……!"

"이보게, 그전에 현운 그 친구 몸부터 걱정해 주게. 그 친구가 살아 있는 것에 대해 의아해하지만 말고."

누가 독과 암기에 미쳐 사는 사천당문 사람 아니랄까 봐, 독과 암기 얘기만 나오면 정신을 못 차리는 당씨 남매를 보며 남궁상은 땅이 꺼져라 한숨을 내쉬었다.

"당삼, 지금 당장 청혼 형과 백 형을 불러주게."

더 이상 잡담을 나누고 있을 시간은 없었다. 그의 몸이 완전히 회복되지 못했더라도, 기다리고 있던 신호가 온 이상 남궁상은 움직여야 했다.

"알았어, 궁상. 금방 갔다 올게."

*   *   *

"지금부터 이곳 마천각을 탈출합니다."

당삼이 청흔과 백무영을 불러오자 남궁상은 모두를 둘러보며 말했다. 이미 어느 정도 설명은 해둔 뒤였다. 처음에는 이곳 마천각에 천겁령의 손길이 뻗어 있다는 사실을 쉽게 믿지 못하던 청흔과 백무영도, 마천각의 무사들이 흉흉하게 병장기를 치켜들고 제십삼 기숙사 전체를 포위하자 어쩔 수 없이 남궁상의 말을 믿을 수밖에 없었다. 게다가 이 사절단의 대장은 명목상이나마 남궁상이었기에 그들은 남궁상의 지시에 따라야 했다.

"이제부터 어떻게 할 생각인가?"

뭔가 탈출에 대한 복안은 세워놨냐는 뜻이었다.

남궁상은 지체없이 고개를 끄덕인 다음 사람들을 둘러보며 강한 목소리로 말했다.

"물론입니다. 우리는 지금부터 항구로 가서 배를 탈취합니다."

탈출로를 확보하기 위해서는 무엇보다도 시급한 것이 배의 확보였다. 사방이 물로 둘러싸인 동정호 한가운데에 떠 있는 섬인만큼, 배 없이 이곳을 빠져나갈 수는 없었다. 이를 위해 비류연은 현운과 남궁산산을 제외한 모든 주작단을 기숙사에 남겼던 것이다.

"이번 구출 작전의 핵심은 이곳을 떠날 수 있는 배를 확보하느냐에 따라 달려 있습니다. 잊지 마십시오, 이 구출 작전의 성패가 우리 손에 달려 있다는 것을."

그때 백무영이 손을 들었다. 좌중의 시선이 그를 향해 쏠렸다.

탁!

"그러려면 우선 처리해야 할 게 있겠군. 안 그렇소, 남궁 대장?"

지룡 백무영이 섭선을 접으며 남궁상을 향해 날카로운 시선을 빛냈다.

"처리라는 것은 무얼 말하는 겁니까, 백 형?"

"이런, 난 당연히 남궁 대장이 아는 줄 알고 있었소만?"

비꼬는 기색이 역력한 말투였다. 원래 무당파 출신의 청흔과 형산파 출신의 백무영은 구대문파 연합회, 구정회의 핵심 간부라 남궁상하고 사이가 좋은 편이 아니었다. 특히 백무영은 용천명이 사절단의 대장이 되는 게 마땅하다고 생각했던 터라 남궁상을 진심으로 인정하지 않고 있었다. 용천명이 마하령과 싸우느라 내공을 모두 소모한 탓에 어부지리로 대장 위에 올랐다고 생각했기 때문이다.

발끈해서 앞으로 나서려는 진령을 제지하며 남궁상이 부드럽게 말했다.

"지금은 서로서로 힘을 합해서 고난을 이겨 나가야 할 때 아니겠습니까, 백 형? 제가 모르는 게 있으면 백 형이 가르쳐 주면 되지요. 그게 협력이라는 거 아니겠습니까?"

분위기 파악도 하고 상황 봐가면서 틱틱거리라는 뜻이었다. 또한, 딴지 걸 줄만 알지 협력할 줄은 모르느냐는 핀잔도 살짝 그 밑에 깔려 있었다.

"어흠, 그야 물론 저 밖에 있는 포위망을 어떻게 뚫고 나갈까 하는 문제 말이오."

접은 섭선으로 창밖을 가리키며 백무영이 말했다.

"그건……."

말꼬리를 늘이면서 남궁상은 속으로 뜨끔했다.
'큰일 났다. 거기까지는 생각 못해봤는데······.'
삼십 명 정도 되어 보이는 포위망을 강행돌파할 수 있는 능력은 천무학관 사절단도 충분히 갖추고 있었다. 하지만 그렇게 되면······.
"남궁 대장도 물론 알고 있겠지만, 강행돌파를 못할 건 아니오. 하지만 그렇게 되면 적이 한둘이 아니다 보니 싸움이 길어지게 될 것이고, 발이 묶인 새에 적이 원군을 부르면 기력을 소모한 우리는 꼼짝없이 전멸당할 위험이 있소. 그러니 유능한 남궁 대장이라면 '물론' 강행돌파 말고 다른 수를 준비해 놓았겠지요?"
만일 준비해 놓지 않았다면 너는 엄청나게 무능한 놈이라는 말이나 다름없었다.
"그러니까 그건······."
그때 당삼이 앞으로 한 발짝 나섰다.
"물론 준비되어 있죠. 남궁 대장님이 그런 것도 준비 안 해놨을까 봐서요?"
"그게 뭡니까, 당 공자?"
당삼은 자신의 품 안에서 자색 주머니 하나를 꺼내 내밀었다.
"바로 이겁니다, 안락휴(安樂休)."
그 주머니를 보고 당문혜의 얼굴이 활짝 펴졌다.
'어머, 당삼아, 너 머리 좀 썼구나!'
"안락휴? 그게 뭔가?"
청흔이 고개를 갸웃하며 물었다. 당삼을 대신해 설명해 준 것은 당문혜였다.
"'대사형이 없는 안락한 휴식'을 줄여서 '안락휴'죠. 일종의 강력한 수면향이라고 생각하면 돼요."

"대사형 없는……?"

"……안락한 휴식?"

청혼과 백무영은 도대체 저 수면향에 왜 그런 희한한 이름을 붙였는지 도저히 이해할 수 없다는 표정을 지었다. 무리도 아니었다. 이해할 수 없는 행복도 있는 법이지, 라고 두 사람을 제외한 나머지들은 생각했다.

"뭐, 더 정확히는 실패작이라는 딱지를 뒤에다 붙여야겠지만 말이에요."

"실패작? 그건 또 무슨 소리요? 믿어도 되는 겁니까, 당 소저?"

"걱정 말아요, 대사형한테만 실패한 거니까."

대사형에게 시도 때도 없는 특훈을 받다 보니, 주작단이 제대로 쉴 수 있을 때는 바로 대사형이 잠들어 있을 때뿐이었다. 대사형의 잠이 길어지면 길어질수록 그들의 안락하고 온화한 휴식도 길어지게 마련이다. 그 꿈처럼 달콤한 휴식을 조금이라도 잡아 늘리기 위한 목적 하나만으로, 늘 티격태격하던 두 당씨 남매가 처음으로 힘을 합쳐 공동 연구해서 만든 '특제 수면향'이었다.

다만, 모든 주작단 동료들을 상대로 실험해서 효과를 입증한 다음 실전에 들어갔는데도, 정작 대사형한테는 별 효과가 없어서 뒤지게 혼났던 끔찍한 기억이 있었다. 그래도 다른 이들에게는 즉효였던 초강력 수면향이었다.

"그런데 이걸 쓰려면 한 가지 문제점이 있어요."

"문제점? 그게 뭡니까, 당 소저?"

"이 안락휴는 연막탄 형태로 만든 게 아니라서, 이 수면향을 저들이 쏘이게 하려면 다른 하독 방법을 써야 돼요."

안락휴는 그저 향처럼 불을 붙여 연기를 피워 올리는 단순한 구조였다. 대사형에게 효과가 없다는 게 밝혀진 이후 더 이상 개량을 하지 않았던 것이다.

"그거라면 저 친구한테 맡기면 되오."

청혼이 갑자기 자신을 가리키자 백무영은 조금 당황했다.

"저 친구의 선법(扇法)은 최고거든."

엄지손가락을 치켜올리며 청혼이 싱긋 웃었다.

　　　　　　*　　　*　　　*

포위를 맡은 것은 마천십삼대 중 정보 수집과 은밀 행동을 담당하는 제십이번대 대원이었다. 대장과 부대장이 무슨 일 때문인지 자리를 비워서였다. 그래서 현재 포위망의 지위는 서열 삼위인 허당이 맡고 있었다.

그의 별호는 '허공기'로, 있으나 없으나 잘 구별할 수 없다는 그의 탁월한 비존재감 때문에 붙은 이름이었다. 그 흐릿한 존재감 덕에 그는 탁월한 은신술을 남들보다 수배나 빨리 익힐 수 있었고, 그 능력으로 사람들의 이목을 속여가며 수많은 정보들을 캐내올 수 있었다. 그러니 그가 서열 삼위까지 올라간 비결은 바로 이 타고난 '흐릿함'에 있다 해도 과언은 아니었다. 하지만 지금처럼 사람들을 통솔해야 할 때만큼은 그 옅은 존재감이 독이 되게 마련이었다.

"이봐, 부부장님 어디 가셨는지 알아?"

별다른 변화가 없는 포위망에 약간 지루해진 십이번대 대원들이 하나둘씩 잡담을 나누기 시작했다.

"글쎄, 나도 잘 모르겠는데? 아까부터 안 보이셔."

"자네도? 나도 못 봤어!"

"과연 부부장님이야. 그 흐릿한 존재감은 따를 자가 없다니까."

"괜히 공기라고 불리는 게 아니지."

"조심해. 부부장님이 어디선가 듣고 있을지도 몰라."

"하지만 아까부터 쭈욱 없었는데?"

"부부장님이잖아. 없지만 있을지도 모르지. 우리가 눈치채지 못하고 있는 건지도 모르잖아? 조심해야 해. 부부장님은 존재감이 옅은 만큼 속도 좁단 말이야."

"하긴 그렇긴 하지."

이렇게 이야기하고 있는 이들 옆에 수수처럼 깡마른 남자 하나가 눈물을 흘리며 서 있었다.

'이봐, 나 여기 있거든? 너네들 곁에? 그리고 아무런 은신술도 안 썼거든?'

그런데도 이 부하라는 녀석들은 자신의 존재를 전혀 눈치채지 못했는지 자기들끼리 속닥거리는 데 여념이 없었다. 이런 일이 하루 이틀은 아니지만, 그렇다고 해서 익숙해지는 일도 아니었다.

'좋아, 이번에는 쥐새끼 한 마리도 빠져나가지 못하게 해서 내 존재감을 과시하고 말 테다!'

그는 이번 기회에 완벽한 포위망 지휘로 존재감을 강화하겠다고, 자신도 뭔가 활약을 하고 말겠다고 굳게 결심했다. 바로 그때였다.

'응, 저게 뭐지?'

제십삼 기숙사의 정문으로부터 웬 연기가 흘러나오고 있었다. 그다지 짙은 연기는 아니었지만, 마치 의지가 있는 것처럼 그들을 향해 다가오고 있었다.

"얘들아, 잠깐, 저기 좀 봐."

모기처럼 가느다란 목소리로 허당이 입구 쪽을 가리키며 말했다. 그러나 그들의 부하 중 그쪽을 쳐다보는 이는 아무도 없었다.

"얘들아, 저쪽 좀 쳐다보라니까?"

못 들었나 싶어서 다시 한 번 주의를 상기시켰다. 그제야 그의 목소리가 들린 것일까.

"얘들아, 어디선가 부부장님 목소리가 들리는데?"

"그래? 무슨 착각 아냐?"

"아냐, 방금 누군가가 날 건드린 것 같아."

얼마나 존재감이 약한지 지시를 내리는데도 잘 들리지가 않는 모양이었다.

"그러니까 저기를 보라니까? 저 연기, 어딘가 수상해. 뭔가 조치를 취하는 게 좋겠어!"

허공기 허당이 있는 힘껏 목소리를 높였다.

"야, 방금 부부장님 목소리가 들렸어. 뭔가가 수상하다는데?"

"맞아, 나도 들었어. 그런데 소리가 희미한 걸 보니 아주 먼 데 계시나 봐."

"좋아, 그럼 큰 소리로 물어보고."

십이번대 대원 중 가장 목소리가 큰 대원 한 명이 나서서 양손을 입에 모으고 외쳤다.

"부―부―장님! 뭐가 수상한가요오오오오!"

"연―기가 수상해―!"

허당이 있는 힘껏 외쳤다. 그 목소리가 간신히 닿았는지 부하들은 고개를 끄덕였다.
"연기가 수상하대."
그러자 옆에 있던 대원 하나가 재촉했다.
"그럼 어떻게 해야 되나 물어봐."
목소리 큰 대원이 다시 외쳤다.
"그럼— 어—떻—게— 하—나—요오?"
"아, 그렇지. 일—단 물—러—나—게—!"
허당이 다시 있는 힘껏 외쳤다.
"야, 일단 물러나래."
'드디어 내 목소리가 닿았어!'
너무나 당연한 일인데도 허당은 자신의 피나는 노력이 드디어 보상을 받은 것 같은 찡함을 느꼈다.
"그래, 그럼 물러나야 되겠네."
"그러자고…… 응? 왜 갑자기… 졸립지?"
"그, 글쎄에…… 나도 졸리…….'
픽픽!
제십삼 기숙사를 둘러싸고 있던 무사들이 하나둘씩 정신을 잃고 픽픽 쓰러지기 시작했다. 안락휴의 연기가 그들을 완전히 감쌌던 것이다. 당씨 남매가 장담한 대로 그 효과는 나무랄 데 없었다. 모든 부하들이 쓰러져 다들 정신없이 코를 골고 있을 때도 십이번대 부부장 허당은 그 자리에 서 있었다. 존재감이 약하면 약효도 늦게 드는 것일까? 그러나 그 역시 이미 대원들에게 소리 지르느라 수면향을 듬뿍 들이마신 후였다.

"그러니까…… 내가……피하랬는데……."

바닥에 풀썩 쓰러지며 허당은 그렇게 되뇌었다. 물론 그 말을 듣는 대원은 단 하나도 없었다.

*　　　*　　　*

"음, 자네의 선법은 언제 봐도 뛰어나군."

청혼이 감탄했다는 듯 고개를 끄덕였다.

지금까지 공력을 끌어올려 가며 열심히 부채질을 했던 백무영이 섭선을 접으며 말했다.

"헉헉, 놀리는 건가? 내 부채는 이런 걸 부치라고 있는 게 아니네. 다음부터는 이런 일 없었으면 좋겠군."

그래도 열심히 부쳤는지 그의 이마에는 땀이 흥건했다.

"놀리긴 누가 놀린단 말인가? 이런 연기를 내공이 담긴 부채질로 기숙사 주위 전체에 빙 돌리는 것은 아무나 할 수 있는 재주가 아니지. 진심으로 감탄한 거라네."

물론 향을 피워놓고 그 앞에서 열심히 부채질을 하던 모습은 평소 점잔을 빼는 백무영답지 않게 상당히 웃겼지만, 그 부분에 대해서는 굳이 언급하지 않았다.

"빈말이라도 고맙군. 자, 이제 만족하나, 남궁 대장?"

이층에서 남아 있던 사절단을 끌고 내려와 대기하고 있던 남궁상이 고개를 끄덕였다.

"물론입니다. 백 형 덕분에 일이 수월하게 풀렸군요. 그리고 자네들도 고맙네."

"뭘, 이런 때에 쓰게 될 줄은 몰랐지만 도움이 됐다니 다행이지."

"대사형한테만 들었으면 완벽했을 텐데. 돌아가면 좀 더 쉽게 하독할 수 있도록 개량해 봐야겠어요. 이름도 '문혜탄'으로 바꾸고요."

주작단 이외의 사람에게는 처음 써보는데도 상상 이상으로 효과가 빨랐다. 아무래도 주작단보다 내공이 약하면 약효가 더 빨리 듣는 모양이었다.

"문혜탄이 뭐야, 문혜탄이. 당연히 철영탄이라 붙여야지."

"철영탄? 당삼탄이겠지. 아유, 촌스럽다, 동생아."

당삼이 당장 발끈했다.

"뭐라고? 촌스럽다고? 촌스러운 건 '혜 매(妹)' 쪽이겠지."

"누가 혜 매라는 거야! 누구 맘대로!"

좀 전에 진정시켜 놨던 두 사람 사이에 다시 싸움의 불이 붙었다. 이대로 두면 하루 종일 싸울 게 분명했기에 남궁상이 중간에 끼어들어 두 사람을 진정시켰다.

"자자, 싸움은 돌아간 다음에 충분히 하도록 하게. 지금은 이곳을 탈출하는 데 모두들 집중하자고. 대사형을 생각해야지. 대사형이 기다리고 있다고."

대사형이라는 말에 다시 두 사람은 찔끔했고, 그제야 싸움을 멈추었다.

"자, 모두들 항구를 향해 출발합시다. 단, 아직 우리들이 이동하는 것을 눈치채게 해서는 안 되니 기척을 죽이고 조용히 이동하도록 합시다."

얼마나 오랫동안 기척을 죽인 채 움직일 수 있는가가 성공의 열쇠였다.

'항구에 경비가 적으면 좋으련만…….'
 섬 전체가 폐쇄된 지금 그런 기대는 아마도 하지 않는 게 좋았다. 하지만 항구까지만 들키지 않고 간다면…… 탈출은 자신있었다.
 '이 정도 면면이면 검마(劍魔) 급의 최절정고수가 와도 무섭지 않겠어!'
 포위망을 뚫는 게 너무나 수월했기에 마음이 느슨해진 탓인지, 이때만 해도 남궁상은 그렇게 생각하고 있었다.
 사신(死神)의 낫이 그들의 목을 겨누고 있다는 것도 알지 못한 채.

탈출하는 자
—그리고 막는 자

"어때? 내 말이 맞지? 맞지?"
'칭찬해 줘, 칭찬해 줘!', 하는 어조로 노학이 연신 물어댔다.
"아아, 확실히 그렇군."
확실히 노학이 알아온 길은 다른 곳보다 훨씬 적들의 감시가 약했다. 그런 사실을 부정할 생각은 남궁상에게 조금도 없었다.
"그렇지? 그렇지?"
"아아, 그래."
점점 더 남궁상의 대답은 건성이 되어갔다.
"그지? 그지?"
"잘했네, 노학. 역시 자네의 솜씨는 확실하군."
그러자 노학은 오른손으로 엄지를 치켜올리며 활짝 웃었다.
"이 정도야 기본이지, 기본!"

기본이라고 생각하는 것치고는 지나치게 생색을 내는 것 같지만, 그런 부분을 지적하면 큰일 난다는 것쯤은 남궁상도 알고 있었다. 노학 덕분에 일행은 비교적 쉽사리 항구를 향해 가고 있었다. 몇몇 마천각의 무사들이 그들의 앞을 가로막았지만, 본대에서 떨어져 나온 정찰병 같은 것이었기에 몇 수 만에 수월하게 제압할 수 있었다.

게다가 위험하다 싶으면 남궁상이 뭐라고 지시를 내릴 틈도 없이 동료들은 스스로 알아서 움직였다. 그가 무슨 지시를 내릴지 미리 알고 있기라도 하듯이. 그리고 여기엔 한 치의 어긋남도 없었다.

주작단원들이 함께한 지 벌써 삼 년이라는 시간이 흘렀기 때문일까. 그동안 대사형의 살인적인 공세에도 불구하고, 주작단은 한 명의 결원이나 오점도 없이 성장해 갔다. 이제 주작단은 그들에게 있어 단순한 동급생이나 동료를 넘어 운명 공동체가 되어 있었다. 어떤 의미에서 그들의 인연은 가족조차 뛰어넘는다고 할 수 있었다.

인정하고 싶지 않지만 그들은 확실히 강해져 있었다.

'이대로면 무리 없겠어!'

남궁상의 마음속 깊은 곳에서 자신감이 솟구쳐 올랐다. 더 나아가, 이대로 가면 주작단은 분명 천무학관 최고의 정예가 되리라고 남궁상은 확신하고 있었다.

'우리 열여섯 명은 최고가 된다! 단 한 사람의 낙오자도 없이, 우리 모두!'

인정하고 싶지 않았던 것은 오로지 대사형의 지옥훈련이 효과가 있었다는 것뿐이다. 확실히 그들이 보아온 지옥이 그들을 강하게 만들고 있다는 부정할 수 없는 현실, 그 현실을 인정하는 게 왠지 분했다.

그것은 곧 자신들이 틀리고, 대사형 비류연이 옳다는 것을 증명하는 것처럼 느껴졌던 것이다. 하지만 확실히 그들이 보아왔던, 그리고 당해왔던 지옥은 지금 이 '지독한 현실(現實)'을 뚫고 나가는 데 도움이 되고 있었다.

현실을 뚫고 나가기 위해 지옥을 경험할 필요가 있다는 것은 참으로 얄궂은 일이긴 했지만 말이다.

항구가 점차 가까워오고 있었다.

어느새 선착장으로 가는 길이 일직선으로 그들 앞에 펼쳐져 있었다.

이 길 끝에는 그들을 이 섬 밖으로 내보내 줄 배가 기다리고 있었다. 그 배를 빼앗아 이 섬을 떠날 준비를 갖춰놓고 대사형이 오기만을 기다리면 그의 일은 끝이었다.

그런데 그 길 한가운데 갑자기 붉은 이물질이 끼어들었다.

그것은 단 한 사람의 사내, 온몸에 붉은 옷을 두른 남자였다.

그는 대로의 한가운데 홀로 우뚝 서 있었다.

그리고는 그들을 바라보고 있었다. 단 혼자서 그들을 막기라도 하겠다는 듯이.

이십 명이 넘는 인원이 달려오고 있는데도 그자는 몸을 피할 생각을 하지 않았다.

'적은 단 한 명.'

남궁상의 마음속에 솟구쳐 오른 자신감은 아직도 그의 온몸을 가득 채우고 있었다.

"적은 한 사람뿐이야. 정면 돌파하세!"

패기가 넘쳐나는 낭랑한 목소리였다.

"오우!"

보조를 맞춰 달려가고 있던 당삼이 외쳤다. 그 목소리 역시 남궁상과 다르지 않게 자신감이 넘쳐흐르고 있었다. 게다가 그들에게는 든든한 동료들이 있었다.

적은 단 한 명.

두려워할 일은 아무 데도 없었다.

없어야 정상이었다.

결집된 수(數)는 곧 힘[力]이 아닌가.

하지만 당삼은 자신이 몸담고 있는 장소가 어딘지 잠시 잊고 있었다.

이곳은 강호(江湖), 혹은 무림(武林)이라 불리는 세계.

일반인들이 살아가는 세계와 맞닿아 있으면서도 전혀 다른 법칙이 지배하는 세계.

이 세계의 법(法)은 강자존(强者存), 이세계의 칙(則)은 약자멸(弱者滅).

수의 절대성이 보장되지 않는 세계.

한 사람의 절정고수가 백의 군세, 아니, 천의 군세를 대적(大敵)할 수 있는 세계.

일기당천(一騎當千), 만부부당(萬夫不當)이 실제로 통용되는 곳.

그곳이 바로 무림, 자신을 극한까지 갈고닦은 자들이 사는 세계.

그중에는 한계를 넘어, 신(神)이나 악마(惡魔)의 경지까지 도달하는 이들도 있었다.

'뭔가 이상하다.'

붉은 옷의 남자에게 가까이 가면 갈수록 남궁상의 본능에 경종이 울렸다.

'왜지? 왜지? 왜지?'

마음속 밑바닥으로 불쾌한 불안감이 달린다. 수천 마리의 지네가 기어가는 듯한 불안감, 불안이란 이름의 지네가 그의 심장을 갈아먹고 있었다. 저 붉은 옷의 사내가 이 지네의 주인이었다. 수적인 우세도, 그동안 쌓아왔던 노력도 저자 앞에서는 의미를 가지지 못했다. 지네의 수는 줄어들기는커녕 더욱더 늘어나 심장을 단숨에 먹어치우고 사지백해로 뻗어가고 있었다.

이변을 감지했을 때는 이미 늦어 있었다. 자만심으로까지 발전한 자신감이 그들의 본능에 발목을 잡았던 것이다.

목구멍 깊숙한 곳으로부터 비명이 터져 나오려는 것을 가까스로 집어삼키며 남궁상이 외쳤다.

"멈춰어어어어어, 당삼!"

무언가 그의 본능이 외치고 있었다. 공포에 비명을 지르고 있었다. 더 이상 한 발짝도 다가가면 안 된다고 외치고 있었다. 심장이 얼음이 언 것처럼 싸늘했다. 얼어붙은 심장이 땅에 떨어져 산산이 부서지는 것 같았다.

"안 돼에에에에에에에에! 멈춰어어어어!"

남궁상은 급히 그 자리에 멈춰 서며, 앞으로 달려가는 당삼을 말렸다. 하지만 그의 귀에 남궁상의 목소리는 닿지 않았다. 이 자신감 넘치는 청년의 마음속에는 한 가지 생각밖에는 없었다.

'여기서 그동안 연마해 왔던 내 실력을 보여주고, 이번에야말로 혜매(妹)가 날 오빠로 인정하도록 만들어주겠어!'

적이라고 해봤자 고작 한 명.

한 명, 한 명, 한 명.

지금 당장 없애지 않으면……!

이미 당삼의 몸은 머리로 제지하려 해도 듣지 않는 상태였다. 그러나 다른 의미로 당삼은 압박을 받고 있었다.

이자를 어떻게 하지 않으면…… 이자를 어떻게 하지 않으면…….

본인은 미처 눈치채지 못했으나, 그것은 공포. 심장을 움켜쥐고 쥐어짜는 듯한 공포.

지금까지 한 번도 느낀 적이 없는 공포가 그의 심신을 엄습했다.

당삼 역시 그 붉은 옷의 사내 앞에서 자기 자신을 잃고 있었다.

"멈춰, 이 바보야!"

"커헉!"

눈이 충혈된 채 막무가내로 달려드는 당삼의 뒷덜미를 붙잡아서 강제로 멈추게 한 것은 다름 아닌 당문혜였다.

"이게 무슨 짓이야? 콜록콜록."

당삼이 기침으로 항의했다.

"생각없이 달려드는 버릇 좀 고치랬잖아!"

남궁상의 외침을 들은 당문혜가 의아함을 느끼고 미친 멧돼지처럼 저돌적으로 달려가는 당삼을 붙잡은 것이다.

그러나 다른 천무학관의 사절단들은 그들의 뒷덜미를 잡아줄 사람이 없었다.

사내는 그저 태연했다.

붉은 옷의 사내는 스무 명이 넘는 신진 고수들이 일제히 기세를 합쳐서 달려오고 있는데도 그저 태연자약하기만 했다. 두려움이라는 것은 이자에게 관계없는 말인 것처럼. 그는 두려움을 느끼는 자가 아니라 두려움을 뿌리는 자였다.

그 옛날 맹세했던 것이다. 더 이상 남에게 두려움을 느끼면서 살지 않겠다고.

나는 두려움을 흩뿌리는 자가 되겠다고.

더 이상 자신을 무시하는 자가 없도록, 공포의 대상이 되겠다고.

그러기 위해서는 악마가 되어도 상관없었다.

씨익.

사내의 입가를 타고 느릿하게 미소가 달렸다. 미소는 그의 입꼬리 한쪽을 살짝 끌어올리며 끝났다.

먹이를 노리는 맹수의 미소?

아니, 그것은 무간지옥의 한가운데서나 지을 수 있는 잔인한 악마의 미소였다.

차라라락!

그가 오른 소매를 한 번 흔들자, 검은 심연 같은 흑색의 철편으로 만들어진 무시무시한 철갑수가 모습을 드러냈다. 날카로운 검은 비늘을 모아 만든 듯 매우 흉포한 모습이었다.

악마의 입이 천천히 열리며 지옥의 울림 같은 갈라진 목소리가 흘러나왔다.

"가서 물어뜯어라!"

푸확!

남궁상의 눈앞에서 피보라가 낙화하는 꽃잎처럼 피어올랐다.

"……."

남궁상은 자신이 보는 광경을 믿을 수가 없었다.

검은 강철로 만들어진, 무시무시한 마수의 손아귀에 붉은 심장이 움켜쥐어져 있었다. 지금도 계속해서 약동하고 있는 그 심장의 주인은 바로 천야진의 심장이었다. 붉은 심장을 움켜쥔 피에 젖은 강철 손아귀가 악마의 손처럼 보였다.

군웅팔가회의 인물 중 도법으로는 타의 추종을 불허할 정도로 탁월하다고 평가받던 천야진이다. 그런 그가 반항다운 반항 한 번 하지 못하고 심장을 잡아 뽑혔다. 저자와의 거리는 수장이 넘는데 어떻게 그의 손이 여기까지 닿을 수 있단 말인가?

콰악!

검은 강철의 손아귀가 심장을 움켜쥐자 새빨간 피분수가 뿜어져 나오며 땅을 적셨다.

남궁상도 진령도, 청혼도 백무영도 눈앞에서 벌어지는 광경이 마치 지독한 악몽처럼 느껴졌다.

그러나 그들의 볼에 튄 피는 용암처럼 뜨거웠다. 핏방울에 닿은 피부가 화상을 입고 떨어질 것만 같았다.

"으아아아아아아아악!"

군웅팔가회에 소속된 무사 중 몇이 노호를 터뜨리며 붉은 옷의 사내에게 달려들었다.

"안 돼애애애애! 돌아와아아아아!"

남궁상의 입에서 다시 비명이 터져 나왔다. 그러나 분노와 공포에 눈이 먼 관도들에게 그의 목소리는 닿지 않았다.

푸화아아아악!

아직 젊지만 검강까지도 쓸 수 있는 기재들이었다. 천무학관을 대표하는 자랑스런 관도들이었다.

그러나 그들은 붉은 옷의 사내가 강철로 된 오른팔을 채찍처럼 휘두르자 모두들 허리가 끊어져 나간 채 두 동강이 되어 땅에 떨어졌다. 피와 내장이 주르륵 바닥에 쏟아졌다.

채찍처럼 길게 늘어졌다 다시 원래대로 돌아가는 강철의 손.

피바람을 부르는 악마의 손.

그제야 그들은 그자가 누군지 알 수 있었다.

"서천…멸겁……."

남궁상은 입술을 세차게 떨며 그 이름을 내뱉었다.

진령과 청혼과 백무영, 세 사람의 눈이 부릅떠졌다. 동시에 지금까지 별로 두려움을 느껴보지 않았던 그들의 눈에 공포와 두려움이 차올랐다.

천겁혈신 위천무를 보위했던 네 명의 시종 사천멸겁 중의 일좌.

서천멸겁.

그가 지닌 마병구 '서풍광란'은 한 번 휘둘러질 때마다 광기 어린 혈풍을 부른다는 마병 중의 마병이며, 지난 백 년간 모습을 드러낸 적이 한 번도 없었던 공포의 전설 중 하나였다.

백 년 전의 공포. 이야기로만 들었던, 이제 다시 되살아날 일이 없어 옛날얘기라고 치부했던 공포가 형체를 갖춘 채 그들 앞에 나타난 것이다.

그들의 눈앞에서 동료들의 심장이 뽑히고 허리가 동강 나지 않았다면 아직도 믿지 못했을 것이다.

남궁상, 노학, 당삼, 당문혜, 진령, 류은경, 여섯 사람은 이제까지 이렇게 지독한 공포를 느껴본 적이 없었다.

그들은 지금, 전설 중 하나와 직접 싸워야 했다.

그것은 촉망받는 후기지수로서 탄탄대로를 달려왔던 그들이 지금까지 한 번도 해본 적이 없는 싸움이었다.

"정면으로 상대하는 건 위험하겠어."

남궁상이 말했다.

"나도 남궁 대장의 의견에 동감."

당삼이 고개를 끄덕였다.

"지금은 분하지만 탈출만을 생각하세."

저 붉은 옷의 남자는 단지 그들에게 화풀이를 하고 있는 것뿐이었다. 그의 무자비한 공격을 보면 그렇게 생각할 수밖에 없었다.

"배까지의 길을 확보하는 게 최우선 관건이겠군."

노학이 미간을 찌푸렸다. 적은 단 하나지만, 이길 수 있으리라는 자신감은 도저히 들지 않았다.

그들은 지금 최악의 공포를 낳는 전설 중 하나와 맞닥뜨리고 있었다.

"우리 여섯 명이라면 어떻게든 저자의 발을 묶어놓을 수 있을 걸세. 그 틈에 사절단을 옮기세."

혼자라면 불가능해도 주작단의 동료들이 있어준다면 시간 벌기 정도는 할 수 있을 것 같았다.

"좋은 생각인 것 같군요. 전 찬성이에요."

진령이 말했다.

"저도 남궁 상공의 의견에 찬성이에요."

류은경이 말했다.

"그럼 결정된 거네."

당문혜가 약간 근심 어린 얼굴로 중얼거렸다. 저 남자에게서는 위험의 냄새가 끊임없이 뿜어져 나오고 있었다. 그녀는 당장 이 자리를 피하고 싶은 마음뿐이었다. 그러나 그러기 위해서는 얄궂게도 저자를 뚫고 배까지 가는 것 외엔 방도가 없었다.

"모두들 방심하지 말게. 우리들이 가진 모든 기량을 끌어내 부딪쳐야 할 상대야."

"여기서 살아난다면 우리 또한 전설의 일부가 되겠지."

당삼의 얼굴이 굳은 의지로 가득 차올랐다. 좀 전에 느꼈던 공포를 그는 부인하고 있었다.

'나 당삼은 겁쟁이가 아니야!'

그는 그것을 이제부터 증명할 생각이었다.

먼저 노학이 타구봉을 들고 달려들었다. 개방의 독문신법인 취팔선보를 극성으로 전개하며. 개방에는 장법과 권법도 있었지만, 지금 저 자의 서풍광란을 상대하는 데는 타구봉이 적격이라는 판단에서였다.

그가 먼저 전위를 맡은 것은, 개방의 보법이 상대와 맞상대하기보단 교란시키는 데 적합하기 때문이다. 원래 개방은 거지 집단이다 보니, 그들의 무공은 싸움에서 이기는 것보다 피하는 것에 집중되어 있었다. 쓸데없이 열 내고 싸워봤자 배만 고파진다는 것이 개방의 지론이었다.

노학은 대사형의 꿀밤과 삼복구타권법의 마수에서 어떻게 하면 빠져나갈 수 있을까 오랜 시간을 들여 연구해 왔다. 그러려면 보법을 극성까지 연마할 필요가 있었다. 때문에 대사형에게 얻어맞을 때를 대비해서 보법을 열심히 연마해 놨었다.

언제 또 대사형과 술래잡기를 하게 될지 모를 일이니 말이다.

개 맞듯이 맞는 것은 이제 그만 사양하고 싶다는 마음이 그의 공부열에 불을 붙였다.

지금 노학의 몸에서 그 성과가 나타나고 있었다.

취팔선보는 신형을 이리저리 움직이며 적을 교란시킨다. 취팔선보는 그 모습이 마치 술 취한 사람이 걷는 것 같다고 해서 붙여진 이름이다.

좌로 기울어지는가 싶으면 우로 기울어지고, 우로 몸이 쏠리는가 싶으면 어느새 좌로 가 있었다.

급격한 갈지자의 움직임. 쓰러질 것 같으면서도 쓰러지지 않고, 오히려 어느새 반대쪽으로 쓰러져 간다. 급격한 움직임을 반복하며 노학은 서천의 주위를 빙글빙글 돌았다.

서천에게서는 딱히 어떤 움직임도 느껴지지 않았다.

노학은 기회라고 생각했다.

지체없이 타구봉을 꺼내 서천을 향해 찔러갔다.

타구봉법(打狗棒法)
최후일식(最後一式)
천하무구(天下無狗)

처음부터 개방 절기 타구봉법의 최강 초식이었다. 서천을 상대로 약하게 갈 수는 없는 노릇이었다. 그의 공격을 신호로 친구들이 차례대로 서천에게 연환공격을 펼칠 예정이었다.

청죽으로 된 타구봉의 봉영이 천지를 뒤덮는다. 과연 하늘과 땅의 개를 싹 쓸어버린다는 이름다운 위용이었다.

"가소롭구나."

서풍광란(西風狂亂) 비전(秘傳) 오의(奧義)
유린조아(蹂躙爪牙)

강철의 손톱이 허공을 갈랐다.
그러자 하늘과 땅을 뒤덮던 봉영이 일순간에 찢겨져 나갔다. 개방의 절기를 힘으로 찢어발긴 것이다.
노학의 손에 들려 있던 청죽으로 만든 타구봉이 그대로 '펑!' 하고 터져 나갔다. 그러나 그걸로 끝이 아니었다.
봉영을 모두 소멸시킨 서천의 마수는 어느새 노학의 오른손을 움켜쥐고 있었던 것이다.
"어설픈 것. 네놈은 특별히 한 조각씩 떼어주마!"
가벼운 손짓 한 번에 노학의 오른팔이 뜯겨 나갔다. 그가 들고 있던 청죽봉과 그 봉으로 펼치고 있던 타구봉법과 함께.
"크아아아아아아아악!"
노학의 입에서 처절한 비명이 터져 나왔다.
팔이 뜯겨져 나간 어깻죽지로부터 붉은 피가 분수처럼 솟아나왔다.
"노학!"
얼굴이 창백해진 남궁상이 다급한 목소리로 노학의 이름을 불렀다. 사내에게 접근하려던 일행들도 다급히 멈춰 섰다. 천지무구의 초식이 상상 이상으로 너무 빨리 와해되어 공격 기회를 놓쳐 버리고 만 것이다.

"감히!"

주작단 동료가 당한 것을 보고 눈이 뒤집힌 당문혜가 서천을 향해 암기를 뿌렸다. 진령은 그사이에 위험을 무릅쓰고 번개처럼 달려가 노학을 잡아채 왔다. 마병이 늘어났던 길이만큼 서천과 노학과의 거리가 벌어져 있었기에 그나마 가능한 일이었다.

"훗! 이까짓 장난감쯤이야."

그러나 서천이 팔을 한 번 휘두르자 돌풍이 일어나며 그를 향해 날아가던 암기들이 모두 흩어졌다. 개중에는 당문팔대암기도 뒤섞여 있었으나, 그 앞에서는 무력하기만 했다. 게다가 그 돌풍은 그 기세를 죽이지 않고 또다시 암기를 뿌리려던 당문혜에게 그대로 날아들었다.

"꺄아아악!"

돌풍에 실린 무시무시한 경기에 휩쓸린 당문혜의 몸이 뒤로 날아갔다.

"어디, 이것도 받아봐라!"

당문혜가 당하는 것을 본 당삼은 자신이 자랑하는 당문 삼연성을 펼치며 서천에게 쇄도해 갔다. 이런 자에게 아낄 것은 아무도 없었다.

당삼의 몸에서 당문팔대암기 중 세 가지가 연속해서 폭사되었다.

귀하다고 암기를 아끼고 있을 여유는 조금도 없었다.

시간차를 두고 발사되는 세 가지 암기가 비처럼 서천의 몸에 쏟아져 내렸다.

"가소롭다! 만천화우도 아닌 어린애 장난으로 뭘 어쩌겠다는 거냐?"

서천이 코웃음을 치며 강철로 된 오른손을 내밀자, 다시 그곳을 중심으로 돌풍이 몰아치며 무시무시한 경력이 방패막처럼 날아오는 암기들을 모두 튕겨냈다.

"이 멍청이, 너무 가까워!"

자세를 바로잡은 당문혜는 비명을 지르며 당삼을 향해 도약했다.

활이 장거리 무기라면 암기는 중거리 무기라 할 수 있었다. 일단 발출 무기인 것이다. 즉, 거리를 적절하게 유지하는 것이 무엇보다 중요했다. 함부로 상대와의 거리를 좁히는 것은 자살행위 그 자체였다. 당삼은 이때 완전히 서천의 간합(間合) 안에 들어가 있었다.

"죽어라!"

촤라라라락!

서천의 우수, 마병 '서풍광란'이 공기를 찢어발기는 매서운 소리를 내며 당삼의 심장을 향해 쭉 뻗어 나왔다. 상대의 심장을 으깨는 공포의 '파심장'이었다.

당삼으로서는 도저히 피할 수 없는 공격이었다. 날아오는 강철의 이빨을 보는 당삼의 눈이 절망으로 물들었다.

휘리리리리릭!

그때 무언가가 기다란 것이 세차게 날아와 당삼의 허리를 휘감았다.

바로 당문혜가 다급하게 뻗은 가죽 채찍이었다. 신법만으로는 제때 도착할 수 없다고 생각한 그녀는 시간을 거리로 메우기 위해 다급히 채찍을 휘둘렀던 것이다. 정확하게 당삼의 허리를 감았다고 생각한 그녀는 재빨리 채찍을 잡아당겼다.

당삼의 심장을 꿰뚫기 위해 날아오던 서풍광란은 목표를 달성치 못한 채 그의 옆구리를 긁고 지나갔다.

"큭, 덕분에 살았어, 문혜!"

구사일생으로 살아난 당삼이 반색하며 당문혜를 돌아보았다. 그리고 그는 그 자리에서 얼어붙었다.

"문혜……."

쿵!

세상이 무너지는 것 같은 비현실적인 현실이 그곳에 있었다.

자신을 빗맞춘 강철의 손톱은 그 대신 다른 이를 그 이빨의 제물로 삼았다.

"바보……."

달싹거리는 당문혜의 입가로 주루룩, 붉은 선혈이 흘러내렸다.

서천의 손에서 뻗어 나온 무시무시한 악마의 손톱은 바로 당문혜의 오른쪽 가슴에 박혀 있었다.

푸화아아아아악!

붉은 피가 분수처럼 솟아올랐다가 비처럼 쏟아졌다.

후두둑!

붉은 피의 비가 망연자실해 있는 당삼의 두 손바닥 위로 떨어졌다.

"으아아아아아아아악!"

당삼의 입에서 처절한 비명이 터져 나왔다.

남궁상, 절망하다
―가깝지만 먼 길

아무것도.
아무것도 할 수 없었다.
친구들이 죽고, 동료들이 다쳐 가는데도 남궁상은 아무것도 할 수 없었다.
자신은 한없이 무력하기만 했다.
남궁상이 지금까지 이렇게 절망적인 경험은 해본 적이 없었다.
"이럴 수는 없어!"
'내가 죽더라도 친구들은 살려야 한다!'
지금 그의 머릿속에는 오직 그 생각밖에 없었다.
하지만 어떻게?
서천의 실력은 압도적이었다.
그가 내뿜는 기파만으로도 청혼과 백무영, 그리고 남궁상과 진령은 이빨이 딱딱 부딪치고 식은땀이 줄줄 흘러내릴 정도였다.

보이지 않는 손이 그들의 심장을 움켜쥐고 찌부러뜨리려 하고 있었다. 공포라는 이름의 냉기가 그들의 심장을 얼어붙게 만들고 있었다.

다리가 떨린다. 손이 떨린다. 이빨이 떨린다.

도망쳐라! 도망쳐라! 도망쳐라!

그들의 본능이 그렇게 외치고 있었다. 지금 당장 도망쳐야 된다. 이 싸움에 승기는 없다. 싸우면 곧 죽을 뿐이다. 그것은 무의미한 죽음이었다. 싸워보기도 전에 이미 승패가 나 있었다. 지금 그들의 실력으로는 그들에게 다가온 이 죽음을 벗어날 길이 없었다. 유일한 활로는 도망치는 것뿐.

으득!

남궁상은 이를 악물었다. 그리고 자신을 향해 쏟아지는 모든 압력을 견뎌내면서 한 발 앞으로 내딛었다. 그것을 본 서천의 눈이 이채가 떠올랐다. 자신의 살기를 받고도 이성을 유지한 채 움직이다니, 어린것들 중에도 상당히 강단이 있는 놈이 있었던 모양이다.

"내가 저자를 막겠네. 자네들은 어서 배에 타게."

검을 들어 서천의 미간을 겨누었다. 그러자 자신을 향해 쏟아져 오던 살기가 검극을 타고 갈라지며 조금 더 운신의 폭이 넓어졌다.

"죽고 싶은 모양이구나."

"사나이라면 죽는 걸 알면서도 물러서지 못할 때가 있는 법이오. 그리고 그때가 바로 지금이오. 나는 이 자리에서 한 발자국도 물러나지 않겠소. 난 저들의 방패. 여기를 지나가려면 먼저 나 남궁상을 쓰러뜨리고 가야 할 것이오!"

"호오, 네가 바로 현 남궁세가의 가주 남궁진의 아들이냐?"

"삼남 남궁상이오. 그리고 아버님의 존함을 함부로 입에 담지 마시오!"
"하하하하하! 너는 오히려 본좌에게 감사해야 한다. 큰절을 올려도 모자랄 판에 검을 겨누다니, 너야말로 은혜를 모르는구나."
서천이 웃으며 한 말에 남궁상의 눈빛이 살짝 흔들렸다.
"은혜라니, 무슨 소리요? 아버님은 당신 같은 악적에게 빚을 질 분이 아니시오."
"아니지, 빚이 있고말고. 은혜를 입었고말고. 왜냐하면 그 남궁진을 지금의 남궁세가 가주로 만들어준 게 바로 이 몸이기 때문이다."
"무슨 헛소리를 지껄이는 것이냐!"
"크크크크, 당대 남궁세가의 가주이자 남궁진의 무능한 형을 죽이고, 형보다 몇 배나 검술이 뛰어나다는 평을 듣고 있던 남궁진을 가주로 만들어준 게 바로 나다."
남궁상의 눈이 경악으로 부릅떠졌다. 그에 관한 이야기는 들은 기억이 있었던 것이다.
"당신이 바로…… 아버님께서 쫓고 있던 '가문의 원수'였군."
팔대세가 중 하나인 남궁세가의 가주이면서도, 아직도 남궁진이 정천맹에서 호법 일을 자청해서 하고 있는 것은 맹의 정보력을 이용해 가문의 원수를 쫓기 위함이었다. 구 년 전 있었던 일은 기밀 중의 기밀이었지만, 남궁진은 그날 그곳에 있었던 당사자 중 한 명이었기에 정보에 대한 접근이 가능했었다. 물론 남궁상은 그런 사실까지는 몰랐다. 남궁진 자신은 원수의 정체를 알고 있었지만, 특급기밀이라 아들에게조차 알려줄 수 없었던 것이다.
"풋, 가문의 원수라? 가문의 은인을 잘못 말한 것이겠지. 왜냐하면 남궁세가는 멍청한 가주 때문에 쇄락해 가던 팔대세가 내의 위치를 내

남궁상, 절망하다 293

덕분에 되돌릴 수 있었으니까. 무능한데다 아첨꾼이었던 남궁호가 계속 가주로 있었다면 남궁세가가 지금 같은 성세를 누릴 수 있었을 것 같으냐?"

"이익……."

그의 말은 어느 정도 사실이었다. 당시 무능한 남궁호가 가주가 되자 남궁세가의 위상은 날이 갈수록 쇠락하고 있었던 것이다. 그것을 다시 되돌린 것이 바로 현 가주 남궁진의 공적이었다. 그는 무능한 형과는 비교도 할 수 없는 기재로, 가문의 절기인 뇌전검법을 극성까지 연마한 인물이었다.

"쯧쯧, 남궁진도 어리석군. 본좌가 힘을 써서 가주로 만들어줬으면 그대로 부귀영화를 누렸으면 됐을 것을, 가주의 신분으로 무림맹주의 개 노릇이나 하고 있다니."

"아버님은 백부님의 원수를 갚기 전에는 결코 남궁세가에 돌아오실 생각이 없다고 하셨소. 자신은 어디까지나 가주 대리라고. 원수를 갚는 날 남궁세가의 가주 위에 오르겠노라고 맹세하셨소. 그 맹세의 무거움을 당신 같은 악인이 어찌 안단 말이오!"

세간에서는 남궁세가의 가주를 남궁진으로 인정하고 있지만 본인만은 자신을 여전히 가주 대리라고 칭하고 있었다. 물론 남궁세가의 대소사는 챙겼지만, 아직까지도 무림맹에서 호법 일을 하는 것은 형님을 죽인 흉수의 행방을 쫓을 수 있는 가장 가까운 곳이 바로 무림맹주 나백천의 곁이었기 때문이다.

"삼남이라고 했느냐? 아쉽겠구나. 하지만 방법이 있다. 형들이 무능하다고 생각하면 그 검으로 그들의 목을 베어라. 그럼 너는 다음 대의 남궁세가 가주가 될 수 있다. 정말 매력적인 일이 아니냐?"

"헛소리 마시오! 나 남궁상은 친혈육을 더러운 수법을 써서 상처 입히면서까지 가주가 되고 싶은 마음은 결코 없소!"

"불알이 달려 있나 의심스러운 녀석이로구나. 그래서야 사내라 할 수 있겠느냐?"

"당신 같은 살인마에게 사내가 아니라는 소리는 듣고 싶지 않소!"

서천을 똑바로 보며 남궁상이 외쳤다.

"야망이 없고서야 어찌 사내라 할 수 있겠느냐? 정말이지, 불알 두 쪽은 달려 있느냐?"

"닥치세요. 이 사람은 누구보다도 멀쩡하고 당당한 사내예요! 제가 증명할 수 있어요."

갑자기 끼어든 것은 일행들이 노학과 당문혜를 지혈하느라 애쓰는 것을 걱정스레 지켜보고 있던 진령이었다. 자신의 남자가 사내 취급도 제대로 못 받자 경황 중에도 열이 받아서 끼어든 것이다.

"호오, 직접 확인이라도 해본 듯한 말투로구나? 저 녀석의 여자냐?"

"그, 그, 그게 당신이랑 무슨 상관이에요?! 남이 확인을 했든 안 했든! 아무 상관도 없잖아요!"

얼굴이 홍시처럼 빨개진 채 진령이 소리쳤다. 그제야 자신이 욱하는 잠깐의 감정을 주체 못하고 제 무덤을 팠다는 사실을 깨달았지만 이미 때는 늦어 있었다.

뭐라고 더 쏘아붙이려고 하는 진령을 남궁상이 강제로 뜯어말렸다. 그냥 뒀다가는 상황이 더 악화될 뿐만 아니라, 쓸데없는 얘기까지 돌 것 같았기 때문이다.

"난 엄연한 사내요. 당신이야말로 여인처럼 질투나 하지 않소? 가주 자리가 그렇게도 가지고 싶었소? 팔 병신이 되면서까지?"

누가 뭐래도 남궁상은 비류연의 수제자였다. 대사형이 어떻게 사람의 복장을 뒤집어놓는지 바로 옆에서 가장 많이 지켜본 사람이 바로 남궁상이었다. 남의 복장을 후벼 파는 방법은 그의 몸 안에서 숙성될 대로 숙성되어 있었다.
"흐흐흐, 그 입이 네 명을 재촉하는구나. 오늘 살아 돌아갈 생각은 말아라."
"어차피 그런 건 포기했소! 하지만 내 연인과 친구들에게는 손가락 하나 대지 못하게 하겠소! 내 목숨과 바꿔서라도!"
바로 그때였다.
"쯧쯧, 이 둔탱아. 내가 몇 번을 얘기해야 알아듣겠냐? 어떤 일이 있어도 포기하지 말랬지? 마음이 꺾이는 순간이 뭐라고?"
그 목소리는 남궁상의 바로 오른쪽 뒤에서 들려왔다. 남궁상은 뒤돌아보지 않은 채 서천의 눈을 똑바로 쳐다보며 말했다. 마치 그에게 도전하기라도 하듯이.
"바로 패배하는 때입니다."
그러고 나서야 뒤를 돌아보며 기쁘게 외쳤다.
"대사형!"
그의 등 뒤에서 당당하게 서 있는 사람은 다름 아닌 비류연이었다.
'어디서 굴러먹던 말뼈다귀지? 저 앞머리가 치렁치렁한 놈은?'
비류연을 본 서천의 머릿속에 첫 번째로 든 생각이었다.
"……!"
그리고는 놀라고, 그런 다음 분노했다.
비류연의 곁에 서 있는 사람은 다름 아닌 나예린이었다. 그리고 비류연의 손은 부축을 빙자하여 나예린의 허리에 감겨져 있었다. 더 놀라운 것은 타인과의 신체적 접촉을 극도로 꺼리는 나예린이 별다른 혐오감을 보이지 않고 있다는 것이었다.

서천의 눈에서 무시무시한 기광이 번뜩였다. 검은 욕망이 그의 두 눈을 통해 넘쳐흐르고 있었다.

그가 그렇게 손에 넣고 싶어하던 순백의 작은 새가, 저 앞머리가 눈까지 가리는 어디서 굴러먹는지도 모를 말뼈다귀를 의지하고 있다니.

그 순간 무한한 질투가 그의 어두운 마음속에서 솟구쳐 올랐다.

"예린아, 넌 내 것이다! 그 누구의 것도 될 수 없어. 감히 본좌의 손아귀에서 도망치려 하다니! 다시 새장 속으로 돌려보내 주마!"

"그런 생각은 버리시는 것이 좋을 것입니다. 전 누구의 것도 아닙니다. 전 이제 당신이 무섭지 않아요. 그래서 여기, 이렇게 섰습니다. 과거의 악몽을 잘라내기 위해서."

자신에 대한 두려움이 엷어진다는 것은 그의 존재감 자체가 엷어진다는 이야기였다. 그런 일은 절대로 용납할 수 없었다.

"네 어미처럼 너도 날 버리고 떠날 생각이냐?! 그 늙은이에게로!"

서천이 광기 어린 목소리로 고함쳤다.

"어머니가 당신을 버리다뇨? 그게 대체 무슨 뜻이죠?"

나예린이 흠칫 몸을 굳히며 물었다. 그냥 흘려들을 수 없는 말이었. 서천이 그녀의 질문에 대답하지 않은 채 소리쳤다.

"내가 두렵지 않다고? 과거의 상처를 회복하기라도 했다는 거냐? 웃기지도 않는구나. 하나 걱정하지 마라. 오늘 너에게 영원히 지워지지 않는 상처를 남겨줄 테니. 아직 처녀겠지? 좋다, 내가 가져가마! 그 누구에게도 주지 않아! 난 더 이상 그자에게 내가 원하는 것을 빼앗기지 않는다! 두 번 다시!"

서천의 주위에서 어둡고 음습한 기운이 무럭무럭 피어올랐다. 지옥의 틈새에서 흘러나오는 독기 같았다. 그 독기는 나예린을 본능적으로 움츠리게 만들고 혐오감을 불러일으켰다. 뱀처럼 붉은 혀와 사안이 그녀를 돌처럼 굳게 만들고 있었다.

아물었다고, 극복했다고 믿었던 상처가 삐걱삐걱 비명을 지르며 다시 벌어지려 하고 있었다. 그녀의 전신에서 식은땀이 비 오듯 흘러내렸다. 자신을 압박해 오는 사기에 대응하기 위해 막대한 심력을 소모하고 있었기 때문이다.

그때 그녀의 어깨를 감싸는 따뜻한 손 하나가 있었다. 그러자 놀랍게도 그녀를 압박해 오던 사기가 씻은 듯이 사라졌다. 갑자기 몸이 가벼워진 나예린은 옆을 돌아보았다. 그녀의 어깨 위에 손을 올린 채 비류연이 웃고 있었다.

"괜찮아요. 예린은 이겨낼 수 있어요. 원래 변태랑 정신병자의 말에는 귀를 기울이는 게 아니라고 그랬어요. 어차피 제정신도 아닌 말에 신경 쓰는 것 자체가 지는 거라고요. 저런 변태 아저씨 따위 두려워할 필요 없어요. 그리고 나도 있잖아요?"

"류연……."

그녀의 마음 깊은 곳에서 따뜻한 감정이 피어올랐다. 그 감정이 그녀의 전신을 감싸며 보호해 주는 듯했다. 류연의 말대로였다. 지금 그녀는 혼자가 아니었다. 그녀는 자신과 마주 보기로 결정했다. 이제 더 이상 과거의 악몽으로부터 도망치지 않기로 결정했다. 과거의 악몽을 끊어내고, 앞으로 나가기로 결정했다.

'그래요, 무섭지 않아요. 류연, 당신이 함께 있으니까요. 이제 전 악몽으로부터 도망치지 않아요. 나 자신으로부터도 도망치지 않아요. 과거의 악몽과 절 괴롭히던 세계와 마주 보겠어요. 전 더 이상 마음을 걸어 잠근 채 벌벌 떨던 어린 여자아이가 아니니까요. 그 굳게 잠긴 마음의 빗장을 당신이 열어줬으니까요. 전 앞으로 나가겠어요.'

챙!

백설처럼 눈부신 검이 검집으로부터 뽑혀 나왔다. 새하얀 한기가 흐르는 검극이 서천의 미간으로 향했다.

"다시는 나의 잠을 괴롭히도록 두지 않겠어요."

그것은 스스로 과거를 이겨내겠다는 당당한 선언이었다.

짝짝짝!

옆에서 보고 있던 비류연이 잘했다고 박수를 쳤다. 그런 다음 검을 쥔 그녀의 손을 잡으며 웃는 얼굴로 말했다.

"물론 그래야죠. 하지만 지금 이 자리는 나한테 맡겨줄래요, 예린?"

"하지만……."

"나도 지각한 것을 만회해야죠."

비류연이 다시 미소 지으며 말했다. 사실 현재 나예린에겐 누군가와 싸울 만큼의 내공이 남아 있지 않았다. 금제를 풀고 뇌옥을 탈출하고, 그러다가 우연히 무명과 싸우면서 대부분의 진기를 소모했기 때문이다. 지금도 이렇게 검을 빼 들고 서 있을 수 있는 것은 의지의 힘이었다. 물론 지금 이 순간에는 저자와 맞서겠다는 그 '의지'가 가장 중요한 것이었다. 그러니 비류연은 말하고 있는 것이다.

당신의 의지는 잘 봤다. 이제 그다음은 나에게 맡겨라, 라고.

말이 아니라 행동으로.

"그래요. 그럼 지금은 류연에게 맡길게요."

나예린은 다시 검을 검집에 집어넣었다.

"잘 생각했어요."

비류연은 서천을 견제하며 진령에게 신호를 보냈다. 서천은 무방비해 보이는 자세로 팔짱마저 낀 채 별 우스운 구경을 다 한다는 듯 비류연 등을 보며 히죽거리고 있었으나, 그렇다고 이쪽도 방심을 할 수는 없는 노릇이었다.

대사형의 신호를 받은 진령은 주작단의 동료와 함께 그녀를 호위하며 배로 향했다.

피범벅을 한 채 기절한 노학, 지혈을 했음에도 불구하고 가슴에 구멍이 뚫린 채 흔들릴 때마다 왈칵왈칵 피를 쏟아내는 당문혜, 아직도 가사상태에 빠져 생사를 넘나드는 현운, 치료는 받았지만 아직 정신을 차리지 못한 남궁산산 등이 최대한 신속하게 옮겨져 갔다.

옥유경은 영령과 힘을 합해 남궁산산을 옮겨가면서 서천을 스쳐 지나갔지만, 그의 얼굴을 본 옥유경은 한순간 눈을 빛냈을 뿐 입으로는 아무런 말을 내뱉지 않았다. 물론 옥유경은 이미 초립을 빌려 쓰고 있었던지라 서천은 그녀를 알아보지 못했다.

게다가 언제든 나예린을 손에 넣을 수 있다는 자신감 때문일까? 아니면 너희들은 절대로 이 섬을 빠져나갈 수 없다는 자신감 때문이었을까? 별다른 제지도 없이 비웃음을 흘리고 있던 서천은 나예린이 지나갈 때는 홍소마저 터뜨렸다.

무명의 애송이인 비류연 따위는 단 일격에 처리하고 배가 항구를 떠나기 전에 바로 손에 넣을 수 있다고 생각하는 듯했다.

게다가 때마침 저쪽에서는 그의 심복들이 달려오는 것이 보였다. 이미 모든 것은 그의 손아귀에서 절대 벗어날 수 없다는 자신감. 그가 지닌 오만할 정도의 자신감은 비류연에게도 확실히 느껴졌다.

마지막까지 비류연의 곁에 남은 것은 남궁상이었다.

"궁상아, 너도 먼저 가라."
비류연이 남궁상을 보지도 않은 채 말했다.
"대사형!"
그의 시선은 다가오는 붉은 장삼의 남자 서천에게 고정되어 있었다. 좀 전에 그가 보여주었던 악마 같은 위세가 아직도 그의 몸을 떨게 하고 있었다. 과연 저런 괴물에게 대사형이 이길 수 있을까? 이번만큼은 남궁상도 확신할 수 없었다.
"여긴 내가 막는다. 그러니 네 녀석은 애들을 데리고 빨리 배를 출항시켜."
아직 남궁상을 비롯한 주작단이 저자를 상대하기에는 일렀다. 지금 상태로는 자신 역시 어떤 결과가 나올지 알 수 없었다.
"싫습니다. 대사형 곁에 있겠습니다. 저도 싸울 수 있습니다."
주작단의 동료인 당문혜와 노학이, 그리고 천야진을 비롯한 동료들이 저 악마의 손에 피를 뿌렸다. 동료들의 희생에 조의를 표하지도 못한 채, 그 복수도 못한 채 도망치고 싶지 않았다.
"멍청아, 그 몸으로 싸우긴 어떻게 싸우겠다는 거냐? 금방이라도 쓰러질 것 같은 몸을 한 주제에? 그런 몸으로는 방해가 될 뿐이야."
"싫습니다. 함께 배운 동문들의, 함께 웃고 떠들던 친구들의 원수가 눈앞에 있습니다. 저자를 그냥 두고 그냥 갈 수는 없습니다."
그러자 비류연은 남궁상의 머리카락을 마구 흐트러뜨려 주었다.
"윽, 대, 대사형!"
"멍청아, 넌 대장이야. 네가 책임지고 있는 녀석들을 끝까지 살려내야지. 때로는 사석도 던지라고."

"대사형······."

그 사석으로 자기 자신을 삼으라는 뜻이었다.

"알겠냐? 날 기다릴 필요는 없다. 배에 타자마자 돛을 올리고 무조건 떠나. 자, 가라!"

"대사형, 죽으시면 안 됩니다."

"멍청아, 죽으면 네놈들을 괴롭힐 수 없잖아. 난 안 죽어. 원래 난 초절정 불사신 미소년이니까."

싱긋 남궁상을 향해 웃어주었다. 남궁상이 비류연을 향해 정중하게 포권을 하며 고개를 숙였다. 고개를 숙인 그의 두 눈을 타고 눈물이 흘러내렸다.

그렇게 자신들을 괴롭히던 대사형이 이런 때 자신들을 위해 희생을 하려 하다니······ 그만 감격하고 말았던 것이다. 감정이 북받쳐 올라 심장이 타오르는 듯했다. 하지만 대사형의 말에 따르는 수밖에 없었다. 이미 서천의 부하들이 지척에 달해 있었다. 여기서 그가 발을 멈춘다면 지금까지의 희생은 물거품이 되리라.

"그럼 가보겠습니다, 대사형!"

남궁상은 이를 악물고 배를 향해 달렸다. 비류연은 돌아보지 않은 채 손을 흔들어주었다.

"그래, 좀 있다 만나자."

촤악!

비류연이 손을 휘두르자 그의 발치 뒤에 기다랗게 금 하나가 그어졌다. 족히 삼 장은 되어 보이는 금이었다.

"여기서부터는 통행금지예요. 다른 길을 찾아보는 게 좋을 것 같군요."

 그러나 코앞까지 달려온 일번대 대원들이 비류연의 말을 들을 리 없었다. 그들에게 있어 그는 그저 제거해야 할 적이었다. 그들은 일제히 병장기를 뽑아 들고 달려들었다. 일번대답게 훈련된 숙련도가 다르다.
 그러나 오늘은 상대가 나빴다.

비뢰도(飛雷刀) 오의(奧義)
검기(劍氣) 사살기(死殺技)
풍운뢰명(風雲雷鳴)의 장(章)
뇌광류하곡(雷光流河曲)

 비류연의 손에서 다섯 줄기의 비뢰도가 발출됨과 동시에 음악을 연주하듯 비류연의 손가락이 뇌령사 위를 누빈다.
 그것은 하나의 연주, 바람과 구름과 천둥을 부리는 전율의 연주였다.
 공간을 찢어발기듯 뇌광이 달린다.
 뇌령사가 뇌전의 그물이 되어 하늘과 땅 사이를 감싸며, 그에게 걸려든 모든 것을 잘라낸다.
 그것도 목숨만은 남겨놓은 채, 옷가지와 무기들을 골라내 잘라 버린다.
 그것이 바로 진정한 비뢰도의 힘. 사람의 생사는 뇌령사 위를 누비는 비뢰도의 주인에게 달려 있었다.
 뇌광류하곡이 일거에 주변을 휩쓸자, 여기저기서 일번대 대원들의 비명이 터져 나왔다. 그들은 자신들이 어떻게 당하는지도 알지 못한 채 쓰러져야 했다.
 죽이지는 않았지만, 상처를 입히는 것까지 망설일 필요는 없었던 것이다. 다만 사번대가 좀 바빠질 것이고, 치료받는 일번대 대원들에게는 끔찍한 기억으로 남게 되리라. 이것은 나예린을 납치해 간 자를 따르는 자들에 대한 벌이라 봐도 좋았다.

'역시 위력엔 이상이 없는데…….'

편수 다섯 개로 펼치는 뇌광류하곡이었지만, 그다지 위력에 문제가 있는 것 같지는 않았다. 오히려 편수를 펼치는 것치고는 예전보다 날카로움이나 위력이 증가한 듯 보였다. 역시 약간의 깨달음을 얻어 좌수룡을 제압한 덕분일까? 미세한 제어력은 훨씬 더 강화된 것 같다.

그런데 왜 좀 전에는 파훼되었지? 위력에는 아무 이상이 없는데?

그자는 대체 누굴까?

하긴 그 자신도 자기를 모른다니까, 그가 누구인지 대답해 줄 사람은 아무도 없다는 얘기였다.

비류연은 머리를 설레설레 저으며 눈앞의 적에 한층 더 집중했다. 그 무명이라는 자와는 어차피 당분간 만날 일도 없을 테니, 그자에 대해서는 천천히 생각해도 늦지 않았다.

비류연은 눈을 들어 서천을 정면으로 바라보았다.

저자는 자신의 적.

그리고 예린의 적.

그리고 무림의 적.

그는 마침내 예린의 마음에 상처를 내놓았던 놈과 조우한 것이다.

광란(狂亂)하는 서풍(西風)
―악몽의 원흉

"바로 당신이 예린에게 악몽을 선사했었다죠?"
 비류연의 입가에 짙은 미소가 맺혔다. 이 만남을 기뻐하고 있는 듯이.
 "만나고 싶었어요."
 그건 진심이었다. 실제로 그는 이 만남을 기뻐하고 있었다.
 "어째서냐?"
 처음 보는 어린놈이 대뜸 자신을 만나고 싶었다니 의아하지 않을 수 없었다. 부하들이 쓰러지는데도 아쉬울 게 없다는 듯, 서천은 아직도 팔짱을 끼고 있는 팔을 풀지 않고 있었다.
 "그래야 당신을 두 번 다시 안 만나게 될 수 있잖아요. 오늘 이후 다시는 당신 같은 개자식의 얼굴은 보고 싶지 않거든요. 아니, 존재 그 자체가 독이니 내가 예린을 대신해서 이 세상에서 지워 드리죠, 그 존재 자체를."

서천은 재밌다는 듯 입꼬리를 비스듬히 올렸다. 기실 그는 아까부터 나예린의 옆에 나타난 애송이 녀석을 관찰하듯 구경하던 중이었다. 부글부글 끓어오르는 질투심에 몸을 맡긴 채. 원래 희귀하고 소중한 재료는 주변 재료의 맛까지 고려해서 요리해야 제 맛인 법. 어차피 요리야 순식간이니, 그러려면 그전에 나예린의 옆에 붙어 있던 저 주변 재료가 어떤 놈인지 들척여 보는 것도 즐거운 일이었다.

"네놈이 대체 예린이의 뭐기에? 그 아이가 마음에 둔 놈이라도 된단 말이냐?"

비류연의 눈썹이 살짝 꿈틀거렸다.

"그 더러운 입으로 예린의 이름을 입에 담지 말아줬으면 좋겠네요. 듣고 있는 것만으로도 토가 나올 것 같거든요."

"흐흐흐, 그 작은 새는 나의 것이다. 머리카락 한 올부터 심장의 마지막 한 조각까지. 그 살점 하나하나가 모두 나의 소유인데, 내 소유물을 내 마음대로 부르는 게 뭐가 잘못됐단 말이냐?"

비류연은 웃었다. 그리고 말했다.

"토 나오네요."

서천의 눈에서 순간 기광이 번뜩였으나, 비류연은 말을 멈추지 않았다.

"당신 같은 개자식의 입에선 앞으로 예린의 '예' 자라도 오르내리는 일이 없도록 주의해 주시죠. 그런 역겨움은 내가 도저히 허락할 수가 없어요."

그 말에 서천은 미친 듯이 웃음을 터뜨렸다.

역시 위험한 놈이었다. 제정신이 아니다. 광기 그 자체였다. 이자의 광기는 나예린과 같은 순백의 영혼이 감당하기에는 너무나 지독하게 왜곡되어 있었다. 가까이 가는 것만으로도 오염되어 버릴 위험이 있었다. 이자의 영혼이 왜 비틀려 있는지 따위는 알고 싶지도 않았다.

제거해야 했다. 지금 이 자리에서. 다시는 예린에게 가까이 다가갈 수 없도록. 지금 당장.

"네까짓 게 뭐기에 허락하고 말고 한단 말이냐? 난 누구의 허락도 필요로 하지 않는다. 본좌는 오직 나 자신의 허락만 있으면 된다!"

"그건 어제까지의 얘기였고, 오늘부터 다르죠."

서천의 입가엔 여전히 광기 어린 웃음이 맺혀 있었다.

"좋아, 결정했다. 네놈의 심장을 뽑고, 두 눈알을 파내고, 혀를 뽑고, 귀를 잘라 그 아이 앞에 던져 주도록 하마. 그 아이도 아마 무척이나 기뻐하겠지. 벌써부터 기쁨에 몸을 떠는 작은 새의 지저귐이 귓가를 울리는구나."

네놈 따위의 심장은 언제든지 파내줄 수 있다는 자신감이 넘쳐흐른다.

"역시. 당신은 숨 쉬는 것조차 이 세상에 대한 민폐예요. 자연에 대한 모독이라고요. 그러니 자연보호 차원에서 제거해 드리죠."

비류연도 지지 않고 마주 웃는다. 기세에서 밀린 적은 한 번도 없는 비류연이었다.

"네까짓 게 과연 할 수 있을까? 지금 당장 숨이 끊어질 놈이?"

촤아아아아악!

서풍광란이 비류연을 향해 검은 마수를 뻗었다.

민활한 뱀처럼 빠른 공격, 검은 일격이 비류연의 심장을 그대로 관통하고 지나갔다.

스스르륵!

서천의 입가에 만족스런 미소가 맺히기도 전에 비류연의 신형이 사라졌다.

어느새 비류연은 반 발짝 뒤로 물러나 있었다. 여기까지 닿을 수 있냐고 도발이라도 하듯이.

"잔상(殘像)?"

서천이 오른쪽 어깨를 뒤로 젖혔다. 위력이 반감된 서풍광란을 회수하기라도 하듯.

슈욱.

그 순간, 철갑마수 중 검지가 쭈욱 늘어나며 비류연의 미간을 향해 쏘아져 나갔다.

불시(不時)의 일격(一擊).

미간에 구멍을 뚫리려는 순간, 비류연은 고개를 옆으로 젖혔다.

퍽.

등 뒤에 있던 아름드리나무에 동전만 한 구멍이 뚫렸다. 마치 두부를 꿰뚫는 것처럼 손쉽게.

다음 순간, 서풍의 나머지 네 손가락이 일제히 강철 채찍처럼 늘어나며 비류연의 전신을 휘감았다.

서풍광섬지(西風光閃指)
쇄인(碎刃)

취릭.

다섯 개의 늘어난 강철 채찍에 휘감긴 나무가 수십 토막이 되어 땅

바닥에 떨어졌다. 그러나 그 토막 중에 비류연의 신체는 섞여 있지 않았다.

어느새 비류연은 아름드리나무 꼭대기에 올라가 있었던 것이다.

서천의 지검 공격은 나무의 몸통을 토막 냈지만, 그 꼭대기까지는 토막 내지 못했다.

서천은 무표정해진 얼굴로 서풍광란을 회수했다.

비류연이 무너지는 나무 위에서 사뿐히 뛰어내린 다음 다시 서천을 쳐다보며 말했다.

"어때요? 생각보다 쉽지 않죠?"

"겨우 그 정도를 피해냈다고 으스대기에는 너무 이르지. 이쪽은 아직 시작도 안 했으니까. 잠깐 가지고 놀 여흥은 되는구나. 아직 저 아이도 보고 있으니."

배는 선착장을 떠났지만, 예린은 난간에 서서 계속해서 비류연 쪽을 바라보고 있었다.

"흐흐흐, 그 아이가 소중하게 여기는 것은 무엇이든 부숴 버리고 싶어 참을 수가 없거든. 그것이 저 순백의 영혼을 얼마나 더럽힐 수 있을까를 생각하면, 나의 온몸은 기쁨에 떨지."

그 순간 서천의 눈이 열락에 들떠 몽롱하게 변하는 것을 비류연은 똑똑히 목격할 수 있었다.

"알고는 있었지만 당신 변태군요. 게다가 정신이상."

"변태라니? 난 지극히 평범해. 첫눈이 내린 마당을 보면 누구나 자기가 가장 먼저 밟고 싶어하지 않나? 그렇다면, 눈처럼 깨끗한 아이를 짓밟는 게 뭐가 나빠? 깨끗한 것을 더럽히고 싶은 것이야말로 인간의 본성이지. 인간이 태어날 때부터 지니고 있는 '악(惡)'이다. 그야말로 순수 그 자체지."

비틀렸다. 이 인간은 끝없이 비틀려 있다. 가까이 있는 것만으로도 비류연은 역겨워졌다.

"닥치시죠, 변태 양반. 순수한 영혼은 보존할 만한 가치가 있어요. 당신 같은 변태가 함부로 더럽혀도 되는 게 아니란 말이죠. 당신 같은 오염물은 빨리 정화시키는 게 자연을 위하는 길이라는 생각이 드네요."

"참으로 광오한 놈이로구나. 이런 상황에서 그런 '허언' 장담이나 하다니. 네 그 깃털처럼 가벼운 혀는 뽑은 후에 날아가지 않도록 잘 챙겨야겠구나. 나의 작은 새, 그 귀여운 아이에게 가져다줄 선물이니 말이다."

서천은 번들거리는 눈으로 비류연을 조롱했다.

"네놈을 소중히 여기면 여길수록 그 아이는 바스라지고 가라앉겠지. 그리곤 영원히 내 곁에서 떠날 수 없을 것이다. 본좌는 그 아이의 털끝한 오라기도, 영혼의 티끌 한 점이라도 놓아주지 않을 것이다! 왜냐하면 그 아이는 내 아이를 낳을 아이니까! 절대로. 내가 그렇게 되도록 두지 않는다!"

그의 말은 거의 '저주'에 가까웠다.

그 순간 비류연은 피부가 따끔거리는 감촉을 느꼈다.

무언가가 그의 피부를 찌르고 있었다.

그것은 살기를 품은 바람이었다. 그의 주변에 있는 공기가 요동치며 그를 공격하고 있었다.

그것은 전조(前兆).

곧 서쪽으로부터 광풍이 몰아칠 거라는 전조였다.

"나의 폭풍에 휩쓸려 세상 밖으로 보내주마!"
다시 한 번 서풍광란이 폭출되었다.

서풍광란 오의(奧義)
타신편(打神鞭)

서천의 마수가 주욱 하고 늘어나더니 거대한 채찍처럼 비류연을 향해 휩쓸어 왔다.
"똑같은 수에 두 번 걸리진 않아요."
비류연이 가볍게 몸을 피하며 비웃었다.
"똑같은 수? 어디가?"
차캉!
뻗어 나온 마수에서 수백 개의 강철 가시가 돋았다. 강철의 마수를 이루고 있던 검은 비늘이 일제히 일어나는 것 같은 모습이었다. 비류연은 그 가시 역시 피해냈다. 그러자……!

흑린회회(黑鱗廻廻)

콰라라라락.
돋아났던 가시들이 일제히 회전하기 시작했다. 검은 뱀은 곧 소용돌이가 되었다. 서천이 오른팔을 들어 올리자, 검은 소용돌이가 채찍처럼 하늘을 향해 솟아올랐다.

서풍광란(西風狂亂) 극오의(極奧義)

서풍(西風)의 광시곡(狂詩曲)

광풍요란(狂風搖亂)

"검은 용권으로 갈기갈기 찢어발겨 주마."

주위의 공기가 서천의 오른손에서 뿜어져 나온 회오리를 향해 빨려 들어갔다.

비류연이 급히 오른손을 뻗었다. 발출되는 다섯 개의 비뢰도와 뇌령사.

'이 기술은 위험해! 그렇다면!'

자신을 벽에 처박았던 사부의 기술, 사부가 자신에게 썼던 수법.

사부가 쓴 것은 풍신(風神)의 오의 중 하나인 '쌍용권(雙龍卷)'이었다.

두 개의 용권을 동시에 부리는 풍신의 응용 오의.

아직 거기까지는 쓸 수 없지만, 다른 거라면! 하나 정도라면!

좌수룡을 제압한 지금이라면 쓸 수 있었다.

비뢰도(飛雷刀) 오의(奧義)

검기(劍氣) 사살기(死殺技)

회선용권(回旋龍卷)의 장(章)

최종장(最終章)

질풍(疾風) 용권인(龍卷刃)

오른손에서 발출된 뇌령사가 그의 손 위를 회전하며 은빛 용권풍을 형성했다.

원래라면 두 손과 열 개의 비뢰도 모두를 사용해야 하는 기술.
하지만 지금이라면 한 손으로도 가능했다.
비류연의 손에서 용권이 발생하는 것을 본 서천의 눈이 부릅떠졌다.
더 이상 지체할 수 없다고 느꼈을까?
"죽어라!"
검은 용권풍이 악마의 채찍처럼 비류연을 향해 떨어져 내렸다.
"꺼져 주시죠!"
은빛으로 빛나는 하얀 용권풍이 지지 않겠다는 듯 마주 쏘아져 나갔다.
검은 용권풍과 백색의 용권풍이 허공에서 격돌했다.
그리고 검은 용과 백룡이 싸우는 것처럼 서로를 물어뜯으며 싸웠다.
검은 용이 이빨을 드러내며 백룡을 물어뜯는다. 용체를 뒤집으며 백룡이 저항한다.
다시 흑룡의 반격, 다시 백룡의 반격. 물고 물어뜯기는 싸움이었다.
어느 쪽도 뒤로 물러서지 않는다. 오직 상대를 물어뜯어 버리겠다는 일념뿐이었다.
쾅!
천지를 울리는 굉음이 울림과 동시에 흙먼지가 자욱하게 일었다.
얼마 후, 흙먼지의 벽으로부터 두 사람의 신형이 튀어나왔다.
오의와 오의가 부딪친 반발력에 튕겨 나온 두 사람이 서로를 노려본다.
쓰러지는 사람은 아무도 없었다.

상살(相殺)

두 사람의 용권이 모두 서로 상쇄된 것이다.

힘은 호각(互角)! 흑과 백의 두 용이 부딪친 곳에 땅에 꾸불텅꾸불텅 어지러이 깊게 패어 좀 전의 격전을 드러낼 뿐이었다.

"……이럴 수가……."

서풍광란의 오의인 광풍요란으로 저런 애송이 하나 죽이지 못했다는 사실에 서천은 경악했다.

정신적인 충격은 비류연도 만만치 않았다.

'또 깨졌다…….'

비뢰문의 오의가 또 한 번 깨졌다.

대체 방금 전 그 초식은 뭐지? 마치 비뢰문의 오의를 파해하기 위해 만든 듯한 그 무공은?

그것이 바로 서천의 무공이란 말인가?

하루에 두 번이나 오의가 깨지다니.

게다가 비류연 자신처럼 저자 역시 아직 최종 오의는 남겨두고 있었다. 좀 전에 보여준 한 수보다 더 대단한 한 수가 있는 게 분명했다.

저쪽이 만일 그렇게 나온다면 이쪽도 그에 상응하는 준비가 필요했다.

'역시 '그걸' 하는 수밖에 없겠지?'

그때, 희미한 소음과 함께 땅에서 미세한 진동이 느껴졌다. 적의 새로운 증원이 오는 모양이었다. 게다가 아까 쓰러뜨린 놈들보다 세 배는 많아 보였다.

"칫, 오늘 이후 당신의 얼굴 따위 두 번 다시 보고 싶지 않았는데, 아무래도 상황이 좋지 않군요."

마천십삼대의 대원들이 속속 항구를 향해 집결하면, 아무리 비류연이라 해도 난감해지고 만다.
 "하지만! 당신이 예린의 마음에 상처를 남겼으니, 그 대가는 받아가야겠어요. 예린에게 악몽을 새겨 버린 죗값은 백만 번 죽어도 씻을 수 없겠지만요."
 "흥, 네게 그런 재주가 있기나 하느냐? 이 세상은 힘이 전부다. 힘을 가진 자의 생각이 바로 이 세상의 법칙인 법! 힘이 없으면 입 한 번 뻥긋하는 것도 용서되지 않는다는 걸 알아야지."
 "그 말인즉, 힘만 있다면 그 힘으로 사람의 마음을 짓밟아도 된다는 건가요? 자신이 당할 거라고는 생각하지 않나 보네요?"
 "크하하하하, 누가 감히 본좌에게 그런 짓을 할 수 있단 말이냐? 본좌의 마음에 상처를 남긴다고? 피도 눈물도 말라 버린, 증오로 가득 찬 나의 마음에?"
 별 웃기는 소리를 다 들어보겠다는 듯 서천이 미친 듯이 광소했다. 도대체 무슨 일로 자신이 상처를 받을 수 있을지 상상도 가지 않는 듯했다. 그는 그런 일이 자신에게 일어날 수 있다는 것을 믿지 못하는 듯했다. 자신은 남의 마음을 짓밟을 수 있지만, 남이 자신의 마음을 짓밟을 수 있다니. 그에게 그런 일은 이 세상에서 일어날 리가 없는 일이었다. 그의 생각으로는.
 "할 수 있다면 해봐라. 절망 속에서 울부짖게 해줄 테니. 간과 내장이 뽑히고 나서도 지금처럼 웃을 수 있는지 궁금하구나."
 그러나 그런 협박으로 눈썹 하나 까딱이나 할 만큼 비류연의 심장은 야들야들하지 않았다.
 "그렇다면 사양할 것 없겠군요. 그나저나 왜 그렇게 민감하게 반응하세요? 혹시 몰래 감추고 있던 사실이 들통날까 봐 찔리기라고 하세요? 자신이 '열등(劣等)' 하다는 사실이?"

"뭣이라! 방금… 무어라 지껄였느냐?"

서천의 입가에서 여유와 함께 비웃음이 사라졌다.

대신 얼음장처럼 차가운 한기가 살기와 한데 어우러져 일렁거렸다.

그것은 분노, 마음속 깊은 곳에서 검게 일렁거리는 차가운 분노였다.

서천이 밟고 있던 발 주위의 풀이 검게 말라가기 시작하더니, 반 장 정도 떨어져 있던 나무에서 잎이 시들어가고 나무가 고목처럼 말라비틀어져 갔다.

그가 품은 살기가, 그의 몸에서 뿜어져 나오는 무형지기가 주위의 초목(草木)들에 죽음을 불러오고 있었다. 의형상인의 경지가 극에 달해 거의 심살(心殺)의 경지에 달한 자만이 보여줄 수 있는 위용.

엄청난 살의의 덩어리가 비류연을 향해 집중적으로 쏟아지고 있었다.

하지만 비류연은 말라비틀어지기는커녕 오히려 얼굴에 싱긍벙글 미소가 떠오르는 게 혈색이 더 도는 모양이었다.

"귀가 좀 나쁘신가 봐요? 아니면 이해력이 떨어지는 걸까요? 선심 써서 딱 한 번만 더 말하죠."

이번에야말로 놓치지 말고 잘 귀담아들으라는 듯, 비류연이 또박또박한 목소리로 한 자 한 자 내뱉었다.

"여—어—얼(劣), 드—으—웅(等)!"

그리곤 '하다고요', 라고 짧게 덧붙였다.

펑 하는 소리와 함께 옆에 있던 나무들이 그대로 터져 나갔다.

"비천한 것이 못하는 말이 없구나! 나는 '서천멸겁', 과거 전 무림의 공포에 몰아넣었던 '사천멸겁'의 일좌다! 그런 본좌를 보고 감히 열등하다고 지껄이는 게냐?! 감히! 네놈 따위가!"

확실히 서천의 말대로였다. 그의 본래 신분을 보나 서천멸겁이라는 현재의 위치로 보나 마천각에서의 지위로 보나 그가 우등하면 우등하지 열등하다고 여겨질 만한 구석은 없었다. 그러나 비류연은 자신의 생각을 굽힐 생각이 전혀 없었다.

"그렇게 뻗대는 놈일수록 마음속 깊은 곳에 열등감을 감추고 있을 뿐이죠. 어차피 당신은 평생 패배자로 살아오지 않았나요? 자신의 형을 이긴 적도 한 번도 없으면서 그렇게 잘난 척이라니, 사실은 무공으론 형을 이길 수 없을 것 같으니까, 그래서 다른 방식으로 복수를 하려고 예린을 괴롭히는 것 아닌가요? 정말이지 애처로울 정도네요."

"네 이노오오오오옴! 말 다 했느냐아아아아! 마지막 기회를 주겠다. 그 말을 당장 취소해라!"

서천의 얼굴이 시뻘게진 채 노호를 터뜨렸다. 당장 비류연을 죽이기 위해 달려오지 않는 게 이상할 정도였다. 힘이 아닌 말로 비류연의 설복을 받아내려는 의도가 있나 의심될 정도의 태도. 만약 그런 터무니없는 기대를 품었다면, 품기 전에 포기하라고 말해주지 못하는 게 미안할 뿐이었다.

"그렇게 화내는 게 바로 자신이 열등하다는 걸 증명하는 거예요. 그리고 그 열등함은 비단 당신의 형에 대해서만이 아니라는 것을 자―알 알려주죠."

"그건 또 무슨 헛소리냐?!"

광란(狂亂)하는 서풍(西風) 317

"멍청하긴. 당신이 나보다 훨씬 열등하단 소리예요."

그것도 몰랐어요, 역시 열등하네요, 하는 태도로 비류연이 말했다.

"개 같은 소리! 그런 잡스러운 헛바닥으로 날 동요시킬 수 있으리라 생각했느냐? 어리석은 놈!"

하지만 그는 이미 크게 동요하고 있었다. 당장 손을 써야 할 시기를 놓치고 비류연의 말에 자꾸만 끌려가고 있는 게 무엇보다 큰 증거였다.

"하하하, 지금 엄청난 착각하고 있다는 거 알고 있죠?"

"뭐라고?"

"당신 같은 쌍놈의 개자식한테 말로 할 리가 없잖아요? 나는 대화만으로 모두가 서로를 알아갈 수 있다고 믿을 만큼 순진하지는 않아요. 때로는 매도 필요한 법이죠. 당신의 잠꼬대, 일격에 깨뜨려 드리죠. 이미 말하지 않았던가요? 힘으로 당신의 마음을 짓밟아주겠다고! 당신이 남에게 그렇게 했듯이!"

"잠꼬대는 네놈이 하는 것 같구나!"

그에게 비류연의 광언은 그저 백주대낮의 잠꼬대에 불과했다.

"글쎄, 과연 그럴까요? 이 일격, 막을 수 있다고 생각하지 마시죠."

스윽, 비류연의 손이 서천의 미간을 가리켰다.

토옹!

명경지수의 마음에 한 방울의 의지가 떨어져 파문을 일으켰다.

의지가 칼날이 되어 휘둘러진다.

보이는 것을 벨 수는 없지만, 보이지 않는 것을 베는 마음의 검이었다.

비뢰도(飛雷刀)

검기(劍氣) 오의(奧義)

단심무형(斷心無形)의 장(章)

심뢰(心雷) 극(極)

천형인(天刑印)

비류연이 서천에게 남기는 일격, 마음에 심어주는 악몽. 그가 비류연을 죽이기 전까지는 절대로 사라지지 않는 천형. 그것은 하늘의 벌.

저 높은 천공에서 떨어지는 신의 벼락이 서천의 망막에 화인처럼 아로새겨지며, 동시에 그의 정신을 비틀고 찢으며, 그의 어둡고 타락한 검은 마음에 눈부시게 빛나는 상흔(傷痕)을 남겼다.

"크아아아아아아아아아아악!"

서천의 입에서 지옥의 틈바구니에서나 흘러나올 법한 무시무시하고도 참혹한 비명이 터져 나왔다.

분명히 막았다고 생각했는데, 그가 자랑하던 서풍광란의 방어가 완벽하지 못했던 모양이다.

그 방어를 찢으며 뇌광이 그의 얼굴과 몸을 가르고 지나갔다. 피가 뿜어져 나왔다.

보통 상처는 밝은 정신에 어두운 상처를 남기는 것이었다. 하지만 조금 전 비류연의 일격은 어두운 마음에 빛나는 상흔을 남기는 일격이었다. 빛 속의 어둠보다 어둠 속의 빛이 더욱 선명한 법이다.

비뢰도 오의 심뢰(心雷).

이것은 과거 비류연이 무당산에서 금제에 걸려 있던 갈효봉의 정신을 깨어나게 했던 바로 그 수법의 변형이었다. 락비오의 단단한 갑옷을 뚫고 그의 머릿속을 새하얗게 만든 수법이기도 했다.
 별다른 공격이 없는 것처럼 보이는, 아주 단순한 손짓에 왜 이리도 서천은 괴로워하는가? 그것은 그의 육체보다 그의 정신이 상처를 입었기 때문이다. 보다 정확하게 말하면, 신체가 아니라 그 신체와 연동된 기로 이루어진 본체, 즉 기체(氣體)가 상처를 입었기 때문이다.

 열등…….
 아니야! 난 열등하지 않아! 난 열등하지 않아! 난 열등하지 않아!
 사내는 외친다. 속으로 몇 번이고 몇 번이고.
 뇌리 속에 박혀 떨어지지 않는 저 두 자(字)를 떨쳐 버리기 위해 발버둥 쳤다.
 그러나 몸부림치면 몸부림칠수록, 강하게 부정하면 부정할수록 '열등'이라는 두 글자는 더욱더 강하게 그의 뇌리와 마음속으로 파고들었다. 넌 열등하다고! 인정하라고!
 아니야, 난 열등하지 않아! 열등하지 않아!
 난 서천멸겁! 일찍이 전 무림을 벌벌 떨게 했던 공포의 대명사.
 자신은 더 이상 옛날의 그 무력한 나일천이 아니었다.
 항상 그 대단하신 형의 그늘에 가려져 기를 펴지 못하던 그 나일천이 아니었다.
 형에게 팔이 잘려 나가 '병신'이 되었던 그 나일천이 아니다.
 그에게는 한때 동료였던 자들을 죽이면서까지 손에 넣은 멋진 힘이 있었다. 그 힘으로 얼마나 많은 이들에게 죽음과 공포를 선사했던가.
 그러니 나는 열등하지 않아. 열등하지 않아.

―어라, 사람 좀 많이 죽이면 열등한 게 사라질 거라 생각하는 건 아니겠죠? 멍청하게? 열등하면 열등할수록 그걸 숨기기 위해 남을 공격하죠. 열등한 자들은. 남을 상처 입히면 자신이 대단해질 거라고 생각하는 것 자체가 '열등한 생각'이라니까요.

라는 말이 어디선가 환청처럼 들려오는 듯했다.
그는 필사적으로 고개를 가로저었다.
아니야, 아니야, 아니야, 아니야, 아니야!
난 열등하지 않아! 난 열등하지 않아!
난 최고야! 난 최고야! 난 최고라고!
필사적으로 외쳐 보았지만, 그의 외침에 동의해 주는 목소리는 어디에서도 들려오지 않았다.

심뢰는 단순한 외가적 공격이 아니었다. 그렇다고 내가적이냐고 한다면 그렇지도 않다.
심뢰는 육체가 아닌 마음을 공격하는 것이다. 정기신(精氣神) 중 육체인 정(精)이 아니라, 기(氣)인 마음을 공격한다. 이 일격은 혼(魂), 즉 신(神)을 뒤흔든다.
일종의 정신 공격이지만 그 타격은 육체로 드러난다. 마음을 당했는데도 육체에 상처가 나타나는 것이다.
서천의 이마 한가운데서 붉은 피가 흘러내리고 있었다. 아직도 그는 양손으로 머리를 잡은 채 괴로워하고 있었다.
천형인은 심뢰의 최고 경지로, 마음을 베어 육체를 베는 경지였지만, 그 화후가 아직 완벽하지 못해 목숨을 취하지는 못했다. 절정의 고수일수록 단련된 정기신을 가지고 있기 때문에 절명에 이르게까지 하는 것은 매우 지난했던 것이다.

"와아아아아아!"

그때, 아까부터 점점 커져가는 땅의 진동으로 다가옴을 느껴왔던 적의 증원이 함성 소리와 함께 모습을 드러냈다. 저 뒤에서 일번대 대원들 수십 명이 병장기를 들고 달려오고 있었다. 그 뒤로도 여기저기에서 다발적으로 함성 소리가 들리는 걸 보니, 몰려오는 건 비단 일번대만이 아닌 모양이었다.

나예린과 천무학관 사절단이 탄 배를 먼저 출항시킨 게 그나마 다행이었다. 그러지 않았다면 선착장을 떠나기도 전에 백 명이 넘는 추적대가 갑판에 득실댔을 게 분명했다.

"네…놈이…… 감히……!"

역시 천하의 독한 놈이라서 그런지 서천의 회복 속도는 놀라울 정도로 빨랐다.

"운이 좋은 줄 아시죠."

약속대로 상처를 남기긴 했지만, 완전히 끝장을 내지 못한 게 아쉬울 뿐이었다.

"다음에는 그 정도로 끝나지 않을 겁니다. 날 믿어요. 약속하죠!"

그것은 경고. 서천의 가슴과 귀에 새기기 위한 경고였다.

그리고 그것은 약속. 반드시 돌아와 다음에는 끝장을 내주겠다는 약속이었다.

또한, 그의 마음에 공포를 심어주기 위한 작업이기도 했다.

이대로 물러나지만, 도망쳤다고 생각하게 내버려 두면 억울하지 않는가. 그가 다시 돌아올 것이라는 것이 말뿐이 아니라는 것을 남겨두려는 것이다. 그날 그때까지 서천이 두 발 뻗고 잘 수 없도록. 밤이면 밤마다 악몽에 시달리도록.

"다음에 만날 때까지 그 상처를 잊지 말아요. 하긴 절대로 잊진 못하겠지만. 그럼 당분간은 우리 악몽 속에서 만나요!"

그것은 그에게 밤마다 악몽을 선사해 주겠다는 협박이었다.

"크윽, 이미 배는 떠났다. 저 배가 네놈을 데리러 올 줄 아느냐? 어리석은 놈! 우선은 네놈을 잡고 저 배를 동정호 바닥에 가라앉혀주마!"

아직도 머리가 깨지는 것 같은 통증에 눈살을 찌푸리며 서천이 으르렁거렸다. 이곳은 섬, 그것도 세상에서 제일 넓다는 동정호였다. 아무리 난다 긴다 해도 배 없이는 절대로 이곳을 빠져 나갈 수 없었다. 배가 이미 항구를 떠난 이상, 저 씹어 먹을 꼬마에게 탈출구는 없었다.

"바보 아니에요? 열등하게시리. 저쪽에서 못 오면 이쪽에서 가면 되죠."

펄럭!

비류연이 등짐에 싸여 있던 기다란 검은 막대기를 꺼내 들더니 활짝 폈다.

그것은 바로 현천은린(玄天銀鱗)이었다.

"……?"

서천은 물론 그의 주위에 몰려든 마천각의 부대원들 사이에서도 의문이 떠올랐다.

"자, 그럼 안녕히!"

아무런 망설임도 없이 비류연은 현천은린을 호수 위로 던졌다. 그러자 빙글빙글 회전한 현천은린이 호수 위에 가서 거꾸로 툭 떨어졌다.

파바밧, 비류연은 허공을 몇 번 박차더니 거꾸로 떨어진 현천은린 위에 사뿐히 올라탔다. 묵린혈망의 가죽으로 되어 있기에 방수성은 완벽했다. 봉황무의 비기 중 하나인 '봉익일우(鳳翼一羽)'의 내공을 끌어올려 몸을 깃털처럼 가볍게 만든 비류연은 왼손으로 우산대를 잡은 다음 오른손으로 장풍을 쏘아댔다.

강력한 장풍이 호수 면을 때리자 우산은 무시무시한 속도로 날아가기 시작했다.

비류연을 쫓던 연합 부대는 항구 끝에 선 채 멀어져 가는 그를 보며 뒤늦게 암기나 칼, 극히 일부는 활을 쏘아댔다. 하지만 이미 때는 늦어 있었다.

현천은린을 배 삼아, 장력을 노로 삼아 일행이 탄 배로 접근한 비류연은, 마지막으로 수면에 수직으로 장력을 쏘아낸 다음 그 반동으로 도약해 배 위로 사뿐히 착지했다. 그리고는 현천은린을 들어 올렸다.

주르르륵.

그러자 수면에서 튀었던 물이 비가 되어 검은 우산 위로 떨어졌다. 그러나 미리 우산을 쓰고 있었기에 비류연의 옷깃은 하나도 젖지 않았다.

"다녀왔어요, 예린."

배의 난간에는 나예린이 서 있었다. 배가 떠난 후에도 그녀는 계속해서 비류연 쪽을 바라보고 있었던 것이다.

"어서 와요, 류연."

나예린이 그를 맞이했다.

"미안해요, 저 빌어먹을 자식을 끝장내지 못해서."

그 말에 나예린은 고개를 가로저었다. 서천은 그녀 자신의 악몽. 오늘은 진기를 모두 소모한 참이었지만, 다음에 만난다면 오늘처럼 되지는 않을 것이다. 그때야말로 검을 들고 그자와 마주서리라.

"아니요, 될 수 있으면 마무리도 제가 해야죠. 그런데……."

"왜요?"

"그 우산…… 어디서 난 거죠?"

나예린의 시선이 비류연이 들고 있는 검은 우산 '현천은린'에 못 박힌다. 이 정도로 독특하고 특색있는 우산을 잘못 볼 리가 없었다. 이건 분명 연비가 한시도 몸에서 떼지 않고 지니고 있던 바로 그 우산이었다. 그 우산을 왜 류연이 가지고 있는 거지?

"아, 이거요? 그러니까 이건……."

아차, 뭔가 그럴듯한 말을 생각해 내야 하는데, 갑자기 허점을 찔려서 대답할 말을 잃었다.

여기 이 자리에서 '내가 바로 연비예요, 놀랐죠, 아하하하!' 라고 말할 수는 없는 노릇 아닌가. 그렇다고 용안이 지켜보는데 거짓말이라니……. 아무리 그의 마음이 읽히지 않는다 해도 그런 모험은 할 수가 없었다. 그렇게 머뭇거리던 찰나.

"대사형……."

어디선가 끊어질 듯 말 듯한 희미한 목소리가 들려왔다.

"거기…… 계신가요……?"

뒤이어 당삼의 비통한 목소리가 들려왔다.

"혜 매! 정신이 들어? 혜 매!"

"이 소리는!"

비류연과 나예린이 서둘러 그 목소리가 난 곳으로 향했다.

그곳에선 당삼이 피에 젖은 당문혜를 안은 채 망연자실한 상태로 오열하고 있었다.
 희미한 목소리로 비류연을 부른 것은 다름 아닌 당문혜였다.

"혜 매(妹)! 정신이 들어, 혜 매?!"
 당삼이 의식을 되찾은 당문혜를 안으며 소리쳤다.
 물컹! 물컹!
 악마의 손톱이 꿰뚫고 지나간 자리에서 붉은 피가 샘솟듯 솟아나고 있었다. 아무리 심장을 빗겨났다곤 해도, 가슴에 커다란 구멍이 난 상태다. 다같이 지혈을 해보긴 했지만, 그녀가 살아남으리라고 기대하는 사람은 아무도 없었다.
 출혈량을 생각하면 지금까지 버티고 있는 것만 해도 기적이었다. 아니, 보통은 가슴에 구멍이 뚫렸을 때 충격으로 그 즉시 심장이 멎었으리라. 지금 의식을 되찾은 것은, 어쩌면 촛불이 꺼지기 직전에 잠깐 밝아지는 회광반조의 현상 같은 건지도 몰랐다.
 "바보…… 혜 저(姐:누나)라니까……."
 파들파들 떨리는 손이 당삼의 뺨을 향하다가 힘이 모자란지 허공에서 떨어지려고 했다. 점점 더 핏기가 빠져나가는 그 손을 붙잡고 당삼이 오열했다.
 "알았어! 알았으니까 말하지 마! 말하면 피가 쏟아지잖아! 살아나면 누나라고 백 번이고 천 번이고 불러줄 테니까, 살아나라고. 이 바보야!"
 당삼의 두 눈에서 뜨거운 눈물이 폭포수처럼 쏟아졌다. 같은 날 같은 시에 태어나 같은 삶을 공유했던 자신의 반쪽이 떨어져 나가려 하고 있었다. 자신의 몸이 반으로 쪼개지는 듯 고통스러웠다.

"바보는 너지……. 위험했었잖아……."

당문혜는 애써 미소 지었다.

"대사형은……."

"나 여기 있다."

당문혜의 간헐적인 부름에 감정이라곤 단 한 점도 느껴지지 않는 굳은 목소리로 비류연이 대답했다.

"당삼을…… 부탁……."

복수를 부탁한다는 말 따위는 하지 않았다. 하지 않아도 이 사람이라면 당연히 해줄 것이라 믿기에. 언제나 계산 하나만은 확실하던 사람이었다. 그녀가 멀쩡했다면 그녀가 그 일을 할 수 있도록 지옥훈련을 시켜주었을 테지만, 이제 그녀는 자신이 그럴 수가 없다는 것을 잘 알고 있었다. 그러니 대사형이 투덜거리면서도 그녀가 당한 걸 갚아주리라는 것을 그녀는 믿고 있었다. 그런 인간을 한때나마 멋지다고 생각한 자신은 좀 취향이 이상한 걸까?

"열심히 굴려줄 테니 걱정 마라. 저 하늘을 꽃으로 가득 덮을 수 있을 정도 굴려줄 테니."

"믿을게요……."

"약속하마."

안 하면 모를까, 한 번한 약속한 것은 절대로 지키는 인간이 바로 비류연이었다.

"그동안…… 감사했어……요."

"곧 죽을 사람처럼 말하지 마라! 함부로 죽기라도 하면 혼난다!"

당문혜의 입가에 힘들게 미소가 맺힌다.

쿨럭.

기침 소리와 함께 다시 한 번 가슴께에서 왈칵 피가 솟아올랐다.
"이런…… 혼……나겠네……."
중간중간이 끊기며 목소리가 점점 더 작아져 갔다.
"……싫으면 혼날 일은 하지 말라고."
그러니 죽지 마, 비류연은 그렇게 말하고 있었다.
당문혜는 다시 웃었다. 금세라도 꺼질 바람 앞의 촛불처럼 미약한 미소를 지으며, 그녀는 당삼에게 고개를 돌렸다.
"나…… 보고 싶은……."
"보고 싶은 거? 뭔데? 말해봐. 내가 보여줄 수 있는 거라면 모두 보여줄게…… 누나!"
당삼이 마침내 당문혜를 '누나'라 불렀다. 살아만 난다면 천번만번이고 불러줄 수도 있었다. 자신을 누나라고 부른 당삼을 향해 당문혜가 미소 짓는다.
자상하게. 걱정을 끼치지 않으려는 듯.
그리고 마지막 힘을 짜내어 바람소리가 뒤섞인 한마디 한마디를 토해내기 시작했다.
"하늘을 가득…… 채운…… 꽃비가……. 너의 손에서…… 만천화우(滿天花雨)의…… 꽃비를. 사천의 색(色)으로…… 물든 하늘을……."
만천화우의 극의만 깨우쳤더라도 오늘 이처럼 허무하게 당하지는 않았을 것을. 겨우 이 정도가 사천당가의 모든 것이 아니라는 것을 증명하지 못한 것이 그녀의 마지막 한이었다.
"볼 수 있어. 볼 수 있고말고. 내가 꼭 완성시켜서 보여줄게! 반드시! 맹세할게!"

당문혜가 다시 살아날 수 있다면 그는 무엇이든 할 수 있을 것 같았다.

당삼의 맹세에 당문혜는 희미하게 미소 지었다.

"약속……이……야……."

당삼의 손에 쥐어져 있던 당문혜의 손이 스르륵, 미끄러졌다.

파르르 떨리던 눈꺼풀이 감기며 입가에 맺힌 엷은 미소가 점점 더 흩어져 갔다.

그리고 이윽고 그 미소는 완전히 자취를 감추었다.

바람에 흩날려 버린 마지막 꽃잎처럼.

이날, 주작단 열여섯 명 중 첫 번째 결원이 생겼다.

무명, 깨어나다
─비류연의 분노

두렵다.
저것이 두렵다.
자신을 바라보는 저것이.
황금빛으로 빛나는 저─
두 개의 눈동자가!
도망치고 싶다. 달아나고 싶다.
저 황금빛 시선이 닿지 않는 곳으로!
그러나 저 시선에서 도망칠 수가 없다.
황금빛 눈동자가 그를 놓아주지 않는다.
아무리 도망치고 도망쳐도 도망칠 수 없다.
제발… 제발……!
괴로움에 몸부림치며 오열한다. 비명이 터져 나온다.

온몸이 타버릴 것만 같다.
몸은 재가 되고 정신은 무(無)로 돌아간다.
사라진다. 나(我)라는 것이 사라져 간다.
거대하고 끝없는 무(無)의 공간이 아가리를 벌린다.
끝없는 망각(妄覺)이 그 공포스런 모습을 드러낸다.
집어삼킨다.
새까매진다. 모든 것이 새까매진다.
그 암흑의 공간에 오직 두 개의 불빛만이 남았다.
두 개의 빛나는 황금빛 눈동자가.
자신을 노려본다.
언제나! 영원히!

"으아아아아아아아악!"
찢어질 듯한 비명을 내지르며 무명이 눈을 번쩍 떴다.
"대장님, 정신이 드십니까?"
"응? 소옥이? 왜 내가 여기 누워 있지?"
무명은 자신이 왜 사번대 의무반 침상에 누워 있는지 도저히 이해가 안 가는 모양이었다.
"까먹으셨어요? 그야 정신을 잃어서 그렇죠."
"정신을 잃어? 내가 왜? 다친 곳도 없는데?"
그가 기억하기로는—물론 그의 기억이 의지가 안 될 만큼 형편없긴 하지만—상대의 공격에 당한 적은 없었다. 그런데 왜 기절했지? 그러고 보니 뭔가 굉장한 두통이 있었던 것 같기도 했다.
"갑자기 쓰러지셨습니다, 혼자서요."

무명, 깨어나다

이해가 안 가기는 장소옥도 마찬가지였다. 처음에는 자신의 대장이 당한 줄 알고 얼마나 놀랐던가.

무명은 당최 이해를 못하겠다는 듯 고개를 갸웃거렸다.

"혼자서? 아니, 내가 왜?"

"그, 그야 저도 모르죠. 오히려 묻고 싶은 건 제 쪽이라고요."

갑자기 모시던 대장이 쓰러져서 얼마나 놀랐던가. 처음에는 독이 묻은 암기에 암습이라도 당한 게 아닌가 의심까지 했던 장소옥이다.

"그것참……."

아무래도 얘기를 종합해 보니 자신은 그 지독한 두통을 견디지 못하고 기절했던 듯했다.

기절하기 전에 봤던 그 광경들은 대체 뭐였을까?

그리고 기절한 후에 봤던 그 꿈들은? 그 눈동자는?

분명히 자신의 기억 안에는 없는 것들이었다. 별로 의지가 되지 않는 기억이긴 하지만, 그 느낌은 무척이나 생소하면서도 익숙했다.

"아, 그러고 보니 그 사람은 어디 갔어?"

"그 사람이라니, 누구 말씀이신가요?"

"왜 그 앞머리가 긴 청년 말이야."

자신의 앞머리를 손으로 잡고는 눈을 가리는 시늉을 하며 무명이 물었다.

"아, 그 사람이요? 그 사람이라면 이미 갔죠."

"어디로?"

그제야 장소옥이 기다렸다는 듯 말했다.

"탈출하러 간다던데요?"

"이런! 안 되는데!"

무명이 자리에서 벌떡 일어나며 외쳤다.
"뭐가요, 대장님? 탈출하면 안 된다고요?"
호기심을 참지 못하고 장소옥이 물었다.
"물론이지. 그냥 탈출하게 두면 안 돼, 절대로!"
웬일로 자신의 대장님이 이런 성실한 생각을 다 하지? 장소옥은 신기한 생각까지 들었다.
"으음…… 이럴 때가 아니지. 가자, 소옥아."
"어디로요?"
"당연히 그들을 쫓아가야지. 아직 승부는 끝나지 않았다고. 난 그 사람과 좀 더 많이 싸워야 해. 아주 많이!"
그러면 그렇지…….
아무래도 그의 목적은 탈출 저지가 아니라 다른 곳에 있는 듯했다.
"마천십삼대의 대장씩이나 되시는 분이 어디를 가신단 말입니까? 자신의 입장을 잊지 마십시오."
무명이 엉뚱하고 터무니없는 생각을 할 때마다 그 생각에 제동을 거는 것 역시 부대장의 일 중 하나였다. 그러나…….
"그럼 대장 그만두지, 뭐."
엄청난 소리를 아무렇지도 않게 해버린다.
"대, 대, 대장을 그, 그만두신다니요?!"
장소옥이 기겁할 정도로 놀라며 입을 붕어처럼 뻐끔거렸다.
"안 됩니다! 절대 불가합니다! 저희 육번대 대원들은 어쩌라고요? 저희들을 버리신다는 겁니까?!"
"끄응……. 아니, 버린다는 게 아니라 그냥 그만두는 건데. 다음 대장을 뽑으면 되잖아? 뭣하면 소옥이 해도 좋고."

황당해하는 장소옥의 입에서 이윽고 장대한 고함이 터져 나왔다.

"그게 가능할 리 없잖아요! 지난 수십 년 동안 육번대 대장은 단 한 번도 바뀌지 않았다고요! 이제 와서 새로운 대장이랍시고 나서는 사람은 누구 하나 인정해 줄 리 없잖습니까!"

"그게 그런가?"

"당연히 그렇죠!"

이제는 포기하겠지? 장소옥은 그렇게 기대했다. 그러나 그 기대는 그다음 이어지는 한마디에 단숨에 부서졌다.

"그럼 휴가를 낼래."

"휴가요?"

"엉, 유급휴가로."

*   *   *

당삼은 누이의 시체를 부여잡은 채 오열하고 있었다.

절친한 친구였던 진령의 눈에서도 눈물이 그치지 않았다. 남궁상도 눈물을 참을 수가 없었다. 너무 짧은 시간에 너무 많은 일들이 일어났다. 한 팔을 잃은 노학은 응급처지 덕분에 겨우 목숨을 부지한 채 정신을 잃고 있어 눈물을 흘릴 수조차 없었다.

"……."

그러나 비류연은 울지 않았다. 그의 눈에서는 눈물 한 방울 흘러나오지 않았다. 대신 그의 얼굴에서는 모든 표정이 사라져 있었다. 모든 감정이 사라진 사람처럼. 혹은 모든 감정이 동결된 사람처럼.

나예린은 이런 비류연의 얼굴을 보는 건 처음이었다. 언제나 항상 밝고 여유 넘치고 장난기 가득하던 그의 얼굴이 아니었다.

그저 차갑게 얼어붙어 있었다.

마치…… 예전의 자신처럼.

그리고 그저 그 자리에 우뚝 선 채 다시는 눈을 뜰 수 없는 당문혜와 그녀를 둘러싸고 오열하는 제자 겸 사제들을 바라보고 있었다.

그저 묵묵히.

'뭐지? 이 지독한 불안감은?'

눈물을 닦아내던 남궁상은 대사형을 보는 것만으로도 가슴속에서 알 수 없는 불안감이 들끓었다.

당장에라도 폭발할 것 같은 활화산을 눈앞에 둔 것이 이런 기분일까?

북풍한설이 불 정도로 차가운 무표정 속에서, 이글거리는 용암이 끓어오르는 것 같았다.

차가운 분노.

그 말 이외엔 지금 비류연의 상태를 설명할 수 있는 말이 없을 것 같았다.

파직파직.

보고 있는 것만으로도 살갗이 따갑다. 보이지 않는 살기의 바늘이 그의 피부를 찌르고 있는 것만 같았다. 온몸의 솜털이 쭈뼛쭈뼛 일어나고 있었다. 가슴이 술렁거린다.

그때, 배 주변에서 요란한 소리가 나지 않았다면 남궁상은 그 자리에서 꼼짝도 못했을 것이다.

어느새 배 뒤에는 십여 척의 소형 고속선이 물살 위로 하얀 포말을 그리며 바람처럼 쫓아오고 있었다.

그들에게는 차분히 당문혜의 죽음에 조의를 표할 시간조차 없었다.
추격자들이 따라붙은 것이다.
그 추격자들은 다른 아닌 마천각의 문을 지키는 '귀문십장(鬼門十將)'이었다. 그들은 고속선을 타고 엄청난 속도로 물살을 가르며 사절단 주위에 포위망을 펼쳤다.
추격자들은 비단 귀문십장뿐이 아니었다. 마천십삼대의 부대원들마저, 빠른 솜씨로 배를 띄우고 닻을 올려서 뒤를 바짝 쫓아온 것이다.
점점 좁혀오는 포위망을 보며 남궁상은 사색이 되었다. 아니, 남궁상을 포함한 모든 사절단들의 얼굴이 사색이 되었다.
이 배를 타기 위해 너무 많은 희생을 치러야 했다.
지금 그들에게는 이 포위망을 뚫을 힘이 남아 있지 않았다.
천무학관 관도들의 마음속에 절망이 차오르기 시작했다.

"와아아아아아아!"
추격하는 배가 노를 저어가며 가까이 다가왔다. 사절단이 탄 배는 돛만 달려 있을 뿐, 노는 달려 있지 않았다. 노가 있다고 해도, 이 인원으로는 무리였다. 지금 인원으로는 배를 앞으로 가게 하는 게 한계였다.
"와아아아, 와아아아아아!"
추격자들이 가까워지면서 함성 소리가 더욱 커졌다.
무표정하게 서 있던 비류연의 눈썹이 한순간 꿈틀거렸다.
사람이 죽었는데, 내 제자이자 사제인 여자애가 죽었는데 대체 뭐가 와와란 말이냐? 어디 경사라도 났단 말인가?
"닥―쳐―라―!"

비류연의 입에서 일갈이 터져 나왔다.

배와 배 주위의 호수가 쩌렁쩌렁 울릴 정도의 커다란 소리였다.

찰캉!

왼쪽 발목에 차여 있던 묵룡환이 풀리며 쿵 소리와 함께 갑판 위에 떨어졌다.

비류연의 앞머리가 펄럭이며, 감겨 있는 두 눈이 드러났다.

갑자기 정적이 찾아왔다.

"바람이 멈췄다."

남궁상을 비롯해 당황했던 사람들이 주위를 둘러보며 중얼거렸다.

배의 돛을 밀어주던 바람이 멈추었다. 호수 위를 날고 있던 나뭇잎이 그대로 얌전히 떨어져 내렸다. 돛을 이용해서 움직이는 주위의 배들도 멈추었다.

뭔가 이상하다, 사람들은 직감적으로 이상을 느꼈다.

"대기가 술렁이고 있어……."

주위의 바람이 거세게 요동치고 있었다.

피부가 따가웠다.

남궁상은 자신도 모르게 대사형을 향해 시선을 돌렸다.

지금 뭔가 일어나려 하고 있었다.

스르륵.

배 주위로 바람이 불기 시작했다.

처음에는 호수 위에 떨어진 나뭇잎 한 장을 살짝 흔들 정도의 미풍이었다. 하지만 그 바람은 이윽고 배 주위에 둥근 궤적의 물결을 만들기 시작했다. 궤적의 물결을 타고 나뭇잎은 한 배를 향해 움직이기 시작했다.

그 물결은 배를 중심으로 완전한 원을 그리고 있었다.

비류연이 오른손을 하늘 위로 들어 올렸다.

그 순간, 배의 선체에 부딪쳤던 나뭇잎이 하늘 높이 치솟아올랐다.

비류연이 제압한 용과 함께.

휘몰아 치는 바람과 함께.

그리고 동시에 비류연의 손에서 다섯 개의 비뢰도가 발출되었다.

거대한 바람이 남궁상과 천무학관의 관도들을 때렸다. 남궁상은 급히 천근추의 신법으로 몸을 고정시켰다. 그렇지 않으면 날아갈 것만 같았던 것이다.

비뢰도(飛雷刀)
최종비전오의(最終秘傳奧義)
풍뢰(風雷)의 장(章)
나선(螺旋)의 인(刃)
편수(片手) 풍신(風神)
발동(發動)

주위를 일제히 휩쓸더니 거대한 용권풍을 형성했다. 좀 전에 발생시켰던 것과는 비교도 할 수 없는 크기의 용권풍.

그 크기는 화산지회에서 홍매곡을 감싸고 있던 지옥의 업화를 일제히 끌어모아 화룡의 기둥을 만들었을 때와 거의 같은 규모였다. 그러나 이번에는 불기둥이 아니었다.

수룡(水龍)의 번(飜)
승천(昇天)

촤아아아아아악!
호수의 물이 일제히 하늘 위로 치솟았다.
마치 용이 승천하는 것처럼.
승천하는 수룡이 하늘과 땅 사이에 거대한 물의 기둥을 세웠다.
호수의 막대한 물을 휘감은 거대한 용권풍이 비류연 일행이 탄 배 주위로 몰려왔던 십이호법을 비롯한 추격선들을 일제히 휩쓸고 지나갔다.
거대한 소용돌이와 회오리에 휘말린 추격선들이 차례대로 격침되어 갔다.
그것은 그야말로 '재앙(災殃)'이었다.
'이게 인간의 힘인가?'
폭풍의 중심에 있으면서도 날아갈 것 같은 기분에, 난간을 움켜잡으며 남궁상은 경악했다.
이것은 일개인의 힘으로 발생시키는 것이 아니었다. 도저히 인간의 몸으로 구현할 수 있다곤 여겨지지 않는 기술이기도 했다.

물론 이 풍신의 모든 위력이 비류연이 펼친 오의와 그의 진기에 바탕을 두고 있는 것은 아니었다.
비뢰도는 자연과 동화하여 자연의 바람을 회전시키는 최초의 원인을 제공할 뿐이었다.
그것이 자연과 융화되면서 점점 더 커져 가는 것이다. 마치 거대한 자연의 팽이를 돌리듯.

비뢰도의 오의는 자연이라는 거대한 팽이를 돌리는 일종의 채찍이라 할 수 있었다.

자연의 순환에 몸을 동화시키고, 그 순환을 가속시킨다. 뛰어넘는 게 아니라 이용하는 것이다.

그것이야말로 극의(極意).

인간이 인간을 초월할 수 있는 단초.

그리고 그 팽이의 위력은 실로 무시무시한 것이었다.

모두가 풍신의 소용돌이에 휘말려 깨지고 부서지고 날아갔다.

바람 신이 휩쓸고 지나간 자리에는 허무한 잔해들만이 둥둥 떠올라 있을 뿐.

그곳에는 고요만이 남아 있었다.

당문혜가 가는 길을 방해하는 소란은 완전히 끊어졌다.

"문혜야, 너를 위해 보내는 장송곡이다."

하늘을 바라보며 비류연이 중얼거렸다.

쏴아아아아아아!

하늘로 솟구쳐 올랐던 물이 비가 되어 비류연의 얼굴 위로 떨어져 내렸다.

비류연은 비가 자신의 얼굴을 때리는 것을 그대로 맞고만 있었다.

하염없이. 하염없이.

바람을 부리는 자
―그리고 새로운 일행

'서, 설마……'

용천명과 마하령을 비롯한 천무학관의 사절단들은 좀 전에 그들이 목격한 광경에 너무 놀란 나머지 말도 제대로 나오지 않고 있었다.

이런 게 인간의 몸으로 가능하기나 한 일인가? 혹, 지금 그들이 꿈을 꾼 것은 아닌가?

용천명은 좀 전과 같은 현상을 본 기억이 있었다. 그가 수모를 당했던 화산지회의 홍매곡에서.

물론 그때는 지금과 같은 물기둥이 아니었다. 그때는 하늘을 태워 버릴 듯 이글이글거리던 화염 기둥이었다. 용천명은 그때 그 눈에 화인(火印)처럼 박힌 그 광경을 지금도 결코 잊지 못하고 있었다.

후일, 그는 그 업적이 오직 단 한 사람의 손에 의해 이루어졌다는 사실을 듣고 경악했다.

그리고 경탄했다. 그 사람이 그와 비슷한 나이 또래의 젊은 청년 고수라는 이야기를 듣고는 더욱더 감복하게 되었다. 그러나 끝끝내 그 사람의 정체까지는 듣지 못했다. 화산지회에 참가한 모든 사람을 구하는 위업을 달성했으면서도 자신을 내세우지 않다니, 그 겸손함에는 탄복, 또 탄복하지 않을 수가 없었다.

그때 그 사람에게 붙여진 별호가 바로……

용천명의 시선이 비류연의 얼굴로 향했다. 그를 따라 천무학관 사절단 대부분이 비류연을 향해 고개를 돌렸다.

떨리는 목소리로 용천명은 입을 열었다. 그 안으로부터 한 사람의 별호가 흘러나왔다.

"신풍협(神風俠)……."

그제야 사람들은 자신들이 신풍협이라 부르며 우러러보던 이의 정체가 그들이 '운수대통 격타금'이라 이름 붙이고 조롱하던 바로 그 사람이었다는 것을 깨달았다.

때 아닌 찬비를 맞으며, 비통함을 가슴속 깊이 갈무리하던 비류연은 한참 후에야 조용한 주위를 한 바퀴 둘러보았다.

"왜 이렇게 조용해? 모두들 벙어리라도 된 거야?"

갑판 위는 경악에 휩싸인 사람들로 인해 침묵으로 가라앉아 있었다. 모두들 좀 전에 그들의 주위에서 벌어진 일에 대해 경악하고 있었다.

"이젠 모두 끝난 거겠지?"

남궁상이 재빨리 고개를 끄덕였다.

"그래?"

비류연의 몸이 그 자리에서 무너져 내렸다.

풍신을 쓰느라 모든 기력을 소모한 탓이었다. 그렇게 무너지는 그를, 깜짝 놀라며 뒤에서 받아 드는 새하얀 손이 있었다. 그 옥수의 주인은 다름 아닌 나예린이었다. 쓰러지듯 품에 안긴 비류연을 나예린은 조심스레 바닥에 눕혔다.

"류연, 괜찮아요?"

걱정이 가득한 목소리가 부드럽게 귀를 울렸다.

아, 부드럽다.

아, 포근하다.

은은하고 부드러운 향기가 코끝을 간질였다.

하늘하늘 부드러운 비단의 감촉이 그의 볼을 간질였다.

그는 어느새 나예린의 무릎을 베고 누워 있는 상태가 되었다.

그는 그녀의 얼굴을 바라보려고 했으나, 제대로 보이지가 않았다.

눈꺼풀이 자꾸만 천근만근 무겁게 그의 시야를 눌러 내리기 때문이었다.

깜빡, 또 깜빡. 꾸벅, 또 꾸벅.

피로와 함께 엄청난 졸음이 쏟아져 내렸다.

편수 풍신을 성공시켰다는 성취감을 채 맛보기도 전에, 졸음이 그의 이성을 빼앗아가고 있었다.

풍신을 쓰고 아직도 의식이 남아 있는 게 신기할 뿐이었다.

'좌수룡을 제압하는 데 성공했기 때문일까?'

하지만 그 경지도 이 졸음을 막아줄 수는 없을 것 같았다. 졸렸다. 미치도록 졸렸다.

'이제 모두 끝났겠지?'

더 이상 추적의 손길은 없겠지?

바람을 부리는 자 343

그러니까, 이제 맘 편히 자도 되겠지?
맘이 편하든 안 편하든 일단 잘 생각이긴 하지만…….
펑! 펑!
그때 저 멀리서 환청 같은 폭음을 동반하며 쪽배 하나가 바람 같은 속도로 날아왔다. 그 배는 호수 위를 나아가고 있는 게 아니라 거의 물수제비처럼 수면 위를 튀며 날아오고 있었다.
그 위에 타고 있는 사람은 은발의 젊은 남자와 한 명의 여리여리해 보이는 소년이었는데, 바로 육번대 대장 무명과 부대장 쾌검동자 장소옥이었다.

챙!
수십 개의 검이 무명을 향했다.
긴박한 상황 때문에 억지로 정신을 차린 비류연은, 눈을 뜨자마자 고소를 금치 못했다.
'어쩌지?'
지금의 자신들이 떼로 덤빈다 해도 그의 상대가 될 수 없다는 것을 비류연은 잘 알고 있었다. 그러나 그렇다고 해서 그냥 잡혀줄 수도 없었다. 한 가지 확실한 것은, 이제 그에겐 더 이상 싸울 힘이 남아 있지 않다는 것이었다.
그런 중에 가장 무서운 적과 마주치게 되다니.
쩝!
천하의 비류연이라 해도 진퇴양난의 기분을 맛볼 수밖에 없었다.
"왜들 이래? 흉험하게 병장기들을 꺼내 들고는? 빨리 그것들 좀 치워."

무명은 이들의 행동이 이해가 안 가는 모양이었다. 무명의 행동이 이해가 안 가기는 비류연 일행도 마찬가지였다.

"……?"

나예린의 품에서 몸을 일으켜 앉은 비류연은 실소를 금치 못하고 되물었다.

"왜 이러긴요? 우리들을 잡으러 온 것 아니었나요?"

"아니, 왜 내가 그런 일을 해야 하는데?"

"그야 마천십삼대의 대장이니까요."

지금 그들에게는 마천각의 추살령이 떨어져 있으리라. 그러니 마천각의 대장인 그에게는 그들을 보는 즉시 죽이거나 잡아들일 의무가 있을 것이 아닌가.

"아, 그거라면 걱정 마. 지금은 휴가 중이야."

"휴가요?"

그런 걸로 해결될 문제인가? 하는 의심이 들지 않는 건 아니지만, 무명에게는 그걸로 끝인 모양이었다.

"엉, 휴가 중. 백 년 만의 휴가지."

그의 기억이 틀림없다면 지난 백 년간 거의 쓴 적이 없는 휴가이기도 했다.

"서, 설마 아까 했던 말씀이 농담이 아니라 진짜란 말입니까?! 아니, 그건 둘째 치고 아직 휴가계도 안 내셨잖아요!"

창백한 얼굴로 옆에서 안절부절못하고 있던 장소옥이 경악하며 끼어들었다.

"냈는데? 휴가계. 유급휴가로. 소옥이도 함께 봤잖아?"

그 말을 들은 장소옥의 얼굴이 순간 창백하게 변했다.

"설마, 혹시나 해서 묻는데, 그… 각주님 책상 위에 아무렇게나 던져 놓은 그 '종이 쪼가리' 말씀이신가요, 대장님?"

"어, 그거."

무명이 순순히 고개를 끄덕였다.

"소옥이 것까지 확실히 두 장 냈어. 나 잘했지?"

장소옥의 고개가 영영 꺾이는 게 아닐까 싶을 정도로 푹 꺾였다.

"뭐라고 써놓으셨는데요?"

"그거야……."

장소옥의 얼굴 위로 서서히 비참한 표정이 떠오르기 시작했다. 거의 절망에 가까운 비참함이었다. 무엇이 이 소년을 이리도 비참한 기분에 젖게 만드는 것일까?

그는 기억났던 것이다. 무명이 그 종이 쪼가리 위에 뭐라고 써 갈겨 놨는지가.

무명:유급으로 장기휴가 감. 찾지 말 것.
장소옥:따라감. 이하동문.

그렇게 두 장을 휘갈겨 쓴 다음, 툭 던져 놓고는 그대로 달려온 것이다. 게다가 그 휴가처가 마천각을 침입한 침입자들의 곁이라니, 놀랄 노 자가 아닐 수 없었다. 게다가 더 큰 문제가 아직 남아 있었다. 휴가계를 제출했다고는 하지만 아직 결재를 받지는 않았던 것이다.

'과연 그 휴가계가 통과되기나 할까?'

소옥이 머리를 쥐어뜯든 말든 비류연은 다시 질문을 이어갔다.

"간만에 유급 휴가라니 축하해야겠네요. 근데 왜 이 배를 타신 거죠? 휴가지로 가시려면 다른 배를 타는 게 더 낫지 않겠어요?"
"아니, 왜 다른 배를 타?"
"왜라니요? 당연히 그래야죠, 목적지가 다르잖아요?"
"걱정 말게. 목적지는 같으니까."
"……?"

이 인간이 지금 뭐라고 지껄이고 있는 거지? 비류연은 지금 엄청 피곤한 관계로, 잠이 비 오듯 쏟아지고 있어서 사고를 명쾌하게 진행할 수가 없었다. 다만 막연한 불길함이 그를 괴롭히고 있었다.

"난 자네들과 함께 휴가를 보낼 생각이거든."

무명이 비류연을 똑바로 보며 말했다.

그 눈은 '특히 자네랑'이라고 말하고 있었다.

"모처럼의 휴가라면서요? 고맙지만 이쪽은 사양할게요. 어딘가 멀쩡한 선착장에 도착하면 내려 드릴 테니, 그동안 천천히 행선지를 변경하시지요?"

"아니, 사양 안 해도 돼. 다른 데는 다 시시하거든. 내 흥미는 오직 자네뿐일세."

"별로 기쁘지 않은 고백이군요. 전 남자 취향은 아니거든요."

"상관없네, 자네의 기분은. 중요한 건 내 기분이지."

"……."

비류연의 기분은 어찌 됐든 상관없다는 그런 태도였다. 자신이 당하니 참으로 신선할 정도로 빌어먹을 기분이었다. 이 인간도 지지 않을 정도로 상당히 자기 중심적인 인간인 듯했다.

"원하는 게 뭐죠?"

비류연의 물음에 무명은 망설임없이 대답했다.
"자네와의 승부(勝負)!"
나예린이 약간 경계하는 시선으로 비류연을 감쌌다. 비류연은 점점 골치가 아파졌다.
"왜 승부에 집착하죠? 별로 그런 거에 집착할 것처럼 보이진 않는데요?"
무명, 그에게는 어딘지 초탈한 듯한 분위기가 있었다. 승부의 행방 따윈 그리 중요한 것처럼 느껴지지 않았던 것이다.
"자네와의 승부는 의미가 있어. 날 완전하게 만들어줄 것 같다는 묘한 예감이 든단 말일세."
무명으로선 잃어버린 기억에 대한 유일한 단서를 이대로 놓아줄 생각은 결코 없었다.
'내려달라고 해도 안 내리겠지?'
지금이라도 내려주면 좋겠지만, 동정호 한가운데서 뛰어내릴 생각은 좀처럼 없는 듯했다. 그렇다고 강제로 하선시키기에는 이쪽의 전력이 부족했다.
"그런 이유로 당분간 자네 옆에 있을 테니, 잔말 말라고."
그걸로 대화는 끝이었다.
"아무래도 엉뚱한 혹이 붙은 것 같네요……."
비류연답지 않은 한숨이 그의 입에서 흘러나왔다. 그 혹은 어째 생각만큼 쉽게 떨어질 것 같은 예감이 들지 않았다.
"그럼 예린…… 난 잠깐 눈 좀 붙일게요."
"네, 잘 자요, 류연."
비류연은 나예린의 무릎을 베개 삼아 다시 누운 채, 그대로 잠에 빠져들었다. 막대한 기력을 소모한 이상, 더는 쏟아지는 잠을 이겨낼 수 없었다. 일단 무명의 존재가 당장은 위협이 되지 않을 것 같다는 사실로 만족해야 될 듯했다.

"아무래도 긴 휴가가 될 것 같군."
무명이 걷혀가는 안개를 보며 가슴을 활짝 펴고 외쳤다.
그의 입가에는 앞으로 기다리고 있는 나날들에 대한 기대로 미소가 가득했다.
반면 그제야 무장을 해제한 남궁상들의 얼굴에는 경계심만이 둥둥 떠다니고 있었다.

한밤의 방문자
―접객당주 정한의 당황

[흑도천하무림총연합연맹.]
줄여서 흑천맹(黑天盟).
언제나 묵직한 무게감이 느껴지는 거대한 흑천맹의 대문은 언제나 방문하는 이들을 압도한다. 물론 이 커다란 대문이 없더라도, 그 이름만으로도 방문자는 심신을 압박받게 마련이다.
하지만 오늘따라 언제나 진중하던 흑천맹의 접객당이 때 아니게 소란스러웠다.
"그, 그게 정말인가?"
접객당주 정한은 자신이 눈앞에 들고 있는 첩지를 보면서도 믿을 수가 없었다.
"저, 정말입니다."
그의 부하 역시 믿을 수 없기는 마찬가지였다. 그래서 이렇게 첩지를 받아 들고 한달음에 달려온 것 아니겠는가.

"그럴 리가 없네. 그럴 리가 없어. 뭔가 잘못된 거야. 뭔가 잘못됐어. 분명 가짜가 분명해!"

접객당주 정한으로서는 그렇게밖에 생각할 수 없었다. 그리고 그렇게 생각하는 게 가장 타당했다.

"그, 그럼 쫓아낼까요?"

핏기 하나 없는 얼굴로 접객당 소속의 부하가 되물었다.

"미쳤냐?!"

정한이 버럭 소리를 질렀다.

"있을 수 없는 일이지만, 만에 하나, 억에 하나 진짜라면?"

감히 어디서 거짓부렁을 씨부렁거리느냐고 으름장을 놓았던 문지기를 너무도 간단히 바닥에 패대기쳤다고 하지 않는가. 흑천맹의 정문 앞에서 그런 일을 할 배짱을 가진 사람은 그리 많지 않았다. 듣기로는 기도 역시 범상치 않다고 한다.

사실 여부가 명확하지 않을 때엔 사람을 접대하는 자로서 신중을 기해야 한다. 왜냐하면 접객이라는 것은 그 조직 전체의 첫인상과도 같은 것이기 때문이다.

"오늘 야간 당직은 '그분' 이시지?"

정한이 확인차 물었다.

"네, 그렇습니다만? 서, 설마!"

접객당주 정한은 고개를 끄덕였다.

"그래, 그분에게로 가자. 검마(劍魔)님, 그분이라면 진위를 구분해 주실 수 있을 거네. 이 첩지를 가져온 자가 진짜인지 아닌지."

검마 초월.

흑천맹 십대고수인 흑천십비(黑天+碑)의 한 사람.

검의 귀재, 검의 마인.

만일 가짜라면, 그자는 살아남지 못하리라.

지금까지 검마를 분노케 하고 살아남은 자는 아무도 없었기 때문이다.

만일 진짜라면…….

수십 년에 한 번 받을까 말까 한 손님이라 할 수 있었다.

　　　　　*　　　　*　　　　*

똑똑.

"무슨 일이냐?"

흑천맹 당직실 책상 앞에 앉아 서류를 훑어보고 있던 검마 초월은 잠시 보던 서류를 내려놓으며 말했다.

"초 호법님, 접객당주 정한입니다."

"접객당? 접객당에서 무슨 일이지, 날 다 찾고?"

이미 접객 시간은 끝나 있었으니 접객당주가 그를 방문할 이유가 딱히 없었다.

"손님이 한 분 찾아왔습니다."

"이런 시각에?"

"그 사람을 한번 만나봐 주셔야겠습니다."

"노부한테 온 손님인가?"

"아닙니다."

"그럼?"

검마 초월의 눈썹 끝이 꿈틀거렸다. 그는 무력 전문이었지 손님 접대는 해본 적이 없었다. 설령 검마가 사람을 맞이한다 해도, 그를 눈앞에 둔 손님이 두려움으로 덜덜 떨 게 분명하기 때문에 적합하지도 않았다. 그런데 자신에게 찾아온 것도 아닌 손님을 대체 어쩌라는 건가.

검마의 독촉 어린 시선에도 불구하고 정한은 한동안 뜸을 들이다가 우물쭈물 답했다.

"초대장도 없고 약속도 잡히지 않은 손님이 맹주님을 만나 뵙고자 왔습니다만……."

검마의 인상이 더욱 찡그려졌다. 접객당 당주가 여기까지 온 걸 보면 이름 좀 있는 위인이 찾아왔나 본데, 그래 봤자 예정에 없는 불청객은 불청객일 뿐. 더는 볼 것도 없었다.

"돌려보내게. 흑천맹의 맹주를 만나는 게 그리 쉬운 일이 아니라는 것은 누구보다 자네가 알지 않나. 게다가 이미 객을 받는 시각도 지나지 않았나? 그래도 정 만나고 싶다면 정식으로 면담 신청을 요청하라고 하게. 한 육 개월 후라면 잠시 짬이 날지도 모르지."

"그게 저…… 그럴 수가 없습니다."

정한이 곤란한 표정을 지으며 말했다.

"왜 그럴 수가 없단 말인가?"

검마 초월의 눈썹이 순간 꿈틀거렸다.

"그게 저… 그 사람의 신분 때문입니다."

"그자의 신분이 뭐기에 감히 흑천맹에서 고집을 피운단 말인가?"

검마가 버럭 소리쳤다. 노기가 가득한 목소리였다. 정한은 점점 더 송구스럽다는 표정을 지었다.

"그게…… 저…… 이번 방문자가 자신을 정천맹주 나백천이라고 밝했기 때문입니다."

"뭐라고? 그게 정말인가?"

좀처럼 놀라는 일이 없던 검마 초월의 눈이 경악으로 인해 부릅떠졌다.

"제가 어찌 초 호법님 앞에서 거짓을 고하겠습니까."

"가짜가 아니고?"

정천맹주씩이나 되는 사람이 이런 야밤에 아무런 약속도 없이 올 리가 없지 않은가?

"물론 그럴 가능성도 있습니다. 하지만 제 선에서 판단할 문제가 아닌지라……."

"그래서 노부한테 온 것이로군. 노부가 나 맹주와 안면이 있으니까."

"네, 그렇습니다."

진위 확인도 맡기고, 책임 전가도 하고, 정한의 입장에서는 일석이조라 할 수 있었다.

"맹주님은?"

물론 '이쪽' 맹주 얘기였다.

"아직 집무실에 불이 밝혀져 있는 걸 확인하고 오는 길입니다."

"앞장서게."

사안의 중대성을 감안할 때, 검마 자신이 직접 나서는 수밖에 없었다. 채비를 하고 방을 나서면서도 검마의 머릿속은 수십 가지 의문으로 가득 차 있었다.

'어쩐지 불길하군.'

왠지 좋지 않은 예감이 들었다.

이때, 흑천맹주 갈중천은 집무실에 없었다. 그러나 그의 부재는 그리 길지 않았다.

"후아, 시워~언하다."

'그녀들'에게서 온 서찰을 정리하다가 잠시 용변을 보기 위해 집무실을 비웠다가 돌아온 갈중천은 깜짝 놀랐다. 집무실 안에 인기척이 느껴졌던 것이다.

'누가 왔다는 보고는 듣지 못했는데?'

그의 집무실 주변은 다섯 겹의 호위 체계가 갖추어져 있었다. 그런데 아무런 제지도 받지 않고, 누구의 눈에도 띄지 않고 이곳까지 들어온다는 것은 거의 불가능했다.

'암살자치고는 너무 노골적인데?'

일류 암살자라면 이렇게 '나 여기 있소'라고 외치는 듯한 기척은 내지 않을 것이다. 애초에 그런 하류 암살자라면 이곳까지 들어오지도 못한다.

'그렇다면 대체 누구지?'

불안감보다는 호기심이 먼저 솟아올랐다. 그 역시 흑도 전체를 통괄하는 흑천맹의 맹주였다. 그러기 위한 정신적인 능력 및 육체적인 능력 역시 모두 갖추고 있다고 자부하고 있었다.

누구에게도 쉽게 당하지 않는다는, 누구라도 쓰러뜨릴 수 있다는 그런 자부심이었다. 때문에 그는 두려움없이 방문을 열고 들어갔다.

이 느닷없는 불청객의 정체가 궁금했던 것이다.

"……!"

그자는 자신의 집무실 탁자 앞에 태연히 앉아 있었다. 그의 뒷모습은 무척 낯이 익은 것이라 갈중천은 깜짝 놀랐다. 아는 사람이었던 것이다.
"여긴 어쩐 일이십니까, 선생님?"
흑천맹주의 입에서 높임말이 나왔다. 상대는 그가 경어를 쓰는 몇 안 되는 사람 중 한 사람이었다. 그의 집무실에 당당히 앉아 있는 사람, 그는 바로 마천각주였다. 갈중천 역시 한때 그의 밑에서 배운 적이 있었다. 아직 그의 아버지가 흑천맹을 통솔하고 있을 때, 그는 마천각의 학생으로 오랜 시간을 보냈었다. 지금은 수십 년의 시간이 흘렀는데도 마천각주에게서 뿜어져 나오는 기세는 변함이 없었다. 아니, 더 깊어졌다.
이 사람은 어디까지 강해질 생각인 걸까?
"아, 자네 왔군. 잠깐 자네에게 비밀리에 해줄 얘기가 있어서 찾아왔네. 중요한 일이지."
가면을 쓰고 있는 장포인, 마천각주가 고개를 돌리며 대꾸했다. 그 역시 갈중천에게 경어를 쓰지 않는 입장이었다.
"어지간하면 각을 떠나지 않는 분이 일부러 이곳까지 오시다니요? 그것도 '그곳'까지 써가시며. 깜짝 놀랐습니다."
"남에게 시킬 수 없는 일이었네."
"어지간히 중요한 일인 모양이지요? 대체 무슨 일입니까?"
"자네에게 경고를 해주기 위해서라네."
"경고요? 무슨 경고 말입니까?"
잠시 무겁게 침묵하다가 입을 열었다.
"자네를 노리는 암살 계획이 물밑에서 진행되고 있네. 자네의 목숨이 위험하네!"

가면 때문에 표정을 알 수 없었지만, 그 목소리에는 진심이 담겨 있었다.

"암살 위협이오?"

갈중천의 눈이 동그랗게 떠졌다.

"그렇네. 그것도 극도로 높은 가능성을 지닌 계획이네."

마천각주가 매우 진지하게 고개를 끄덕였다. 그러나 갈중천은 오히려 파안대소했다.

"크하하하하하! 난 또 뭐라고. 크하하하하하하. 겨우 그런 일로 그 먼 길을 오셨습니까?"

재미있어 죽겠다는 듯한 갈중천의 태도에 마천각주는 눈살을 살짝 찌푸렸다.

"웃을 일은 아닌 것 같네만?"

"저야 그런 계획이나 암살 위협을 하루에도 수차례나 받고 있지 않습니까. 이제는 거의 일상이지요. 그런 거 무서우면 어디 이 자리에 앉아 있을 수 있겠습니까?"

흑천맹의 맹주 자리란 그런 위협이 그저 일상이나 다를 바 없는 세계였다.

"이번에 자네 목숨을 노리는 자는 그런 잡어(雜魚)랑은 다르네."

"누굽니까? 천하의 흑천맹 맹주의 목을 딸 수 있는 사람이 말입니다. 전 무림을 통틀어도 열도 채 안 될 것 같은데요?"

"그건 인정하지. 하지만 그렇기에 내가 직접 온 것이라네."

"설마……."

이번에야말로 갈중천은 진짜로 놀랐다.

"맞네. 이번 암살자는 그 열(十) 중 하나일세."

"누굽니까, 그 사람이?"
"듣고 놀라지 말게. 그건 바로 정천맹주 나백천, 그 사람이라네."
듣고 놀라지 말라고 했지만 갈중천은 놀라고 말았다.
"그건 말도 안 되는 일입니다, 선생님. 잘못된 정보겠지요."
갈중천이 강하게 부정했다. 그의 상식으로 볼 때 그것은 있을 수 없는 일이었다. 그러나 마천각주는 고개를 가로저었다.
"아니, 안타깝지만 사실일세."
확신에 가득 찬 말투에 갈중천의 마음이 잠시 흔들렸다. 그러나 역시 납득이 되지 않는다.
"나 맹주 그 사람은 그럴 사람이 아닙니다. 아무리 흑도와 백도로 갈라져서 대립하고 있지만, 그렇게까지 엄한 일을 저지를 인물이 아닙니다."
따지고 보면 그와는 먼 친척뻘이었다. 그와 빙월선자 예청이 가까운 인척 관계이니 말이다. 그에게는 일부러 분란을 만들—그것도 전쟁으로까지 번질 수 있는—이유가 없었다.
"물론 그럴 인물이 아니지."
마천각주도 그 사실에는 순순히 인정했다.
"그런데 왜……?"
더욱더 이해할 수 없게 되었다.
"이번 일은 그 인물됨과는 상관없네. 아니, 그 친구가 사람이 너무 좋아서 이 일을 벌일 가능성이 있지."
"무슨 일이 있습니까?"
심상치 않음을 느낀 갈중천이 반문했다.
"노부가 얻은 정보에 의하면 그의 딸 나예린이 납치된 것 같네."

"예린이가요?"

갈중천도 그 기이한 마력을 지닌 아름다운 아이를 기억하고 있었다. 직접 만나본 적까지 있었다. 큰 숙부라고 부르라고 했던 일도 있었다. 그 나백천이 딸에 대해서라면 얼마나 정성을 쏟는지, 얼마나 팔불출인지, 얼마나 물불 안 가리는지, 얼마나 무모해지는지 잘 알고 있었다.

하지만 그렇다고…….

"그리고 그를 납치한 자들이 그에게 협박하고 있다는 정보가 있네. 그 딸아이의 목숨을 살리고 싶다면 자네의 목을 가져오라고 말일세."

갈중천은 무의식중에 자신의 목을 손으로 쓸었다. 백뢰진천검 나백천의 노림을 받는다는 것은 목숨이 경각에 달려 있다는 것과 다를 바 없는 일이었다. 다만 그가 흑천맹주 갈중천이 아니라면 말이다.

"믿을 수가 없군요."

"자넨 날 믿어야 하네."

마천각주가 예의 그 확신에 가득 찬 어조로 말했다. 그의 말은 조용했지만, 한 점의 의심도 담겨 있지 않아 듣는 이들의 마음을 움직이는 힘이 있었다.

"어떻게 말입니까?"

"자네도 이 일이 커지는 것을 원치 않겠지?"

"그야 그렇죠. 두 사람 개인의 문제로 끝나지 않을 테니까요."

성공하든 실패하든 이 일은 돌이킬 수 없는 강을 건너는 일이었다.

"나에게 좋은 생각이 있네."

그리고는 자신의 생각을 말하기 시작했다.

그의 계획은 이러했다.

나백천이 어쩔 수 없이 암살을 시도할 가능성이 있다. 포기할 가능성도 있지만 그의 딸 사랑을 생각해 볼 때 보장할 수 없다. 그렇다면 마천각주가 몰래 이 집무실에 숨어 있다가 나백천이 공격을 하면 그가 대비하고 있다가 나백천을 제압하는 게 어떠냐는 계획이었다.

"물론 미수로 끝나더라도 암살을 시도한 일 자체가 문제가 되겠지. 그렇게 되면 그걸 빌미로 몇 가지 이권을 긁어낼 수 있을 걸세. 지금까지 대립하며 말썽을 부리던 몇몇 안건에 대해서도 양보를 받아낼 수 있을 거네. 무엇보다 정천맹주의 약점 하나를 쥐게 되는 거지."

빌미를 잡는 건 좋지만, 공개되는 것은 갈중천으로서도 원치 않는 일이었다.

"그거 좋은 생각인 것 같군요."

"동의하나?"

"동의합니다. 그런데 선생님?"

"왜 그러나?"

"그 더워 보이는 가면은 이제 그만 슬슬 벗어도 좋지 않을까요?"

"시답잖기는. 자네도 알다시피 이 가면이 없으면 학생들에게 위엄이 서지 않지 않겠나?"

"그건 그렇군요."

"마천각을 맡은 입장으로서는 곤란하지. 자, 그럼."

자리에서 일어선 마천각주는 갈중천의 등 뒤에 펼쳐져 있는 팔폭 병풍 뒤로 조용히 모습을 감추었다. 병풍 뒤에 몸을 숨긴 그는 자신의 장포를 살짝 들추었다. 그곳에는 하얀 뇌광처럼 빛나는 새하얀 검 한 자루가 매달려 있었다.

접객당주 정한을 따라나선 검마는 신중을 기하기 위해, 바로 접객당으로 향하진 않았다. 대신 대기실 건넌방으로 가서 비밀 구멍을 통해 방문자를 살펴보았다.

"어떻습니까?"

"확실히 같은 얼굴이군."

검마가 자신도 모르게 낮은 침음성을 흘리며 말했다. 분명 저 얼굴은 정천맹주 나백천의 얼굴이었다. 그런데 왜 이런 시각에 이런 장소에서 이런 방식으로 방문한단 말인가? 그 점이 너무나도 이상했다.

"하지만 같은 얼굴을 하고 있다 해서 진짜라는 보장은 없지."

여긴 온갖 귀계가 난무하는 강호였다. 겉만으로 선뜻 판단하기에는 섣부른 감이 있었다. 남과 똑같은 얼굴로 변하는 역용술마저 존재하는 곳이 바로 이곳이었다. 겉만 보고 판단하다가는 큰코다치는 수가 있었다.

"노부가 직접 확인해 봐야겠네."

알맹이를 확인하는 가장 효과적인 방법은 단 하나. 검을 섞어보면 알 수 있었다. 얼굴은 흉내 낼 수 있어도 검기마저 흉내 내는 것은 불가능하기 때문이다.

검마는 그 자리에서 그대로 검기를 끌어올렸다.

가만히 앉아 있던 나백천의 입이 열린 것은 바로 그때였다.

"언제부터 검마씩이나 되는 사람이 숨어서 남이나 몰래 엿보게 되었나?"

그 한마디에 검마는 몸을 굳혔다. 그의 검은 검집에서 채 반도 뽑혀 나오지 못했다.

"어…… 어떻게 그걸……."

검마는 경악하지 않을 수 없었다. 그러자 나백천은 아무렇지도 않다는 듯.

"검마, 자네 정도 되는 검객의 기세를 어떻게 잊을 수 있겠나? 그 정도는 기억하고 있다네."

검초가 아니라 검을 뽑을 때의 기세만으로도 벽 너머의 존재가 그를 알아챘다는 뜻이었다.

"확실히 진짜로군."

채 뽑히지도 못한 검을 도로 집어넣으며 검마가 정한을 향해 말했다.

검마는 나백천이 기다리고 있는 방으로 들어가며 포권지례를 취했다.

"어서 오십시오, 나 맹주님. 오늘 방문이 너무나 급작스러운 일이다 보니 무례를 범하고 말았습니다. 좀 전의 무례는 부디 잊어주시기 바랍니다."

"신경 쓰지 않네. 오늘 방문이 급작스러운 건 나도 알고 있네. 하지만 꼭 갈 맹주를 뵈어야겠네. 기별을 넣어주겠나?"

상대가 진짜 나백천임을 확인한 이상 그의 선에서 그의 방문을 거절할 권한은 없었다.

"그리하겠습니다. 그런데 곤란한 일이 한 가지 있습니다."

"곤란한 일? 그게 뭔가?"

검마는 약간 망설이는가 싶더니 이내 입을 열었다.

"원래 맹주님을 방문하시는 모든 분은 몸수색을 받아야 하는 게 본 맹의 규칙입니다."

나백천은 잠시 침묵했다. 그의 신경이 무의식적으로 그가 품고 있는 쇄혼독비로 향했다. 이런 귀물을 가지고 있다는 것이 알려져서는 좋을 게 없었다.

"그래서 하겠다는 건가?"

"……."

검마는 즉답하지 못했다. 그 역시 이 상황이 매우 애매한 상황이라는 것을 잘 알고 있었다.

"정천맹 맹주인 나 나백천을 말인가?"

다른 사람이라면 맹주를 방문하기 전에 몸수색도 받고, 무기도 모두 맡겨놓고 가야 할 것이다.

하지만 상대가 정천맹, 백도 무림맹의 맹주라면 얘기가 달랐다. 무림의 반을 통치하는 자를 의심하는 행위이기도 한 그 행동은 대단한 결례인 것이다.

"그것이 어떤 선례를 남길지는 자네도 알고 있겠지?"

정상회담에서 서로 칼을 휘두르는 일이란 원래 있을 수 없는 일이었다. 아무리 두 집단이 견원지간이라고 해도, 혹은 원수지간이라고 해도, 그것은 곧 대의명분을 잃는 일이기 때문이다. 그리고 그것은 무림에서 매우 치명적인 일이었다.

"물론 알고 있습니다."

"갈 맹주가 우리 정천맹을 방문할 때 몸수색을 받는다면 자네 기분이 어떻겠나?"

그 말이 결정타였다.

"몸수색은 한 걸로 치겠습니다."
더 이상 검마는 할 말이 없었다.
"그래 주면 고맙겠네."
그걸로 모든 방문 절차는 끝났다.
"그럼 안내하겠습니다. 따라오시지요."

검마의 뒤를 따라가면서도 나백천은 속이 편하지 않았다. 아니, 혹천맹주와의 면담이 가까워지면 가까워질수록 그의 마음은 점점 더 초조해지고 있었다.
'아직도 아무런 소식이 없다니……'
역시 단 하루 만에 딸아이를 구출한다는 생각은 너무나 무모한 행위였던 건가? 애초에 시작하기 전부터 불가능한 일이었던가?
나백천은 될 수 있는 한 선택의 시간을 늦추고 또 늦추어왔다. 마지막의 마지막까지 미루어온 선택을 내릴 때가 된 것이다.
무림의 평화인가, 아니면 소중한 딸의 생명인가?
그것은 양쪽 다 저울에 달 물건이 아니었다.
하지만 누군가에 의해 강제로 그것은 저울 위에 올려졌고, 이제 그는 두 곳 중 한 곳을 택해야 했다.
그에게는 딱 한 가지만 선택할 권한밖에 주어져 있지 않았다.
그는 고민하고 고뇌하고 번민했다.
그리하여 이윽고 추가 한쪽으로 기울어졌다.
자신이 이리도 약했는가?
최후의 최후의 순간에 가서는 대의를 택할 수 있을 거라 생각했는데, 그가 내린 결론은 그의 예상조차도 빗나간 것이었다.

"미안하네……."

나백천은 자신의 품속에 갈무리되어 있는 맹독의 비수를 조심스레 만져 보았다. 그의 마음속으로 검은 죄책감이 번져 나왔다.

'난 맹주로서의 자격이 없을지도 모르겠군.'

무거운 발걸음으로 나백천이 걸음을 옮기는 바로 그때.

삐익—!

매가 날아왔다. 푸른 깃털의 매가 아니라, 나백천이 기르고 있는 전서응 '백섬'으로 매우 하얀 깃털을 가진 매였다.

소속 불명의 매가 삐익 하고 울음소리를 내며 날아 내려오자, 망루에서 지키고 있던 자들이 즉각 화살을 걸어 날아오는 매를 겨누었다.

본 적도 없는 매를 영내로 들일 수는 없었다.

정보를 물고 날아가 버릴지도 모르는 일이기에.

"멈추게!"

나백천이 급히 외치며 그들을 저지했다.

피융! 피융!

그러나 정체도 모르는 방문객의 말을 들을 흑천맹의 무사들이 아니었다.

활시위를 놓자, 시위를 벗어난 화살이 일제히 흰매를 향해 날아갔다.

"안 돼!"

나백천에게는 기다리고 있는 소식이 있었다. 이런 곳에서 소식을 전달하는 사자를 잃을 수는 없었다.

화살은 모두 일곱.

사방에서 쏟아진 일곱 대의 화살이 일제히 백섬의 날개를 꺾기 위해 허공을 꿰뚫었다.

삐—익!

다시 한 번 날카롭게 울리는 소리와 함께, 흰매 백섬은 날아오는 일곱 대의 화살을 이리저리 피하며 그대로 꽂아 내리듯 떨어져 내렸다. 그녀의 주인이 있는 곳으로.

평범한 화살 몇 대로는 한줄기 섬광처럼 빠른 그녀의 비행을 막을 수 없었다.

펄럭!

하얗고 커다란 날개를 활짝 펴며 나백천이 뻗은 팔 위에 백섬이 내려앉았다.

'너희들 따위의 활 솜씨로 본녀의 꼬리털이나 잡을 수 있겠어?'

라고 외치는 듯한 태도로, 우아하게 날개를 접는 그녀의 발목에는 전서통이 매달려 있었다.

나백천은 두근거리는 심정으로 그 전서통을 열었다.

그 안에서 전서를 꺼내 드는 나백천의 손이 살짝 떨리고 있었다. 내심의 동요를 미처 다 억누르지 못한 듯.

딸과 강호와 자신의 운명이 이 한 통의 서찰에 달려 있었다.

나백천은 조심스럽게 전서를 펴 보았다.

그리고는 고개를 숙였다.

눈물이 흘러내리려는 것을 참아내며.

'다행이다, 다행이다, 다행이다.'

딸을 버리는 선택을 내리지 않아 다행이었고, 흑천맹주를 암살하지 않아도 되어서 다행이었고, 그리고 무엇보다 딸 나예린이 무사해서 다행이었다.

　무겁게 그를 짓누르고 있던 짐에서 겨우 해방된 느낌이었다.

　아, 다행이다. 모든 악몽이 끝났구나.

　아무래도 서천은 아직 건재한 모양이지만, 애초에 거기까지는 기대하지도 않던 나백천이었다. 그저 나예린을 구할 수 있다는 말뼈다귀 비류연의 장담에 실낱같은 희망을 품고 있었던 것이다.

　그리고 정말로 그 미약한 희망이 그에게 이토록 찬란한 광명을 비추어주리라고는 꿈에도 생각지 못했었다.

　"왜 그러십니까? 안 좋은 소식이라도 왔습니까?"

　의아한 얼굴로 검마가 물었다. 흑천맹 안에 들어와서까지 무리하게 전서응을 받았다는 것은 그만큼 긴급한 사안이라는 의미였던 것이다. 그리고 그것을 보는 나백천의 안색은 무척이나 심각했던 것이다.

　"아닐세, 아니야. 안 좋은 소식이 아니라 아주 좋은 소식이라네. 하하하하."

　팡팡팡!

　나백천은 파안대소하며 검마의 어깨를 두들겼다. 진심으로 웃는 웃음이지, 뭔가를 얼버무리려는 웃음은 아니었다.

　"……?"

　"자자, 가세, 가."

　머뭇거리는 그를 나백천이 재촉했다.

　"아, 네. 저기 보이는 문이 바로 맹주님의 집무실로 통하는 마지막 관문입니다. 제가 안내할 수 있는 곳은 거기까지입니다."

　그다음은 직속호위들이 담당할 터였다.

　"그런가. 자네에게 수고를 끼치는군."

검마의 안내를 받아 가는 나백천의 발걸음은 날아갈 것처럼 가볍기만 했다.

모든 것은 끝났다.

그는 그렇게 생각하고 있었다.

"이럴 수가……."

나백천은 망연자실하지 않을 수 없었다. 이 초절한 정력과 인내심과 불굴의 정신력을 지닌 초인의 눈동자가 흔들린다. 자신이 지금 보고 있는 이 광경은 무엇인가? 이것은 악몽인가?

서찰의 협박에 의해 어쩔 수 없이 이곳까지 오게 되었다. 하지만 고민하고 있었다. 서찰에 적혀 있는 명령, '흑천맹주의 목'을 가져오라는 말을 실행할 수 있을 리가 없었다. 그것은 곧 정사지간의 대전쟁을 의미했다.

대의멸친이라는 말이 이때처럼 어깨를 짓무르는 때도 없었다.

하지만 그 일은 모두 끝나지 않았는가?

이제 모든 일이 원래대로 돌아가지 않았나?

이제 다시 언제나처럼 평화로운 일상이 시작되는 것 아니었나?

서로서로 견제하고, 가끔씩 찌릿찌릿 노려보면서 지내는 평화로운 일상이.

그런데 왜 이런 일이…….

집무실 탁자에 한 남자가 고개를 처박고 쓰러져 있었다. 힘없이 옆으로 꺾인 얼굴은 두 눈을 부릅뜬 채 미동도 하지 않고 있었다. 그 얼굴의 주인을 나백천은 잘 알고 있었다.

"중천이……."

목소리가 목구멍에서 얼어붙은 것처럼 떨리고 있었다. 탁자에 머리를 박고 쓰러져 있는 자는 바로 이 방의 주인 흑천맹주 갈중천이었다.

쓰러진 그의 등 한가운데 새하얀 검 하나가 마치 묘비처럼 꽂혀 있었다. 그 기분 나쁠 정도로 하얀 묘비는 정확히 심장을 꿰뚫고 있었다.

바닥을 흥건하게 적신 축축하고 붉은 액체가 나백천의 발치에까지 와 닿았다. 저 백검으로 꿰뚫린 상처로부터 피가 물컹물컹 붉은 샘처럼 솟아 나오고 있었다. 그는 지금 피바다의 한가운데 하얀 섬처럼 서 있었다. 그러나 지금은 그 피에 발이 젖는 것 따위를 생각할 여유는 없었다. 조금 전부터 나백천의 시선은 흑천맹주 갈중천의 심장을 꿰뚫은 하얀 검에 못 박혀 있었다.

"저것이 어떻게 여기에······."

본 적이 있는 검이었다. 그리고 절대로 잊을 수 없는 검이었다. 그는 저 검이 누구의 것인지 누구보다 잘 알고 있는 사람이었다. 그것에 가미된 장식, 길이, 무게, 그리고 사소한 흠이나 손잡이의 마모된 부분까지 모두 기억하고 있었다. 그 모든 정보를 취합한 결과 저 검은 진짜라는 결론을 내릴 수밖에 없었다.

그는 마치 주술에라도 걸린 것처럼, 내키지 않는 손을 뻗어 검을 뽑아 들었다. 착 감겨들 듯 익숙하게 손에 와 잡히는 느낌. 이제는 더더욱 부정하고 싶지만 부정할 수 없다. 망연자실한 그의 입에서 그 검의 이름이 새어 나왔다.

"백뢰(白雷)······."

이 검은 바로 자신의 검이었다. 자신이 흑상루에 맡겼던 자신의 애검. 왜 자신의 애검이 저런 흉험한 곳에 꽂혀 있었던 것일까?

나백천의 머릿속이 순간 새하얗게 변했다.

다다다다다다다!

이때 밖에서 다급히 달려오는 발소리가 들렸다.

흠칫.

나백천은 당황하며 몸을 떨었다. 이곳은 흑천맹주의 집무실. 밖으로 도망갈 크기의 창문은 보이지 않았다. 벽 역시 가운데에는 두꺼운 철판이 들어 있어서 단 일격에 뚫고 나가는 것은 불가능했다.

유일한 출구는 방문뿐이었다.

'어떻게 하지? 어떻게 하지?'

여기서 자신이 억울하다고 하면 과연 믿어줄 것인가? 자신의 손에 들린 이 피 묻은 백뢰를 보고도? 흑천맹주의 피로 물들어 있는 이 검을 들고 있는 자신의 이 피 묻은 손을 보고도?

나백천은 무엇을 해야 좋을지 알 수가 없었다.

그러는 사이에 발걸음은 더욱 가까워졌고, 문이 벌컥 열렸다.

"……!"

들어온 사람은 방 안의 광경을 보고 깜짝 놀란 듯 보였다. 그러나 나백천 역시 놀라긴 마찬가지였다. 그자는 나백천이 아는 사람이었던 것이다.

'저자가 왜 여기에?'

그곳에 서 있는 사람은 다름 아닌 마천각주 본인이었다. 그 뒤로 검마와 흑천맹주의 호법들 몇이 서 있었다. 그들 역시 방 안의 상황을 보고는 깊게 침묵했다. 너무나 끔찍한 악몽이라고 생각하는 듯했다. 그래서 그런지 쉽게 받아들이지 못하는 듯했다.

곧 마천각주의 입에서 비통한 외침이 터져 나왔다.

"정천맹주 나백천의 손에 흑천맹주님이 살해당했다!"
이날, 무림 평화의 시대는 그 종막을 고했다.

정사대전(正邪大戰) 발발의 시작이었다.

〈『비뢰도』 제28권에서 계속〉

비류연과 그 일당들의 좌담회

비류연: (촤악! 손을 휘둘러 바닥에 금을 그으며) 이 길은 통행금지다! 다른 길로 가라!

효룡: …….

장홍: 지금 뭐 하는 건가, 자네?

비류연: 크크크크! 이 대사, 언제가 꼭 한 번 써보고 싶던 대사였거든요. 드디어 여기서 써먹다니!

효룡: 그게 그렇게 감격까지 할 일인가? 어차피 알아먹는 독자들은 거의 없다고. 저번에 '파문전사' 도 거의 알아먹은 사람 없잖아. 파문(破門)이 아니라 '파문(波紋)' 전사였는데.

장홍: 음, 그건 확실히 너무 어려웠지. '공간만곡' 은 그거보다도 알려져 있지만, 역시 알아챈 사람은 거의 없지 않나?

효룡: 역시 '가가가! 가가가가!' 를 외쳐 주지 않아서가 아니었을까요?

장홍: 일리있군. 하지만 그 작품도 벌써 나온 지 10년이나 돼서……. 게다가 비류연 자네의 그 대사는 20년짜리 아닌가, 20년짜리.

비류연: (검지를 흔들며) 쯧쯧쯧, 뭘 모르군요, 장 아저씨! 그 '거의' 없는 사람들을 포기하면 안 되죠. 왜냐면 그 사람들은 알아주니까! 원래 백 명 중 한 명, 아니, 천 명 중 한 명만 알아줘도 가치가 있는 거죠. 그런 걸 지음(知音)이라고 하는 거 아닌가요? 아니, '지문(知文)'인가?

효룡: 그냥 삐— 일 수도.

비류연: 이런 사소한 재미들도 참 좋지 아니한가!

장홍: 글쎄……. 이번 권에도 그런 게 몇 개 보이던데, 과연 얼마나 찾아낼지…….

효룡: 숨겨진 게 뭔지 물어봐도 따로 가르쳐 줄 생각은 없겠지?

비류연: (단호하게) 당연하지! 숨겨진 걸 찾아내는 것 또한 재미라고.

장홍&효룡: 물어본다고 하니 말인데… 우린 이제 앞으로 어떻게 되는 거야?

작가M: (양팔을 활짝 펴며) 나도 모른다!!!!!!!!

효룡&장홍: 이봐, 작가가 그런 말 하면 안 되지.

작가M: 어떻게 될지 다 알고 있으면 책이 이렇게 늦게 써질 리 없잖아? 네 녀석들이 뭘 하려는지 빨리빨리 안 가르쳐 주니까 이렇게 늦는 거 아냐.

효룡: 우왓, 작가가 등장인물한테 책임을 전가하다니!

장홍: 비겁하다!

작가M: 난 정당하다! 이것은 '많은' 작가들이 동의하는 일이다! 원한다면 다른 작가들에게 물어봐!

효룡: 저렇게 당당하다니…….

장홍: 아무런 망설임도 없다니…….

비류연: 그만큼 자신있다는 거겠죠? 다른 작가들 역시 '그렇다!' 고 대답할 테니까.

효룡: 그럼 다 우리 잘못이라는 거야?

비류연: 아마 대부분의 작가들이 그렇게 생각하고 있을 거야. 모든 작가들은 마감 연장이 자기 책임이 아니길 바라거든.

효룡&장홍: ……말세군.

비류연: 뭐, 작가의 말이나 들어보자고.

작가M: 흠흠. '드디어 여기까지 왔다! 이 지점까지!' 라는 그런 생각이 드는 한 권이었습니다.

이번 권으로 '예! 드디어 반환점을 돌았다!' 라는 기분이랄까요. 그런 만큼 쓰는 것도 상당히 힘들었습니다. 하지만 그만큼 공을 들였다고 생각합니다. 무려 22만 자 오버! 총 380페이지에 달하는 슈퍼 볼륨. 보통 16만 5천 자가 한 권이라 생각하면, 엄청난 볼륨이지요. 비뢰도 사상 최강의 볼륨이라 할 수 있겠네요.

한 권 한 권을 탈고하다 보면, 그때마다 감상이 모두 다릅니다. 하지만 자기 글에 '아, 이번 권은 나도 땀을 쥐었다!' 라고 확신이 드는 권은 그렇게 많지 않습니다. 아무래도 탈고를 하려면 같은 권을 보고 또 보고, 또 보아야 하기 때문입니다. 하지만 이번엔 그랬음에도 불구하고 오랜만에 그 '삘' 이 왔습니다. 매권마다 이런 느낌이 들면 참 좋을 텐데 말입니다. 왠지 '매권을 이번 권같이!' 라고 하면 비류연과 일당들이 비명을 질러댈 것 같은 기분이 들지만, 재미는 계속되어야 하는 법! 매권을 쓸 때마다 그런 기분을 느낄 수 있도록, 망설임없이 독자 분들에게 보여 드릴 수 있도록 노력하겠습니다. 물론 여기에 스피드도 더더욱 첨가해야겠지요. 집필 스피드 말입니다.

그리고 비뢰도 외전 '태극의 장'은, 창작사이트인 '노블코어(www.novelcore.net)'에서 연재하고 있습니다. 지난번에도 말씀드렸던 노블코어는, 많은 소설과 다양한 일러스트들이 올라와 있는 곳으로 프로 분들의 작품들은 물론 신선한 작가 지망생 여러분들의 의욕 넘치는 도전 작들을 볼 수 있는 곳입니다.

현재는 전문 비평회 프로젝트를 진행 중이기도 하지요. 프로 작가를 지향하는 지망생 분들, 혹은 이 험난한 시장에서 살아남기 위해 애쓰는 작가 분들에게 조금이나마 힘이 되고자 기획한 프로젝트이니, 뜻이 있는 분들은 놓치지 말고 참여하셔도 좋을 것 같습니다. 시장에서 직접 통용되는 스킬이나 자신의 작품에 대한 현역 작가와 편집자의 이야기를 듣고 싶다면 이만한 자리가 없으리라 생각합니다. 원래는 토요일로 맞추고자 했습니다만, 모두들 바쁘신 분들이라 쉽지가 않더군요. 2주 간격으로 작품을 받고 다시 2주 후에 평을 올리는 방식을 생각하고 있습니다.

자, 이제 저는 27권도 끝났으니 슬슬 태극의 장 연재를 재개해야겠군요. 그럼 다음 권이 나오기 전까지는 노블코어에서 뵙겠습니다.

연비&아가씨─나제님

연비&비류연─리전님

은하의 계곡

무천향
武天鄉

허담 新무협 판타지 소설

뿌리를 찾아가는 목동 파소의 여행.
그 여정의 끝에서
검 든 자들의 고향 대무천향(大武天鄕)을 만난다.

검객 단보, 그는 노래했다.

…모든 검 든 자들의 고향 무천향.
한초식의 검에 잠든 용이 깨어나고, 또 한초식의 검에 잠든 바다가 일어나네.
검의 흐름을 따라가다 보면 어느새, 세월도 잊어버리고,
사랑도 잊어버리고, 무공도 잊어버려…….
결국에는 자신조차 잊어버리는…….

은하의 가장 밝은 빛이 되어버린다는
그 무성(武星)들의 대지(大地).
아, 대무천향(大武天鄕)이여!

유행이 아닌 자유추구 —
WWW.chungeoram.com
BOOK Publishing CHUNGEORAM

낭왕 狼王

별도 新무협 판타지 소설

유행이 아닌 자유추구 -
WWW.chungeoram.com
BOOK Publishing CHUNGEORAM

살내음 나는 이야기에 여러분은 가슴 졸인 적이 있는가?
남들이 볼까 두려워하며 책을 가리면서 읽었던 구절을 몇 번이나 반복하며
읽은 적이 없는가?

구무협의 향수를 그리워하던 별도가 결국은
〈무협의 르네상스〉를 부르짖으며 직접 자판 앞에 앉았다.

"제가 무협을 쓰기 시작한 이유는 더 이상 읽을 책이 없었기 때문입니다."

모든 일은 4년 전부터 시작되었다.
살인사건을 배경으로 펼쳐지는 음모와 배신, 사랑과 역공작, 그리고 정사!

우리 시대의 이야기꾼, 별도의 새로운 글, 〈낭왕狼王〉!
〈천하무식 유아독존〉, 〈그림자무사〉, 〈검은여우毒心狐狸〉에
이은 그의 또 하나의 역작!